U0789596

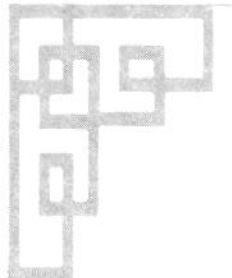

宾步程集 贰

艺庐言论集（下）

宾步程 著

宾睦新 宾恩信 宾睦胜 整理

南方出版传媒
广东人民出版社
·广州·

图书在版编目（CIP）数据

宾步程集 / 宾步程著；宾睦新，宾恩信，宾睦胜整理. —广州：广东人民出版社，2019.12
ISBN 978-7-218-13858-9

Ⅰ．①宾…　Ⅱ．①宾…②宾…③宾…④宾…　Ⅲ．①中国文学－现代文学－作品综合集－民国　Ⅳ. I216.1

中国版本图书馆 CIP 数据核字（2019）第 198808 号

BIN BUCHENG JI

宾步程集

宾步程　著　宾睦新、宾恩信、宾睦胜　整理　　版权所有　翻印必究

出　版　人：肖风华

责任编辑：张贤明　周惊涛　柏　峰
装帧设计：瀚文文化
责任技编：周　杰　易志华　吴彦斌

出版发行：广东人民出版社
地　　址：广州市海珠区新港西路 204 号 2 号楼（邮政编码：510300）
电　　话：（020）85716809（总编室）
传　　真：（020）85716872
网　　址：http://www.gdpph.com
印　　刷：广东鹏腾宇文化创新有限公司
开　　本：787mm×1092mm　1/16
印　　张：187.5　　插　页：8　　字　数：2600 千
版　　次：2019 年 12 月第 1 版
印　　次：2019 年 12 月第 1 次印刷
定　　价：980.00 元（全 6 册）

如发现印装质量问题，影响阅读，请与出版社（020－85716808）联系调换。
售书热线：（020）85716826

二　《艺庐言论集次编》

《艺庐言论集次编》序

席启驷

《艺庐言论集》始刊成，吾为之序，聊发作者立言之旨趣，不能无慨于世变也。自是艺庐日有所议，下笔不能自休，积年余而续编出，复畀余序之，又缀词卷端，以见己志。盖将为括囊之无咎，而不欲尽言以取祸，君子包周身之防，邦无道，其默足以容，岂不然哉？今之人习于软弱熟媚，孰能侃侃以正义自持？其世故愈深者，其趋避益巧，殆不可责以重任。居势位者大率喜谀，而不愿闻过，相与因循，为一切之计，以粉饰太平而已。群不逞之徒，且因以为利，所谓清议名教，至是扫地无余矣。风俗之媮薄，未有甚于今日者也。

艺庐怒然伤之，辄加议论于其间。凡所抒，公正平实，诛奸摘伏，无所假借，达民疾苦，欲解倒悬。词或愤激，意存忠厚，知之者视为昌言，罪之者目以谤议。独其所持者公道，有合乎人心，虽恣肆者不能无稍顾忌焉。当路诚畏其口，亦每采纳其说。仁言利溥，此其明效大验也。

湘潭赵先生当清末为御史，以直声振天下，风节凛然，睹艺庐之作，讼言其美。湘乡颜翁，用文章著称，慷慨喜言事，亦叹服以为今之朝阳鸣凤也。其为名宿所推挹如此，固无待余一词之赞。而誰诿作序，盖未免乡曲之私。虽然，艺庐老矣，望日高而识日充，爱人无已，疾不仁亦已甚，徒贾怨而损望耳，非处乱国所宜。吾闻立言不为一时，则姑韬晦焉可也。仁寿之乡，有敝庐在，文史足以自娱。徜徉应水之滨，寻绎庄生之论，可以泯是非而齐物我，不亦善乎？若夫时际清平，群道长，微先生其谁与归？

同邑席启駉序。

自　序

范文正公好上疏论事，一日戒其子纯祐曰：“我今上疏言斥君侧宵人，必得罪以死。我既死，汝辈毋复仕宦，但于坟前教授为业。”呜呼！权臣在位，好发为议论以指摘其奸者，其危险不可言状。古来尚且如此，何况凉薄之今日人心。若欲仗义执言，评议人过，焉有不召杀身之祸者乎？是故君子居乱世，有危行言逊、明哲保身之戒。

客曰：“子既知为文之危险，而又自投罗网，每日执笔不辍者，不亦近于恶湿居下、恶醉强酒者乎？”

余曰：“今世亦有倡为言论救国者，当此内忧外患交相煎迫之秋，每日披阅各种报纸，一种愤慨不快之心，有如骨鲠在喉非吐不可，是以不顾一切，大声疾呼，以尽‘天下兴亡，匹夫有责’之义务。”

但我之言论，不取空泛，每一题目必根据事实，且标明数字以资证信；以立意为主，不加雕琢，但求其辞达而已矣。苏东坡尝教人作文云：“譬如市上店肆诸物，无种不有，却有一物可以摄得，曰钱而已。莫易得者是物，莫难得者是钱。今文章词藻事实，乃市肆诸物也。意者钱也。为文若能立意，则古今所有，翕然并起，皆赴吾用。”我今为文，亦以意为先决条件，而意又根据事实，不造谣，不空谈，当为国人所共谅者也。

范鲁公戒子孙诗曰：“戒尔勿多言，多言众所忌。苟不慎枢机，灾厄从此始。是非毁誉间，实足为身累。”矧在此鬼蜮世界、恶劣环境中，尤易为人所忌。歌功颂德者，引为知己；摘奸发伏者，视为眼中钉；作他人之宣传工具者，欢迎之；作他人私人言论机关者，更欢迎之。但是，在今日栋拆榱崩之中国，有侨将压焉之势，安肯忍心害理，来逢恶长恶，自掘坟墓。我本此意见，不惜大刀阔斧一往直前。我本此宗旨，不惜破除情面尽情批评。救国即所以自救，方冀大人先生虚心接受一得之愚。孰意道高一尺，魔高一丈，霹雳一声，谓余之议论有违出版法某条之规定，有捉将官里去之势。我不死于欧洲加入革命时公使馆之传唤；我不死于民二南京独立时袁世凯之通缉；我又不死于民十五衡州被"共党"捉将游街之时。根据此一点理想，我决不死于青天白日旗帜下之长沙。彼以热枪，我以冷眼；彼以官力，我以人格。千秋万世，当有定论。

呜呼！国势已危，民力已尽，救亡图存，已不许我们徘徊歧路矣。大家试撑开着眼睛看看，何处不是可悲可泣之景象？谁为为之？孰令致之？不要来关着大门讲很，欺侮我们小百姓，要拿出良心自问，今日所行之事，果可以对得住百姓否？环顾国内，杞忧实多，从此后既不作他人拍马吹牛之文章，亦不愿为申史津白之后起，暂行搁笔，不说时事。古圣云："天下有道，则庶人不议。"《言论集》在此期后不再印行，所有散在各专门杂志以及日报内之长篇短评，留待各位同学以及契友，作为艺庐先生将来遗稿，续为搜集发行可也。

中华民国二十四年九月，东安宾敏陔。

民国二十三年之元旦

（一月一日）

今日为中华民国二十三年元旦日，亦即世界各国元旦日。在各国大小臣工以及全民，今日无不欢欣鼓舞，庆祝新年。惟我国自"九一八"以后，国难未除，垂头丧气，哀痛余生，万言不到"庆祝"二字。所以，国府有令，在国难期间，毋容过事铺张，诚有难言之苦衷耳。

当民国元年元旦日，孙总理在南京就总统之职，不佞亦随诸伟人之后参与盛典。当时之心志，欢喜到十二万分田地。自嗣厥后，每年元旦日，各省长官无一不举行阅兵礼，悬旗挂彩，热烈的庆祝。虽不吾与，吾其习闻之矣。但自"九一八"以来，全国人民对于元旦日之庆祝，已不如从前之盛。形式上虽有庆祝之举，心理上除汉奸外，则惨哀至不可言喻。其所以然者，大家脑海中都有个"国难"二字。这个国难，何日始能铲除？究竟用如何方法始能铲除国难，回复庆祝？此事虽大部分在今日之执政者，而全民亦与有责焉。所以，不佞自今日起提出各种口号，希望在民国廿三年内如法泡制，则民国二十四年定可举行正式的热烈的元旦日庆祝矣。

民国二十三年内，收复东北四省已失之土地。

民国二十三年内，肃清全国土匪，使人民安居乐业。

民国二十三年内，归马放牛，国内永无内战。

民国二十三年内，无水旱虫灾，五谷丰登。

民国二十三年内，工业发达，无一夫不获其所。

民国二十三年内，商界不卖仇货。

民国二十三年内，除中央政府系统外，在各省另行组织之政府一律自动取消。

民国二十三年内，贪官污吏一律肃清。

民国二十三年内，肃清全国烟毒。

民国二十三年内，废除苛捐杂税。

民国二十三年内，实行航空救国。

民国二十三年内，全国领袖精诚团结。

民国二十三年内，收回租界及废除一切不平等条约。

升官发财

（一月七日）

今日为本报民国二十三年出版之第二日，不佞希望全国人升官！希望全国人发财！新年试笔，雅不愿一般爱阅本报诸君作愁眉皱眼、疾首蹙额之变态，故提出"升官发财"四字，以迎合社会一般人士之心理。

中华已改为民国矣！在民主国家，人人平等，无所谓官，官即公仆，并无特别阶级之差异，三民主义中已言之綦详矣。至于财，本人人所欲，在今日国难期间，毁家纾难之不暇，敢云发财？则不佞今日所谓官如何可升？财如何可发？岂非是无的放矢之荒谬文字乎？余曰："不……不……不！"文官则混水塘里好拿鱼，武官则将军惟恐朝廷不乱。当此政治未上轨道之时，只有做官方可发财，亦只有发财之后方可升官。升官与发财，二者实有连锁性质。不观夫今日之取官乎？除有少数省份县长由考试出身审查合格而来，其余多半出身夤缘或保荐，仕途之滥，于斯为盛。至于杂色官员，如局长、处长以及种种小吏等，则均由各省长官任意委任，并不限定资格。此一类官员获选之关系，首裙带，次亲属，再次同乡；或则是犹有童心，或则是乳气未脱，或则是满身汗臭，或则是目不识丁。所谓"一人得道，鸡犬皆升"，只要"是一个人"，无不有一官半职。若进而考察其智识，则言语不足以动人，学问不足以经世。但是他对于长官有密切关系，虽欲反对之而莫可如何。旁观者方且嗤笑之不已，彼则曰："笑骂由人笑骂，好官我自为之。"迨其一官到手，极尽搜刮剥削之能事，以作苞苴贿赂之用。即使怨声载道、控案盈尺，长官不之信也。如果真有其事，不难以调虎离山易缺了事。我所谓"发财之后，方可升官"者是也。

何以谓之做官方可发财呢？古人所谓："仁者以财发身，不仁者以身发财。"今日之中国，农村破产，工商萧条，欲想发财，舍官莫由。在逊清时代，大员家产达十万元以上者抄没，此种法律，民国已不适用。所以，今日之大官，有积赃至二三千万元，若十万百万元者，指不胜屈。全世界官员多矣，并不止中国有官，试调查各国之官，有贪赃如许多之钱否？有官员将本国之赃款不存国有银行而存储外国银行者否？有因做官而发财者否？所以，我们国人致贺之口头禅，则曰"升官发财"，即希望小儿成人之后，亦曰"升官发财"。此"升官发财"四字，实为我国历代传统政策，不过至今为烈耳。政治既然如此，所以，爱财快去做官，想发财快去升官。官愈大者，发财亦愈大。不观夫审计院核销小小机关报册，有一二分银元不符者，发还追缴。若对于大机关，即有数十百万不出报销者，亦莫可奈何。即以我湖南而论，长沙关监督毛某卷款数十万以去，政府莫可如何。至于石门口煤矿局长曹某，仅以开采工程与斜井工程报册上手续未分清楚，就要惩戒通缉。是"明足以察秋毫，而不见舆薪""窃国者侯，窃钩者诛"。古今来中国官员大都如是。

祁奚之为政也，内举不避亲，外举不避仇。但是今之为政者，仅做到内举不避亲半面文章，左右前后尽是谀谗谄面宗族亲戚之人所包围；无论当局有若干大本领，总不能破围而出，与一般正人君子接近。黄钟毁弃，瓦缶雷鸣。今日长君之恶，明日又逢君之恶，迨至身败名裂、亡国败家而不知自觉。诸葛武侯所谓"亲贤臣，远小人，此前汉之所以兴隆也；亲小人，远贤臣，此后汉之所以亡也"。我为今日一般当局计，如其贤也，亲固可举，仇亦可举；如其不贤也，仇固不可举，亲亦不可举。若执此原则以评别今日全国之大小官员，有什之八九在退伍之列，亦惟执此原则以评别今日全国之大小官员，方可以澄清吏治。近阅报载，江宁实验县长梅思平以学者资格作百里侯。此种县长，求之全国，实难多觏。不意因延填华侨出入国表，记过一次。其辞呈文有云："该厅长既蓄意破坏实验县政，思平于此末秩微官，弃如敝屣。"此种有气节之官员，可谓天地正气。君子难进而易退，于斯益信矣。

汉有循吏，不治墙屋，曰后世贤，师吾俭，不贤毋为世家所夺。疏广曰："贤而多财，则损其志；愚而多财，则益其过。"武乡侯仅有桑八百株，有薄田十五顷，子孙衣食，自有余饶。前年法国总理赫里安亡故，检查遗产，仅得银行存款折千余佛郎（约值中国洋三四百元）。方之我国今日之大员，真是小巫见大巫。孙总理曾诰诚国人："立志做大事业。"其言实有深理，只有大事业可以垂名万古。彼发大财者，死不能带去，不过供子孙嫖赌之资。但是我国人多为金钱所迷，以发财为目的，上有好者，下必有甚焉者矣。环境如此，何能造成廉洁政府？口口声声打倒贪官污吏，而本身就是贪官污吏之一人。各省成立惩戒委员会，而委员本身即是应惩戒之一人。其身不正，虽令不从。古人所谓"大臣法，小臣廉"，已无语于当今之世矣。

今当新年与读者见面之日，祝诸君升官！祝诸君发财！并祝诸君升官又发财！发财又升官！但是于既升官发财之后，毋忘却了东北四省之失陷！

美棉到华以后（上）

（一月十日）

自宋前部长子文在美国借购五千万美金棉麦，内分五分之四购美棉、五分之一购美麦一事，引起国内一般舆论议论纷纷，赞成与反对者各居半数。而在政府立场人员则一致赞成，几誉之为中国救命王菩萨。抛却事实，专以官官相护为能事。如实业部陈公博云："以全国棉纱原料，仅足以维持六星期，已飞电宋部长，请速将所订购之美棉于本月初内运回接济"云（见上年六月十日《申报》专电）。其次为实业部出席上海救济棉织业会议之工业司长刘荫茀云："现在全国棉纱原料，至多可接济一个月，国棉登场之日尚远，已由财部飞电宋部长，将所购美棉首批提早起运以应急需"（见上年六月七日报载）。统观以上实业主要人所发出之飞电，足见当时全国纱厂需棉之急，一则曰"仅足以维持六星期"，一则曰"至多可接济一个月"，过此则纱厂停工矣，何以迟至上年九月底始行到沪，并未见各厂需待美棉之急，如陈部长、刘司长所言之切？可见我国官场人员所说之话十二分不可靠。

寖假我国纱厂需棉之急切，诚如陈部长、刘司长所说，则此次运到之棉应尽量借给国厂，以维纱业。何以出售日人，使我国堂堂中央政府作日商之经纪人？证之以美国九月二十日华盛顿电云："此间顷闻中国曾向日本接洽，愿将美国棉、麦转售日本。……中国虽可任意转售，但美国官场对于上项消息表示惊讶。"至九月二十五日，财部宋氏在沪对记者谈："首批美棉最近即可到沪，此后分批陆续运华。出售已有办法，系委托中央银行经理，另延人推销，负经济责任。随卖随解，非直接售与厂商，既系商业性质。至日商采购，自亦不能禁止"云。观宋氏此一段谈话，已将美棉转售日商赤裸裸地表见出来矣。不但此也，据日本十月一日东京电载："二十九日之国联理事会，中国代表顾维钧在席上又提出中日问题。有吉公使向南京政府抗议第三条有云：'日本政府正努力设法增进亲善，而南京政府乃有前项之态度。则日本政府对于进行中之购棉问题及其他履行中之停战协定等等问题，当不得已而再行考虑。'"至十月六日《申报》载中央消息，首批美棉于上月底运抵本埠，现已全部售脱，认购者均为洋行商家。又据华栈办事人语记者，购主已陆续向栈房提货。统观以上情形，在中国政府虽否认美棉未售与日本，事实上却已有证明。究竟此次借购美棉，于中国纱厂有丝毫之利益否？不过助桀为虐，请外国纱厂来打倒中国纱厂而已。

在美棉麦借款成立以后。一般金融界与实业家希望此一笔巨大借款投之于生产事业，反对挪作军费之用。即立法院通过议案亦云："本借款收入全部之用途，限于左列生产事业，不得移充任何对内用兵或其他消费之用。内分：（甲）创办及发展基本工业。（乙）复兴农村经济。（丙）兴办水利。（丁）发展重要交通事业。"有此数项规定，而各省市于是根据此项原则，纷纷拍电向政府分赃。如安徽建设厅以振灾治水为名，请拨一千万元；江西省党部以善后繁荣农村为名，请拨二千万元；浙江省政府以办生产建设及国防建设经费为名，请拨八千二百万元；湖南省政府以推广棉业维持纱厂为名，请拨美金八百万元；贵州省政府以发展桐油、开采矿产并建设公路为名，请拨五百万元；陕、甘、青、新四省党部等以完成陇海铁路救济西北农村为名，请拨一万万元；纱商及银行界以救济厂纱为名，请拨二千万元。此外如卫生署、上海辛未救济会等、汉口市商会、福建旅京同乡会、两淮盐恳会、上海市粮食委员会、中华棉业改进会等，无不提出理由，环请拨款，十万火急，几有朝不保夕之危险。而请拨借款最大者，莫如广东索回民国十五年垫付革命军费一万万九千余万元，并云国民政府应将美债一部分拨与广州，无所犹豫云云。霹雳一声，致中央要人无所措手足，惹起政治上之意见。博施济众，尧舜犹病，何况粥少僧多，焉能如愿支配？但是请拨美款者有人，而实行发给者不但未见其人，而首批美棉销售之后，款存何处？作何用途？试问四万万五千万阿斗，有一人知其底蕴否？

美棉到华以后（下）

（一月十一日）

据《棉麦借款合同》所规定付款程序："约定货物自栈房起运时，即从借款内偿付货价百分之十，其后于九十日内再付百分之十五。"合计为百分之二十五，即借款总额已先扣除百分之二十五，而中国政府仅实得百分之七十五。换言之，即五千万美金借款实得三千七百五十万。此外，运费、保险费、栈租、上力等悉由中国担任，又要扣除若干，实际上所得又有几何？而每年应给之五厘息，还要以总额五千万。满打满开，这一笔巨款还不是全国人民担负，而所谓担负者何在？即合同上所规定中国政府，允以卷烟、面粉、棉纺及火柴等统税收入（一九三二年度此项税收共达美金二千二百万元）为担保，利息五厘，定二年内偿还本息。就美国立场说，此项借款有上列各项担保品，决无危险之可言。而且美国生产过剩，此种棉、麦除限制生产外，欲提高价格，救济农村，方且投诸洋海之不暇。今以废物利借，不但农民欢欣鼓舞，即美国船运公司亦连带受莫大之利益。宋氏报效美国，可谓至矣尽矣，所苦者，我国占人口百分之八十以上农民所产生之农作物，呼天抢地而已。

查我国棉花出产甚富，二十一年度据商品检验局载，产额为八百十万零五千六百三十七担。是年，全国纺厂消用棉花，为八百九十六万五千九百三十五担。产消两抵，仅不敷八十六万零二百九十八担。而是年，外棉入口为三百七十一万一千八百五十六担，则此项外棉入口并非中国纱厂外专用，因中国纱厂锭数只有二百七十三万余，而日厂已有二百余万锭，若合英厂共计，其锭数多于华厂。故历年外棉之输入，在海关册上看来数目甚大，若进而分别考其实际，多为外厂所需用。且美棉纤维甚长，不合中国纱厂机之用，今中国无端输入大量之美棉，不但打击中国垂毙之农民，而且为日本纱厂画一道救命符。因日、印取消互惠条约以后，日本以不买印棉为抵制之方法。现在所有日厂尽量的收买华棉。因华棉质劣，非掺用美棉不可，于是我国又将此次首批运到之美棉出售日本，以致日厂得此机会，均形活动。近据纱业界人云，日商近在汉口大批收进华棉，以储足一年之用为止，有银行为背景，随收随押，金融极其活泼。即以湖南纱厂而论，仅收进四个月之棉料，用完之后再行收买，将来高进高出，那能与日厂争利？多财善贾，洵非虚语。夫以我国自产之棉花为外人以贱价收买，而本国人反站在旁边袖手旁观，及至缺乏原料之时，又来告急，环请维持，曲突徙薪，则又不能不恳请全国银行界放大眼光，借款收棉，与其作呆板之地皮生意，不如作此国利民福之生产押借为光明正大也。

日本纱厂虽多，无如本国并不产棉，每年各厂需用棉花全赖中国、印度等运进。而全世界棉花价值之最贱莫过于中国。今日本尽量囤收中国之棉花，织成布匹，又转卖与中国。今我国实业当局不知维持本国纱厂，听日本人之源源运去，而我国到缺乏原料之时，又借购美棉。查上年美棉每包值洋八十余元，中国棉每包共值洋六十元，则此项损失之大不言而喻。口口声声怨人倾销，这那里是外人倾销？根本上已成为不倾销之倾销。查一九三二年，我国对于日货尚在抵制时代，其棉布输入我国为二十五万一千四百三十二（以下均以单位平方码计），假令日本棉业排斥于英国之属地及其他各地，整个的倾销我国，其危险又当何如耶？世界棉织业最盛之地莫过于英国兰开夏，今日与日本竞争，已退处于败北地位。原兰开夏之设备过于陈旧，而日本今日在技术上、设置上、管理上处处科学化，加以人工低廉，汇兑低降，又有政府津贴，宜乎风靡一时，有莫之能御之势。我湖南纱厂，其锭数不到五万，而所用人工却有三千余人。闻日本每一万锭仅需用人工一百九十人。两相比较，其成本已觉昂贵矣。加以罢工怠工之恶习、同行倾轧之阴险，致使其纱厂本身之立足点时常发生动摇情形，实可虑耳。

现在首批美棉久已进口，即首批美麦亦于上年十二月中运进吴淞矣，是美国已实行棉麦借款，即为我国履行借款合同之条文。不佞希望当局执行立法院之议案，无论其美棉卖与日厂好，卖与华厂也好，究竟所卖获之款作何用途？是否用于内战军费？或拨作议案上之甲、乙、丙、丁四项之用？我们小百姓希望政府履行前言，将全部借款拨作生产事业，稍补前愆，将功赎罪，毋使这一笔棉麦借款闹了一阵以后，隐隐约约，消耗殆尽，而使立法院议案等于虚文，不但政府失信于人民，而立法院之议案亦成为告朔之饩羊而已。

读财政厅《整理财政计划》感言

（一月十八日）

张财厅长于今年元旦发表《整理今后财政计划》，登诸报端，以作本年大政方针之宣布。其意若曰：湖南目前财政已陷于水尽山穷之状况。今欲维持省政经费，非设法整理不足以收实效。于是，确定原则，拟提倡实业，减轻附加，为治本方法；拟厉行紧缩，惩治贪污，为治标方法。其治标方法不过是老生常谈，几句老话，姑置不论。其治本方法则在培养税源。一曰提倡实业，开发省内矿业；二曰开辟荒山，振兴树艺；三曰奖励私人投资，开办工厂；四曰疏通水利，预防灾歉；五曰减轻各县地方附加等项。

统观以上各节，的确在今日民穷财尽之湖南实有施行之必要。但是，张厅长对于上项计划果认为良心上之主张否？据不佞看来，其出发点已属错误，以为张厅长之意不在整顿湖南实业，而全在培养税源；行见各种实业未成立或将成立而未出品之时，财政厅所派征收产销税及营业税之专员主任已先行惠临，事实所在，无可讳言者也。

在张厅长之意，以为此项别开生面之治本方法，对内对外，当然博得社会人士之欢心。虽则目的是培养税源，但我有良好之开源，将来一定多取之不为虐，商民方且之感激之不遑，决不患税收之不旺，第建设厅早见及此耳。不观夫建设厅上年第四期计划，一曰市政，二曰工业，三曰交通，四曰农林，五曰湖田水利，六曰商业，七曰合作社，八曰矿产，已先张厅长之计划，在上年春季已宣布之矣，并且较为缜密翔实、冠冕堂皇。倘张厅长认为建设厅之计划可为财政方面有培养税源之效力，则去年省府会议通过议案应替建设厅想想方法，拨给经费若干，促其实现。何以至今建设厅之计划依然束之高阁，未能见诸实施？是建设厅所提出通过之议案无款可办？难道是财政厅所提出通过之议案马上就可实行乎？

再查所谓治本方法，无一项不与建设厅有关，且无一事不系建设厅职责所在，自不能于财政厅厅内又增设建设科以执行此案，势必交由建设厅负责进行。则二十二年之议案无效，而财政厅在二十三年所提之议案就可以有效乎？即使有效矣，能否本年内就可以培养税源，作竭泽而渔之举？此种以实业培养税源方法，非具有远大眼光之人决不能做到。以我湖南目前情形而论，急如燃眉，远水焉能有济？不过当局一时之高兴，随便谈谈，以助新年报纸之点缀而已。

以言减轻各县地方附加一层，则又言难顾行。上年中央命令不曾规定各县田赋附加至多不能超过正供百分之百，换言之，即是附加不能超过正供。又据上月二十七日京电，孔部长因鉴于今日各省田赋附加名目繁多，为整理税务、解除民众痛苦起见，拟即裁除田赋一切附加云。至于我湖南上年省府各委员曾经御驾遥临各县以核减附加为名，卒之徒耗了省府一笔大旅费，而对于各县田赋附加丝毫未减。即以我所知之东安而论，还不是每两田赋完纳十五元四角（每两正供仅二元四角），实超过正供百分之六十弱，那里核减一点？至于一切苛捐杂税，更更仆难数矣。

张厅长对于治标方法内第六项有严惩贪污一条，不佞敢大胆说一句，现在财政厅所发出之领款通知书，因一时无款可领，各机关有将通知书出售之举。如南华中校以五折变卖，濂溪中校以七折出卖。此种通知书既无款可发，何以又私人出价收买？此中闷葫芦究竟卖些甚么药？不佞希望张厅长严为取缔，并筹款兑现，毋使穷困机关日日引颈企盼所得之通知书变为废纸，而使一般贪污从中渔利耳。

总之，张厅长提倡实业，不佞不但十二分赞成，且五体投地、馨香祷祝，以冀其实现者也。若目标仅在税源，则企业者方且闻而生畏，定必至于裹足不前，是何异于缘木求鱼，有愿难偿？惟有拿出远虑的精神、坚毅的魄力，不急于目前之功利，不专打税收主意，期以十年之生聚教训作实业救国之模范计划。倘届时不佞尚生在人间，定发起募金，为张厅长铸立铜像于国货陈列馆门首之大坪，而使民众之景仰崇拜也。张厅长其有意于此乎？勉之勉之。

招兵有感

（一月二十日）

自新年以来，每次行经环城马路，见有负枪之一二兵士以及手携竹鞭之小小军官押解一群新从各县招来之兵卒，或则是肩负包袱，或则是手执雨伞，手缩背弯，斜乱而行。论其年龄，有三四十岁，亦有十三四岁者。此辈年长之乡人平日在家，实行其"日出而作，日入而息，耕田而食，凿井而饮"主义，一家大小全赖以仰事俯蓄，一旦为招募者所骗，不曰招募学生兵，即曰每月可领获十二元军饷。于是，乡民脑筋简单，易受欺骗，舍其耒耜，挂起徽章，抛弃簑笠，着彼戎服，而乡村遂少一受辛耐苦之农民矣。至于十三四岁之青年，血气未定，意志无常，苟政府为重视此辈青年起见，应授以一种职业使将来自食其力。今乃滥募为兵卒，是无异驱之使入杀人放火、奸淫掳掠之歧途。"少年不努力，老人徒伤悲。"当此青年时代，虚掷光阴，日复一日，非贼夫人之子而何？且此种青年，并非有执干戈卫社稷之志愿，其目的不过是一种虚荣心所驱使，以为有了灰色军衣，就要加人一等。迨其入伍之后，怕闻鼙鼓之声，常有扰乱阵容之举。或事平之后，遣散回家，不但身无搏鸡之力，且横行乡间，作出许多越法犯科之事。社会之不安宁，其基础完全埋伏于此。为国家将来富强设想，此辈青年绝对不可招募入伍。

湘人喜当兵，自曾文正公招练湘军后已成为一种传统政策。今试调查全国军队中，无一师不有若干湘人在内。近年来，虽经何主席严令禁止招募，而省会中尚有贴着某某师新兵招募处之招牌。即我东安，近日范师长亦派有籍隶东安之某小军官回家招兵，且缄请县政府出示保护。以本地之军官招募本地之乡民，无分老少，只在足额，将来青年童子又不知有若干被骗而去。母哭其子，兄哭其弟，一片哀痛声行见遍满全县耳。

日昨，绥靖公署有电来湘，严禁贩卖新兵，内云："……一般兵贩遂闻风麇集，贩卖疲癃老弱、流氓朦混以充新兵，甚至威吓术诱，勾引愚民入彀，及该民查觉真相，不愿入伍，或家属闻讯追寻而至，则又勒令以钱赎取，每名数十元。此种方法敛财尤多，若不予以查拿，又何以维持军誉。……"

本月十二日，何总司令电醴陵罗司令，勒令结束驻醴南昌行营第四招募处第一及第九大队招募人员，谓其为违法诈索，并受"匪首"萧克发纵指使，为"匪"作佣，吊证确凿。

统读以上电令，虽则是探其症结之所在，但是一般兵贩能因此以罢手否？中国官府命令之无效力并不自今日始耳。

不佞有寡妹之子，年未弱冠，被招兵者所诱，投入第四军五九师三四九团一营二连当兵。日前来函，备述军中困苦，略谓："夜无棉被，身无兼絮，一日两餐，日行百里，加以日日开火，久已魂不附体，安之则不能，逃走又不可，务请设法救此残生，俾得归家耕田养母"云。

观此可知，青年当兵并非本意，往往误听兵贩之甘言，引诱良家子弟。希望各省长官严令取缔，毋再制造将来一般失业流氓，以为国家隐忧巨患。

中国现当内乱未平、外患不已时代，扩充军队，保护疆土，诚有非加强兵力不可之势。不佞以为要补充实力，与其招募一些未成丁之幼童，不如将各县之壮丁乞丐及省会之乞丐收容所，即今日之所谓贫民工艺厂所收纳之壮丁乞丐，一律勒派加入军队，施以军事训练。为减少各地无业流民起见，此事有应举办之必要。查欧战前，德国之私生子由国家抚养成人，教以军事知识，充任下级军官，亦此物此志也。不佞不反对招兵，反对招募幼童去当兵，却又赞成以壮丁乞丐去当兵，废物利用，是在今日各长官斟酌采纳为幸。

棉麦借款与技术合作

（一月二十二日）

去年，宋子文出国，所得的结果有二：一曰五千万美金棉麦借款，二曰国联与中国技术合作。此二者对于中国之利害，议论纷纷，莫衷一是。其与中国将来之经济有重大之关系，可想而知；或者因此牵涉国际政治上之纠纷，亦未可知。如果我国政府对于以上二者善于运用，则中国之建设亦或从此发轫，向前迈进，则塞翁失马，焉知非福？

棉麦借款，笔者向处反对地位，谓政府不应借外国之农产物来打击奄奄一息之本国农，愈促其整个趋于总崩溃之途径，将来有不可收拾之一日。如谓中国自产棉、麦不足以应社会之需求，则中央建设委员会、各省建设厅以及各县建设局所司何事？明知中国棉、麦供不应求，则未雨绸缪端在负有建设之责者。倘今日再不积极对于棉、麦提倡推广，则年年借运，国何以堪？纵无暴日之侵占，其去灭亡之日亦间不容发矣。但木已成舟，棉、麦亦已陆续运到，所希冀者政府不将此项借款移作军费等，而遵照立法院所通过议案，如第二条"本借款收入全部之用途限于左列生产事业，不得移充任何对内用兵或其他消费之用"。今棉、麦久已到沪矣，据报载，第一批已转售与日商，所得代价究存何处，倘政府能将数目、用途宣布，咸使闻知，抑亦解释国人疑团之手续而不可省者也。不佞恐怕政府对于棉麦借款只有答复"心照不宣"而已。

中国与国联技术合作在三年前已有进行，不过上年宋子文出席世界经济会议，顺道赴巴黎而成其事。在当日，日本认中国对于日本有仇敌之意，造为国际共管之危言以破坏之。今则深知技术合作，中国政府并不视为重要。所以，自拉西曼抵华以后，各技术员亦陆续报到，即我国经济委员会亦继续成立，并将国联顾问处列入正式组织。每月开支之大，徒耗国币，于事实上并无丝毫利益。不过国联技术人员亦深仿中国官场之恶习，日来拟定大政方针，在国联备案，在报纸宣传。所谓重心地合作计划，在国联表示满意，在不佞视为遗恨。如道路建设、水利工程、农村改造、教育、卫生五项，题目谁也能出，究竟如何推进？其推进所需之款如何筹付？中国政府是否有意于此项合作？问之国联，国联不知也；问之中央政府，中央政府亦不知也。即历年来洋顾问向政府所上之条陈不下数十百件，无一不束之高阁，未见得此次技术合作即实行合作矣。如果借技术合作之名，而实用外资开发中国，则不佞决无怀疑之处，而日日深望其实现者也。

当宋子文载誉归国之日，全国人民希望其以美棉、麦之巨大借款济之以国联技术人员合作，有财有人，中国建设前途定有小部分可观。想宋子文本人所希望者亦复如此。孰意事至今日，棉、麦之用途不明，技术人员亦无所事事，而当日主持棉麦借款与夫参加巴黎会议之代表宋子文，诚如日人杉村所说："已不能为力矣"。

呜呼！棉麦借款！

呜呼！技术合作！

异哉今之所谓教育

（一月二十四日）

　　章太炎先生修订《三字经》，自序云："今之教科书，固勿如《三字经》远甚矣。"并谓今之大学毕业生，其智识尚不满足一部《三字经》。在今日一般摩登教育家，固然要认狗叫猫跳为现代化之教育原则，彼陈腐之《三字经》说的是普通知识、历朝典故，有何意义？须知，吾人欲成一个英雄豪杰以及科学专家，未有不熟习本国历史文字者也。我曾见许多留学生，不但不懂中国历史文字，并中国之语言亦不会讲，名为中国人，实则一外国人耳。此种人纵使有经天纬地之学问，于中国无大裨益。大凡人之脑筋，在幼时最为清醒，一有所学，即迟至老大，常萦于怀。迨其知识渐开，人事复杂，朝所习者，夕即忘之。所以，我们教授儿童，在青年时代其出发点务要纠正。《易》曰："蒙以养正，圣功也。"现在一般摩登教育家拿出禽言兽语以欺骗小学生，不是猫请客，就是鼠送亲，一切的荒唐文字尽选入教科书中。有识者早视为一种亡国灭种预兆，而彼辈反恬不以为耻。君不见日本人对于满洲将教科书完全改正，去其所谓荒谬之言论，而易以歌颂日本人之功德，并且要人人练习日语一科，以达到完全奴隶之资格。是以文化灭人国者，任比何枪炮为尤烈。

　　上年，广东当局鉴于邪说横流，曾令行各校增加读经一科，藉以挽世道人心于既倒。其用意之深，至为钦佩。试看中国古今来历史上有名之人，谁不在诗书中得来？汉有五经博士，宋以经义取士，所产生之名臣大将，方之今日之伟人先生，未遑多让。而今日之伟人先生，有少数无经书之根基者，时而逆，时而贼，时而党国先进，又时而某界领袖，其所以变幻无常、毁誉无定者，未曾读过我中国圣人之书耳。夫圣贤之言如日月经天、江河行地，如能服膺终身，小之即是圣贤之忠实信徒，大之即是国家之中流砥柱。挽末俗而正人心，不在他求，即在于读经一途。

何主席提倡"八德"不遗余力，而"八德"之普遍实施全在读经。若果废除读经而只讲演"八德"，其功效少。读经与"八德"实有连锁性质。希望何主席于提倡"八德"之余，令行各校增加读经一科，为我国保存国粹，即为保存民族特性，使一般青年子弟将古来圣贤格言，深入洁白无杂之脑海中，不至为各种邪说所麻醉，贻国家以无穷之隐患，而促国命于沦亡，则其功岂在禹下也哉？

我为此论，难免不引起少数摩登教育家所反对。希望摩登教育家放大眼光，以保国为前提，以灭种为忧惧。处此人心浮动、社会混乱时期，舍读经一途，又有何善法以维系人心？

女子与国术

（一月二十六日）

日前，何主席在明宪女子中校训话，以"智、仁、勇"三者为医女子虚荣心一种良药，并谓"勇"字之来源即是国术。演毕后，属不佞作《女子与国术》文章以资提倡。但是，不佞对于国术素乏研究，率尔下笔，难免不见笑方家。今试言国术之起源及女子与国术之关系如下。

当原始社会时代，人与人之间及人与各种动物之间常常发生一种生存竞争之斗争。此种生存竞争时所用之工具，并未有其他器械，不过利用自己所自有的一种体力以与之周旋。胜负之分，即判断于各个体力之强弱，以决竞争之结果。而各个体力之强弱，又本平日各个之锻炼如何以定。所以，古人对于"射"字列入"六艺"之中，射者亦施用体力之一种。《曲礼》注："射者，男子之所有事，可以疾辞，不可以不能辞。"《论语》云："射不举皮，为力不同科。"是射亦须力矣。《诗》云："无拳无勇，职为乱阶。"《管子·小匡篇》："于子之乡，有拳勇股肱之力，筋骨秀出于众者，有则以告。"《孙子》："搏刺强士体。"是中国古来对于武术盛行已久。降及后世，礼乐揖让之风兴，一般士大夫羞尚武术，提倡者甚少。迄乎唐代，遂有少林寺之崛起。少林以武显，始于隋末之拒贼、唐初之助征王世充。书籍记载不为无稽。

至元魏孝明帝正光年间，达摩大师自梁适魏，面壁于嵩山少林寺，死后遗留《洗髓》《易筋》二经。李药师序云：

　　洗髓者，谓人之生于爱，感于欲，一落有形，悉皆滓秽，欲修佛谛，动障真如，五脏六腑，四肢百骸，必先一一洗净，纯见清虚，方可进修，入佛慧地。不由此经，修进无基，无有是处。读至此，然后知向之所谓"得髓者"，盖以此也。易筋者，谓骨髓之外，皮肉之中，莫非筋也。联络周身，通行血气。凡属后天，皆其提携，寝服修真，非其赞裏，立见颓靡，视作泛常，曷臻极至，舍是不为，进修无恃，无有是处。读至此，然后知所谓"得皮，得骨肉"者，盖以此也。

　　少林之后，至明时又有所谓武当派，奉张三丰为始祖。今日吾国言国术者有内、外二家。今欲备知内家、外家之原委，须先认识少林、武当之派别。黄梨洲尝言："少林主搏人，武当以静制动。"其实用刚与用柔，二家造诣虽各有不同，其锻炼身体实有互相为用之妙。吾人请求国术，不必替古人争派别，取其所长以资应用，是在今日之提倡国术者。

　　以言女子，其身体之衰弱平均较男子为甚。虽则是个性所禀、先天之不同，而出世以后少劳动是其最大原因。女子为制造人类之母，如果为母者软弱不堪，则原料不良，决不能制成何种优秀之成品。今欲改良出品，应先从改良原料着手。在昔风气未开，女子常被软禁在家，日与刺绣、厨灶为伍，不知运动为何物。近年来女学昌明，女子亦有舍其家庭禁锢生活，投进学校，研究学问。学校虽有体育一科，仅足以表现其姿势，而于内功与体力绝少用工，结果女子之身体依然是无法使之强健。人类繁生，男女本平等发展，则人口数目男女亦应相等。证以湖南民国二十年人口统计，为三千零一十二万七千二百零八，内女性占一千四百八十九万九千五百八十三。至二十一年人口统计，为三千零四十五万五千二百五十一，而女性仅占一千四百零四万零三百三十六，比较上年已减少七十五万九千一百五十八人。若依此数递减下去，不出数年，女性灭种，男子亦当然灭种，关系民族生存至为重大。揆厥原因，实由女性身体不良之结果。何主席谓："日本女子讲求体育，由矮子而变成长子；我国则反是。"并云："汤九尺，文王八尺，今已全国无此种魁梧奇伟之男子。而归根结蒂，则在女子不讲求国术。所以，每年训练班招收女学员，深感不足额"云云。是女性不重视体育业已有事实证明。

今欲提倡国术以发展女性之身体，改善中国之人种，不佞以为要普遍的、广义的，若执少数之女性使之受国术之训练，纵使有孟贲之勇、项羽之力，此系特出之人才，不可执此以衡鉴全国之女同胞。在学员一方面，尽量的对于体育加以注意。在国术训练馆一方面，所收受训练之女学员，毕业后予以出路，如现在各机关服务之女职员，须报名入国术馆上课，循环训练。虽不能普及全体女界，而一经提倡，观摩不少，所谓"重赏之下，必有勇夫"。何主席今苦心孤诣提倡女性国术，想女界本身定必有以慰何主席之望，不待吾从旁置喙也。

华北之危机

（一月二十七日）

自暴日吞灭朝鲜以后，极力扩充势力于东三省。"二十一条"之订立，东三省久已名存实亡。迨"九一八"事变以来，不但东三省为暴日所侵占，并附以热河尚以为未足餍其欲望，对于察省且思收入范围以内。据报载，察省某要人谈，日伪军占沽源、二四两区及黑河以东后，赤城及张北形势感威胁。日军近在沽源建筑飞机场，并修汽车路，随时皆有军事准备。虽屡次交涉，尚无撤退之意，而滦东军队之布置正在进行。再证以张家口十七日电，日军由喜峰岩筑直达延庆汽车路，又在赤城附近哈大营筑飞机场。赵家营子既被日伪攻击，龙门所亦投弹轰炸。又据本月二日察省通讯，关东军热特务机关长松室孝良奉令调往榆关。又日人近在多伦设立邮务机关，负责邮递东四省与蒙古间之邮件，实行侵犯吾国邮权。至近来日人又怂恿溥仪称帝，不独对于察省有所企图，且伸其足于内蒙古。而交还榆关以及长城各口诸问题，一味支吾其词，故意拖延。华北虽名为我有，颇有零碎残缺之可虑。

东北四省脱离中华民国统治权之下为时已久，还我河山，徒萦梦想。在塘沽未协定以前，华北之危诚如累卵。既协定以后，华北之危仍未可乐观。所以，去年张溥泉在中央纪念周报告有云："东北四省已被日窃去，人民为日奴隶。再进一步，河北亦已为日半奴隶态度。即此半奴隶态度，亦为华北当局叩头作揖得来。……"诚哉慨乎其言之矣！夫叩头作揖得来之华北，今且尚不能完全由我自主，遇事须向日方请训，则整个所失之四省当然不能容我们置喙。近据报载，日方对于华北仍未放弃其侵略野心，如华北国运动，如分化运动，以及种种阴谋，层出不穷。日来，又利用某某等暗中活动，乘机捣乱，并嗾使溥仪称帝，扩大组织，向西蒙伸张势力，拟将伪都由长春迁至热河，对于察、绥有所企图。万一日俄开战，既可防止俄国之袭击，复可由蒙古抄袭俄军之后路。俟察、绥到手以后，再视形势之变化，徐图向华北推进。所以，近来日军谋实现上项计划起见，行动异常越轨，当局莫可奈何。以目下形势观测，华北隐忧较之"九一八"以前之东北尤有甚焉。

据近日报载，长城各口日伪军时时调动，来往无定。冷口附近各小口现已无日伪军驻守。惟建昌营之日军对出入检查甚严，尚无撤退模样，各口均立有界碑，上书"自此以北满洲国"及"王道乐土"等荒谬字样。倘实行界碑所书字样，在今日这种国势之下尚称满意。无如日人又以华北视为"九一八"以前之东三省，利诱威胁，无所不用其极。所以，日来辽、长等处时闻"收复失地"之呼声。彼所谓"收复失地"何所指？自然无疑的是日本援助伪国收复大清国亡失之土地也。不知吾国今日高唱"收复失地"之衮衮诸公闻此作何感想？

粤汉铁路开工湖南建设应有之准备

（一月三十日）

自美国合兴公司废约后，粤汉铁路收归自办，几经筹划，始成立武长与长株路线，迄今又二十余年矣。千呼万唤，至今日始行继续施工。何年全线告成，前途茫茫，又看中国国情有无变化而定。但是铁道部如果下最大决心，则日积月累，时期虽长，较之停工不办者终有完成之一日，未始非不幸中之一幸也。

查粤汉铁路经过湖北、湖南、广东三省，而尤以我湖南占路线最长之省份，其关系我湖南将来之工商业至为重大。所以，我湖南人希望此路线之成功，比湖北、广东为尤切。现在准备开工，一切计划已有头绪，即土方、枕木、桥梁亦已投标。姑无论期以若干年月，而我湖南建设家，究竟对于粤汉铁路成功之后有何感想？目前，我们究应作何准备？据不佞近察，我湖南当局现在只忙于荐人，忘却该路与我湖南前途之利益比荐人还要大。而职司建设之责者，亟应将粤汉铁路与我湖南将来之重要关系拿出深谋远虑，以图完成后之发展。

中国以农立国，我湖南全省又完全是一个农业省，每年因交通之不便利，太仓陈腐者有之，谷贱伤农者有之。迄于今日，整个农村完全破产。一般有知识之农民以及全省长官，日日引颈高望粤汉铁路成功，可以救济农村之崩溃，取广东每年运销洋米一千万担代以湘米。此种重大关键，就是将来有铁路运输之便，而不知广东人历年食惯洋米，其米质较湘米为优。如果我湖南抱定取洋米而代之之宗旨，在今日建设厅应广购洋米种籽发给民间，试行播植，俾将来铁路告成，不至湘米仍无出路之可言。否则，以今日湘米之质，将来运至广东，不合口味，而欲与洋米竞争，其胜败已不待龟筮矣。

其次则湘煤。湖南产煤甚富，衡、郴一带尤多柴煤，最利于家庭烹煮之用。而广东素称工业省份，每年各工厂需用之煤，大半来自外省，而尤以日本煤为最多。粤汉铁路告成，其火车头与夫修理厂每日所烧之煤势必取诸湖南。今试调查我湖南全省，除醴陵石门口煤矿局外，其余并无开采之处，难道将来粤汉铁路亦要烧日本煤乎？未雨绸缪，是在今日之职司建设者，于湘南附近粤汉铁路之处，勘择煤质之佳者，计划一极大之煤矿，俾将来除供给铁路燃烧外，并可以其余运销广东，抵制舶来之煤。此种重大工程非伊朝伊夕之功所可骤及，"七年之病，求三年之艾"，一切进行在今日尚未为迟，希望负有建设之责者迎头赶上，毋再濡滞。

总之，粤汉铁路告成，我湖南应预备之事宜甚多，不过米与煤是其显明巨大者，及今不图，徒增后悔。我们希望粤汉铁路成功，在推销湖南土产，究竟将来有何土产可以运至广东推销，在今日应有一种计划、一种预备，以谋将来之向外发展。不然，广东出产工业、水果、鱼类等较湖南为丰富，将来铁路成功，源源不断的向湖南输入，则我们所希望对于广东出超者将变成入超，愈促湖南人民之日趋于穷困，而无法使之繁荣。负有湖南建设之责者，其亦熟思及此乎？

湖南有恢复官矿总局之必要

（一月三十一日）

自逊清以迄民国十五年，湖南向有矿务总局总管全省官矿事宜。所以，我湖南矿业发达，全赖有总局以为之主持，一切官矿得以百废皆举。自建厅吞并总局以后，将全省矿务归入第三科处理。迄于今日，全省官矿不但无发展希望，且欲保持现状而不可得。查我湖南每年出口，以矿为大宗，藉以挽救民生问题、利权问题亦惟矿是赖。除此以外，无一不处于崩溃现象。吾人欲救湖南财政，首在开源。而开源之道，舍矿务莫由。今以全省人民所系之生命线视为无足轻重，委托一科人员专办。此外，又设地质调查所、矿产化验所、官矿营业处三机关。属于前者，系未开采之事；属于后二者，亦系已开采之职务。而究竟如何进行种种开采计划，则委之第三科。不佞认为大题小做，我湖南一线生机厥惟矿务，此而不图，决难保持出入平衡状况。一旦政府需要款项，只有向小民身上用榨吸手段，以应需用，殊非经济家所应出此，亦非今日奄奄一息之湘民所能担负者也。

查地质调查所人员十四名，每年开支三万二千余元；矿产化验所人员七名，每年开支一万八千余元；官矿营业处人员十八名，每年开支二万三千余元；共年支八万三千余元。如将以上三机关人员及经费合并，组织湖南官矿总局，职员既不加多，并可以减少（如会计、庶务、文牍、办事员、书记等可裁去三分之二）。当然每年所需事务经费亦可以节搏二万余元。若进而论其事功，权既统一，指挥亦易，方之今日以一科人员办理全省矿务为优。如果建设厅不肯放弃命脉之矿务收入，使之独立，即将该局隶属于厅之下亦无不可。吾人只求事业之推行顺利，亦不必格外发生问题。本月二十六日长沙市各报载，湘省府咨财政部，将湖南公矿改为官矿，或者建设厅早已计划及此乎？

总之，欲求发展湖南矿务，非恢复官矿局不可。若依照目前此种组织递演下去，湖南官矿只有关门大吉之一途。设官不在其多，要求其当。若多而不当，亦奚以为？

东北与西北

（二月一日）

自"九一八"事变以来，东北四省沦于异族之手，听日本人大演其傀儡奇剧。所谓溥仪氏者，始则称为"满洲国执政"，决定建国二周年纪念之三月一日而成立"满洲帝国"，颁布新帝国之根本国是十条。在此国难期中，又加重一度紧张，无可疑义。而日外务当局谈溥仪此次登极，乃遵由前年三月建国之精神之新国家而无所变更，故国境不因登极而变更，于华北方面无何等影响，且"满洲国"之独立，不因登极而益唱高调，所谓日本合并"满洲国"之无根流言自然消解。日人此种掩耳盗铃之事实自欺则可，欺人则未。原东北傀儡政府，始终系日人一手包办。"司马昭之心，路人皆知。"无论其称执政或称帝，不但我国上下所不承认，即世界各国亦不予以承认。据莫斯科电，苏俄政府对于东亚时局之新发展，已经决定，虽"满洲国"即将宣告改建帝制国家，然俄当局对此"新国家"仍不变其原持之态度。换言之，即不予以承认云。而美国舆论则云："不承认伪国，虽使在满欧西各国领事及商人感有困难，然不能因此即赞助承认。苟非各条约之原则与神圣公然毁坏，或条约之本身自行取消，吾人决不能承认溥仪之所谓帝国也。"在华盛顿方面，并认为整个远东系一"炸药箱"，引起爆发之火星或将出于日本在蒙古及满洲之军事行动。蒙古及满洲乃最危险之区域，日、俄军队冲突即在此处。虽然外人纵不承认伪国，但是伪国原为中华民国之领土，今听其无端改隶他族政府之下，使三千万同胞沦为异族之奴隶，日复一日，与祖国关系渐次疏离，久假不归，乌知其非我有也。中央政府自《塘沽协定》以后，久矣不谈东北事件。而当日丧失东三省、热河者，中央未闻加以惩戒。国家之赏罚如此，将来保土守疆之责又靠何人？瞻望前途，诚不知死所之何在矣。

以言西北。内蒙古自治政府尚未完全打消，而孙、马之战争又起。福建人民政府方才告终，而南疆回族突又宣告独立，另组政府。中国之变乱多端诚有不堪思议者。此次和阗被惑独立，在我国政府尚无所知。仅据俄报传来消息，与"九一八"前夕情形，由日本领事告以军队冲突相同。据俄电传讯，和阗回民在新疆南部中心点之喀什噶尔宣布独立，另组政府，魁首为酋长部下之属员、原为商人名萨毕脱杜摩拉者。其伪国领土为新疆西部，公然声明脱离中国，且唱"驱逐新疆汉人"之口号。又派员赴阿富汗谈判，互相承认。又拟派员赴印度交涉承认问题，现在正邀聘流亡印度及日本之土耳其人，挟其反对基玛尔之组织前往编练军队。消息传来，令人惊骇。截至今日止，中央尚未得正式报告证实。可见，边省对于中央，已不生重视之心；而中央对于边省，又成鞭长莫及之势。健全国家之组织应如是乎？如果俄方所传消息的确，则南疆之独立即必具有国际之背景，毫无疑义。不然，此辈无知识之商人敢掀动如此重大之风波，何所恃而不恐？深望南京政府要人起而扑灭之，毋使滋蔓难图，又成为东北第二。

呜呼！中国地大物博，久已著名于世界。若果是像东北丧亡之速，日蹙国百里，则爪牙尽割，正躯难存。况复内地又有一般军阀日寻干戈，至今尚未觉悟者，毋怪日人在国联诬我为无组织国家也。

小学教职员任用平议

（二月四日）

　　湖南教育界近年来已风平浪静，相安无事，不意本年教育厅发布教字第一五〇二〇号训令，惹起长沙市各小学教职员之反对，成立代表请愿团。而全省师范毕业生亦假中山堂召开大会，拥护政府命令，整理小学师资，并设法促其实现。如此双方对峙，不但有伤学界同仁之感情，且发生无谓之风波，酿成派系之鸿沟，实为主持教育者所不应有之举动。其命令有云："从二十三年春季起，本省各小学校，姑先以省立小学、市县立小学、区立联立高级小学及私立高级小学四种试行下列之规定，加以整理。……自通令之日起，前项四种小学校教员之任用，应依部颁《小学规程》第七十五条之规定'（一）师范大学及大学教育学院教育科系毕业者；（二）高等师范学校或专科师范学校毕业者；（二）旧制师范学校本科或高级中学师范科或特别师范科毕业者'，尽先任用。遇不足时，方得援用同法第七十八条之规定'毕业于旧制中学或高级中学以上之学校、曾充小学教员一年以上，或曾在当地教育行政机关或大学教育学院、师范大学等所办之暑期学校补习教育功课满二暑期者'任用。……"

　　统观教育厅上项命令，其原则在基于部颁《小学规程》第七十五条，而于同法之第七十八条则加以"遇不足时方得援用之"之规定。考教育部所颁行之规程，并无轻重先后之分，只要资格合乎条例即可任用。而教育厅今日强为之解说，毋怪乎各小学校教师中振振有词矣。

又查部颁《小学规程》第八十一条："具有第七十五条资格之一，或经检定合格之教员服务二年以上，具有成绩者，得为小学校长。"

今教育厅命令亦曾引用此条，而任用时则置之不议。是奉行部令之人颇有畸形之变态，实不足以服人心。今乃不统观部令全文，断章取义，"非秦者去，为客者逐"，作半面之文章，抹煞一切事实，致引起教育界人士之不安宁，组织长沙市县小学教职员职业维持会，奔走呼吁，无非是为的生存问题。换言之，即是饭碗问题。但是，全省市县公私立小学，其数目达二万三千四百三十余校之多。其中滥竽师资者固或有人，今一例以阘茸目之，政府未免过于蛮干，而使热心教育者灰心，亦非教育界之福音。

至于师范毕业生，如第七十五条所规定者，亦不可使之闲散。国家造就许多师范人才，原为办理小学校而设，今以有用之专门家而使之无用武之地，致令一般或少数不明教育原则之人滥充师资，则教育断难有起色。所以，以师范生去办小学教育，此乃是天经地义、无可疵议之处。吾人处此社会生活状况之下，若一旦强制执行，用快刀斩乱麻手段，当然有一种反响。欲不自扰，只有根据部令，严格施行，去其无师范资格者，代以师范毕业生，逐年淘汰，宽以时期。若果操之过激，毋论谁胜谁败，我湖南学界炸弹即埋伏于此，来日隐忧实未可轻视也。

对于各国竞辟航空线及扩充空军感言

（二月六日）

自"九一八"以后，我国人感于外人飞机之轰炸、人命之危险，非提倡航空不足以言救国。当时，全国人民心血汹涌，有不可制止之势，孰意五分钟以后，热度便转入冰点以下。及至今日，几有无人再谈及航空之事，仅有航空公路建设之奖券点缀其间。民族之毅力如此，曷胜浩叹？

现在世界各国均竞辟航空线，如美国主张建立大西洋海上航空浮站，近又研究在太平洋上设置与大西洋上相同浮站，以便开办航空线。日本各方面以商业中心地之大阪无大规模之飞行场，引为遗恨。前次日本空输公司计划在大阪、神户间之鸣尾附近设大规模之水陆两用国际飞行场，以经费无着而中止，现在力谋实现。此大飞行场完成以后，拟开拓大阪、新加坡间之新飞行航路。近来，又痛感日台航空路之必要，于是决定由台湾总督府本年度预算中支出经费十八万元实现此种计划，期以十时间飞过日、台间。法国现拟完成马赛至西贡间之航线。至于英国空军，与现在各国比较，如法国军用飞机一千六百五十架，俄国一千五百架，美国一千一百架，实居第五位，现拟造飞机一万架，并立即设法增组空军十队。盖英国各大城市及伦敦直有被任何欧陆国家空军袭击之危险，现在英国各界群起要求扩充英国空军。至于德国，自受《凡尔赛条件》拘束以来，对于民用航空提倡不遗余力。前财政部长宣称："本国为保护不动产，以防空军攻击，一切设备所需经费可由各不动产税项内扣除之。"继又出发通令："《凡尔赛条约》禁止德国设置军用航空，致使德国无术自卫，民间对于防空所负责任因而较为重大。"

所以，去年以来，各国对于航空之练习已屡见不鲜。如五月间，有美国空军在东境诺克斯炮台附近大操演；七月间，有英国空军在伦敦大操演；八月间，有法国空军在都隆大操演；同月，又有日本在东京举行防空大操演。凡此举动，皆为今日空军练习防空所不可少之事。回顾我国飞机之数既不见多，防空之操演又无其事，以中国土地之大、民众之多，苟无大多数之飞机，究竟何所恃而不恐？沪淞、热河之役，我国人想尚能记忆当日之痛苦者也。

近来，英、美各国深知我国有意提倡航空，各派大批宣传员来华，分驻各埠，宣传推销，竞争甚为激烈。据上年十二月九日报载，美国著名之飞机制造厂寇帝斯公司现设计以美金五百万元，在中国设立飞机制造厂。中国政府已允在经济及销售方面竭力辅助，现预定初设立时，所有原料均由美国运往，以后除潘得森公司制造马达外，均采用中国货。又，西南五省兴办民用航空，由刘沛泉着手筹备购机，拟本年二月一日先行开航广州至龙州一线，再次第推行广福、广钦、梧桂、南昆四线。至我湖南，去年已与贵州当局签定《湘黔航空合同》，大约实现之期当亦不远。

但是，据江海关调查，上年一月至八月，各国对华输入飞机及附属品，总额竟达八百十万二千余元之巨，与前年比较，已增加六倍以上。此虽是一种好现象，究竟空军愈扩充，外溢利权愈大。倘政府鉴于今日之空军重要，自行设厂制造，并非不可能之事。查我国今日并非无此项专门人材，如政府对于各种不急之需略为减少，即可成立工厂。不佞觉得要提倡航空救国，总要从根本上着手，仅用金钱向外人购买，实非谋国者所应有之主张。今观于各国对于竞争航空线及扩充空军情形，我国如有意于此项救国事业，应完全从自办工厂、自造飞机始。

不与同中国之满蒙回藏

（二月八日）

自辛亥鼎革以后，吾国以汉、满、蒙、回、藏"五族共和"揭橥于天下，所以当时制定国旗，犹标五色之名。一般士大夫私相拟议，谓中国尚不止五族，此外有黎族、狆家、西番、古宗、摆夷、苗族、猺族、猓族、罗罗等，不应置之于不论不议之列。迄于今日，中国共和国体无恙，而满、蒙、回、藏四族已不辞而去矣，不能不令人感慨系之。

日本自明治维新以后注重工业，恃其强兵利械，渐渐向我国进攻，吞琉球，割台湾，亡朝鲜。迨一九〇五年战胜俄国，其势力遂深入东三省。在"九一八"以前，我国对于东三省尚存告朔之饩羊。至"九一八"以后，东三省及热河已成为日本之附属品。怂恿溥仪执收，犹以为未足餍其欲望，近且进而称帝矣。查东北四省面积之大，比日本本国实多三倍，为满人聚族于斯之地。今则土地与人民完全改隶于他族之下，收复失地仅闻其语。是满族从此辞别中央政府而去矣。

自从外蒙古在民国十三年再次宣布独立、实行社会主义后，其政治、社会等一切措施都竭力模仿苏俄，并得苏俄之援助，将外蒙境内整理如法。且更提出"五年计划"，埋头苦干，对于中央政府久已目中无物。而中央政府亦因其无向外发展之野心，听其自然，从未闻有征讨之事实。而外蒙亦乐得在苏俄势力之下作一寄生虫。以言内蒙古，上年有组织自治政府之举，经中央政府简派大员前去疏通，有打消之可能。近更在中央大请其愿，要求履行百灵庙会议前言，倘不如愿相偿，难免不步外蒙后尘，仍作自治政府之工作。果尔，是蒙古族从此辞别中央政府而去矣。

以言回族之新疆，地处西北边陲，如果善为处理，可以控制蒙藏，使之不敢妄动。所以，有清之际，汲汲于行省之建设，不可不谓具有伟大之眼光、深远之考虑。无如与俄交涉，处置失当，如《塔城界约》，割去伊犁河下流及斋桑泊以西之地，面积一百三十三万七千方里；《伊犁界约》，割去霍尔古斯以西之地，面积三万二千方里；《科布多及阿列克别克界约》，割去斋桑泊以东之地，面积六万方里；《喀什噶尔界约》，又割去廓克沙勒河源地，面积二万七千方里（见《新亚细亚月报》）。新疆所余之地，面积为五百五十万方里，人口约三百余万。中央不但鞭长莫及，且对于边地亦未十分重视，纯粹为外力角逐之场。自俄国于一九三〇年完成土西铁路，识者早知其为新疆之巨患，证以西北利亚铁路告成，而我东三省不得高枕而卧可知矣。今果新疆西南部之喀什噶尔成立新政府，和阗回族酋长已予以拥护，新政府宣布新西部完全归其管辖，并宣布脱离中国，驱逐汉人出境。是回族从此辞别中央政府而去矣。

再观藏族之西藏。夫西藏近代来分为外藏、内藏两大部分，均为藏族统治之地。在昔统治藏族之关键，全在驻藏大臣之权力。自鼎革以后，情势遽变，西藏自治已成为事实。历年来英人引诱藏中之青年子弟往英留学，并接济西藏军队以枪炮子弹，使之与中央政府成为对抗之国体。中央宽大为怀，未予深究。于是，又有扩张势力侵及西康之举。虽屡经派兵击退，而西康总不遑宁处。据重庆上月二十七日电，藏军军官在昌都开军事会议，即日将举兵索还失地，康藏风云顿形紧迫云云。西藏即为人利用，滋扰不休，再欲其内附，事实上已不可能。是藏族又从此辞别中央政府而去矣。

统观以上四族，独立者独立，自治者自治，建国者建国，称帝者称帝，曩日所标之"五族共和"名目，今日仅剩有汉族一族在此撑持门面。若果汉族全体能精诚团结，发奋为雄，将来未始不可以招回四族，中兴中国。无如所余之汉族又十二分不健全，不止一盘散沙而已。少时读《论语》有云："太师挚适齐，亚饭干适楚，三饭缭适蔡，四饭缺适秦，鼓方叔入于河，播鼗武入于汉，少师阳、击磬襄入于海。"环顾今日满、蒙、回、藏四族与中国情形，何以异是？吁！

再谈谈今之所谓教育

（二月九日）

一国有一国之历史，根据本国固有历史以谋教育之发展，则其教育乃能适合于民情风土习惯，而不至于削足就履。前年，国联派员来华考察中国教育家所著之《中国教育之改进》一书，备言中国教育不根据中国固有历史，而专取法美国为恨。有俊升君在天津《大公报·明日之教育》上亦云："一个国家教育方策的决定，必须参着国家过去悠久的历史和复杂的文化，以及现在社会的各种经济、政治、法律、风俗习惯的实在状况，才能适应本国的需要。"我国自废科举、兴学校以来，从前尚知注重经书，自近年来摩登教育家崛起，在小学时代则授以禽言兽语，及至中学或大学则授以外国历史，几忘其为中国学生矣。一切的课本均取诸英、美原本书籍，又似乎中国书籍被秦始皇烧后无一存留者。然若对于理工科如此，吾亦毋言，而所谓文学系、政治系、经济系、哲学系等，亦想将外国所有者搬至中国。试问中国能适用与否？此种毕业生将来能否知道中国情形？适合社会之需要否？以中国人民之膏血养成这一般洋奴，不自知觉悟，反自诩为"摩登教育家"，可耻孰甚。

国联教育考察团考察中国之教育，毛病太多，曾经发表重要之文字，可谓对症下药。独惜我国当局不知采纳，实在有点辜负美意。兹摘录一二：

……学校内复乏社会观念，所通行者惟有一种空泛之教育，其与华人周围之生活及其国家复兴之需要皆不发生直接关系。……

……因此种进展之目标，断不可在求中国之欧化或美化，而在求中国固有之民族特性与历史特性之维新耳。

所谓清查固有文化，即谓从本国之历史、哲学及文学中，抽绎中国人在知识上之情状，与西方昔日所有之情状相当者。……故关于中国教育上所发生之根本问题，不在于摹仿，而在于创造与适应。……

然而现在之中国大学生，对于世界各国似皆有相当之知识，独于本国乃茫然无知，是诚不幸矣。

上年，我湖南中学会考，其命题为"国必自伐而后人伐之"，各生均不知题旨所出，内中有人写成"国必自代而后人代之"笑话。据最近中央大学校长罗家伦在纪念周报告《中国大学教育之危机》一文，所报告中大学生程度如下。

有一次某大学新生入学考试，西洋史试题中有一题，问："凡尔登在欧战占何重要地位？"有人答道："凡尔登在江苏阜宁县，地位非常重要，如果西洋人占了，就有亡国灭种之忧。"

又问："日俄战争在何处发生？"有人答："日俄战争发生于香港、广州之间，日本人用飞机炸死许多广东人民。"

又有一次问："鸦片烟战争，始于何时？终于何时？"有人答："始于明朝，终于元朝。"（以上系新生入大学试验）

有一次口试大学毕业生，问："张居正是什么人？"有人答道："司法院长。"

又问："于谦是什么人？"有人答道："监察院长。"

另问一人："井田是一种什么制度？"他说："是日本人。"

更问道："赤峰在何处？"他说："赤峰是日本的一个海岛。"（以上系大学生毕业口试）

中国有此一类的中大学生，不禁令人喟然长叹。此种材料是中央大学罗校长所说的，并谓："几年来兄弟也曾参与主持几次留学考试，和与研究院性质相似之学校考试，感觉到外间的责备不无可以原谅的地方。"则证据确凿，并非事出无因者可比。所以造成此种结果，"摩登教育家"之罪也。

罗校长的确是今日教育家凤毛麟角，深知今日中国教育之症结所在，有一段话照录于下：

大学的经费来源，是国家的税收，是出于人民的负担。所以，大学对于国家民族的生存问题，不能不负一种责任。大学的课程断不可把外国大学里好的都采取过来，还要问问自己国家民族的需要。譬如研究植物的人，断不能只知道外国的植物，而不辨乡里田园蔬果。又比如学财政经济学的人，只知道马克思、蒲鲁东、李嘉图、亚丹斯密士的学说，而忽略了本国经济的情形、田赋租税的状况。环境要认明，对象要确定。……

夫教育者，原以本国为对象，并非取外国之历史文字敷衍为原则。若本国人不研究本国之一切传统学问，由历史上求教育，而日取舶来之书籍是则是效，虽造诣甚深，于中国社会人情漠不相关。在理工科当然例外，但是在未入理工专科以前，亦应对于国学加以注意，以端其趋向。究竟如何可以端其趋向？则舍读经一科外别无他道。时至今日，少数"摩登教育家"鄙弃中国线本书，崇尚蟹行文字，将我国数千年传下之一切文化，被一般腐败之教育家摧残无遗，不但为圣贤之罪人，抑且为教育界之恶魔。将中国所恃为将来主人翁之多数青年，付托于此辈刽子手之手。无以名之，名之曰"贼夫人之子"。呜呼！今之所谓教育！

湖南创办水泥厂问题之商榷

（二月十二日）

我国在今日，各种建筑将逐渐发展。而建筑中之最摩登材料，厥惟水泥。加以粤汉铁路株韶段正在开工，将来桥梁、站屋在在需用水泥。我湖南建设厅当局根据以上原因，认为湖南有创办水泥厂之必要，并请借拨庚款六十万元以作开办费之用。闻已得中央政府同意，不久我湖南即有水泥厂出现矣。但目前日本水泥正在中国倾销，财政部对于水泥与火柴、纸烟同在增加税收之列。将来我湖南水泥厂产生后，能否不致夭殇，不得而知。今欲明了水泥厂之状况，不可不取我国现在水泥厂之情形以资借镜。请例举一厂如下：

大冶华记水泥厂，系唐山水泥厂股份组合而成，创办于前清末年；中经十五年之政变，没收公办，旋即停工；至十七年，费银五十万元，始克收回，仍归商办。查该厂之设备，装有五百匹马力卧式发动机二座、四百匹一座、一千匹一座、鼓风旋转化石炉二座、研末机二座、火管卧式锅炉二座，及全部修理机械。由山运石及厂内，均借轻便铁路之运输。由厂至河岸，装有双线捷路，约长三里余。输泥出厂，运煤回来，堪称便利。以该厂陈废新设，历年补充，在在需款。厂址山地甚广，加以十五年之损失，总估值约二百余万元。现在流动资本约五十万元。以言生产能力，最高度能日出水泥一千桶。在民国十五年以前，年销二十万桶以上至三十万桶，此为极盛时代。十五年以后，社会不安，购买力弱，年销难达十五万桶。现在积存水泥约在十万桶以上，因销路不振，不得不减少出产。山场及厂内工人约五六百人。目前仅开发动机、化石炉、研末机各一座，日产水泥三百桶。每桶平均市价以六元六角计，年销十五万桶，全年营业约九十余万元。此大冶水泥厂目前之大概情形也。

大凡创办一工厂，须计划周详，考虑备至，不可作投机事业看待。粤汉铁路须用水泥，诚哉不错，但铁路告成之后，即不需水泥矣。且粤汉铁路建筑时，究需若干水泥呢？最多有二三万桶，尽可敷用。现在大冶水泥厂存货有十万桶以上，广东各水泥厂亦有出产，可供韶州至湘边之用，则我湖南将来水泥厂出品能否与大冶及广东厂竞争，尚属问题。在竞争时期，又不能强迫粤汉铁路局只用湖南水泥厂出品，而不许采用其他国货，此事势上必做不到。除粤汉铁路以外，究竟我湖南全年需用若干水泥？据记者调查，每年不到一万桶。即海关册载，十八年仅三千三百六十担，十九年几无数可载。近年来农村经济破产，建筑情形与十八年大致相同。今建设厅据海关调查，湘省每年由汉口输入之水泥达十二万余桶。除非是此项水泥之入湘未经过海关则可。又试问，以湘省目前此种财政情形而论，能否每日销三百四十桶之水泥？长沙市房屋建筑多遵旧式，乡间更不知水泥为何物。即公路局所需水泥，方之十八九年时，亦未见多，何至每年销费十二万桶以上（全国仅销二百五十万桶左右）？是销路已不见发达。又况以六十万元开办，方之大冶与广东，已属小巫见大巫。不如将此项资金改在湘南办一煤矿，以为粤汉铁路之用，较为有利。

总之，当此财政困难之时，吾人若欲办一工厂，要注意到永久方面，不可偏重投机。惟永久建设，乃谓之为真建设。若投机建设，只可谓之为临时建设。在我湖南今日此种状况之下开办水泥厂，恐难得美满之结果。如当局认不佞言之过当，或谓有妨大政方针，姑妄言之于此，以待将来事实之证明可也。

教育生产化

（二月十三日）

我湖南教育之发达亦不亚于全国各省，若进而考究教育之内容，真是"金玉其外，败絮其中"。只要校长合乎师范资格，表册填得精细，博得督学几句好好考语，就算毕乃事。此种教育是否合乎今日中国社会之需要，当然是一个疑问。须知，我们中国目前所急切需要者，不在乎各种美术、音乐，而在乎一种实际生产教育。尤其是我湖南，论工厂，则烟筒上有鹊巢；论矿山，则窿道内可以养鱼。每年人民所以能支持生活者，端在一般农民披星戴月、手胼足胝所种获几担血汗的谷米。查此辈农民所以能够生产者，因未曾受过湖南现代化之教育，才有此类的成绩。

中华教育改进社陶行知先生曾对于乡村教育有言："中国乡村教育走错了路，他教人离开乡下向城里跑；他教人吃饭不种稻、穿衣不种棉、住房子不造林；他教人羡慕奢华，看不起务农；他教人分利不生利；他教农夫子弟变成书呆子。……"这几句话实是对于中国目前教育对症下药。无如一般教育家只知守着死的一般部令，每日照章上课、照书解释，学生毕业以后能否服务社会，与社会上有无关系，那些似乎不与今日之教育家相干。在中国今日此种环境之中，非提倡生产教育不足以言教育。而我湖南完全是一个农业省份，要提倡生产教育，舍农业莫由。我湖南虽每年无巨量的外国粮食进口，但农村生产系统溃崩的局势之下，我们来提倡生产教育，其责任就要解决农村经济，直接的为农民生计谋一条出路，间接的为政府减轻多少顾虑与夫消灭多少土匪。所谓生产教育者，我还回想到元始时代之"农"字，学生要农业化，并要将农业知识劳动深入学校里。在校系学生，毕业即为有知识之农民，"寓农于教育界"，以保持我国以农立国之传统政策。俟农业发达时，再进而讲求工业。所以，此次丹麦民众教育大家马烈克博士在北平燕大讲演，勗勉国人对农村问题予以深切注意，使学生在校所学能适应于农村社会云云。

张荫梧君有言："教育之起原，由于实际生活之需要。教育之目的，纯系解决实际生活之一种手段，使青年具有自谋自活之技能，乃教育基本任务。具此生活技能之基础，再进而研究高深之学理，以谋社会共同生活之改进，使达于美满无缺之境，是为教育之最终目的。"目前，中国农村整个崩溃，全赖教育界振作精神，创一新方案，以救此垂毙之国民。今乃一味抄袭欧美资本主义之教育成规，学非所用，用非所学，使贵族子弟愈增奢华（请参观雅礼中学纳费一项），平民子弟离开农村。将外国之教育生吞活剥搬运到中国来，何能适合乎中国社会目下最迫切的需要？所以，我们要提倡生产教育，要先从农业方面着手。在我湖南更要整个学校农业化，即杜威所言"教育就是生活"。若果离开了生活，便不是教育了。我记得葆琛君所言乡村教育："国语应当注重簿记及应用文件，算术应当注重田亩、粮食数量及买卖银钱之计算，地理应当注重物产的分布及与气候、土壤的关系，历史应当注重农业的发展及科学的进化，自然应当注重生物的认识、种养与用途，手工业应当注重农具的修理与日常用品的制造，园艺应当注重菜蔬果木的栽培与作物的选种等。"我还记得明日社主张："同人确信教育必得与生活打成一片，使受教育者最低度有维持生活的能力。我们相信教育不能生产，教育便是消耗品，是今日国民担当不起的教育。教育不能生产，便是造乱之事业，是今日中国必须停办的教育。"我们湖南今日已民穷财尽，要想从教育挽回此厄运，非从提倡生产教育不可。

我之所谓生产教育，要全省大小各校整个农业化。若如现在一般省立或私立职业学校之所谓生产教育，如甚么纺织、应化、金石、油漆等科目，毕业后还不能在社会上应用，造成有知识之高等流氓，忘却了当日"来自田间"之本身，愈促农村经济与夫整个民族之入于不可收拾地位，则所谓教育者真正是中华民国之一大罪孽也。

敬劝公路局工界同人不要自杀

（二月十八日）

我们中国凡百工业，处处落后；而各人之欲望，则处处提前。当此世界经济恐慌、工业凋敝之时，纵使我们竭力挣扎，尚难维持现状，决不能在此危急存亡之秋趁火打劫，向政府帮倒忙，愈促政府对于应兴办各工业灰心短气。不佞对于此次公路局工界同人实行星期日休工之举，窃有不能已于言者，敬为各工友进一忠告。

各工友们岂不是援引《工厂法》第十五条、第十六条乎？而不知第一章总则第一条有云"凡用汽力、电力、水力发动机器之工厂，平时雇用工人在三十人以上者"，适用本法乎？今公路局究有若干马力之工厂能适用此法？再言公路局对于各工友，向来每年每人可请假至四十五天之多，不扣薪金。并可于四十五天准假之外，再请假四十五天，只扣半薪。此种办法已包括星期日休假在内，其优待之处实为《工厂法》所无，而为湖南公路局单行条例所独有。星期日休息本为各国通例，今于四十五天之外继之以四十五天（此根据刘局长所言），比较全年星期日数已属超过。今公路局既有此优待，在各工友当然心满意足，如再格外要求，未免出乎人情法理之外。

再查公路局工友，其薪金以月计，各工友薪金每月亦有四十元者。若加入加班薪资，合计每月可得八十元至百元之谱。据公路局人员说，长宝路工友有多至一百七十元者，其所得不可谓不丰厚。所言加班薪资者，系指每日八小时之外所作之工作。在我国目前国难期间，即使夜以继日，尚难以雪"九一八"之耻。而日本今日全国工厂工人至少工作在十小时以上，所以，能将各种生产倾销于世界各国。又查《工厂法》第十五六条适用于工厂，不能适用于交通机关，而公路局系交通机关，则工友所援引《工厂法》第十五六条已属错误。其宣言书亦云明知交通事业，似难执行矣。

前称星期日要给夹薪，不得则又谓星期日要休息，以资调养，难道有了夹薪，精神上就可以调养乎？复查《工厂法》第十九条："关于军用、公用之工作，主管官署认为必要时，得停止工人之休假。"是公路局不但关于公用，且对于军用所关亦大。各工友们对于《工厂法》谅窥全豹，毋庸赘言。兹据邵阳、衡阳两处军警查旅馆者告公路局人言："每夜开房间者，多系公路局人员。"虽未尽指各工友们，想各工友们亦或者在所不免。现在路局一般工友多属青年，其学问固属薄弱，不过仅有开车之技术，每月可得百元左右之薪金，其代价比之纺纱厂工友高至三四倍之多。且去年政府明令各机关人员薪金七折八扣发给，惟路局技工则得十足，其格外的优待可谓无微不至矣。试看看农民每年三百六十日从事畎亩之中，夜间在家尚作一切副业之手工，究竟每年所得几何？即在军队中之连排长以及各机关之科长、科员等，又每月所得几何？想各工友们当可代为清算也。

总之，现当我国一切事业正在萌芽时代，我们要十二分扶持之，使欣欣向荣。若果一味抄袭外人之文章，生吞活剥拿到中国目前此种局面来应用，岂不是一种开倒车举动乎？工友们中不乏明达事理之人，尚望悬崖勒马、适可而止，事情如果扩大，亦非工友们之福音。

不佞更有声明者，此文内处处称工友，系根据宣言中有"技工"字眼，故以工友称之；若在平日旅行中，称为司机生尚不愿意答应，简直还要称之为司机先生。彼上海、南京、北平、汉口称为汽车夫者，未免尊卑悬殊矣。

南疆独立与中央政府

（二月十九日）

莫斯科传来消息：“喀什噶尔已成立新政府，和阗回族酋长已予以拥护。新政府宣布新疆西部完全归其管辖，并宣布脱离中国，驱逐汉人出境。”

消息传来，我国政府不但不惊骇，且否认有此事实，如孙科、褚民谊在报纸上发表谈话是也，并申斥造谣者别有用意。此政府要人之麻木不仁也。

至行政院一月三十日接刘主席、盛督办感电，谓：“南疆独立之说尚无所闻，兹奉电示，自应迅派妥员前往南疆确探详细情形，再行电呈鉴核。”此地方长官之麻木不仁也。

嗣据新疆旅京某要人谈，谓：“南疆疏附回部独立事尚未得确报，但有可能性。”又据军政部派赴新疆工作人员程湘涛等回京谈称：“余等行前，固知喀什噶尔有谋独立风传，并悉其首领为萨维特多木拉及阿布顾也木等数人，因彼等去年八月曾向某国驻喀什噶尔领事馆接洽购新枪千余支，故其酝酿已甚早。”至此中央对于南疆独立仍在疑信参半之中。又据新省驻京代表宫碧澄谈：“近接新省府来电，未提马仲英反攻，南疆消息隔阂，予已急电塔什干我领事馆暨新省府及南疆方面探询真相，日内当有正确回音。”

至二月六日，中央以南疆独立问题已接盛世才来电证实。霹雳一声，大梦即醒，除由行政院研求应付办法外，并决派黄绍雄前往宣慰制止。又据某中委谈：“南疆独立，虽已证实，但其真相若何、有无指使之人，此为先决问题。故中央已请黄赴新一行，能即予解决固属更好，否则自应设法制止，决不使畸形组织存在。"

统观以上情形，以我国国内之事变，政府不知，而待外人之电告；即告之矣，尚谓其造谣。究竟中央政府各委员，平日高官厚禄，所司何事？不能不令人生无涯之感慨矣。

南疆既已独立矣，并自称"中国土耳其斯坦王国"，分遣代表赴土耳其、阿富汗、印度等处接洽，并有三五英人在内主持。所以，法报称英为背景，《巴黎时报》杜巴司加氏一文谓："英国对此西藏附近之反对汉人、反对波尔希维克之政府，具有严重之立场，以援助之。"又据回教当局报告："疏附政府代表团曾与德国驻喀布尔（即阿富汗京城）公使举行数度会商，谈判自德国购买军火问题。德公使遂介绍代表团与一德国商人名埃布纳尔者交涉。继又与英国商量该项军火取得通行证后，即由印度送至阿富汗，再转疏附。"咸谓疏附政府之形成乃英、德两国活动之结果。但考之交通及宗教关系，喀什噶尔与俄国所属土耳其斯坦亦甚密切，未必与俄毫无关系。又据《伦敦导报》载："日本总参谋部刻正注目往西发展，其目的系在内蒙古及新疆建树日本政权。内蒙古已成为日本囊中物，在实际上彼已全部统治察东半壁，而此即引日本入于新疆之道路。"又意大利墨索里尼演说："苏俄对日本之向西发展表示不满。"是南疆之独立，其间还有许多很复杂的国际背景。

至中央如何对付此种叛逆，不使扩大，目前尚无所闻。惟是北疆盛、马之争至今尚在激战之中，中央毫无能力为之制止。倘能掉转戈头，直指疏附，戡定内乱，绥靖西陲，为中央分边顾之忧，为国家保全领土，未始非设官分职之本意。

总之，在今日交通不便之边疆，中央既苦鞭长莫及，而就近长官又只知争城争地，设一旦效颦东北，则中国前途不堪设想矣。

公路参用马车之我见

（二月二十日）

吾国现有已成之公路，计四万六千六百零四公里。除土地一项为吾国国货外，其余地面上之交通工具如汽车、汽油、柏油等，完全系舶来之品。即以民国二十一年计算，运华汽车总额为二千七百五十四辆，内美国占一千七百六十四辆，英国占七百六十四辆，德国九十六辆，意国四十九辆，日本四十九辆。至民国二十二年，全国汽车共有四万四千四百六十二辆之多。以言汽油入口量，自民国元年迄今，平均每年约二万万加仑，其价值自二千五百万两增至五千五百万两，折合海关金单位，即值一万万一千万元。在民国初年，入口仅四十万加仑，合国币十五万元。至民国二十一年，则增至二千六百余万元。是二十年来汽油入口之增加为七十五倍，价值之增加为一百七十余倍。原因我国近年来公路日渐发达，而汽车所需之汽油迄今尚无生产，每年所需均购自外洋。故公路愈发达，汽油销耗愈多。时至今日，汽油在中国销耗量每月约九百万加仑，上海一隅约占一百万加仑，当全国九分之一，即汽车数亦在二万五千辆以上。又据南京市工务局统计，京市各机关公用汽车共四百三十辆，军委会及中央党部最多，每年销耗一百余万元。至私人与公共汽车，尚不在此数内。

现在，我国每年石油、汽油销耗合计达九千万两，若求根本解决，当然要自开油井。但目前中国当局对于陕西延长有些小规模之探采，将来成绩如何尚不得而知。如我湖南前有木炭汽车之仿造，近又有酒精汽车之试驶，虽则是可以代替汽油，但是汽车仍完全购诸异族，每年漏卮之大，其数目亦至为惊人。

在不佞个人之意见，应于公路上参用马车。欧洲在一九一〇年以前，全市及公路完全使用马车；一九一〇年以后，马车与汽车参用。此法在我国工业未发达、汽油未开采以前尽可采用，其利益如下：

一、马车无须机器，可以自造。

二、以马力为原动力，无须汽油。

三、养马之饲料，国内随地皆有。

四、每公共马车可坐三四十人。

五、无同盟罢工之可虑。

所差者不过行驶速度不及汽车之快。但是，我国人民时间向不爱惜，试看坐轿与坐民船者何尝对于时间有所计较。今参用马车，不过比较汽车略缓一二倍而已。如有要事，仍有坐汽车之机会。以汽车与马车并行于公路上，世界各国均有之，独惜我国主持建设人员未计及此，用特将一得之愚写在上面，希有以采纳为幸。

粤汉铁路衡韶线与公路局衡宜线问题

（二月二十一日）

千呼万唤之粤汉铁路今已着手开工矣。在株衡段当无问题，惟衡州至韶关一段，其线适与湖南公路局之衡州至宜章线相雷同。查公路局衡宜路成功在前，粤汉路开工在后，而粤汉路非取道郴桂宜以至韶关不可，纵不步公路局路之后尘，势须成一最贴近之平行线，可无疑义。将来公路局衡宜线已无营业之可言，欲保留此路乎，则养路为难；欲废弃此路乎，则前功尽弃。究竟此线取何种方法而后可？

余曰："只有将此路线卖与粤汉铁路局，双方均有利益。在粤汉铁路方面，购得此老实路基，除桥梁改大、斜度改低、路基改宽外，其余一切购地、土方工作等，不知省去若干手续。在公路局方面，粤汉铁路成功，此路已成石田，此时若估价卖与铁路局，以所得代价另筑其他公路，则湖南交通亦易发展。但是，粤汉铁路不日着手开工，我湖南当局未闻对于路线有所提议。现在铁路局在衡宜线旁测量路线，收买田地，及今接洽，犹未为晚。迨其木已成舟，虽与之交涉，噬脐无及矣。"

或曰："当此'剿匪'期间，交通不可断绝。若果贪一时之小利，有碍军事行动，亦未见可。"

余曰："粤汉路局扩大路基系在两旁，于行驶汽车并无妨碍；改造桥梁，要求在旧处附近另筑新桥梁，毋毁旧的，仍可照常开车，毋顾虑之可言。"

读《四存校刊》有感

（二月二十二日）

徐菊人先生为提倡颜李学说起见，组织"四存学会"于北平，并于河北博野县北杨村颜习斋先生故里创立四存两级小学及中学校以纪念之，自民国十一年开办至今已十二年矣。

查该校之特色，有一种新方案。所谓新方案者，分堂内教育与堂外教育。所谓堂内教育者，一切课程以部令所颁布者为标准。至堂外教育，其施教地盘，为农场、林场、操场、庭院、厨房、消费合作社、医院及各服务团体；其所用教材，为锄、锹、斧、凿、土车、砖石、刀、枪、扫帚、印刷、算盘、账簿等事物。盖堂外教育之宗旨，系将施教地点从讲堂、试验室解放出来，扩充到与现在社会密切接近之各地域；将学校教材从书本仪器解放出来，扩充到实际生活所需要之各种事物。此种堂外教育，为我中国全国各校所绝无仅有之一种施教方案，值得今日之主持教育者所应取法而急切施行者也。

查该校张校董荫梧在新方案周年纪念会报告词有云：

按本校新教育方案，与旧教育迥然不同。旧教育施教之地盘，限于讲堂使用之教材，仅为书本。若学生能按时静坐讲堂，研究书本，教师能按时到讲堂，将书本解释明白，师生双方之责任即算尽到，教育之能事即算完毕。俗语对学生入学，称为'念书'。此语最足代表旧教育精神。念书就是受教育，受教育就是念书。此本科举时代之社会意识，现在一般学校，讲堂以外有试验室，书本以外有标本、仪器，对于教育地盘与教材似已扩充。但试验室性质仍和讲堂相同，标本、仪器不过为变相之书本。故现在一般学校，亦可谓除讲堂、试验室外无教育，除书本、仪器外无教材也。"并谓："以中国今日之社会状况，举凡各种物质条件、经济力量均尚不能与资本主义国家相比，而乃整个抄袭资本主义国家之教育，其结果不但使平民无享学之机会，教育成为少数军阀、官僚、豪商、富贾之子女所独享。

此种学说实有见到之处。我国今日之教育纯粹是一种贵族化，寒士读书已成为天演淘汰惯例。而此笔天赋独厚之一般贵族子弟，其入校目的不在乎应付社会上实际生活之需要，而在得取学校一纸证书，以为在政界上猎夺官吏之捷径，实与教育原则相去十万八千里。须知今日之教育与封建时代之教育不同，阳明先生"知行合一"之说，日本人领会之，而教育得收美满之结果。我们今日要身体力行、言行相顾，对于学校所受之教育，拿到社会上可以解决个人以及指导群众生活，不至成为有知识的高等流氓，此人人所公认者也。所以，张校董在河北省民众教育会议席上有云："现在一般学校青年，依然因袭传统的'劳心不劳力''用脑不用手'的思想，同时又被欧美已成熟之物质文明所迷惑，不但不能生产，而且过分消费，享用务求奢侈，这实是民族的一大致命伤。"假使这一般青年，听其在乡村耕田耨地，到还不失为一位良农，过其自食其力之生活。今一旦招之来校，授以不关痛痒、不切需要之课目，养成"四体不勤，五谷不分"之穿白衣、白裤、皮鞋、手套之废物。天津《大公报》振声君著论有云："……前几年专门又都改成了大学，多好听。他为国家增加了生产能力没有？不但没有，而为国家增加的，反是游惰的份子与消耗的能力。我们只看看农人的子孙学校毕了业便不肯回家种庄稼，他们宁肯在城市浮游着，无疑地他们消耗的能力提高了，生产的技能消灭了。……"幸而中国教育尚未普及，耕者尚有其人，否则相率天下之人而入于高谈空论、无裨民生之一途也。所以，蒋委员长十八日通电豫、鄂、皖建教厅长并各区行政督察专员："须实施生产教育，并限期设立农场及农校，教员、学生均须实地从事耕作。"良有以也。

查日本女学亦重校外功课，并不若我国今日女校，期满照章毕业。日本于功课之外，授以炊事、看护、缝纫、助产等科学，毕业以后，可以应社会与家庭之需用，总使学生平日在校劳动化、平民化，与社会情形深相适应，以期能合乎目前环境需要，而不为人所诟病。德国最近颁行之法律，今后德国中学生毕业后，当先在国立工作事务处实习四个月，并在工作营服务六星期，然后许其升入大学；对于女学生，亦有妇女工作事务处之设。德国学生协会内附设之工作事务组对于此项措置，认系实现德国普遍的强制工作制度之确实进步云。又，上月十一日德政府正式布告："男女学生此后将受六个月劳动训练，然后始得入大学。男学生之训练，为实际劳动四个月及军队训练六星期。女学生之训练方法，尚在拟计中。"

我国今日自命为教育家多矣，所讲者都是一切无裨实用之空泛文章，养成一般不劳不动、弱不胜衣之病夫，并未有为学生谋得一种解决一切实际生活之与夫健康身体计划，如四存学校之堂外教育之切实工作。笔者深佩四存学校之堂外教育，合乎今日中国国情下之教育，故表而出之，以告中国今日之教育家，得知所取法焉。

苏俄的残忍宣传

（二月二十三日）

在今日这种是非不明世界，要想维持生存，非吹牛皮不可，文言之即是宣传。所以，今日一般身居高位者多半得力于宣传。宣传之作用大矣哉！不徒个人如此，即国际之间亦重宣传。宣传有美意、恶意之分，所以，日本人对于中国无处不用其恶意宣传，报纸所载不可枚举。惟苏俄自第一期'五年计划'成功后，又继之以五年，据报章披露的，确系成效卓著，但是亦有带有几分宣传性者，未见得真正国利民福。即如上年十月间，里加电载波罗的海沿岸各国报纸逐日发表消息，记载苏俄境内粮食补充之困难及饥荒情形。一月二十日，苏联各报刊载政府命令一则，强制人民将七、八、九月三个月收获之谷类迅速交予政府。至上年十二月，维也纳电称："此处天主教中之国际区际会议，由主席英尼尔教主发表报告云：'苏俄在本年之中，因饥馑而饿死者不下百万人，即平日最肥沃之乌克兰尼亚及高加细亚，俱成灾荒之地。'"该报告复称苏俄之灾情实尽极人间之惨状，以人食人之事，在灾区之中亦属屡见不鲜。尤可怪者，此次俄国灾情既如此之重，但在海外诸国则竟有以生产过剩无地可销将食粮设法销毁者。殊不知此等食粮，正可利用废置不用之轮船运至俄境，以救活百万人之生命也。本年一月十八日南京政息称："自入冬以来，苏俄有失业工人及寒苦农民，纷向我新疆伊犁一带就食。据确报，截至现在止，已达十万人。其中纯为觅食而来者，占百分之九十以上。其余乃受主义之驱使，混入活动，我边陲至堪危险。并自该大批难民入新后，所有伊犁一带之粮食顿形缺乏，物价大涨。经长期以来，现已告罄，因之饿毙者时有所闻。"是苏俄国内粮食已感不足，所以饿莩载道，流离失所，已有事实证明矣。不意人民正忧饥馑，而政府则以宣传为重，并有以国产粮食反运华倾销者。如一月十九日中央社载："苏俄自第一次'五年计划'成功后，全国生产骤增，而以农产为尤甚。因此供过于求，不得不向外运销，故每年外销数量为数颇巨。自中、俄复交以后，俄货乃积极对华倾销，尤以俄麦为最。故半年来苏俄粮食在华北倾销日渐增加。近更派德威尔阔夫经理来沪，调查各国粮食运销中国情形，以资推销"云。又据一月二十八日津、沪各报载："共党大会，莫洛托夫讲演社会主义内有云：'本届大会之召集，适值全联邦乡村集体农耕赢得最后之胜利，并逐步歼灭富农分子之际，去年之空前丰收，即是说明农业之最大成功。'……"所以，人谓苏俄一切措施重在集中，即食粮亦然，人民之饿否在所不计。观其贷款与土耳其振兴工业，可知志在宣传矣。

统观以上情形，苏俄不顾本国人民之粮食不足而成为饿莩，并强迫农民将所收获之农产品交给政府向外倾销，以表示"五年计划"成功之后食粮之丰裕。只顾宣传，不顾人民之饥饿，此种举动有类残忍。彼世人附和苏俄之革命成功为天堂国者，盍亦取其近来国内之灾民逃亡就食或饿死者细心研究之，可以知其大概矣。

汪院长之生产建设

（二月二十四日）

十九日，汪院长在纪念周报告有云："真日与蒋委员长联名通电，重申救亡图存要旨，注重治标莫急于剿除'共匪'，治本莫急于生产建设。"捧读真电，谁也不敢非议。惜未将收复东北失地一层加入真电之中，不无阙恨。汪院长又云："……除生产建设，并无第二条路，吾人不得不于万分拮据之中筹划进行。纵无大规模，至少要从小的做起；不能新计划，至少要整理旧的；不能从积极方面谋发展，至少要从消极方面扫除积弊。……"这一段议论，真正说得很透澈，很认识，并很漂亮，倘政府如果时时抱此宗旨向前迈进，日积月累，中国之生产建设定有美满之结果。前年，我国入超为五万万五千六百六十万五千二百四十元，上年入超增至七万万三千三百七十三万九千一百九十八元。我想生产建设开始之第一年，即本年底入超数便可减低，渐至于零，并达到出超之一日，快何如之？

如是我闻，汪院长之所谓生产建设，在中央一方面，实业部应担负一大部分责任，而陈部长又与汪院长同一鼻孔出气之人，当然一种生产建设计划出来就可以照准的。试看陈部长自握全国实业政权以来，有钢铁厂计划，有清血厂计划，有中央机器厂计划，有细纱锭机计划，有造纸厂计划，有煤矿计划，有硫酸铔厂计划；论大的有扬子江作为中心工业第一期计划，论总的又有"四年计划"。此种大政方针之宣布，迄今期限已过半矣，如果从积极方面谋发展，至少也有一二件成功，乃计划还计划，实行杳无下文。说者谓："汪院长不欢喜大的，所以，陈部长所拟一切大规模，一无所成。"试看实业部所颁布之公度量衡，其最小者也，即为政府所采用，盐务署施行新盐衡，而盐价不根据旧秤为比例减轻其值，已引起食户之呼吁。即推及将来之清丈田亩，亦用公度，则一亩田可得二亩之粮，为政府生财不少。其事实最显明之小小生产建设，莫过于人民种植雅片，不但政府每年得一笔巨大税收，而且抵制外货之入口。汪院长所谓"至少从小的做起"，意即此耶？

新计划既不行矣，汪院长又曰："要整理旧的。"此亦是一个好办法，试看汉阳铁政局旧的，龙烟铁厂旧的，谌家矶造纸厂旧的，湖北织布缲丝制麻局旧的，北洋机器局旧的，萍乡煤矿局旧的，大冶炼铁厂旧的，甘肃毡呢厂旧的，扬子机器厂旧的，河南豫丰炼铁厂旧的，以及全国纱厂旧的（据国际贸易局发表，上年截至八月底止，停工纱锭已达五十万枚以上）。以上所举，或已停工多年，或新停工，如萍乡煤局亦在弥留之间。整理旧的，不佞十二分赞成，但时至今日，新的未见施行，而旧的又不能起死回生，禾黍油油，徒增骚客之凭吊。汪院长所谓"至少要整理旧的"，意即此耶？

至言我国人办事舞弊一层，至今为烈。在满清时代，督抚积产至百万者抄没。今则一般要人在未登台之前，与不佞一样的穷措大，及其交卸之后，无不黄白累累，面团团作富翁。试检阅天津《大公报》每日画片所影印上海各伟人之住宅，无不层楼高耸，陈列堂皇；一袜之贵，值七十元；一袭之衣，值五百元；出外有汽车，守门有黑奴。此种金钱究从何处得来？若谓鹤俸所积，则今日之薪金七折八扣，维持现状已觉困难，焉有余资为营华屋？去年，有某寒酸曾任部长，在吴淞附近建造住屋，毁于"一·二八"炮火，据调查损失七十余万元，此钱又从何处而来？但不佞也不能一概而论，如蔡孑民、胡展堂、吴稚晖等，其目前之生活与未做中委时相同。此种廉洁官吏，屈指全国，究有若干？再调查上海外国各银行寄存千万元者几人？数百万元者又几人？此项存款之人，商家乎？抑官吏乎？汪院长所谓"至少要从消极方面扫除积弊"，意即此耶？

不佞亦不能说中国近年来无建设也，但非生产建设也。诚如汪院长所言，于万分拮据之中也曾建设南京各部院之屋宇及街道城楼，紫金山谭故院长之坟墓，洛阳之古帝王陵道，西湖灵隐寺之庙宇及宝塔，首都与华北之运动场，下关之轮渡，钱塘之铁桥，以及各省大学及名胜，无不焕然一新，金玉其外。在表面上看来，中国的确有多少建设。试回头看看农村、看看市面，其一种破产萧条景状，令人痛哭流涕。倘若将以上略举不急之建设费用之于生产一途，至少也有一点成绩，决不至将民生经济弄到如此田步，求生不能，求死不了，既遭"匪祸"，复有外忧，人生乐趣分得中华民国人民没分？

汪院长所谓生产建设，现已到最后之五分钟矣，望言行相顾，毋开空头支票，如前年之"一面交涉，一面抵抗"，上年之"以建设求统一"，而令我们小百姓大失所望也。

我之提倡国货办法

（二月二十五日）

国货到今日一种鄙弃停滞衰颓之现像，实在值得一般有智识分子来提倡一下。但是，我们是中国人，中国人用中国货，此乃是天经地义，不待乎人来提倡而始自行服用者也。无如我们愈言提倡，而外货愈行倾销。提倡与倾销，二者实属水火之不相并存。如果我们大家一致来提倡国货，则外货不但不容其推销，即倾销亦在所不畏，只看全民之决心与毅力如何耳。

在提倡国货诸君，只注意到城市，而忽略了乡间，不知国货销场最大者在乡村，并不在城市。在人民这种生活程度艰难之中，乡民知识薄弱，并不知道国货与非国货，只要颜色好看，花样新鲜，而价格又极便宜，就贪而买之，此人之常情也。而此种贩卖非国货之人为谁？当然是一般小本商人。而此辈小商人取货之来源在何地？就是城市中一般有知识之奸商，为外货作经纪。今欲拒绝外货之倾销，其先决条件首在取缔与夫严惩城市之奸商，此为正本清源之一种基本原则。我亦不能说今日提倡国货诸君内中亦有此等奸商，大家只要扪着良心思想，提倡国货，是否可以标语口号、提灯几项救转得来？严格的说，非枪决几个奸商，决不能禁止中国人不为外货作倾销之介绍。

不错，在作外货经纪商人，当不承认我这种办法，买卖自由，本不能干涉。试看看上年海关贸易册，入超为七万二千二百七十三万九千一百九十八元。此种巨大的漏卮，难道是乡下人走进通商大埠运销出去吗？这就是一般奸商直接将外国货引渡入内地，而转卖与乡村，实可谓为"我虽未杀伯仁，伯仁由我而死"。如果大家认定国运危急，非提倡国货不足以挽救，则奸商至于今日应有一点觉悟，一致从国货路上迈进，则乡村销场亦"一色清"的国货，虽欲想买一点非国货，其道莫由。所以，今日谓国货之来源在乡村，国货之销场亦在乡村，若果舍了乡村销场不言，徒在城市中来谈提倡国货，是犹缘木而求鱼也。

提倡国货，上文已言从禁止奸商为外货作批发起，此为根本办法。今湖南人民提倡国货诸君不从此着手，而聘定不佞与一般热心国货诸君作国货商品评判员，即使国货商品质实色美，而我们无法使之畅销，还不是质实色美，陈列于国货陈列馆楼上可矣。而乡村中各人所买不多，那里有心思来考究质实色美。若果有人将此种质实色美之国货贩销到乡间去，则乡人一见倾心，乐于购用。所以，谈到提倡国货，归根结蒂，一方面要城市商人指天誓曰："从二十三年二月今日起，再不作外货之经纪人"；一方面尽量的对于国货拼命推销，即使赚钱不多，亦踊跃从事，总要各商人一致进行，无有不达到国货畅销之一日。倘有违反，"着即枪毙"，为提倡国货以救中华国运、民族民生起见，即枪毙一二奸商亦不违法，在死者当亦自认为罪有应得而无所埋怨者也。

以上所举办法，系对于奸商而言。但是，提倡国货不能尽责备商人，而中央政府及各省市政府亦当身为之倡，而我们贵国政府不提倡国货为世界各国所无，阅者疑吾言过当乎？当有事实列举，"且听下回分解"可也。

请政府提倡国货

（二月二十六日）

提倡国货乃是人民之事，与政府本身何与焉？人民提倡国货，政府当然是赞成的，绝对不至于反对的。然而，今日之政府不提倡国货，而提倡人民去用外货者，政府亦不能辞其责，何以言之？

政府者原有供给人民衣、食、住、行所需要之义务，对于人民衣、食、住、行有缺乏之时，事前当一一为之筹备，以应所需。今政府对于人生所需要之衣、食、住、行，毫无整个计划，一味以推销外货为救济目前之宗旨，甚至于我们不需要棉、麦，亦生吞活剥借运到中国，实行自杀政策。人民需要的衣，而今日一般人民所着者外货。中国纵向美国借了一批棉，不过作了外国经纪人，转售与日本人去了，而衣不足。人民所需要的食，而今日人民所食者非外国之米即是外国之麦，而内地产谷米之省份受了政府护照杂捐之痛苦无法推销，任其太仓陈腐，而边疆反有因饥饿而至于人食人之惨剧。人民所需要的住，在南方各乡村中，人虽至穷，尚有处寄宿。若言到北方，多穴居野处，只有各都市之洋楼大厦为一般伟人先生所独享；而此种洋楼大厦，其所用木料、砖石、油漆、玻璃、器具等，无一不是舶来之品。至于行，除步行、坐轿、民船之外，所谓轮船、汽车、火车、飞机种种，悉数来自外邦，而政府未尝设厂自造。而推行此项行具所用之汽油，亦尽属外货。是衣、食、住、行四者之所需，政府虽在提倡，然非提倡国货，乃系提倡外货也。

不但此也，试看看修筑铁路，除土地、苦力外，其余所需之钢轨、车头等，外货也；建设公路，亦除土地、苦力外，其所需之汽车、汽油、柏油等，外货也；航空救国，此语闻之稔矣，上年全国所购买之飞机，其价值约一千万元；广播无线电台，全国虽设立几处，其机器无一不取诸外族，虽无切实统计，数目谅亦不少；即下关轮渡，亦达五百万元以上。此外，中央及各省所购运之枪炮、子弹、军用品等，其数当在几千万以上。诸如此类，不可枚举。而最大一笔棉麦借款，更足以表现政府不提倡国货之铁证，此犹是关于公用者。至于个人之患病，不就本国之医药犹可说也，上海、天津未尝无著名之外国医院，而不惜用数万金跑至欧洲去诊，此何为者？

总之，提倡国货，要从政府做起。我们受了提倡国货之戒，每每买一支铅笔、一瓶墨水，钱虽不多，心里总还顾到"非国货"三字。今政府买进外货，动辄数十百千万元，习以为常，视同破甑。若谓飞机、汽车、枪炮等为国防上所不可少之工具，则政府应该设厂自造。购诸异地，不但经济上不合算，谋国者亦不应有此种计划。我们要根本上解决对外一切设备，达到自给自足程度，继续努力，何患事业之不成功。

吾故曰："请政府提倡国货，以身作则。"

干犯圣颜，死罪死罪。

汪张复欢矣

（二月二十七日）

尝读《汉书》："赵拜蔺相如为上卿，位在廉颇之右。廉颇曰：'我为赵将，有攻城野战之大功，而蔺相如徒以口舌为劳，而位居我上。且相如素贱人，吾羞不忍为之下。'宣言曰：'我见必辱之。'相如每朝时，常称病，不欲与廉颇争列，既而曰：'顾吾念之，强秦之所以不敢加兵于赵者，徒以吾两人在也。今两虎共斗，其势不俱生。吾所以为此者，以先国家之急而后私仇也。'肉袒负荆，诣相如谢曰：'鄙贱之人，不知将军宽之至此也。'卒相与欢，为刎颈之交。"回忆"九一八"国难以来，汪院长恨张学良之不抵抗暴日，而专以索饷为先决条件，愤而辞行政院院长。事在二十一年八月六日，其致张电文如下："溯兄去岁放弃沈阳，再失锦州，致三千万人民、数十万土地陷于敌于。敌气益骄，延及淞沪，赖第十九路军及第五军奋死抵御，为民族争生存，为我国家争人格。此本非常之事，非所望于兄，然亦冀兄之激发天良，有以自见，乃因循经年，未有建树。而寇氛益肆，热河告急，中央军队方事'剿匪'，溽暑作战，冒诸艰苦，然安定内地，巩固后防，义无可辞。此非惟兄拥兵最多，军容最盛，而敌兵所扰，正在兄防地以内。……今兄未闻出一兵放一矢，乃欲藉抵抗之名以事聚敛，自一纸宣言捍御外侮以来，所责于财部者即筹五百万，至少先交二百万；所责于铁部者，即筹三百万；昨日则又以每月筹助热河三百万，责之行政院矣。……无论中央无此财力，即令有之，在兄未实行抵抗以前，弟亦断不忍此为浪掷。弟诚无似，不能搜括民脂民膏以餍兄一人之欲，使兄失望于弟，惟有引咎辞职，以谢兄一人，并以明无他。惟望兄亦以辞职谢四万万国人，毋使热河、平津为东北锦州之续，则关内之中国幸甚。惟兄裁之。"

自汪氏鱼电拍发后，中央要人以及各省长官均致电慰留。无如汪氏去志甚决，未获同意。至同月八日，张学良亦有电呈国府辞职："窃良菲才，谬膺军职，外患日亟，饮恨痛心。原思忍辱贵重，尽力支持，乃事与愿违，深恐陨越贻羞，国难方张。请罢免北平绥靖主任，另遴贤能，不胜待命。"

至九日，汪氏再电中央执委会，请批准张氏辞呈，略谓："在张治下之一切国税，均被截夺。税收官吏，由其委派。税收名目繁苛，中央无权过问。税收所入，几尽以养兵。一朝有警，中央责以守土，则请饷之电纷来。……"并谓："欲谋抵抗，以打破军人割据之局，望中央即批准张辞职，必为打破军人割据局面之先声。"

至此汪、张已同水火，实难并存。惟张氏颇有廉颇之风，其对汪电诉苦，与北平记者谈话有云："……汪因何发电，予事前不知，事后莫解，汪年事俱长，所言当无不合。……"又云："汪院长乃政府负责大员，关于个人历史名誉甚多关系，予至将来无关系时，或百年后，必使后人详知予之遭遇。……为大局着想，汪先生为党国柱石，切不能远引。无论是非曲直，予只有引退，而成汪先生之志。……予心中十分难过，假如不因'爱国'二字，张氏父子无今日之结果，生命财产损失，外为邻国之仇，内受国人之唾骂。……报国有日，愿国人毋因此而误汪先生云。"

汪氏阅张氏此一段谈话必谢曰："鄙贱之人，不知将军宽之至此也。"迨去年热河失守，张氏引咎辞职，飞沪出国，而汪氏亦由海外归来。四月三十日汪氏通电复行政院长之职，不久即成立《塘沽停战协定》五条，实现"一面交涉"之半面主张矣。

　　曾几何时，张又从海外归来，本月中央任张为豫、鄂、皖三省"剿匪"总司令，已于二十五日莅汉视事，从此汪、张成为刎颈之交。今而后，暴日必不敢再加兵于中国矣。不佞忆及蔺相如与廉颇一段故事，因与汪、张经过情形相同，故备述如上。但汪氏之急躁，不若张氏之忍耐，可于上文电报中见之，此亦是中华民国政界中一段佳话。惜未见汪、张此次在南京晤面时所说些甚么话也。

再论粤汉铁路与公路局之衡宜线

（二月二十八日）

粤汉铁路之衡宜线，与公路局之衡宜线平行修筑，对于公路局营业大有妨碍。不佞曾著论及之，并主张公路局出卖衡宜线与铁路局，以所得代价另筑其他公路，实为两全之计。昨阅报载，公路局亦有呈请建设厅变更粤汉路线之举。文内有云："粤汉铁路株韶工程局对于湘粤线之测量，与本路交叉点甚多平行，距离甚近，将来该路一成，障碍本路，至重且大"云云。

以言粤汉路线，由衡至宜，其规定系在美国合兴公司时代，而公路局系在民国十四年开办。论理粤汉路局并无不是之处，以公路局来请变更路线，铁路局不见得理屈。吾人就事论事，双方均是公用，所异者国有与省有之分而已。为顾全双方将来利益计，公路局有出卖衡宜已成路线之必要，而铁路局亦有收买公路局衡宜线之义务。据不佞估计，公路局衡宜路，连同土地、土方、桥梁、站棚等，合共约二百万元左右。此系民国十八年以前之价，若至今日修成此项路线，其工价至少要加百分之二十方可完成。日昨，有粤汉路局某君言："公路局修造衡宜路用费过多，铁路局不能备价收买。"此言太不根据事实。我湖南公路局所造各路，其工程比任何省为优，其用款亦比任何省为少，观其事务费仅占事业费百分之五至十，即可断定工程成本之轻。今粤汉铁路局尚未开工，所用人员亦属不少，而薪金之大，可比湖南省府委员每月之所得，加之甚么疗养院、路警队，种种名目，现在已将衡阳闹得乌烟瘴气。这一笔事务费将来合计至少占工程费百分之五十以上，其成本与公路局实得其反。不佞敢说一句，铁路局决不能以二百万元修成衡宜线土方，或者须要加倍其值，留在将来事实证明，或取他路工程为比例亦可。

总之，铁路局对于公路局衡宜线虽无收买之必要，而公路局对于铁路局却有请求收买之理由，迄今不与之交涉，将来粤汉铁路成功，我湖南公路局之衡宜线只能作为牛羊往来之途径，绝无营业竞争之可情。不佞又有附带声明者，公路局近来对于全省应修之干线搁置不理，而从事于各支线之进行。我湘南各县每年所出之田赋路款附加为数不下数百万元，而衡永路线开工无期。此次出卖衡宜路线如果成为事实，不佞谨代表湘南父老，请以所得之代价仍在湘南修筑公路，不得移作他处之用，使全省公路得以平均发展，不胜馨香祷祝之至。

二十二年对外贸易之结果

（三月一日）

据财政部发表民国二十二年对外贸易报告：进口总额共计十三万万四千五百五十六万七千一百八十八元。粮食、面粉居第一位，计二万万七千五百零二万五千七百九十六元；油类、脂肪、肥皂、蜡烛、松脂居第二位，计一万万零四百八十万六千四百九十五元。此外，烟酒三千三百四十二万四千四百九十四元；丝包括人造丝及丝织品一千三百七十三万八千二百四十五元。出口总额共计六万万一千一百八十二万七千九百九十元；纤维品居第一位，计一万万一千四百零五万一千七百元；动物及动物品居第二位，计七千七百三十万六千六百零八元；纱线针织品居第三位，计六千八百八十一万三千八百四十三元。此外，粮食出口占一千八百二十三万六千二百六十五元，茶占三千四百二十一万零三十七元，桐油、蜡、牛油等占三千七百零四万八千一百一十五元，总计入超为七万万三千三百七十三万九千一百九十八元。此种巨大的入超，已置国家经济于不可支持之厄运矣。

查我国以农立国，农民占人口百分之八十五以上，其一种耐劳忍苦之精神，为世界各国所无而仅有，终岁勤动、手胝足胼而无所怨恨者，为的是生存问题。以每农夫耕种所获之谷麦，无论如何，至少可以供给三人全年之食料。以百分之八十五农民，除自食外，仅养活百分之十五非农民，绰有余裕，并可以有巨大的粮额输出国外，此必然之事也。何以我国粮食每年不但不能大量的输出，且有大量的输入，竟占进口货之第一位，其故何在？大约不外乎苛捐杂税与夫交通不便利之一种症结。不观夫不产谷麦省份与夫饥荒之地，求食不得，或有至于人相食；而产米麦省份，则太仓陈腐，不能以善价推销所余。荒年固不免于冻馁，即丰年亦见其困穷。嗟我农民，其何能淑？外人深知此中情状，以本国生产过剩之粮食，向中国沿海各省份倾销；而我国内地农民，每年以血汗换来之谷麦，遂至流通无路，民间呻吟之声到处可闻。乡村既如此衰落，都市亦感萧条，而整个国家经济遂陷于不可收拾之途径。

日本本国所产谷麦向不足自给，在有清中年，每年我国有巨量的谷米输入，自台湾、朝鲜改隶后，竭力经营，一年两熟，每年除自食外，至今日竟有余米向中国倾销，台湾米则运至中国南几省，朝鲜米则运至东北四省及华北，并非臆度，业已有事实陈在吾人目帘矣。我国政府亦曾顾虑及此，所以有农村复兴委员会及全国经济委员会之设置。但是，农村复兴委员会自从开过一次大会以后，遂至无声无臭、不死不生，再无继续努力之事实。全国经济委员会虽则是成立了一二个统计会，亦毫无成绩之可言。我们小百姓固不敢过问，即问之政府要人，则曰不知，问之名流学者，亦曰不知。此种有名无实之委员会，徒为秘书、干事、办事员开一新饭碗，而于全国农民无丝毫之利益也。

总之，时至今日，农民之困苦已到最后之五分钟，时间亦再不许我犹豫。政府要救济农民、增加生产，亦应在今日有整个切实之计划，不能日取吾民而欺骗之。欺骗吾民者，即是欺骗自己也。例如棉麦借款，政府与立法院不曾明明白白指定作为生产建设之用乎？到了今日，是否有一件生产建设事业系取诸棉麦借款者乎？究竟所售出之款，如何支配？存在何地？作何用途？政府亦应有所表示，以释全国人民之疑，而昭示立法院与政府之威信。如我国今日再不从事生产建设，听资本帝国主义者以中国之市场为其销货之尾

间，吾恐二十三年对外贸易入超比上年还要加大，而我国出口贸易
又日加大减也。兹因上年粮食进口居第一位，窃叹中国农业之不景
气以及政府推销之无办法，是以有隐忧焉。

国难期中之褚民谊

（三月二日）

今何时也？非所谓国难期中乎？褚民谊之地位，非所谓行政院秘书长乎？以言责任，系禀承行政院长命令处理一切政务者也。其立场既如此重要，一举一动，关系全国大小臣工之景仰。丁此国难临头，夜以继日，犹恐有万几丛脞之虞。乃去年在京大捧程砚秋之场，并割须登台，几不自知身为行政院秘书长也。据报载，日前梅兰芳应黄河水灾农振之请，莅京奏技，捧之者较新年胡蝶来京尤为盛极一时。而褚民谊更为捧梅之中心，大有举京若狂之概，所谓"九一八"国难，已成为过去之历史矣。而褚民谊居然又牺牲色相，大演其黑头戏，意欲附骥尾以显名于天下，并可表现秘书长之多材多艺，而一般要人如汪、曾、朱、陈、戴中委等亦趋之若鹜，惟恐有后至之诛。此亦我国国难中之官场怪相耳。

试看剿匪长官督率军队，日出入于枪林弹雨之中，不遑宁处。而在京各中委竟甘苦异趣，日荒淫于歌舞楼台之中，惟以捧角为能事，方之宋之南渡临安贾似道之斗蟋蟀，明之南迁南京阮大铖之演《燕子笺》，其一种亡国现象又何多让！捧梅者倘一念及东北四省同胞，当亦同乐不乐耳。

不错，人民处于此种国情之下，几毫无一点兴趣，民气消沉，即是国运颓靡之征兆，当此时代来提倡民气一下，到还不失为一种苦中作乐好现像。所以，何主席今日开放禁令，准人民玩龙灯、耍狮子，热闹几天，颇有与民同乐之意。缘农民每年三百六十日与雨露、风霜、烈日、泥涂为伍，及此闲暇之时，引人入胜，亦为上者应有之举动，此系多数民乐也。若褚民谊一年四季之少数官乐，不佞窃不敢赞同，致蹈贾似道、阮大铖之覆辙。须要"先天下之忧而忧，后天下之乐而乐"，而今日这一般少数要人偏要"先天下之乐而乐，后天下之忧而忧"，不佞窃期期以为不可。

语云："贤者而后乐此，不贤者虽有此，不乐也。"谨以贡献于褚秘书长之前。

英兵侵占滇边之警耗

（三月三日）

我国至今日可谓多事之秋：东北四省已失，而福建无端发见人民政府；闽患方平，而南疆之东土耳其王国又起，幸事尚未至于扩大；不意滇边近日又以英兵侵占见告矣。据云南督办李曰垓麻电报称："现英国采矿公司集资七百五十万卢比，在南段未定界办矿，车路已通至上隆渡，大约目的在邦弄一带"等语。又据腊戍回镇商人报称："本年英人积极修果敢至频龙江路，并驼运大批行李至卡瓦山。"又据康纳县长庚代电称："英缅方面，曾派员五波澜潜往邦洪银厂调查，返仰光后，缅政府即派遣英兵五百余名，驻扎果敢属滚龙江边，并督工修理至邦洪方面桥梁及汽车路，架设无线电台。又招雇大批马帮，载运开矿器具，现正积极进行中。"又据上月督办杨益谦电称："于一月十四日，突发现英人七八名，在班弄地方召集人民开秘密会议。十九日，又发现英兵二千余名，概携有工作器具，每到之处，则将道路修理完好，可以通行摩托车。现正在班弄江边建筑铁桥。一般舆论谓有意占领我班红之金厂。查班红金厂，早为英人垂涎，牧师永伟星父子平日对于教民，不惜多方利诱、肆意煽惑者，其用意即在以软化策略，无形中掠夺该地矿区耳。"至云南省党部，亦以澜沧县民众救国分会来电，报告："班洪地方，近有英兵三千余人，各持器械工具开筑汽车路，并修建铁桥，意在强夺我金银矿产。曾于二月一日召集省市民众团体，开会讨论应付方法。"统观以上各报告，英兵之侵入云南，不独强占矿业，且有蚕蚀西陲之意，形势紧张，不亚于东北。但事情发生业已二月之久，至今日始行见诸官府报告，亦可见我国边吏之玩弃职务耳。

云南当局既有电报告中央矣，究竟中央对于英兵侵占滇边如何处理？报载外部已令滇省交涉员王占祺就近交涉制止，并令驻英公使向英政府提出抗议矣。此种突如其来之外患，又加以英兵仅二千余人之数，倘不就范，不难以武力驱逐出境，如果优柔寡断，亦足以偾事。查英人自吞灭缅南以后，对于云南颇有封豕长蛇之野心，地属毗连，稍一不慎，即有伸展于国土之虞。我国对于边陲平日向少注意，边界既未划清，地图亦不精确。此次英兵侵入班洪，遍查各种地图，均不得的确之注载，有书为邦洪或班红者。又如李景森则称为葫芦王地，致吾人对于此案如堕五里雾中，不明方向之所在。据此一端，不但政府之耻，抑亦学者之羞。又如光绪十九年薛福成订立《缅甸续约》二十款，当时薛氏对于界务不明，损失领土，计潞江下游以东，南北二千里之地。又大金沙江上游以东之地及野人山外瓯脱地，面积达十万方里。光绪二十一年，英人要求重新划界。至二十三年，又重订《滇缅界约》十九条，有昔马木邦科干山地割让于英，及永租瓦兰岭、蛮秀岭间之三角地，总计我国丧失领土又在一万方里以上。而英人属地，乃续展至太平江南奔江的会口。当会勘界务时，英谓薛图经纬度与约文不符，强指孔明山为公明山，另出界图划一红线，深入我腹地一百余里，至今红线、黄线成为悬案。所派刘万腾等实地勘界，因刘等不识舆地，为英所骗，遂得寸进尺，侵略片马等地方。至宣统二年，英兵二千实行占我片马，清政府虽曾与之交涉，均无结果。至今片马仍在英人掌握之中，设立官厅，修筑马路，中国除口头笔墨抗议外，并无实力制止，且进而北略江心坡。至民国十五年，英人派兵三千至滇边，以二千驻新街，一千驻江心坡，因江心坡土官有抗拒之举，多被虐杀。因此，土官们曾派代表向国民政府申诉，无结果而回。所以英人强占我国土地，如宣统二年以兵二千占片马，民国十五年以兵三千占江心坡，而此次又以兵二千余占班洪，人虽不多，但有例可援，不可以其少而忽之。

希望中央即日严行抗议，不听，继之以武力实行"尺地不可以与人"之宗旨，一面划定滇缅界线，并收回片马、江心坡。盖巩固云南边陲，即所以巩固中国西南门户也。

日本竟阻碍我国航空事业耶

（三月四日）

福建陈主席因福州飞机场规模太小，"剿匪"军事及民用交通均感不便，故稍事扩张，以期适用。厦门飞机场不但面积太小，且有高山障碍，不得不另觅场所。此系我国应有之事业，与日本何关？

据上海上月二十日电载："日本有吉公使入京，此行任务系奉外务省密令，拟借口一九〇四年四月间所谓不割让协定，谋阻我在福建所建设航空事业。"据报载："上月二十一日夜深，日本竟提出严重警告，谓：'国民政府若不改变计划，则日军将占领华北'云。吓得汪院长立即发表谈话，略谓：'外间盛传中央有意在福州、厦门扩张军事航空，因之生出种种揣测，纯属无稽。'至于沪粤线航空事，则交通部长朱家骅已有谈话说明真相矣。朱云：'沪粤线通航，本部久已督促中国航空公司早日举办，因经费困难，迭次延缓，最近始由中国航空公司与美太古公司商妥垫款，供给飞航，借助技术人员，于十月二十四日正式通航。……其性质纯属商业，固与其他航空线无殊也。'"据华盛顿电："外国谣传，日本政府因闻美国与中国订立密约，援助中国发展航空，特向美国国务院探询此事，国务院顷对此项消息予以否认。外间则又谓美国贷予中国之五千万棉麦借款，系用以修筑飞机场者，国务院亦予以否认，并谓美国从未与中国订立密约。东京报纸所载，实为无稽之谈"云。可见日人之造谣去事实太远矣。

但是，发展航空，巩固国防，乃立国者应有之准备。我中国系一独立国家，当然不受任何人之干涉，无论其为民用航空，即使为军用航空，试问日本有何权力横加干涉？现在日本人在本国以及台湾、朝鲜属地扩大飞机场，何以未闻有何国出而梗阻？即俄国在满洲附近边疆建设飞机场，日本亦不敢出而过问。据报载，上月二十三日、二十五日，俄国飞机且两次飞过朝鲜边界。《时事报》载称，外务省现训令驻俄总领事，不过向俄政府提出抗议而已。以中国所领之土地，中央政府自有主权布置一切，谁也不能出而干涉。日本人固属无理取闹，而汪院长未免畏蜀如虎。试看天津日军所筑之飞机场，已于上年完全竣工，现停该处飞机有九架之多，并办理一切军输事宜。以中国之土地，日本人可以任意建筑飞机场，而我中国人反对于自己之土地，不得建筑飞机场，此理从何说起？即使有不割让协定，试问建筑飞机场又何尝违反条约？若果是我中央政府尚欲保存独立国之资格，应拿出大无畏之精神以与之周旋，姑且实现"一面抵抗"之半面文章。若果此种恶例一开，将来西北之与苏俄，西南之与英、法，有谁能禁止不仿日本人今日之举动乎？

我国幅员之广大，海岸之延长，交通既感不便，海军又不堪应战。处此立体战争时代，惟有努力航空事业，以应付目前环境之所需要，希望政府毋以日本之警告而自馁，则幸矣。

职业学校教科书问题

（三月五日）

中国目前最时髦学校与夫迫切需要者，莫过于职业教育。今日中国之职业学校亦不可谓不多矣，究竟此辈毕业学生能否应社会之需要，与夫个人能否赖技术以生活，不至于落于高等流氓之列，恐怕问之教育当局，不敢保险；即问之学生本身，亦无此自信能力。我不咎职业学校之不应办，而但咎主张办职业教育者，先未将职业学校应需之基本教科书预为编定，听各校教员各自为政，听学生在校内冥索。职业学生不知职业，此岂学生之罪也哉？而其所以造成此一般不知职业之学生，教育当局应负完全责任。

试调查我国出版书店，言古者则有影印各种古书，言新者则有各种荒谬小说，而求适合今日国情所急需之职业教科书，虽走尽全市，亦难得一二。间亦有对于高级职业有断简残篇之著述，而整个高级职业教科书则未之闻（如《水力学》则无出版）；以言初级，则更属可怜。问之现在各初级职校当教员者，所取用之教科书，均云取高级之参考书，摘取内部一二，以作初级之用。最重要之工作法，不但全国无一善本，即不善本亦无之。在教员之勤苦热心者，或每于授课之前编订讲义发给诸生，其余多半身登教师之台时，搜尽枯肠，东扯西挂，敷衍钟点，藉支薪俸，去职业学校主要科目之原则相差何止十万八千里。所以，每当新旧教员交替时，后者不知前者所说的是何种意义，并不知所教授者已至何等程度。旧教员去，连一肚皮教科书随身带去；新教员来，又另起炉灶。场未检清，学期又满，至下期新旧教员，又复如是。试问此类职业学生在学校混了三年，那里学到一点真正学问？

不佞以为，今日职业学校需要最紧急者，莫过于按步就班，编定一种适用教科书，分级分期，循序渐进。教员执此为授课之蓝本，学生执此为受业之雏形。此外，教员与学生再参考各种书籍，发挥而光大之，则思过半矣。但是，此种教科书之编定，不可专译外国之书本，须要有学问与经验宏富之人，根据中国之物产与夫中国社会之习惯，及一切手工业如何改良处着眼，适合目前人民之需要。陈理不要高深，取材不可广泛，一方面要引起学生求学之兴味，一方面又要所学可以出而问世。如果将外国办大工厂之工业知识，生吞活剥教授一般初级或高级职业学生，窃期期以为不可。

有难者曰："中国教育经费困难，那里有钱来编是项课本。"此理固属不错，但是要救中国之危亡，所以来办职业学校。既办职业学校，而事前又无一种职业书籍以供学生之用，不如停办之为尤愈，何必借职业学校之美名，误尽人家子弟？中国金钱向不经济，若果能裁去一二位咨议、顾问之干薪，即可编成一部救苦救难之职业教科书，孰得孰失，孰轻孰重，不待智者而后知也。即不然，将各校教员所编之讲义广为搜集，聘请专家编辑成书。规定各科之课目，每学期自某章至某章止，每年又自某卷至某卷止。教员纵有去职之时，教科总有可以按书衔接。所以，欲办职业学校，编定教科书系一种先决条件。

有人谓："今日政府办职业学校，不过人云亦云、迎合时势潮流而已。至学校内容究竟要如何可以办理得好，学生毕业出校如何可以应社会之适用，那些似乎不与今日教育当局相干。而教育当局所最怕者，学校起风潮。如果有坐禅式之学生，有念咒式之教员，即算是办理教育成绩卓著，其余均不遑过问矣。"其然？岂其然乎？

哀《衡阳通俗日报》

（三月七日）

衡阳教育会主办之《衡阳通俗日报》，已有七年之历史。当出版时，以"铲共"为帜志，曾得何主席、刘军长、曹民政厅长先后嘉奖在案。自去年省府厉行紧缩政策，令饬该报与《衡阳民报》合办，未果实见，遂将该报每月应得津贴即行停发，教育会同仁仍苦心孤诣，支持至今。不意霹雳一声，中央宣委会函本省执委会，根据衡阳党部执行委员会呈文，立饬该报停止发行矣。查该报主体为衡阳教育会，故其销数以各小学校为基础。衡阳一县合计一千余小学，每月收取报费仅二角五分。所以，乡村小学均获阅报之便利，如果停刊，则各小学颇有感觉困难之处。闻该报主办人已呈请中央宣委会收回成命，未卜能达到目的否。

言论自由，载在《约法》，苟非有违害党国之阴谋，措词纵有不合之处，警告之可也；如警告之不听，勒令罚停发行数日可也，未闻有根本解决如今日《衡阳通俗日报》者。究竟该报所登载反动言论以及荒谬新闻如何，无从臆度。今以有历史之报纸予以停刊处分，则兔死狐悲，物伤其类。今而后吾辈从事新闻事业者，惟有作歌功颂德之文字，登升官发财之新闻，逢迎长官，蒙蔽社会，不如直截了当，将全国非政府或党部发行之报纸一律停刊之尤为整个解决。复查此次衡阳县党部径呈中央党部，并未呈由省党部转，此种手续是否适用？不佞未在党部办过事，亦不熟悉党规，不敢下断语，或者对于紧急处分系例外欤？

　　不佞被目为党贼之人，何敢再有所论列以羞当世之士？然亦非有意袒护《衡阳通俗日报》也。惟念衡阳教育界在湘南素负清高纯洁之盛名，以全县教育会所主办之《通俗日报》，此次博得反动头衔，则间接谓衡阳教育会全体会员反动，亦未尝不可。查封报馆其事小，而引起全县教育界之不安宁其事大。解铃还是系铃人，希望网开一面，易停为罚，俾该报将来得以继续出版，幸甚，幸甚。

政府应为乞丐谋出路

（三月八日）

自废历年关以至现在，长沙市城内不知增加若干乞丐。只见老少鳏寡废疾之人，小巷大街，蹲坐横卧，风寒雨雪，遍身备尝。世上人生最苦之生活，再无有过于此辈乞丐所身历之境遇者也，

美国学者格林（G. L. Gillin）在美国《社会学杂志》上说："在古时候，社会上是没有乞丐的。只是一种从某一个族群里的人出外去旅行，流落在异乡，后来得到了慈善家的救济，这就是乞丐的滥觞。"考我国乞丐之来历，见诸于经传者，如乞食于蟠间者有齐人，吹箫于吴市者有子胥，乞人不屑与夫不食嗟来之食，则乞丐中之有志气者。汉时之韩信，又属乞食而为英雄沦落者。至陶渊明之《赋乞食诗》，但标其清风亮节，非真乞食也。南唐韩熙载向歌姬乞食，明张灵走西湖乞食，亦非真乞食也。惟唐郑元和因眷妓李娃，用尽试资，遂至沿门乞食，此真乞食也。后元和得官，娃亦封汧国夫人，轻薄儿有此结果，亦云幸矣。明亡之时，士大夫降清降贼者甚众，独一乞丐不屈，题诗于壁，自缢而死（其诗曰：三百年来养士朝，如何文武尽皆逃。纲常留在卑田院，乞丐羞留命一条）。此乞丐中之有忠节者，诚为莲花落中人生色不少也。以上所举，多属文人或英雄，因一时之流落而为乞丐，并非如今日志在温饱者可比。除此以外，普通之乞丐，何代无之？纵无数目之统计，在不佞眼光看来，无论如何，总不至如今日遍乡遍市之盛。

查此辈乞丐，内多五官俱全之人，一时衣食失所凭依，或懒惰

成性，为生存计，不得不出于乞食一途，真有"得之则生，弗得则死"之慨。加以近年来农村破产，土匪遍地，大富变为中产，中产降为贫民，久而久之，举家遂成乞丐。又复益以帝国主义者，或挟其经济侵略政策，吸取内地之金钱，或利用在国内设厂之条约，而摧残我国一般手工业。于是，耕者弃其未耜，工者无业可职，而乞丐之类于焉加紧。苏子有言："人之所以为盗者，衣食不足耳。农夫市人，焉保其不为盗，而衣食既足，盗岂有不能返农夫、市人哉？故善除盗者，开其衣食之门，使守其业。"吾于乞丐亦云。

在世界各大国机器工业发达之时，失业人数应比以农立国之中国为多，何以证之各国，实得其反？原各国对于废病残疾无靠之人，设立种种教养所、养老院为之收容。其在壮年之乞丐，又有为之代谋生活之道。所以，环顾各国，绝少乞丐，偶一有之，多属秘密行乞之人，高其帽，洁其衣，敲门行礼；绝不如我国之乞丐沿街所喊之老爷、太太等口号，更无我国之乞丐出其烂足断手以示行人，或在城市街心裸体滚行，以冀行人之垂怜。此种乞丐，为人道计，本应在禁止之列。但禁止而不为之代谋生活，更非讲求人道者所许可。所以，工局长在南岳取缔沿路乞丐而受困于乞丐者，亦未曾先予以生存之故。查欧洲各国对于取缔乞丐是很严厉的，一概实行强迫做工：荷兰为乞丐安置了三个做工的地方，葡萄牙也设立了很多的工厂给乞丐做工，比利时也有大规模的乞丐收容所设立，德国在战后设立收容乞丐的场所有三十几处之多。而中国独付缺如，宁勿引为遗憾。

在不佞个人之意见，政府应对于此辈乞丐先拿出整个办法。如设立贫民工艺院、养老院、废疾收容所，授以手工业。其余壮丁乞丐，勒令送入军队，充当运输夫，不许沿街乞食。至目前各处残病之人，市政府要发生恻隐心，收送医院为之诊治，为公共卫生计，为同胞人道计，为城市观瞻计，此事有急急实行之必要。我湖南对于湘雅医院及仁术医院均有极大之津贴，此一点义务，应责成两医院分任之。肥料捐每年收入在十万元以内，救济乞丐，亦属应行之事。况且我们居户又输有乞丐捐，而乞丐每日惠临，仍不少减，虽然是人民生计困难，而取缔乞丐未先为之谋生活出路，是一大原因也。有市政之责者，望有以注意为幸。

救农民

（三月九日）

我国号称以农立国，所以对于工商业甚形幼稚，政府一切取予，其目的则完全注重农民，此古谚所谓"官取于民，民取于土"之两句老话传流至今。农民该死，该死之原因何在？姑言之于下。

我国政治不良，自鼎革以来，无年无有内战，所有社会上一切建设都无从使之发展。加以外国资本主义日向中国进攻，攫取我国固有之民膏民脂，逐年向外流去，以致国民经济日趋于崩溃与贫乏之途径。试看民国二十年入超为五万万二千四百零一万三千六百六十九两，二十一年入超为五万万五千六百六十万五千二百四十两，二十二年入超为七万万三千三百七十三万九千一百九十八元。中国人民究竟有若干财力能担任外人之年年压取？试问此项入超之数是否取之于农民之身？但是，一般农民，时至今日，脂膏已尽，一日三餐，下锅无米。若果吾人深入民间略为考察，此种事实即可证明并非故意张大其词，以骇人听闻。所以，共党利用此等机会竭力煽惑，而忍饥之农民亦因谋生无路，遂相率加入"赤军"，以延此残生；迨其声势既大，社会愈形纷乱，农村更形衰颓，而随着社会纷乱与农村衰颓之各种轻工业、手工业，遂至于停闭，而无法使之存在，于是商业上亦受莫大之影响矣。

但是，中国农民无论如何困苦，而政府需款之时，还不是想出种种方法向民间捐派？在政府之意，认农民是中国唯一生产者，认农业为中国唯一产业者，除此以外，别无筹款法门。于是，一切的苛捐杂税直接、间接都加在农民身上，不管农民能否担负得起，种种凭农民要钱。是政府不去扶植农民增加生产，反来压迫农民减少生产。此种产业破坏之主力军为谁？就是在使用苛捐杂税之人。近来中央政府深知此中症结所在，已通过取消一切苛捐杂税办法。但是，政令不出都门之今日政府，各省政府未必能遵令；即令遵矣，能否保其不另立名目，从中抽税乎？如厘金取消，而营业税代兴，并于营业税外，又有所谓产销税。据一般商人言，其苛比厘金还要加重，虽直接担负者在商人，而间接担负者仍在农民。所以，中国农民在表面上看来，虽为生产者，而实际上乃成为一块俎上肉，任人宰割而已。

以言我湖南，其农民经济之困苦已到山穷水尽之境，一切苛捐杂税与其他省份相同，而救国公债则独有，提取公债之委员未去，催收团款、基金之差役又临。人民正在喘息未定之时，霹雳一声，又要开征本年上半年田赋，连二接三的不断的要钱，农民如何能应付？有谷无人要，有田无人买。嗟我农民，纵不饿死，也应逼死。

现在一般人高呼着"抗日救国""剿匪救国""航空救国""读书救国"等等口号。我则异于是，因中国以农立国，农不救则国亦难存。所以，不佞个人大声疾呼："救农民！"

救农民即是救国！希望政府毋以农贱而忽之，幸甚。

中国将来之教育

（三月十日）

中国前以科举制度不良，才改为学校，并认为在二十世纪潮流之中，非提倡教育不足以立国。自"九一八"国难以来，尤认为非提倡教育不足以救危亡。现在朝野上下，其目的好像注重教育，因为从前教育不好，所以造成今日之局面。若今日之教育再不有整个澈底的计划，则后之视今，亦犹今之视昔。

我国人作事向无计划之可言，即有计划之事业，亦多半议而不行。试看中央农村复兴委员会、经济委员会、国联技术合作委员会，不曾轰轰烈烈闹了一阵，究竟有无一点成绩昭示于吾人乎？但教育为立国根本大计，与普通委员会不同，教育当局应拿出百年树人整个计划，布告天下，咸使闻知；不得敷衍塞责，将专门学校改成大学，中学改成职业，甲工改为高工，换了一块招牌，就算是教育计划。我今把振声君一段话写在下面：

不错，我们的教育这几年还在进行咧，前几年专门又都改成了大学，多好听。他为国家增加了生产能力没有？不但没有，而为国家增加的反是游惰的分子与消耗能力。……

年来也听说在提倡职业教育，但若只把普通中学换上一面招牌，把普通中学教育改为职业教育，任凭课程标准定的怎样好，结果，不独非驴非马，反把职业教育给葬送了。……

……我们要科学精神，而国民读的是神怪小说；我们要的是能执干戈以卫社稷的壮士，而多的是恋爱的浪子。……

中国今日之教育，不但我个人所诟病，恐多数人亦不赞成。政府亦知此中症结所在，故聘请国联教育专家来华帮助。谚有之曰："请人哭父母，是无眼泪的。"我国有我国的历史，不深通我国之历史，谈不上改革教育，因教育不根据本国历史发挥而光大之，对于民族性颇有枘凿不入之处。我极不愿将外国资本主义的教育生吞活剥搬到中国来应用，我们要将我国以农立国之传统政策，借教育来整理之。此种民族教育，只有自己有澈底的认识，请高鼻深眼人来越俎代庖，则将来之教育比较目前还要危险些。振声君又说：

……我们要一个中国自己的教育计划。今天学日本，明天学德国，后天再学美国，那不但不是中国的教育的计划，根本就算不得个计划。世界上没有两个国家历史与环境尽同的，摘了旁人的花，绑在自己枯枝上，是不会结成果实的。我们背后有几千年的历史，纵欲一刀两断，其势不能。在历史上我们也曾屡次战胜过环境与外来的困难，他挣扎到现在，不至绝灭，当然有他本身不能绝灭的潜力在，就其潜力发扬而光大之，这是教育上应当研究的问题，同时也是一个民族独立问题。……

我们既认教育为立国根本大计，我们自己要拿出一个计划，再请外人来帮助推动，此种计划方与民族性不至于违背。若舍民族性而谈教育计划，何不取日本或德美各国之教育计划，任翻译一本，强制全国各校遵行可矣，与国联技术合作人员来谈中国教育，何以异此？

尤可怪者，今之文科大学生，往往舍本国之历史，与现在之约法及宪法不去批评其利弊之所在，而取外国现行之各种主义及各国宪法去研究一切，不是舍其田而耘人之田，即是"画鬼易，画狗难"之一种取巧办法。我希望今日之教育家，应指导学生们对于本国之文献及社会情势多多用功，以求毕业后方可出而应用。所以，谈到中国教育，归根结蒂，还要在中国历代教育发祥之经书中求发展。洋化之教育，我也相信在技术或工业上得到一部分利益。若欲正人心、安社会，非阐扬中国固有之教育不为功；若欲普及教育，非将中国固有之教育科学化亦不可。质之现代之教育家，以为何如？

国医存亡问题

（三月十一日）

西耕君曾著论言国医万无可废之理由一文，已说得极明了透澈。乃近来废除国医之声浪时鼓动于吾人之耳膜，并且有几处见诸事实。不之他族，在我湖南何主席最提倡国医之治下，如公共卫生处、健康教育委员会，纯粹用湘雅医院西医，而对于国医，拒人于千里之外，此种见解不敢苟同。

查民国二十年教育部四月二十九日之布告，通令全国中医学校一律改称传习所，并令毋庸呈报教育行政机关立案。至同年八月二十三日之漾电，有禁止全国中医学校不准招生之明文。设非全国国医药团体拼命力争，则国医之废止早已实现。我国自神农尝百草发明医药以来，已有四千余年之历史，扶持人类之健康，保护民族之孳生，繁殖至四万五千万人口之多，占世界人口之第一位。而外人之信仰中医将渐及全世界。如英之巴姆医士著《中医进步》矣；法之巴黎大学编《中医讲义》矣；俄之莫斯科创汉医学校矣；美之旧金山创中医院矣；日本明治大学竟增汉医科，帝国大学且设皇汉医学讲座矣（见《医界之警铎》）；日内瓦国联近且组织中国古医研究委员会矣；卫生组米西马教授建议创立研究中药委员会矣。又日本多数研究家尽力研究中药。最近枯波托教授及俄喀尼希博士所刊中药之书籍，纯以植物的及药品学上的性质之描述而排列之。可见，我国医药实有见信于人之处，方值得外人来研究。是今日之国医药即是国学之一种，其价值可等于经书之重，而万不可忽者也。

今日一般醉心洋化者动辄痛诋中医，并欲澈底推翻，将全国人民之性命付托于洋奴之手。如果西医对于疾病确有把握与见解之地，不难舍己从人。今西医对于视诊故意危言耸听，处处武断。如黄克强、蔡松坡、孙总理、梁任公、林修梅、胡景翼诸公，无不见误于西医。如谓中医近于非科学化，何以我国人口繁殖至如此之众，享年亦有过百余岁以上者？近来，虽有咎中国人不讲究卫生，不重西医，每年每一千人中要死去三十人。据他们说，照世界各国人的死亡率说起来，每年每千人只死十五人，中国竟死三十人，是后之十五人冤枉死了。不佞颇不以为然，缘我国人民除特殊阶级外，无不过其牛马式生活、机器式工作，日夜均在挣扎之中，精神上难乎为继。加以晚近以来经济崩溃，农村破产，饥寒交迫，朝不谋夕，纵无病患，已难支持。所以，为经济所迫而出于自杀者，每年亦实繁有徒，何尝尽关乎医药？英、美、法、德，富厚之国也，人民死亡率最低；日本死亡率则略高。观此可知死亡率之高低，系关乎国家之贫富与人生之享受如何，并非我国医药无效之过也。

废止国医可矣，我们总要有一种普遍医药代替，以济急用。我们不能如富贵阶级，有病时送入医院，或用数万元跑到外国去诊治。我们生长乡村，住在僻壤，延请国医已难寻觅，若送至都市医院，不但远水不能救近火，医院医药费又从何处筹措？据内政部统计，国内西医不过三千人，平均每十四万人共有一位西医。试问这一位西医能否医到十四万人的病？我们若果有患病之时，难道束手待毙吗？纵使国医不好，亦聊胜于无。今硬要打倒国医，是将人民医病的权利都剥夺了。荒谬绝伦，一至于此。

我不能说国医尽是好的，庸医杀人在所不免；我亦不能说西医尽是坏的，诊治外科亦有效验。在中国人民生计困难之时，我主张中西并重，任人选择。但是，今日一般国医总要大家多多研究，不能以看过一二页医书、记得三四个单方，就出而问世。此种国医，连我也看不上眼，宜乎被洋化者要废除之。当此国医断续之际，希望全国医士共同努力，以保我数千年有历史之国医，以救我数千万有价值之国药。为中国文化计，为中国经济计，为中国生命计，国医国药所关亦大矣哉！

总理逝世纪念与信仰统一

（三月十二日）

孙中山先生逝世忽忽已九周年于兹矣。此九年之中，我中华民国可谓险阻艰难备尝之矣。推厥原因，皆由全国人民信仰不统一，信仰不统一，遇事皆不能推进。

孙中山先生说过："主义就是一种思想、一种信仰和一种力量。大凡人类对于一件事，研究当中的道理，最先发生思想，思想贯通以后，便起信仰，有了信仰，便生出力量。所以，主义是先由思想再到信仰，次由信仰生出力量，然后完全成立。"目前，中国流行之主义甚多，而各人所发生之信仰亦甚殊。不佞暂不言主义，只言信仰。"信仰"二字，系一国治乱之所由生，如果全民共同一个信仰，则国治，否则国乱。治乱之分，不在他求，即在信仰之是否全民共同一目标而已。以言今日之中国，其信仰未免太复杂错乱，有甲系，有乙派。而各个系派之人，又不根据事实与国情，动辄以感情或金钱用事，甲则信仰甲系之领袖人物，乙则信仰乙派之领袖人物，信口雌黄，入主出奴，甚至称兵动武，极尽扰乱之行为。所以，中国年来之不统一者，其原因先在信仰不统一。

时至今日，中国前途之危险，比历史上任何时期为严重。今欲转危为安，其枢纽则在统一信仰。在这种四面楚歌之中国环境中，我们既然信仰一种正大光明适合于吾国民情之主义，尤其要信仰奉行这种正大光明适合于吾国民情上义之人。德之希特拉于国社党，意之墨索里尼于法西斯蒂，是奉行主义之人也。因希、墨二氏奉行主义之人，而举国从风，毫无异议。中国今日亦有奉行主义之人、信仰主义之人，无论其在朝在野，因不信仰其人之故，所以，各派互相猜疑，难期合作。假使有人将历年内战之质与量统计起来，用之于建设一途，恐苏俄之第一届"五年计划"成功，未遑多让。吾人因信仰不统一，失却许多良好机会。到了今日，实在一误不可再误。我们固然要信仰主义，固然要信仰奉行主义之人，而奉行主义之人，遇事也要一秉至公，师希、墨之对于德、意，以国家为前提，拿出勇敢精神，大刀阔斧，一意向前迈进，不达到国利民福不止。彼私人组织、裙带关系，奉行主义之人实不可有此种举动。然而环顾国内，其事乃大谬不然者。

精诚团结，此语闻之稔矣。而求其实现"精诚团结"四字，端在统一信仰。如果信仰不统一，则各怀鬼胎，名为团结，实际上埋伏着多少炸弹，总要尔毋我诈，我毋尔虞。在上者开诚布公，在下者尽忠守法；为主义而牺牲，不为主义而升官发财。此无他，信仰之效也。有了信仰，金钱与势利不足以动摇其心矣。古语云："以力服人者，非心服也；以德服人者，中心悦而诚服也。"居今之世，与其信仰力，不如信仰德。力者暂时之信仰，惟德可以终身信仰。是在今日之治国者，以德不以力，使全国民众一致信仰，由信仰而拥护，由拥护而统一，由统一而消弭内忧、抵御外患。是统一信仰，在今日已成为当务之急，否则"人人称王，个个称霸"，甲不信仰乙，丙又不信仰丁，信仰既不统一，主义焉能推动？欲求中国之不内乱，乌可得乎？

今日为中山先生逝世九周年纪念，连想到总理当时提倡三民主义，举国一致信仰，辛亥鼎革，易如反掌。迨总理逝世后，犹能以三民主义自粤北伐，不一年而全国统一。此无他，信仰统一也。今我国嗣后想立国于地球之上，除了统一信仰，实无第二条出路。纪念总理，请大家毋忘却"由信仰生出力量"之遗训而后可。

政府对东北土货不应照洋货征税

（三月十九日）

自"九一八"国难以来，我国失去了四千万人口、三十四万方里土地。此种军事上占领，我国无论如何始终不得承认。今则伪国虽已成立，傀儡虽已称帝，除日本外，世界各国均以不承认表示矣。所以，前次日本屡与我国交涉通车、通邮事，概行拒绝，以示坚决。此次立法院发表《中华民国宪法初稿》，曾列举吉林、辽宁、黑龙江、热河为我国领土，以为将来收复失地之预备，其用意可谓深远。是东北四省目前虽为暴日兵力侵占，系暂时的，将来破镜重圆，还我山河，亦意中事。无如财政部于民国二十一年一月七日即将东北各关封锁，颁布移地征税办法：凡输至东北之洋货或由东北进口之洋货，概由所经过口岸代征进口税。土货运至东北者，仍照章征收转口税；由东北输入之土货，特选择东北产品二十七种，按照国货待遇，只征转口税，而不征进口税；其余照洋货待遇，一律征收进口税。识者痛之，谓东北四省不过暂时屈服他族之下，我既不承认傀儡伪国，自不能将本国之土货概作为洋货待遇。梁銎立在《申报月刊》上著论有云："'不承认主义'存在一日，'满洲国'就不能羼入国际社会，而享有国际法上所谓的人格。'满洲国'既非国际社会之一员，则从国际法的立场而观，东省目前还是中国的领土，不过在日本政府非法占领之下罢了。"不意上月二十二日江海关布告云："现遵奉政府令饬自本年三月一日起，凡由辽宁、吉林、黑龙江三省运来报呈进口之米谷、小麦、面粉，一律视为洋货，照征进口税。……"是明明视东北之国货为洋货矣！是明明视东北四省为外洋矣！是明明视东北之人民为洋鬼子矣！

我们日日口呼着收复失地，在各国亦处处表示不承认伪国。不承认伪国，即是承认东北尚为我国之领土。今外人不承认伪国，而我国先承认伪国为外洋，不然，又何解于征收东北土货照洋货待遇乎？立法院纵有深意，将东北四省列入领土宪法条文内，而财政部不肯牺牲关税，居然将本国之国货视同洋货。贪一时之小利，忘却了不承认原则，财政部当事人之疏忽卤莽咎无可辞。为贯澈中央政府誓复失地之志愿起见，望忍一时之痛苦，将所有东北土货一律照未失地时看待，只征转口税，取消进口税，以表示东北尚为我国属地。否则，要钱不要土地，所得亦不偿所失矣。

总之，不承认伪国，则当视东北土货为国货，不能以洋货待遇；若以洋货待遇东北土货，即我先犯承认东北为外洋之嫌。"失之毫厘，谬以千里。"征税事虽小，关系于东北存亡甚大，望财政部当局再有以考虑之，幸甚。

一元与二角之财政计划

（三月二十一日）

四川因上年歉收，不但米价腾贵，且有自给不足之虞。四川当局有虑及此，拟向湖南采运大批谷米，接济民食，救灾恤邻。我湖南应有设法援助之义务。近闻财政当局硬要每担征收米护照费二角，方许放行。揆之中央历次流通谷米之训令，亦相违背。又，省府布告，从三月十日起，限制现金出口，如有商人携带现洋出口，过五百元者，每百元征收护照费一元，长沙市面申汉汇兑，因此飞涨，申钞百元升水一元以上，金融大为吃紧。日前，长沙银行界因目前市面无限制现金出口之必要，特请省政府解除现金出口限制，以平汇水。

我湖南向系产谷米省份，兹因洋米倾销下游，每年所需之谷米销场均为洋米所夺，以致我湖南农民受谷贱之伤，至于破产。但是，政府需要款项之时，别无他法可设，如救国公债、团款基金，以及开征二十三年田赋，无一不取之农民。农民果有何法以善后？曰有余谷可卖而已。今四川来湘购运谷米，此农民千载一时之机会，在政府应该竭力赞助，使湖南所余之谷米向外流通，吸收大批现金，以活泼农村金融，此即古人所谓"百姓足，君孰与不足"之意。乃湖南财政当局不从大处着手，而惟二角护照费是求。如果洋米恃其巨舰转运到川，则我湖南又失此良好机会矣。即不然，四川不来采办湘米，而我湖南此二角护照费又向谁要？若使农大能将余粮源源向外推销，易其所无，则复兴农村又何待他求？惜财政当局未之深考，沾沾以索取护照费为前提，是何异促进农民于死亡线上而惟恐不加紧者也。何主席深知民间之唯一出路在推销谷米，而今日谷米最大之劲敌即是洋米来华倾销，去年及近日曾迭次电请中央征收洋米进口税，以挽救湘米滞销。今湖南财政当局竟以其施于洋米者，转而先施于湘米，不但不知其意旨之所在，亦毋乃与何主席之主张背道而驰？我相信所闻或者不确耳。

政府近来鉴于《白银协定》成立，欲保留现金于省内，以免受白银恐慌，未始毫无理由之可言。但此行之上海为有效力，内地则否。且每百给予财政厅一元之护照费，仍可照常输出，是政府之目的，并不是禁止或限制现金出口，乃在打百分之一护照费小小主意，其所希望未免太微耳。政府既爱财若此，何以四川来采运谷米，几十百万未尝不可达到？藏富于民，即是藏富于省，民富则国富，断未有民穷而国富者。今乃索取护照费为辞，是何与"拿着财神菩萨作鬼送"？现金既限制出口，而现金入口者又遭拒绝，然则我湖南农民之性命果何所恃而无恐？财政当局之所主管者仅在二角与一元之护照费，并无别种奢望，充其量也不过数万元而已。此数万元又值得几何？语云："见小利则大事不成。"其斯之谓欤？

《白银协定》与我国不利

（三月二十三日）

美国总统罗斯福欲推销美货于我国市场起见，提高白银价值。一般人主张不批准上年宋子文在世界经济会议中所缔结之《白银协定》，惟中央政府以为稳定银价与提高银价并非一事，故政治会议业已决定原则，交立法院审议修改字句，呈请国府公布。当协定未批准之前，曾经财政部会同外交部附加保留（如与中国产业有危险时，中国得采必要之行动，俾不受协定之限制与束缚），以为将来万一银价变化与我国不利时，仍可利用保留，作伸缩之处置。不佞非经济专家，兹事体大，何敢妄加批评，但以普通人之眼光看来，觉《白银协定》与我国有害无利。兹先引各专门家之议论于后。

马寅初君谈："《白银协定》与提高银价，两者有密切之关连。美提高银价后，我为银本位国家，所受影响甚大。但协定第四条规定，我国不得以熔币之银出卖。换言之，即限制我国于四年内不得改换金本位。以四年之久，国际金融变迁殊难臆揣。倘任其自然，物价加倍下降，外货源源入口，农工商业均将破产，危险万分。……"

国际贸易局何炳贤谈："我国为用银国家，银价高涨后，输出品价格低落，如合我国一元之资，在银价低落美汇成五比一时，仅折合美金二角，如售二角四分，即可获利；银价提高至美汇一点五对一，即须售美金六角六分。价值既昂，势难销畅。反之，我国出口货物售得美金一元，即合国币五元；而银价提高后，仅值国币一元五角。至进口货物，则银价提高后，外国货物较廉，购买力可稍增。但国内幼稚之工商业，更将为工业前进国之制造品所压倒。故银价高涨，我国不利殊甚。"

北平晨报社论："……第一，银贱金贵场合，在国际贸易上所表现之现象，则为外货价昂，国货价廉。外货昂，则我之购买力减少，进口困难；国货廉，则外国之购买力增加，出口容易，此于我为有利。……第二，银高金贱场合，在国际贸易上所表现之现象，则为外货价廉，国货价昂。外货廉，则我之购买力增加，进口容易；国货昂，则外国之购买力减少，出口困难，此于我为不利。……"

卢狄君言："……有举经济学者，以为金贵银贱，我国购买力亦减低，无何种利益可言。殊不知所谓购买力，实有对内的购买力与对外的购买力之别，未可混为一谈。银价低落，国民对外购买力虽减，而对内购买力则增。……银价涨，则我对外购买力随之而涨，对国货问津者少，外货得源源输入，揆诸学理事实，未或爽者也。"

根据以上各人议论，是银价提高，于我国无利益之可言。因我非产银之国，却是用银之国，银价高则我之对外购买力增加，各国得以将其生产过剩之商品向华倾销；而我国欲将各种原料对外输出，不独仅受打击，或者因打击而至于一蹶不振亦未可知。孔部长云："罗斯福总统、美财长及其他当局，均系学识经验兼富之人，其所主张，非经慎重之考虑，当不致率尔决定。且参加《白银协定》各国均已先后批准，各国当局及其专家当不致未加考量，遽予赞成。……"此言却很奇异，盖各国国情不同，立场亦异。我国系用银之国，与以金为本位之国不同。且我国人口多，购买力强，加之国内工业幼稚，各国欲以中国为其销货之尾闾，甚欲提高银价，以遂其欲。我国当局贸然不察，遽尔批准，将来影响国币及物价至为重大。汪院长十二日语记者云："美国提高银价，一日实行，对我影响甚大。中央对此异常注意，拟设币制委员会专司研究，俾资应付"云。汪院长既知此中利害，何以中央政治会议批准协定？殊不可解。据华盛顿六日电，美国考夫林主持重铸银币，因彼以为此举特别可以在远东为美货造市场，彼对众院银行委员会称："吾人必须抓住远东市场，美国农产及工业过剩品之欧洲市场已完全成为过去。"观此，则美国此次《白银协定》一副真面孔完全揭破矣。

以言我国白银，所藏本属有限（闻仅四十亿元），而民间往来均以白银为交换品，是白银对于我国不啻为人生命脉。自美国鼓铸银币以提高银价，此种政策，对我国白银颇有逐渐流出之危机。年来入超之数有增不已，白银外溢至为巨大。据海关报告，民国二十一年，我国输出现银价值为国币五千七百六十四万五千四百九十一元；在去年，已增至九千四百二十八万八千九百三十六元之巨。其中出口美国者，约占百分之七十以上。若《白银协定》以后，将来白银输出必更可观，而我国民间定有银荒之一日，是于工商凋疲、农村破产之后，又加重一种命脉恐慌，以掀动全国经济根本矣。影响之大，关系之切，有非普通协定所可拟议者也。

现在，中央一方面批准《白银协定》，一方面又起恐慌，早知今日，何必当初。据十日孙科语记者云："《白银协定》经立法院通过批准，呈府公布施行，定四月一日前由外部照会各国，并限期保留声明，以免受该协定限制，将来或重增出口税"云。同日，财部当局现正商讨美提高银价对策，将来是否禁银出口，抑征银出口税，均未具体决定，但在原则上，为稳定币价并为划一应付办法起见，将实行统制方式，使银价高涨，不致影响我农、工、商业云。

我国当局，其始也以为稳定银价与提高银价并非一事；今则感觉得银价高，与我国不利，手忙脚乱，无裨于事。谋国者曷不慎之于始也？

湖南之法学家经济家到那里去了

（三月二十五日）

　　目前中国有二大问题值得吾人研究与批评者，一为《白银协定》，二为《中华民国宪法初稿》。此二者关系吾人身家性命至为重大，若果放弃责任，不去推敲，日后铁案一定，徒自追悔而已。

　　《白银协定》有关民生，而对外贸易尤觉重要。不侫非经济专家，讲不出其中详细利害，曾以普通人眼光著论及之，是否有当，不得而知。我湖南不乏经济学者，对于白银问题研究有素，不妨出其独到见解，发为巨章，以促当局之觉悟，或者虚心采纳，废止协定，亦未可知。如果大家逢君之恶或箝口不言，将来铸成大错，全国银荒，使全国经济根本摇动，其害有不可思议者。

　　其次则《宪法》，孙院长不曾说过征求全国人民意见乎？我湖南法学大家、名流学者多如过江之鲫，不如少研究几句马克斯主义，少批评几部英、美、德宪法，拿着这回《中华民国宪法初稿》从长计议。因此事于自己有切肤之痛，不能作为对岸观火。且此次《宪法》尚未宣布，尽有时间拿来作为读书时研究材料。今乃舍其田而耘人之田，法学家、名流学者不应如是。

　　据南京十六日电讯："《宪法草案初稿》自本月一日公布后，征求各方批评甚多，大致可分为二种：一由立法院向外搜集者，即由各省报章上批评文件剪下者，已有一百余件；二由私人函院贡献意见者，亦有六十余件。该院正分门别类，加以编订。批评期间本定三月底截止，惟截止后，如有批评，仍甚欢迎。"以言我湖南报纸，合计杂志、日报等约有五十家之多。其中主笔，皆一时贤俊之士，未闻著成宏文，发为巨论，以贡献于政府。试看天津《大公报》、《北平晨报》，无不每日一篇，对于《白银协定》及《宪法初稿》作详细精密之批评。反观我湖南，无不"关着大门讲很"，一遇专门难题，则噤若寒蝉。报界如是，学府如是，而名流学者亦复如是。揆之历来湖南人遇事争奇出风头之特性，颇不相符。大题当前，我湖南之法学家、经济家到那里去了？盍兴乎来？

记者非习法学之人，我觉得此次《宪法初稿》，第一章总纲第四条，中华民国之领土将全国省名列举，并将辽宁、吉林、黑龙江、热河四省列名其中，继之曰："中华民国领土，非经国民大会议决，决不得变更"；第三章第二十五条，"中华民国领域内之土地，属于国民全体"，是明明将中华民国整个领土保管之权移至国民身上，今而后国民之责任已不如从前之轻矣；第五章第五十六条，有受理国民政府提请解决之事项。

不佞对于上文发生一种感想，《宪法》上既列举全国省份，将来开国民会议时，在现在之政府，当然依照《宪法》上列举之省份，正式移交于国民会议。试问东北四省如何移交清楚？好在政府尚留有卸责之余地。最困难者莫过于国民会议，《宪法》上不曾规定"非经国民大会议决，决不得变更"乎？不曾规定"受理国民政府提请解决之事项"乎？将来政府将东北四省事件提交国民会议，将变更乎？抑追认乎？将存查乎？抑议而不决乎？恐怕将来审查通过宪法时，此处定有一场舌战。不佞以为不如直截了当，全国省份不必列举，仅概括云"中华民国领土"。以现有之领土为领土，为政府留掩过之地位。如果要列举省名，还要将全国经纬线坐落、起止度数加入，方为完善固定，使片马、江心坡以及近日发生之班洪事件今而后可免矣。

拉杂论及，未识有当否？

日本人欺人太甚

（三月二十八日）

日本人自以武力占据东北四省并演傀儡剧以来，见我国无抵抗能力，得寸进尺，超越常轨以外。兹举三事，哀告国人。

一、飞机。华北现与伪国不过一长城之隔，日本飞机无日不在长城以内飞扬，即北平亦系惯游之地。天津之飞机场系日本人强夺民地筑成之者，关外固无论矣。有此飞机场以为其根据地，则华北之危险将有不堪思议之日。即如本年元旦日，日机一架无端在赤城掷弹七八枚，伤亡老百姓六七人、军人一人。又据一月四日北平通讯："侵入察东日军，因防俄关系，决不撤退。日本在黑河二四区之哈达营建筑大规模飞机场，现已竣工，停有飞机二十四架；并修造宽一丈八尺之汽车道，由哈达营直达延庆，业已动工；曾于一月二、三两日派飞机四架到赤城永宁一带，掷弹数十枚。平军分会当派朱式勤访晤日使馆武官报本，提出质问。该武官答称允转达日关东军，停止轰炸。"一场质问，得此结果而已。

二、陆军。三月一日，日本驻津军队举行演习，违反《辛丑条约》所规定，竟在津浦铁路沿线演习行军，共分两大批：第一批定为南军，在唐官屯静海宿营；第二批定为北军，在良王庄宿营。军部中村司令亲往校阅，该地东站办公室多被日军临时占用，并驱逐职员。三日，演习争夺战。四日上午，在津西郊疙疸村关帝庙作最后演习。查此次日军演习，南至马厂，北及天津，并以夺取天津为演习目标。当时且向津浦强索车辆，并自定名义为"日本护路队"。

中央虽接平分会政整会报告，只有"严重交涉"之四字，并无实力制止之办法。俟其答复交涉明文，而日军演习业已终止。此种违反条约之举动，心目中那里还有中华民国。不但此也，据十三日报载："喜峰口附近之民房尽被日军占据，日伪军又进扰宝昌，多伦现为日本第七师团司令部所在，而军队均向沽源开拔。"至十五日，唐山日军一大队在旧射击场作实弹巷战演习，商民因事前未悉，闻枪声一律闭门罢市。十六日，公安局出示布告，人民稍祛恐慌。呜呼！大好山河，竟供日军演习之操场。古诗云："看竹何须问主人。"其日本人视中国之谓乎？

三、海军。三月十日，日本驻沪海军第三舰队司令今村中将自出巡华北返沪，即率领所属二十六七两队驱逐舰"藤号""菱号""梅号""桃号""槛号""柳号"等，赴南华各埠巡行。今村自乘"出云"旗舰，先到福州，访问我闽当局。其所统之两队驱逐舰，已于本月十日起开至舟山群岛一带，举行海面操演。各该驱逐舰并至闽、浙沿海各港口地方窥探，自由航驶，绝无阻碍。查舟山群岛为我国之领海，在此演习已属非法，并且自由航驶闽、浙沿海各港口地方窥探，我国政府未闻加以制止。在日军固属蔑视主权，在中央未免放弃责任。但不知日军演习来去时，我国海军尚知鸣炮致敬否？

统观以上日本人之陆、海、空军在我国种种违法举动，实在令人难忍。"是可忍，孰不可忍。"我虽是衰弱之国，但是条约所关，主权所在，公法所定，未可轻易放任。无论如何，须与之一拼生死。除日军在津浦路线演习提出交涉外，其余竟箝口不言，令人不解。我希望拿出对内之精神，以与之周旋，若再不抵抗，只谈交涉，恐贪得无餍之日本人一步步踏入堂奥中矣。

总之，日本人欺人太甚，而我中国人未免忍耐太过。有无反响，只看中国人再忍耐与不忍耐而已。俄报载："日本欺压中国太甚，将来定有反感之一日。"我们心死之中国人，其安肯自信否？

本文方毕，适阅《北平晨报》载："据十四日驻沪日射总领事致外务省报告，国民政府十一日布告中国全国民，以'满洲国'施行帝制为伪组织之卖国阴谋行为，应与危害民国同科，并通令各机关。等语。外务省以对于友邦弄如此侮蔑的言词，认为甚不合，而要求中国之觉醒"云。岂不咄咄怪事？夫东北四省，中国之土地也，国民政府处以危害民国之罪，罪有应得，与日本人何干？

中国觉醒矣！希望日本人亦觉醒！蜂虿有毒，况泱泱大国如中国者乎？

傀儡登场一月来各国不承认大事记

（四月二日）

日本以暴力侵占我东北四省二年有余。始则依赖国联，作正义之主张。迨国联既不可靠，于是希望各国各自保其国家之人格，对于伪国不予以承认。现在将本国及各国一月来所表示者记在下面。

二月二十八日，南京外交部对于溥仪僭号，其表示：“无论彼如何改号，执政也罢，僭号也罢，决不能转移世界视听。至我国应付方针，一如往昔，决不变更。……”

同日，美国表示决不承认伪国。据华盛顿电：“溥仪于一日僭位，美政府无论如何不承认‘满洲国’。”

同日，德国商会函复上海市商会云：“此间官场对于德国不久将来承认‘满洲国’之谣言绝对否认。可见该项谣传绝无根据，显系出于阴谋派之反宣传，以冀破坏中德间之友谊关系。以上电文，系敝国政府对于此事之正式表示，尚祈贵会鉴察者也。……”

三月一日，汪院长发表谈话：“我国对于傀儡国之态度始终如一，决不因傀儡之形式而稍有变更。同时欧美各国之不承认伪组织，亦已成为国际道德之铁律，亦决不致因傀儡称帝而前后参差。因苟有背乎此铁律者，将损其国家之人格，可断言也。……”

三月三日，外交消息：“傀儡溥仪一日僭号，曾电各国外长请求承认伪组织。墨西哥已接到此项电文，以不承认伪组织为各国共守之铁则，决置之不理。其他各国亦将抱同样态度。”

三月五日，伦敦电，英外相西门称：“各国之遵守一九三三年二月对日内瓦所通过不承认‘满洲国’之议案者，其所负义务为众共知。……”

三月六日，东京电：驻日波兰公使莫西斯基已体本国政府拟承认“满洲国”之意，而前赴该地视察说。当地波兰公使馆已力加否认，而谓其为一种误传。驻京波使魏登涛当时晋京向我当局解释，谓波兰决不有此违反国际公意之事。

同日，又曰：“盛传美政府方面为某种关系，将变更过去国务院史汀生之态度，对承认伪满事，将有进行接洽之可能云。据领事缪林谈，关于外传美国将承认伪国之传说，美领事馆及公使馆均丝毫未闻此事，外传种种均属无稽之谈，实不足置信。”

三月九日，南京电：我国驻外各使馆日来均有电报告，自伪国三月一日发出所谓通告成立照会七十余起。其结果，各国外交当局均认为东北在军事占领状态下，无意识之自由，显为傀儡，均置之不理。

三月十日，德国海洋社电：“德人有承认‘满洲国’之传说，绝对否认，并切实声明，所有外来一切不确之消息，绝无根据，显系奸人造谣，意图中伤中德感情。”德公使亦有书面声明，谓“德国绝无承认‘满洲国’之意思”云。

同日，南京电：“秘鲁政府现亦切实表明遵守国联决议，始终拥护我方，伪国任何政体决不承认。对伪国通牒，仅训令该国驻日代办面告伪代表秘鲁政府不能承认之理由”云。

同日，香港电：“国联劳工局将开大会，外传日将附带提出伪组织劳工问题，当属无稽，因各国对伪组织仍持不承认态度，大会亦不接受其任何提案。”

同日，国联文化合作委员会穆维德委员谈：“外传日将附带提出伪满劳工问题说，纯属无稽。因各国对伪满仍持不承认态度，大会亦决不接受其任何提案。”

十三日，伦敦电，英国掌玺大臣在下院声称："英国始终不改变其对于承认问题之态度，凡中政府所愿提出之任何文件，国联顾问会定可考虑之。"

十六日，南京电，外交界顷接巴拿马来电，谓："东北伪组织日前致电中美巴拿马政府，通知叛逆称帝，欲求巴国承认。巴国外交总长近向中国驻巴公使表示：对傀儡通知，置之不理，决不承认。"

二十二日，南京电："确讯，美对伪问题决不承认。"

统观本国及外国，均表示不承认伪组织矣。吾人之不承认，固理所当然。但各国与我何亲？与伪何仇？万一因利益上关系，顿食前言，予以承认，则我又将何法以处置？不观夫现在承认者已有八国之多？

长春十一日电："'满洲国'实施帝政之际，谢介石以伪外交大臣之名义，通告各国政府。至九日止，得复电者为那威、罗马教王廷、土耳其、利斯亚尼亚、利伯利亚、勒巴尔、沙尔巴德、德美尼加八国。其中利伯利亚之复电谓：'希望速于利满两国间设定外交关系。'那威复电则谓：'务必竭力，以副谢外交大臣进展两国关系之希望。'"

长春所发之电，多半日本人故意造作谣言，绝对不可深信。但目前日美亲善，情势又变，浸假所列国名真成事实，则我国之应付可谓束手无策，惟有相对唏嘘，付之一叹而已。袁道丰在《申报月刊》所著《第二次大战》论文有云："论者每谓第二次大战为我国解放之唯一良机，此诚为吾人所希望者。但据白华德、易礼欧以及石丸藤太所撰之著作观察，则纵使日本战败，东北三省亦将划归国际共管。由此所谓调解者何？不过为列强之俎上肉，供其宰割而已。"不佞希望东北四省物还故主，并不在承认与不承认之间。如果我不自强，恐继东北而起者亦所在堪虞。试检查我国数千年历史以及世界各国之历史，其损失土地之大而且速，有如我中华民国革命政府此次所失东北四省者乎？但是我耳鼓边犹隐隐约约有“打倒日本帝国主义”口号之余声，我眼帘下犹模模糊糊有“废除不平等条约”标语之残墨。吾见“一面交涉”矣，未见“一面抵抗”也。

呜呼辽宁！

呜呼吉林！

呜呼黑龙江！

呜呼热河！

如何救济公路衡宜线

（四月三日）

公路局所建筑之衡宜线，因与粤汉铁路线成平行线，将来铁路成功，公路即成废物，前次建筑上所用之巨款，尽行掷诸虚牝。此中利害，本报业已著论及之；公路监察委员会亦曾呈请政府转咨铁道部，请其收买路基，以全血本。至铁部如何答覆，尚未得消息，大约不外乎"碍难照办"等语。观于此次凌局长函复建设厅，可知其大概矣。

案准贵厅公函，请另测与衡宜线距离较远之线，以维省道，查核见复等因。准此，查本路由衡州廖墟、灶头干、公平墟、栖凤渡、郴州良田以达广东乐昌。此段上线，叠经先后精密测勘，详细研究比较，并呈奉铁道部选定有案。此次本局派遣测量人员，就地按图补测路线桩橛，以便逐段购地兴工。乃发现本路早年测定之线，不独公路相距太近，且有不少部分已为公路所用，至于交叉接触，更所难免。兹已分饬各该段工程师，随时勘查计划，并尽力设法对交叉及拟距太近各部分酌量改善，以免发生障碍。至请测较远路线、免碍公路营业一节，则牵及本路全盘计划过大，事实上碍难照办。准函前因，相应先行函覆查照。

查湘南山多田少，所有平原沃腴之田，前次建筑省道时，收买约三万亩以上，湘南附近公路之农民已痛不可言。此次粤汉铁路若再另勘路线，亦必有同样之填毁良田，亦在三万亩以上。每亩以五石谷计算，合划每年约有三十万石谷之减少。每石谷平均以三元折扣，即每年有九十万元之损失。而这一般农民历代传家之种田法宝，遂无用武之地矣。所以为保存生产土地以免征收起见，铁路局有收受公路路基之义务，而不可再毁废田地屋宇，驱人民于失业流离之途。不但衡宜段应行收买，即潭衡线将来受衡株线之影响，除有闲阶级及佛教弟子往南岳游览与进香外，亦无营业之可言。在我省这一笔损失可谓巨且大矣。

我湖南乃是一种穷乏省份，从前向民间筹募公路建筑费，厘金有附加，田赋有附加，即食盐亦有附加，人民之担负已属非轻。湘南所成各干线，使用未久即遭废置，实为可惜。倘铁路局不为收买，则除耗消数百万外，又要再受铁路征收土地之苦，揆之天理人情，亦为不合。所以政府为爱惜良田及顾全资本起见，咨请铁道部收用衡宜线公路，偿以代价，从新发展。但证以凌局长覆建设厅之函，则将来铁道部之回文当亦无多大异。我湖南人究有何法，以促其备价收买，则在湘南农民有无决心为定。不佞系湘南人也，拟联合铁道经过各县农民、地主及党部，组织促进铁路局收买公路地基民众联合委员会。其宗旨在保护良田不得再受公家之征收，以维生产。所有铁路局勘测之线，无论何人，不得出卖。只要省政府与民众一致主张，不以武力干涉与压迫，则联合会自可向中央请愿，恳其俯顺民意。倘铁路局认为公路不合铁路之用，尽可将湾曲改大，斜度改低，桥梁改强，除此三者之外，并无所谓不合用。若如凌局长覆函称："分饬各该段工程师，随时勘查计划，并尽力设法对交叉及拟距太近各部分酌量改善，以免发生障碍。"在铁路局当然可以照函办理，但原则上仍是平行，改善与不改善并无关系。我既不能废路还田，而铁路局又来毁田，湘南究有若干良田可经此一再征收？

不佞系一赞成发展交通之人，尤其希望粤汉铁路早日通车。但是拒绝收买公路，而从旁又造新路，此又不佞所极端反对者也。甚望省政府与民众共同站在一条战线上，一致迈进，不达目的不止。虽然是保全省产与省款，却加速铁路之成功，减轻铁路之费用，亦不为少。

我之主张有如上述，若果治以妨害交通罪，则吾岂敢。

儿童节与小学教科书

（四月四日）

今日是儿童节。儿童何故有节？因为将来担任国家大事，作继起之主人翁，不是我们行将就木之人，乃是这一般襁褓方脱之儿童，值得有节以庆贺之。以目前而论，这些儿童本是天真烂漫，不知不识，颇有"帝力于我何有"之概。若进而论其未来之事功，实有绝大希望，迥非吾人所能拟议。但是养成今日儿童以为未来事功，不在他人，而又在我们"以先知觉后知，以先觉觉后觉"者也。

究竟如何养成一般好儿童？人皆曰教育。《易》曰："蒙以养正，圣功也。"我们中国今日教育儿童，并不以儿童待儿童，严格的说，以禽兽待儿童。试看今日小学之教课书，不是狗叫，即是猫跳；不是兔言，即是鼠语。举世间所有荒唐妄诞之言论，可于中国教课书中见之。可怜这大多数儿童，其脑海中先埋伏着一些狗叫、猫跳、兔言、鼠语等，一种欺骗迷信先入为主，致并将所有自有生带来之纯粹良知良能排除于灵台之外。是教育原为补充与开发儿童的新知识，才办学校，才将群众儿童纳诸于学校之中，受学校洗礼。今乃实得其反，则将来儿童之结果，可于今日卜之矣。古语云："种豆得豆，种瓜得瓜。"今所种者非豆非瓜，则将来所得者变非豆非瓜矣，可不惧哉？

今日之禽兽教科书举目皆是，而尤以儿童教课书为最。其不满意也并不止不佞一人，试检三月二十七日天津《大公报·国联专家与中国教育》社论有云：

> ……美国杜威教授的教育思想，极容易被了解错误，因之教育基础思想、教育一贯政策便根本没有。不要说负教育最高的责任人和所颁布的法令是朝三暮四，就是个个幼童都要读、读了一生忘不掉的书，也只有凭着几个投机的书贾，花最低薪水雇来的编撰员，去乱写一通，只要猫狗对起话来，就算维新，就算时髦；最多能以比较容易的方法，教人认识几个字，便以为大大成功了。

教程中必先有要教的"甚么"，然后方能论到"如何"教的方法。所以我们若看一看教育史，我们便发现各国的旧式教育全是先只注重目标，不甚讲求教法。这是个不容否认的错误。但是这错误，比只讲方法而不讲目标要好得多。因为重目标而不重方法，究竟还能迟早或多少得到目标。若只讲教法，而丝毫不讲目标，便无丝毫成就可言了。

今日之儿童教课书，糟糕到十二分以上。各书肆雇了一般失业青年，凭着一时高兴，写出了满纸谬言，绘了几幅国画，送至教育部，糊里糊涂予以审定，准其发行，遗误人家子弟，即是遗误国家前途。我以为此种教科书应行尽数收而焚之，另由教育部聘请硕学鸿儒、真正教育专家，从新编定一种基本模范教课书，颁之天下，准各书店翻印，以广流传而端风化。不但此也，今之教员取用教科书也，多以各书贾应酬手段高下用事，往往同级学生，今年用甲店之教科书，明年又用乙店之教科书，以本年某级学生所用之教科书，不能留作明年同级学生之用。此种荒谬之书籍，既不能收入图书箱中，一年一购，殊不经济。倘由教育部颁布，不但目标正当，班次衔接，且有多数子女读书者亦可辗转就用，不至于年年买书，徒耗无味之金钱耳。

总之，我们的国家现在弄到如此田地，国土日蹙，民生日疲，外侮内忧相逼而来。欲洗目前之耻辱，全赖这一般儿童将来努力奋斗，作安内攘外之美举；毋若我辈然，只知交涉签字，而不知誓死抵抗，致召失地亡国之惨剧。勾践"十年生聚，十年教训"，我想他所教者并不是禽言兽语，一定将经过种种困苦艰难、奇耻大辱编入教科书中，日取国人而申儆之，以促全民之奋兴。试看日本人之教儿童也，有云："你想吃支那蜜桔乎？得了福建就有吃。"次次在东北改编中国教科书，处处颂扬日皇功德，此辈儿童长大后，那里还认识中华民国？关外儿童既如此，关内儿童又授以禽兽教育，则中国将来何所恃而不恐？

今日是系童节，不觉其喜惧交集。喜者何？喜其将来之雪耻复仇、保国卫家不在他人，即在今日此辈儿童之身上。惧者何？惧其办理教育者不知道循循善诱儿童于正轨之上，而惟以狗叫、猫跳、兔言、鼠语，师英人教印度之法，以贼夫人之子，则中国只有安排着灭、准备着亡而已。噫！

粤陈与湘何

（四月六日）

广东陈总司令曾函戴院长提倡读经尊孔，有云："……济棠撄心国难，洞瞩危机，区区之愚，窃谓欲弭今日之乱，必自正人心始；欲正人心，必自尊崇孔孟、保存固有之道德始。盖惟人人有道德之观念，而后天下有公是非；有公是非，而后民气得以宁静专一，而徐徐纳之于正轨。以前者不揣固陋，哑哑以规复各校读经、规复孔子及关岳祀典为请，并重刊《孝经》，饬发军校。……庶几一方显树末流各教之大防，同时即隐戢一般俶诡不义之言动，而偕之大道。"又据报载："陈总司令曾下令学生须读经书，一律采用毛笔、砚台等。即本人每日晨起，亦读《庄子》一节；公余之暇，恒读《山海经》以自遣；即《古今奇观》及一般笔记小记等，亦无不寓目。尝谓人曰：'中国书越旧越妙，越有意义，今人之浮荡轻佻，盖皆缺乏旧教育所致也。故我所看者，皆系旧书，即如《山海经》，文笔既好，材料亦佳，余日常以为消遣物，较之你、我、妹妹、哥哥胜过万倍也。'"

我湖南何主席亦与陈总司令有同样之观念。对于国医，则手抄《伤寒论》；对于经书，则现正每晨手抄"四书"；所演讲"四爱八德"，虽是老生常谈题目，却能引微入神，发挥尽致。其结论有云："……主席的职务，固然有几条纲领，而正人心，敦风化，以固根本，尤其是目前要政。……"

统观广陈、湘何之主张，广陈之读经，博也；湘何之八德，博而约之也。二人之用意虽各有不同，其规复中国固有之道德则一也。

吾因之有感矣。由个人之修身、齐家，推及于治国、平天下之大道，惟我国经书中储藏甚富，有"取之不尽，用之不竭"之势。自一般武夫专政，政客得志，鄙弃古来之经书，有如敝屣破甑，毫不顾惜，不明乎"马上得之，不能马上治之"之原则，以致近年各学校所出版之教科书，纯粹师英人治印度之办法，授以禽言兽语，反自诩为摩登教育家，或自命为现代教育学。所以造就一般学生，其去禽兽也几希。中国近代尚有几分正义未完全兽化者，即是一般学者在家中或私塾读过经书之人，未受现代化之禽兽教育。虽然，此可期之于三四十岁以上之人，已无复望于二十岁以下之青年学子矣。不观夫日本近在东北谋灭我国文化，对于各校课程，皆以日文为主；中文课本，由日本主管教育机关编写，内容均颂誉日皇功德及描写我国各种恶习，养成学童厌恶中华民国观念。其设计之毒辣，无异灭种！奈之何我内地各教育家尚执迷不悟也？

今陈、何两公洞悉教育为立国之大本，而读经尤为教育之原则，一则提倡读经，一则手抄经书，虽不能以半部《论语》治天下，而挽救社会人心之苦心，实在历千古而不可磨灭。彼杜威主张"以教育为教育"，则非不佞所敢赞同。如果各省长官一致起来提倡中国青年读经，无形中不知得多少利益。如陈、何之主张，实属今日中国之朝阳鸣凤。

蒋委员长近日提倡新生活，以"礼义廉耻"为宗旨，如能普及国民，定能增高民族地位。但欲将"礼义廉耻"四字发挥而光大之，则又有赖乎读经者也。

我赞成人力车准在公路上行驶

（四月九日）

省府第四百四十一次常会提议事项第一案《湖南公路局收买潭永段人力车临时支付及营业经常收支各概算书》，提请公决，议决交审计委员会审查再议。于是引起湘潭人力车工会鲍某等具呈公路监察委员会，其理由：（一）湘潭至云湖桥一带，野车林立，无法制止，思将有照车取消以示威；（二）无照野车既多，有照车营业当然受影响，谓为公路局暗中收益；（三）谓公家收买人力车，坐耗买价月捐，使车主、车工均失生计；（四）公路为便利交通、发展农村经济而设，行驶路面，不应限于汽车一种；（五）湘潭野车因卧路而获保全，纳捐人力车因恪遵规则而被取消，不啻赏恶惩善。具此五大原因，要求维持原案，以免失业。

查人力车行驶于潭永段路上，始于民国十三年。其时因路款拮据，由省路会办叶核准立案，每辆照费定为六十元，其车数为二百五十辆，共收一万五千元，并每月每辆缴捐洋一元，以作养路经费各在案。不意近月来公路局借口人力车有伤路面，拟一律收买。此非由衷之言，实因人力车与汽车营业竞争，以致收入略受影响。因受影响而取消人力车，不佞窃以为过矣。我湖南创筑公路，厘金有附加，食监有附加，即田赋附加至今尚照常征收，无论贫富贵贱、直接间接，均担有公路费之义务。今大功告成，走狗即烹，以公民所出之公资修成之公路，专为贵族阶级之用，而一般劳苦工人在路上变牛马式拖人力车，尚在禁止之列，揆之天理人情，均说不过去。况此种车工，又缴有照费六十元，每月又纳捐一元，在公路局尽可利用空闲之公路，养活多少贫民，救济多少失业。今以自己出款请政府代修之公路，不准自己应用，势必又要若干票费始享坐车之权利，则全省公路只为有钱者享其利，而一般贫民徒兴望洋之叹。车工既无钱坐汽车，而以人力代机力，在公路上拖车营生，纵使分得公路局若干营业，亦属楚弓楚得，又何伤于天地之大？加以汽车起止有一定段落，不如人力车可随意行辍，时间虽长，取价亦少，既可载轻，复无危险。当此商业凋敝、农村破产之时，以人力车补救民众行旅，辅助乡村交通，其法再无有善于此矣。取缔无照野车行驶，公路局尚无法执行，今益以有照之多数人力车，如再发生前次卧路同样之举动，试问公路局有何法以善其后？与其办而不通，不如不办，尚可以顾全政府威信也。

总之，公路者，全省人民之公路，并非政府之私产，亦非政府所得专利，应将全省公路供给全省人民公用，公开的，非垄断的；利用的，非闲置的。刘局长向来办理党务，也应为民众说几句公理；又办有道路协会，更应实行全国道路协会的行驶各种车辆之主张。不能以目前身为局长，偏重局长职务。况公路准行人力车，亦未必是放弃职责，而受政府惩戒。

我之主张如上，特与刘局长一商榷之。

加紧上层工作

（四月十一日）

今日党政军界各位先生开口也说"训练民众"，闭口也说"指导民众"，甚至提出总口号"加紧下层工作"，是直认我们居在下层为民众之一分子者浑浑噩噩，无知无识，非加以训练、予以指导，不知天之高、地之厚，何能跻国家于强盛，以雪今日失地丧权之耻辱？诚哉今日这一般蠢如鹿豕之阿斗，值得要请党政军各位先生们来切实训练指导一下，使之咸知道他们党政军各人所负使命之严重，及与国家前途关系之深刻。无论何人，也不可反对他们的训练、反对他们的指导，横也说是，直也说是。否则，马上加以反革命或反动分子之头衔，不遭明禁，即遭暗杀。要知道今日之中国各界官吏，实具有万有文库之知识、神圣不可侵犯之尊严。所谓"获罪于天，无所祷"者也。

日昨与友人闲谈，某君云："新生活运动要先从廉字做起，如惩贪污、拒洋货、戒奢侈是也。"又有某君继之曰："此三事亦有连锁性质，因为习奢侈，则不得不爱洋货；爱洋货，则不得不出贪污一途。"予以为此三者，惟上层工作人员有之，而责之于我们普通民众，则不敢承认。试分别言之。"贪污"二字，在民众方面，几成风马牛不相及，每日日出而作，日入而息，自食其力，无所谓贪污。而"贪污"二字之来源，系指官吏而言。官吏若果贪污，民众即身受其痛苦。次言洋货，在民众方面，亦无巨大之销场，所食者自耕之谷米，所衣者自织之粗布，所住者数椽之茅屋，所行者两足或肩抬之轿舆。是人生之四大要素，如衣、食、住、行，与多数民众不发生甚么关系。而消耗力很强者，则在上等社会之人。彼向之仰给于民众者，今则易以洋货矣。至于奢侈，言之更属伤心：爊糟蔬菜，绝无酒肉臭；鹑衣百结，那有锦绣衣。穴居野处，与洋楼大厦无缘；安步当车，无汽车、飞机可坐。民众之衣、食、住、行，不但不能与上层阶级享同等之安乐利益，还要每年缴纳若干血汗换来之金钱于上，以作彼等全家现在及将来奢侈之用，实行其"无小人莫养君子"之陈语。如果他们真正是一个君子，我们养之亦理所当然，然而他们并非是一个真君子也。但是亦不能一概而论，彼不贪污、不洋货化、不爱奢侈者，全国党政军界中亦未尝无人在也。

中国今日上层社会之人既如上述，但每当计划提案之中，或皇皇告示之上，无不有训练民众之文字，或派出若干乳臭未脱之青年前来指导民众，甚至其人人格早已破产，亦为训练指导之师。今日全国之民众，除城市外，还保有纯厚朴实之古风，往往经一般上层工作人员之训练与指导，颇有发生狂跳奢靡之行为，以致风气为之一转。此种恶因甚于洪水猛兽。

不佞觉得民众无须训练，更无须指导；所以急须加紧训练与指导者，就是一般党政军各位先生，使他们感觉得贪污不可为，洋货不可买，奢侈不可尚，而后中国方可有为，国耻方可雪去，国际贸易更不至于入超。

不佞个人敢提出口号："加紧上层工作！"

溥仪果入关祭陵耶

（四月十三日）

近日各省报纸登载："溥仪自在东北做傀儡皇帝后，将有'荣归祭祖'之举。日本借口溥仪祭陵，竟要求吾国派兵保护，否则日本派兵保护。"此种举动实使吾人有允拒两难、啼笑皆非之势。查日本人近来对于华北久已视为"九一八"前夕之东三省，盛气凌人，到处捣乱。其增兵长城线也，其探测吾华北险要也，其鼓动唐山矿工也，其陆军任意演习也，种种不法举动，实属令人发指。而唯一目的，则在如何使溥仪乘机入关，进窥华北，再回故宫，以过皇帝之梦。

日前汪院长至沪，记者团叩以华北情形，汪云："华北诚属危急，国人务须团结一致，以资应付。"是汪院长已认华北已入危险之界矣。日昨汪院长又起程赴赣，会晤蒋委员长，面商一切。其讨论范围，据报载纯系华北一个问题，则华北在今日不知危急到如何程度。吾人虽"不在其位，不谋其政"，统观汪院长之来去匆匆，不止像煞有介事，而其最难应付者，莫过于溥仪入关祭陵一举。至中央如何商定一个对策，目前尚无所闻。

三月一日，溥仪在伪国称帝，我中央政府曾下命令，以危害民国治罪，当时日人指为侮蔑邻国。今则更进一步，硬使溥仪入关扫墓，并要求吾国派兵保护，其一种使人难堪之举动，任比何事为最。我国要人向来于无办法之中，常以相忍为国，实行孰不可忍主义；加以中国人历来讲面子，只要面子过得去，凡事皆可以商量。

日本人深知中国人性情，遇事予以面子，而取其实惠。此次日人竟破除历来对华之政策，大刀阔斧，要求派兵保护溥仪，使危害民国治罪之命令等于儿戏。浸假溥仪祭了梁格庄以后，还要到北平故棅浏览，再由日方通知我国，请派兵保护，其将何辞以对？浸假到了北平故棅，流连忘返，我国又有何法驱逐出境？彼时红顶花翎与木屐儿交错旧都，华北统治主权尚许吾人过问乎？届时日人一定嗾使一般失意军官、无聊政客以及丧心病狂之汉奸流氓等，攀辕上表，环请留平。日方又借口顺从民意，移长春之傀儡皇帝，改而为北平之傀儡皇帝，我政府又将如之何？

或曰："溥仪入关扫墓，系日本人故布疑阵，威胁恫吓，以迫吾俯首交涉。"所以南京外交人员则非正式否认，谓未闻有此事。惟京中某要人谈，则谓吾方决不承认，倘引起纠纷，日方负责，言下似确有其事者。而沪日使馆有野氏复否认日挟溥仪入关祭陵，不佞敢说定有其事，证以汪院长此次赴赣，已可略知梗概。将来溥仪入关，我方当不至派兵保护。倘溥仪统率若干日伪军而来，试问中央有何法以解决？或者事不至此，如果成为事实，政府除答覆日本云"敝国碍难派兵，万一发生意外之事，应由贵国负责"外，别无他法。

呜呼！东北已去，而华北又危！造成此种局面，又谁之咎欤？

纸烟与雅片烟

（四月十四日）

湖南自何主席提倡节俭并禁吸纸烟以来，现在各机关墙壁上均贴有奉令禁吸纸烟，即宴会中亦不以纸烟待客。倘各公务员一致实行禁令，于个人消耗费每年至少可省去数十元至百元不等。如果全国一致实施禁令，则每年抵塞漏卮并非小可。何主席作事向来澈底，与五分钟热度者不同。纸烟虽小，可以喻大。

考纸烟进口，始于光绪二十一年。其后五年，全国禁止吸种雅片烟，国人多改用烟草，岁达二三千万担之巨额。据《上海商报》载，民国十四年，烟草输出金额达二千一百万关两，比较五十年前数目，已增至二十倍之多。自近年来全国盛行纸烟，虽妇人孺子、贩大走卒亦莫不喜吸纸烟，而纸烟一项遂为社会上一种流行品。所以我国有识士商鉴于纸烟每年消耗之大，从根本上着手，设厂自造。即上海一埠，截至二十一年九月底止，已有二百零二家制造各种香烟，后以营业失败，宣告停工者有之，扣至现在，尚有六十家。统合各家资本，尚不抵英美烟公司一家之大，亦属可怜之至。据十八年海关册报，全国进口烟叶净数为二千六百六十四万二千三百九十二关两，十九年为三千零九十六万四千七百零二关两，二十年为四千八百四十五万一千八百八十九关两。此仅就烟叶一种而言，已有如许大之漏卮，再加以制烟时所用之烟纸、蜡纸、锡纸、香料等，为数当然更人。又据二十年统税署之报告，华厂产量为五百一十九万一千五百五十二箱，值国币六万万九千九百二十万四千四百二十五元；洋厂产量为三百五十六万一千一百零五箱，值国币五万万零五百九十一万七千三百七十五元。又据《农商公报》记载，民国七年，仅上海一埠，进口卷烟已达八千余万元，合计全国每年金钱流出海外者，约达一万二千八百余万元以上。近有人报告，中国人民每年金钱耗诸纸烟一途者，约达三万万元之巨，曷胜浩叹？

以我湖南而论，每年约有一千七八百万元纸烟之消耗。据熟悉长沙商务者言，长沙市每月汇往上海之纸烟款约有六十万元以上。在其他各种货物，由经纪人每先发给承销处以货，再按比期收回货款，或现三赊七，已属特别。惟有纸烟一种，先期交款，再行取货，几比粮米尤为居奇，视为人生不可缺少之需要品。何主席有鉴于此，认此种奢侈品有损社会之金钱，有害人民之卫生，提倡禁吸纸烟，其意甚善。不佞却因此发生二种感想。

一、雅片烟。雅片烟与我国有不共戴天之仇，从前国际战争，因雅片烟而起衅；民族生活，因雅片烟而困苦；内乱不止，因雅片烟税而操同室之戈。有人说，如果中国禁绝雅片烟，则内乱可息，全国可统一。因无雅片烟则无税收，无税收则不能养兵叛乱，是雅片烟实为中国制造内乱之祸根。不但此也，人民因吸雅片烟而百事皆废，土地因种雅片烟而饥饿频仍，民族因吸雅片烟而生育艰难，是雅片烟对于人类有百害而无一利。我国自逊清以来无年不言禁止吸雅片烟，一旦政府税款无出，则设立特税征收处；驻军防地，亦有少数提倡种植烟卉，以裕饷源，卒之命令所颁，全无效力。近来湖北特税处改为禁烟督察处，直辖军委会南昌行营，定四月一日正式成立，各省各重要口岸凡设专员办事处者，一律改称禁烟督察分处。倘政府实行禁烟，此其好机会也，若果是换汤不换药，则吾不敢知也。以言我湖南，雅片烟过境，有同天使到来，沿途派兵携枪护送，行抵市埠，则宣布戒严，其保护雅片烟，无所不至；至省城内烟馆尚未肃清，土栈亦所在皆有。此种有害于人类之毒物，比纸烟为害还要大几百倍，希望何主席百尺竿头，再进一步，除纸烟外，再禁吸雅片烟。此次在南昌会议某君返湘云："蒋委员长对于吗啡、白面、红丸三种，有吸吃者，严厉惩处；独对于雅片烟，未曾提及，不能不令人怀疑焉。"或者雅片烟向有中央禁令，毋须再旧事重提耶？或者雅片烟系国货，毋须禁止耶？

二、雪茄烟，又名吕宋烟。查雪茄烟比纸烟价昂，又多系舶来之品。今各国对于雪茄烟逐年递减，如德国在最近三年，由七十一万五千支，减至五十六万四千支；荷兰由十三万万七千万支，减至十三万万五千万支；比利时由六万万二千九百万支，减至六万万一千万支；瑞典由二万万二千四百万支，减至二万万零十万支；丹麦自二十九万支，减至二万万零一百万支；法国每人消费自十一支，减至八支；西班牙自四万万二千九百万支，减至三万万一千七百万支；捷克自三万万二千六百万支，减至二万万一千八百万支；美国自六十二万万七千一百万支，减至四十七万万二千万支；坎拿大自一万万八千三百万支，减至一万万三千三百万支。所以菲律滨雪茄烟出口，在一九三〇年时，有四万万一千四百万支；至一九三二年，减至一万万七千二百万支。印度在一九三一年雪茄烟进口，达九万万三千一百万支；全一九三二年，减至三万万零六百万支。上年我国雪茄烟进口已达三百三十七万六千七百支（国产在外），且数与年进，方兴未艾，国民经济前途亦大受影响。希望何主席不分烟支之大小，一律禁吸，不能因人的问题而特别从宽。

不佞系吸纸烟之一人，却赞成何主席禁吸纸烟之命令，尤其是希望何主席先禁雅片烟。如雅片烟不禁而禁纸烟，不但以羊易牛，而且近于"明足以察秋毫之末，而不见舆薪"之古语。总之，现代流行之纸烟，已成为社会一种传染之物，且烟叶又为农家一种副产品，与其禁而不绝，不如设厂自造，徐挽利权。山东建设厅长张鸿烈上月十六日在齐鲁大学讲演有云："……其余烟业，根本改良种烟及薰烟，由政府在济南设一大纸烟工厂，用本省土产烟叶制成卷烟，用政治力量到各县推销，纵不能将外烟完全抵制，假若能替外烟三分之二，即可挽回漏卮一千万元。……"又，苏州近有各实业资本家设制卷烟纸厂，以抵制洋货。陈师长渠珍亦筹款五万，在沅陵设置纸烟制造工厂，采取本地及云贵之烟草，制成卷烟，将来之盈亏虽属系乎人谋，要亦是根本抵货之一办法。要之，潮流所趋，空言禁止，不如实地抵制。在湖南而论，目前各机关公务人员，虽格于禁令，不敢彰明昭著放胆吸烟，试将有烟癖者身畔检查，无不满盒纸烟，出署一步，大吸而特吸焉。有谓："禁吸纸烟者，禁止在署内不吸纸烟也。"其然？岂其然乎？

念湘南"匪患"谈及改编团兵

（四月十六日）

　　团防之设，原为民间保卫乡闾，人地熟悉，每有为非作歹之跳梁小丑，各县有团兵，可以预先扑灭，不至酿成星火燎原之势。至于大股土匪，虽非团兵可以抵御，而省有省防军，不难开赴该县一举而荡平之。吾湘自改编团兵之后，事虽统一，每因省边有患，尽量的举全省之团兵调赴应敌，以致各县时演"空城计"之剧。而此种团兵，以之保护地方则有余，以之出县作战尚缺训练工夫。所以团兵在本县，指挥如意，进退自由，一经调往前方，人地生疏，即失团兵之效力。每日派兵守着营门，四乡纵如何扰乱，不敢越雷池一步，肆行痛剿。甲县之团兵，即不明了乙县之情形，而乙县之团兵，又不明了甲县之情形，如此参差调度，名为统一，而实际上反减少效果，谓之为"化有用为无用"未尝不可。即以我东安而论，前月将本县之团兵调往邵阳，而以邵阳之团兵填防东安，彼此对调，两失其效。每当闾阎不靖之时，不但不明地名之方向，即路途亦不知悉，何能"剿匪"？况营长王某临行时，将全县所安设之电话机以武力拆去五架，并带去义勇队驳壳枪五支。虽经文县长再三恳求，该营长不顾一切。是以现在电话既等于虚设，而义勇军亦属赤手空拳。新来之外县团兵既不懂地方情形，而本县之义勇军又无御匪之工具，指挥虽已统一，不佞觉得比未统一之前，不见得有何好处。

　　我湖南全省惟湘南稍称安静，今李"匪"窜往郴桂，已将黄茅洞作为大本营之驻扎地。回忆前次扰乱时，设使各县团防共同防堵，李"匪"决不至如是之猖狂。查李"匪"为李明瑞之部下，对于地方情形不如本地团兵之熟悉。截归路，刺消息，惟本县团兵优为之。今郴桂团兵调至外县，而现在驻在郴桂者多系欧副司令所统率永州之团兵，与民间向无亲戚故旧之谊，一般乡民谁肯将"匪方"之真情来告，以自召祸？又如最近水口山唐局长呈报省厅，说耒阳"赤匪"谢竹峰率领匪徒数十人，步枪六支，驳壳一支，盘踞耒阳境内。假使耒阳团兵不奉令开赴他县，则此种小股土匪不难即日消灭。可见团防在本县虽无多大作用，以之防微杜渐，厥功亦伟，曲突徙薪，贤于焦头烂额多矣。

不佞赞成团防统一指挥，不赞成团防远远离开本县工作。如果邻县有"匪"警，由区指挥调遣团兵协剿可也，但事平之后，仍须将各该县团防开回本县，以表示分工合作之精神，并无封建之思想，且隶于各区司令之下，亦无尾大不掉之嫌。民众之武力，即国家之武力，民众安宁，即国家太平。智者千虑，或有一失，望当局仍将各县团兵调回原籍，镇定乡间，人民亦有所恃而不恐矣。

大可注意之华北外交

（四月十八日）

日本自侵占了东三省以后，屡次欲与我国提出直接交涉。当时我国朝野上下均表示拒绝谈判，并谓："吾国既将日本侵略行为诉诸国联，应静听国联主持正义，誓不与日人直接谈判。"试检阅"九一八"以后各种报纸所载各要人发表谈话，即可知其主张矣。自汪院长登台，首先提出"一面交涉，一面抵抗"之对日方针。迨热河继失之后，所谓"誓不直接谈判者"，改为直接交涉，于上年五月三十一日，遂在塘沽签订停战协定，一则曰"此属军事范围，不涉政治"，再则曰"停战并非屈服，仍须继续抵抗"。汪院长此种自欺欺人之语，至今思之，汗颜已极，是中国政府要人所说之话难以兑现。当今年三月一日溥仪僭位，我国政府处处表示不承认伪国，即世界各国见日本人一手造成之傀儡伪国，亦发生不平之鸣，并同情我国，有不承认伪国之表示。各国亦可谓支持公道者矣。所以前月日人向平分会商量通车、通邮、设关等事，不佞在各报纸上亦看见各要人之谈话，有完全拒绝谈判之语。在神经过敏者，每相信各要人之言可靠，予则告以留待事实证明。不意霹雳一声，南昌会议决定华北外交方针，有通车、通邮、设关三大问题进行解决，其附带声明有"坚决否认伪组织，不丧权辱国"二项。至立于地方政务之技术的见地，可予以相当的采纳黄郛之建议，如：

（甲）通车、通邮、设关为华北目前首要问题，由中央与政委会以全权进行解决。

（乙）为谋华北政务安定及经济产业之繁荣与对不承认伪满事，均由北平当局负责，贯澈其意旨。

（丙）在有利中国之条件内，可接受无论何国对华北之投资与建设之协助。

以上甲、乙、丙三条，当以甲项为最关重要，乙、丙两项可合并讨论，兹将鄙见写在下面。

通车、通邮，在世界各国为发展交通起见，本属应有之事。此系对于承认对方为一独立国者而言，若伪满乃系中华民国之领土，一旦为日人包办成立伪国，我国政府不明明白白表示不承认乎？今以不承认之伪组织，而与之有通车、通邮之举动，是已作为一个对峙国看待，有何不承认之可言？各国今均表示不承认，而我国首先承认，不然何以解于通车、通邮、设关之解决？最可笑者，有云："华北与伪满通邮，由平当局办理。惟全国通邮，则恪守国际邮权条约办理，拒绝谈判。"推其意不过华北与伪满通邮，中华民国则否也。但不知华北是否属于中华民国？或另有一华北国存在也？此种矛盾政策真令人百思不得其解。

乙、丙二项，本属平常之事。利用外资，孙总理亦曾有此遗训。建设协助，我国与国联亦曾有技术合作之举。此次南昌会议插入乙、丙两条，显系日本人对于华北有"投资"之要求，故不分国界，笼统许可，所以有"无论何国对华北之投资与建设之协助"之语。须知今日华北之危急，甚于"九一八"前夕之东三省。日本在东三省利用"投资"二字，夺我东北，焉知将来不利用"投资"侵及华北乎？华北毋须投资，如华北有投资之必要，但是对于日本人须始终拒绝之。英人利用"投资"而亡印度，日本人利用"投资"而亡我东北四省。殷鉴不远，我政府何必再蹈印度与东北之覆辙？若果接受日本人对华北"投资"，则华北之危险难免不为东北之续。寄语当局，中国前途实在不可一误再误，纵不为自身计，也应为各人子孙生斯长斯想想。我尤恨日本人对我凌迟处死之惨，不即实行枭首枪决之痛快也。

呜呼！事急矣！寇深矣！所定五月前结束通车、通邮谈判，转瞬即是，不但我国犯了承认伪国之嫌，而华北接受"投资"之危险更不可思议。用特泣恳于中央政府各要人之前，郑重考虑！实实在在，行不得也！否则，东北失！华北危！其将何以对全国阿斗？

康藏问题之严重性

（四月二十日）

西藏恃有英人为之背景，历年对于西康颇怀觊觎之心。前曾订有合约，双方遵守在案。不意去年达赖圆寂后，群龙无首，至今日扰乱愈甚，竟于二月十三日利用大金寺僧兵为前锋，绕道偷渡金沙江，与我军相持，我军兵力单薄，改移新阵地。查大金寺为藏僧之大本营，曾于二十年康藏战争时，大金寺被焚，全体喇嘛三千余人无所归宿，生活维艰，每有不法举动。闻此次不幸事件发生，完全由于无业喇嘛之煽动，而藏方执政者似无侵略之意，非上次康藏战争可比，或者战祸不致扩大。此蒙藏会员之自慰消息，但证以近来之事实，并非如此简单。据上月刘文辉迭电报告，谓："藏军约五百人，会同大金寺喇嘛千人，强渡通天河后，又复猛攻德格。战事激烈，辉部因人数甚少，恐难维护，兼以械弹两缺，万难持久，请派军援助，并补充军实，以应急需"云。继又于上月二十五日发出通电，略谓："敌军悍然启衅，战事横延，文辉职责所在，自当奋力应战，以固边防。惟事实粮款在平时已极感困难，当此军事时期，断非瘠贫之区所能胜任，望迅予统筹拨济，俾免陨越"云。藏兵东犯，事实上已实逼处此，如不尽力抵抗，则得寸进尺，西康全省亦在危急之中。不意蒙藏委员长石青阳仍电嘱刘文辉竭力避免军事行动，仍主张和平解决。意虽甚美，而不知藏军犯康，既具决心，且有英国嗾使，欲想化干戈为玉帛，事势上已不可能矣。据南京九日电："藏军近又分向邓科、德格进攻，倘该处不保，则甘孜甚危"

等语。彼以武力，我以和平，虽曰鞭长莫及，实有示弱之意。

在西藏方面，其人民毫无军事知识，亦无军事上设备，纵有英人接济军械，而使用此项军械之人非英人，乃为藏人也。况其人数仅止三千余人而已。刘文辉败退西康，其人数至少尚有一二万以上，子弹枪械完全充足，又加以历年在四川百战之士卒，对于乌合之藏兵不难一鼓而擒，何以一败于邓科县，再败于观音寺？袭德格，攻巴安，并欲进据西康，其志非同小可。我国军队向来优于内战，对外或有所慑伏，以刘文辉历来善战之雄才，以之制止少数僧兵之暴动，我意以为定如狂风扫枯叶，不崇朝即可荡清。今乃通电告急，则我们老百姓每年供给巨大军饷，养此多数之兵士，即不能攘外，又不能安内，果何为者？

现在藏军侵康，寇深事急。据本月三日西康民众驻京代表马泽昭所接西康电讯有云："藏军袭西康，近仍未已。南路藏军，利用军番千余人，袭攻德格后路，冀图侵占德格，威胁康军。北路巴安方面，图偷渡金沙江，攻击巴安，战事颇激烈"云云。事势至此，未知秉国钧者将听其为局部之战事乎？抑或以武力削平乎？记者所处境地，虽与西康相距甚远，觉栋折榱崩，侪将压焉，此杞人所以有忧天之举也。

为省党部改选进一忠告

（四月二十三日）

省党部不久即须改选矣，一般竞选诸君，其预备工作已苦心孤诣，费了几个月奔走经营。各派所产生之县党部代表业已呱呱坠地，并且陆续来省报到矣。在近日长沙市内，已闹得满城风雨，一心一意，各有所属，其对来省之各县党部代表，除作揖打拱、欢迎招待外，所有言语谈笑之间，恍似七月半乡里人接祖宗一般，极尽恭而且敬之能事。人谓"党员向来前恭后踞"，证以今日之竞选者而益信矣。

《国民党党规》不曾规定"党外无党，党内无派"乎？在身为党员者，此语当读之熟矣，何以我湖南党部有甲、乙两派，自身既已违法，焉能指导民众？责以"其身不正，虽令不从"之古语，其将何词以对？在今日世界各国，亦未尝无党，每当竞选之时，只有凭个人之对于党的认识，发表一种谈话及发展计划，分给各党员，自由选举；断未有如我省今日竞争选举之别开生面，甲排乙，乙又排甲，不以党员视党员，而视党员为一人之工具。此洁身自好者所以不愿意加入此中漩涡也，此全国多数民众所以对于党不甚发生信仰也。

尤有可笑者，此次蒋委员长提倡新生活运动，我湖南亦分别举行，内有"不骂人，不打人"一条，凡属国民，均宜遵守。不意此次湘阴县党部选举代表，党员对于党员演"全武行"，并有流血之惨剧。夫党员指导民众者也，党员因选举可以打党员，则民众因选举亦可以杀民众矣。所谓新生活之谓何？或曰："党权高于一切，惟党员可以打党员，若果老百姓打了党员，就是万恶不赦。"今当新生活开始运动时，党员不能以身作则，则将来推行新生活运动，难免不受影响。

不佞敬劝各位党员，争有余力，试披览报纸，除东北四省已被日本侵占不计外，近日来日本要耸动傀儡皇帝入关祭陵矣！威胁我国通车、通邮矣！强迫我接受华北"投资"矣！运动汉奸赵大中捣乱开滦矿局矣！此外，英人侵入班洪矣！法国得了珊瑚九岛，又要觊觎西沙群岛矣！南疆伪府尚在作最后之挣扎，而江西、四川之"共党"正在到处破坏。环顾中国前途，实无生人之乐趣，那里有心来争选举？想各位党员忧国忧民之心，比我们小百姓当然更加严重，在他人久已想摆脱省党委之责任，而处于辅助地位，孰知我湖南人为党牺牲精神任比何省为强，颇有"一息尚存，此志不懈"之概，实在令人钦佩。究竟今日竞选诸君是否抱有此种宏愿，不佞不敢相信，要请诸君至菩萨前盟誓以表明心迹。须知党部选举系为民众将来各种选举之榜样，若果不根据"天与人归"为原则，而用鬼鬼祟祟手段，则大失选举之精神矣。

寄语各县代表，不要作竞选者之傀儡，各凭良心投票可也。寄语各竞选诸君，不要利诱威胁，准其自由选举可也。

不佞是一个"党贼"，不应对于党务再来哓舌，致闯滔天大祸，但近日来因竞选拉票事，波及我之读书写字工夫，如骨在喉，不得不吐。又道是"聋子不怕雷"，如果认不佞之言有侮辱党员神圣尊严，欲加之罪，亦所不辞。我希望各县代表不分甲乙，一致团结，增加党的力量，发展党的效力，以之解除人民痛苦，一洗失地之辱。凡有用卑鄙手段来组织选举者，一律拒绝，各本良心上主张，另选一种人格高尚者，以打破世袭省党委、专利省党委、操纵省党委之传统观念。想各县贤明代表谅不以人废言，或者鉴此愚忧，认为绝妙好法也。

南疆伪府果消灭耶

（四月二十五日）

　　自南疆伪府成立以来，经省军之进攻，不崇朝而溃；加以三月六日东甘回军与缠回军自相争斗，而南疆伪府为谋安全计，据南京电已迁设莎车。不意三月二十三日莫斯科报纸发表一种惊人消息，其内容云："土耳其太子阿布都尔克里木数月前已离东京赴上海，最近又自上海密赴新疆。据世人所知，克里木太子系日本为'新疆独立国'王位而保留之候补傀儡。目前若干日本军事专家正与土耳其亡命伙同工作，密谋促成'新疆独立国'之建立"云。克里木闻此消息后，即由上海租界迁居华界，请求中国政府之保护，以证明俄报所说之不确。此事虽属神经过敏，却有可能性。至二十七日，政府接西安西北回教会建议处理南疆办法，分治标、治本二种。在治标方面，立即恢复各王子爵位，及选择内地回教中有声望者，会同中央简派大员前往南疆宣慰。治本方面，须在南疆地方创设新闻机关，发行中阿文字会刊报纸与本党党义政纲，并由中央设立回族院，专司关于回族之训导及一切联络宣传云。此种办法于收拾西北回教已去之人心不无小补。至四月一日，据南京电，回民伪政府成立后，迄今多时，政令不出喀什、阿克苏，以内部组织极为复杂，虽有某国为背景，近亦感行动颇不自如。又据新疆籍某高级军宫谈，马仲英自甘窜新，力图扩张势力，此次被省军击溃，残部不难扑灭，而南疆回族在喀什有组织所谓"噶耳其斯坦共和国"，似为苏俄口气，绝非自决运动，如政府派员宣慰，定可迎刃而解云，惜政府未之注意耳。

统观以上情形，是南疆伪府尚属偏安，并未根本消灭，设使一旦死灰复燃，星星之火纵不能燎原，而新疆一省恐终非我有。不观夫"九一八"事变之时，久匿天津租界内之溥仪竟为日本人挟之东北，今且升登傀儡大位，而成立伪国矣。查回族团结性最强，上海且住有克里木太子，万一受日本人之耸动，秘密赴新，实行"噶耳其斯坦共和国"，中国除不承认之外，又有何法使之取消？况新疆国际背景之复杂，有英，有俄，有日，有土耳其，与东北颇异。今以简单之东北四省，我国尚无法以对付暴日，则对于新疆更见治丝而愈纷矣。如果以武力解决，中央军则鞭长莫及，而省军则又意存观望。若听其潜滋暗长，难免不为野心家所利用，而成为东北第二，则中国边省难抱乐观，即中国整个前途亦属危险。

近日《法国晨报》记者白利安在重庆发表言论，谓："日本请各国共管中国，国际派贾德干任长江一带调查，石密士任黄河一带调查，余（白自称）任西南调查"云云。我外交界认为未之前闻，可信绝无此事实。不佞亦信绝无此事实，但发言者既未函请各报更正，则此种议论当有负责之人。我外部尽可根究此项造谣者，否则驱逐出境小国际之常情。须知日本人对于中国向不怀好意，共管之说虽不成事实，然而日本人未必无此恶意宣传耳。以此例彼，则南疆伪政府存在一日，即为中国西北之隐忧。希望中央酌拨若干甘陕部队，挺进南疆，将伪府根本铲除之，毋使滋蔓难图，致劳各伟人将来开会、演说、通电种种无补实际之举动，幸甚。

千钧一发之华北问题

（四月二十六日）

日本自侵占东北四省以后，得寸进尺，其处心积虑以谋我华北者，"司马昭之心，路人皆知"，如调兵、运械、筑路、演习、测量以及建筑飞机场等，已有铁证。其目的无非是欲取夺华北，移长春之傀儡皇帝于北平，以实现田中"大陆政策"。所以今日华北已危如累卵。观于日本在华北各种布置，进取华北有同囊中拾物，易如反掌矣。

此次有吉公使至京，据《北平晨报》记者往访，由有野代见，有云："有吉昨与黄郛会面，对华北问题略有商谈，但未具体决定。……华北问题系属地方事宜，将来由两国外交当局处理，惟望迅速解决，免生枝节。"恶！是何言欤？华北问题乃中华民国整个存亡问题，因东北沦亡而影响华北，将来不又因华北沦亡而影响华南乎？有野此言，其用意在为汪院长缓冲，所以称之为"系属地方事宜，将来由两国外交当局处理"，使全国民众对于汪院长不加攻击，以便贯澈"一面交涉"之陈语。证以上年《塘沽协定》签字委托熊斌，其取巧手段则一也。所以此时预先由日人口中言之，将来为汪院长留委过地步，手腕之毒辣令人不寒而栗。

南昌三巨头会议结果：黄郛建议安定中日关系，有中、日外交将有新开展；而有吉建议对华外交，亦有新转变。至黄郛之新开展，吾人无从得知，惟报载有吉之新转变：（一）扩大驻华各地领馆职权，就地解决中日间各悬案；（二）采小让大不让主义，凡不关重大实利等问题，均不妨作相当让步；（三）以驻华日军事长官为攫取各项实际权利策勋者，一切取强硬态度，至万不获已时，由驻领出任收风转舵工作，刚柔相济，务达要求目的而后已。倘日人实行以上三项对华北外交方针，则何求而不遂？届时华北虽名为我有，而其实已亡。东三省前车之覆，其情形尚萦萦于吾人脑海之中未尝一日去，奈之何又令日人以亡东三省之旧把戏来到华北玩耍耶？

有吉与黄郛会议之后，曾延见记者团发表谈话，略云："通车、通邮问题并未特别提出讨论，盖此事应作为《塘沽协定》延长而解决之问题。即以通车而论，现在不无直达到车，不过在途中换车而已，实际上交通正在进行中。以通邮而论，不过仅征不足税，书信则照旧往来。为中国利益计，必将有解决之一日。如设关问题，即其适例，即使此等问题分别结束，中日间并非无他问题也。"可见日本对于我国另有其他重大问题在，而通车、通邮、设关尚不关紧要。所以黄郛与日记者谈话，有云："蒋、汪两氏对于本人之见解均绝对予以支持，刻下之通车、通邮问题并非大问题。……予此次如北上，彼时或将有相当重大之人事调动，此层尚不在发表之限。"统观中日当局之谈话，一则曰"即使此等问题分别结束，中日间并非无他问题"，一则曰"刻下之通车、通邮问题并非大问题"，当然另有其他大问题，彼此"心照不宣"，吾人何从捉摸？但证以黄郛之言，"彼时或将有相当重大之人事调动"，一言思之，真令我魂不附体，欲哭无声。所谓"重大之人事调动"，若果属之我国，则宦海升沉何国蔑有，无须与日记者言之，想或属之傀儡皇帝之入关，所以不在发表之限。又似乎日本人之诡计，事前已告知黄郛，以作威胁我政府耶？

至于通邮问题，我既不承认伪国，拒绝之可也，此交长朱家骅之所谓封锁政策。但是电信往来则始终未断，真令人不得其解。所以有吉谓："不过仅征不足税，书信则照旧往来。"此种矛盾政策惟中国有之。乃有不识时务之燕大学生会通电反对通邮、通车，至今半月未见有何团体响应。不佞谓今日全国四万万五千万阿斗久已心死，无论其中国若何危急，谁也不敢出来说话。

所以中国失了四省土地，而秉国钧者居然腼面当朝，无人攻击去位。五四运动时之陆宗舆、曹汝霖之被打下台，不能不替他呼冤。寖假由四省而再失华北，我想也无人敢出质问，听其将中华民国整个的一手断送，方肯罢休。到那时彼为亡国大夫，我为亡国奴隶，父皇儿臣，贻笑万代！因论华北之危机，故推进言之，想事实上或不至如此也！

国货流动展览会开幕之前奏曲

（四月二十八日）

此次沪、汉各工商巨子发起国货流动展览会，已由汉而来长沙，定于五月一日正式开幕。兹因长沙市民之请求，提前展览三日，以慰喁喁之望。惟售物部则仍依照前次规定，至五月一日开幕后方准营业。我市民向来热心国货，届时必有一番热闹。方之前次青年会所开办国货展览会，其相去不可以道里计。不佞趁此机会，对于此次展览会，在未正式开幕之前，作一前奏曲以助兴。

本年行政院令各部会所属各机关，规定："凡荐任以上职员，须置国货绸缎马褂一套。"又，此次四中全会李宗黄提案之第三项："改良公务员、党员习尚，凡公务员、党员均服制服，用国货，提倡节俭，防止劣货倾销，挽回破产危机，由中央党部及国府于一月内先为实行"云。教育部亦通令各省教育厅转令各学生、教员："穿国货衣服。"行政院秘书奉院长谕，通知各院部会暨所属各机关团体公务人员："一律提倡服用国货呢绒哔叽。"对于达隆毛织厂出品广为推用，以维国内毛织工业。浙江鲁涤平对于本府内各科股室施以检查，所有器具物品等非国货一律不用，另予登记；省府职员，谕令一律着国货服装，限三月一日各厅处全部实行。至我湖南上年春间省府会议，已通过提倡布衣运动一案矣。是中国今日朝野人士咸知国民经济崩溃，非提倡国货不足以救危亡。如果大家一致抱定此项宗旨进行，则国货前途定有一线曙光，而全国工业尤先蒙其福利。

　　吾人须知中国至于今日，农村经济完全破产，所有外国人遗留之一切财富又集中都市，贫人过其牛马生活，富者享尽天堂艳福。天津《大公报》曾著论云："政军各界，奢侈之极，风俗日恶，贪污日盛，人人怀行险徼幸之心，处处有剥削掊克之政，造乱助乱，海宇骚然，大局败坏，民无宁日。"所以今日之国情，欲克服一切恶劣环境，舍提倡国货、厉行节俭不为功。乃反观舶来品源源而来，其购买力最强者就在一般军政要人。试一登各要人之门，服用饮食无处不表现其欧美化，内中所有之国货，不过几张字画与几件古骨而已，甚至服用国货之来宾，早已见拒于传达者之外。习俗移人，良可浩叹！若执此辈人以言提倡国货，相去何止十万八千里？但是天下事不可一例而观也。

　　国货之本质未尝不美，国货之外观或者稍次于非国货。吾人生为中国人，应使用中国货，此乃是天经地义之道，无待乎他人之高呼"提倡国货"。因被动而去提倡国货者，此人已降一等。况被动提倡国货而又不去提倡国货者，民斯为下矣。中国今日之经济已趋于死亡线上，惟有崇尚节俭，为民惜福。而崇尚节俭，首在推行国货，视中国工业发达至如何程度，即我们享用至如何程度。万不可以十八世纪之萌芽工业国，而人民享受二十世纪之穷奢极侈。国货虽粗，总是国货，纵使带了几分土气，我觉得在此种民穷财尽之秋，愈土愈好。那一些穿西装、吃西餐自命为摩登家，有识者颇嗤之以鼻。当今之大伟人甘地，全身所着者，自织之土布衣服。即以制造品倾销各国之日本人，国内还是拼命用土货。我们中国，凡百工业，极其幼稚，使用土货更为当务之急。少数人用土货，或者有一般亡国奴看不起，若果全国男女一律用土货，无特殊之分，无贵贱之别，则土货亦不土矣。所以提倡国货，即是"惟土物爱"之意，爱国者盍兴乎来？

反对建筑洪宝轻便铁路

（四月二十九日）

湖南建设厅自上年来汲汲于建筑洪宝轻便铁路，由省府呈请中央发行一千万建设公债以作修路之用，业已由中政会议通过。建筑事由铁道部主持，委托湘建设厅代办。至何日开工，虽在未定之列，不佞对于这条轻便铁路颇有反对之理由，请毕其说。

一、建设公债一千万元，各银行虽已允承受，但须将历年我湖南政府所借中交银行之款约三百余万元先行扣还，其所余者不过六百余万元。而此六百余万元又不能如数募得，内中至少要打一个八折，名为一千万元，实际上不过五百余万元而已。将来债票到期，不能责成空洞政府偿还，势必取之民众。我全省三千万人，为了洪宝这一条很短的轻便铁路，平均起来，连本带息，差不多每人要占五角之多。

二、由洪江到宝庆，尽是崇山峻岭、羊肠鸟道。据测量者言，每次测量时，须先派工役将山腰处挖一小小平地，方可搁置仪器，即本人立足点亦复如是，否则一足高如天，一足低如渊，其斜度之高可想而知。此种地势之险峻，修造汽车路已觉困难万分，今以之修造铁路，则斜度必取其低，湾曲必取其大，即桥梁亦必取其坚强。将来施工时，又不知费几多款项耳。

三、湖南与贵州向无多大商务，亦未发生何种军事行动，不过贵州之雅片烟每年有若十担经过湖南运销外省而已。纵使我湖南每年有若干税收好处，但是我已先去了一千万余元之资本矣。现在全国厉行禁烟，雅片烟非正项收入，寖假政府觉悟，一旦将雅片烟禁绝，贵州既不种烟，则此路收入定行尖灭，恐将来养路费亦无从所出备。

四、宝庆至洪江修铁路既已难上加难矣，而宝庆至湘潭是否亦改用铁路，如潭宝改用铁路，势必又需一笔巨款。如不改用铁路，则宝洪又何必修铁路？今两端无铁路，而中间最困难一段反修铁路，此种建设学理，我未之闻也。

五、我们湖南应修之汽车路甚多，而且急于洪宝路者亦甚多。假使以此次建设公债一千万元移作修造他处汽车路之用，最少也可以成二千里公路。大凡办一事，须先从轻而易举者着手，俟全省公路网告成后，则取其难而重要者，次第设施可也。今乃不此之图，以全省人民之膏脂为运雅片之故而牺牲，亦可谓得不偿失矣。

六、不佞反对洪宝路改铁路，却又主张洪宝路改电车路。因为洪宝路之中间洞口地方有一极大瀑布，可供发电机之用。假使于此处建筑一座水力发电机，不但可以供给宝庆与湘潭、衡阳电灯之用，并可以于现在之潭宝路以及将来之衡宝路，均可改用电车，装客装货又极便利，且每年省去若干汽油之消耗。而电车使用寿命又长于汽车，即如修筑电车路时，所费与铁路同。以目前而论，电车沿途设备费虽多，以永久而论，则合算多矣。但是此种主张亦非目前湖南财政所能胜任，姑妄言之于此，留待将来建设可也。

总之，在湖南此种财政困难之下，欲办一建设事业，务须多方考虑。何者宜先建设，何者宜缓建设，何者建设时方称便利，何者建设后方可维持，不从事前事后着想，冒昧进行，所谓"费力又不讨好"，不如目前保全元气，使人民有生养休息之余暇，即是做到"无为而治"之功夫。未知主持建设者以为然否？

再论公路行驶马车

——驳建设厅指令公路局研究弊害各点

（四月三十日）

公路监察委员会鉴于每年公路汽车所消耗汽油之多，有损利权，请参用马车，以辅行人，曾经呈请省府，令交路局核议具覆。据报载，路局呈拟办法：（一）以长宁路为试验区间；（二）暂设马车六部；（三）试办暂定六个月；（四）呈请核发旅费，以便派员赴河南、山东、北平一带调查。在公路局所拟办方法，尚属郑重从事。不意建设厅于本月二十八日指令公路局提出三项理由，意若反对此举也者，请逐项说明如下。

一、关于路面磨损。车辆固可采用实心或空心橡皮胎，但马蹄之践踏，将使路面损坏至何程度，实属不可忽略。各局曾以人力车有损路面，请求禁止行驶。而马车之损坏，当较人力车为烈。

公路成立，贯通四乡，平日并无卫兵荷枪沿途看守，牛马之践踏，久已成为常事，未闻建厅有何法禁止。且湖南公路，地基已老，又铺有石子，马蹄之践踏，何损于毫末？我们出款筑成之公路，并非陈列露天，供游人之好看，我们要利用筑成之公路，以便平民之旅行。若果因马蹄践踏而损坏路面，则沿路所设之修理棚工，所司何事？不如将公路用玻璃装盖，尤为保全。至路局请求禁止人力车行驶，可分二项言之：其一，因人力车有与汽车竞争营业，于公家收入有损，故请禁止，本报前已著论及之。其二，因人力车车轮之宽不过二寸，每当载重之时，刻入路面。若马车之轮，至少有八九寸之宽，与汽车相等，绝无沉陷之弊。所谓马车之损坏当较人力车为烈，果何见而云然？

二、关于行车之安全。路面铺砂，仅宽十五尺。若于路侧行驶马车，则内轮辗滚铺砂部分，而外轮则辗滚泥土沿，既因路面之冠拱，使马车斜欹向外；若路沿泥土松弱，偶有沉塌凹陷，则重心高、行驶速之车辆必有倾倒之虞，此其一。于急湾下陡坡之处，骤与汽车相值，必难即时将马车停住，势不免于碰撞，此其二。汽车开行，例皆依序前进，禁止追越，若有马车在前，势不能不绕越之，于此设与来车相撞，有互撞之虞，此其三。马车轮滚动声、马蹄践踏声、车身振荡声同时并作，是使驾驶者无从闻得后来汽车之叫号，必至阻碍汽车之进行，若汽车强迫前进，又恐发生推撞危险，此其四。其他可虞之点尚不胜举。

建设厅反对行驶马车，其理由即在此项之四点：

其一点，马车行驶路上，与汽车享同等权利，并非规定汽车可行于路上铺砂之部分，而马车只准行于泥土，不过马车与汽车交驰之处，彼此各向左右让而已，瞬息之间，何至于倾倒。

其二点，急湾下陡坡之处，不错，有时亦有与汽车相值，该厅不乏工业人才，也曾知马车上有缓行停行之节制机关否，所谓"必难即时将马车停住"，不言而破矣。

其三点，因马车在前，而汽车绕越，就有与来车有互撞之虞。如非开车者尽是盲人则可，若稍有明眼，则两车相会，未尝不可以礼让。上海租界马路上，来来往往，亦有马车参杂其间，未闻有互撞之虞。而我们公路上，每隔一二小时，有一部汽车行驶，就有不幸事件发生，我却不甚相信。但是目前尚未参驶马车，何以公路上时常发生倾车伤人之事，该厅亦有所闻否？

其四点，车轮无滚动声，橡皮的；马蹄无践踏声，砂土的；车身无振荡声，钉成的；汽车之叫号，驾御夫非袭子，可得而闻其声。

且航船驾车，向顾前面之有无障碍，不顾后方之有无追随，纵有追随，只有后来者就避前往者。试看上海街上之后汽车追越前行之汽车时，何尝有推撞危险？

三、关于经济之价值。马车速度远不逮汽车，自不便于百里以上行程之旅客；而短途雇用，亦必取费低廉，始足以利营业。但就消耗而言，如驾驶之工具，马之口粮，马车之修理与折旧，与养路捐之缴纳，雨雪暴风时停车之损失，合计甚为不资。二者相权，其经济上之价值究系如何，均关重要。

马车缓，汽车快，三尺童子皆知之。马车能行百里、千里、万里以上，三尺童子虽不能知此道理，而稍有常识者谅亦能知之。古人有千里马，但负重则否。我之所言马车能行百里、千里、万里以上者，因沿途有驿栈，马拖车至一定限度，即予休息，另挂一马，继续前进，所谓"六百里加紧驰之"，亦何尝以一马而行六百里。原文有"不便于百里以上行程之旅客"，未免笑话。至于消耗一层，驾驶之工具，与汽车何如？马之口粮，与汽油何如？马车之修理与折旧，马之生命折旧，与汽车修理与折旧何如？养路捐之缴纳，马车系公路局自小，无缴纳之必要；雨雪暴风时停车之损失，汽车何尝尤之？小观上年因天雪地冻，汽车停开，何独责备丁马车？今试以买一汽车之价款，以每日烧汽油之代价，以与马车比较，其多寡又何如？即使马车与汽车相等，孰是国货，孰是洋货，当亦知所择矣。

在今日民穷财尽之中国，凡事不可欧美化。我们要拿我们的土法设法改良，以求适用，不要羡慕他人之奇巧，只怪自己不挣扎。我们总要想出方法，使我国之金钱不至流出国外，能保留一文之金钱，即为民间保留一文之元气。该厅此次对于公路参驶马车少见多怪，不知今日欧美乡间城市，亦何尝不汽车与马车并驾齐驱，未尝发生互撞倒车之虞。纵使该厅人员足迹未曾到过欧美，想南京、上海、汉口或者亦曾涉足，街道之宽窄，方之公路是否相等？难道人山人海之街市，有人力车、马车、电车、货车、脚踏车、马达车等往来，尚可以行驶汽车，并无妨碍，而湖南公路行驶马车一种，就有种种顾虑，此理真不可解。

总之，建设事宜要拿出远大的眼光，作极庸常、极便民之事，敷衍固不可，唱高调亦不可，并要根据我国今日之民情状况，负责进行，不可将外国人之物质生活搬到中国，强迫我人应用。

劳动节与国货流动展览会

（五月一日）

今日为全世界劳动节，恰值沪、汉各工商界巨子在我长沙市开一个国货流动展览会，不佞因此发生三种感想：

其一，国货与国民经济之关系；

其二，国货与湖南人民之关系；

其三，国货与劳动界之关系。

何谓"国货与国民经济之关系"？吾国在昔闭关时代，人民享受原始式之物质，安之若素。自海禁开后，舶来品如狂风暴雨席卷而来，奇技淫巧适合一般社会人士之心理，各国遂以中国为其生产过剩之尾闾，每年攫取巨大金钱以去。去年，全国入超已达七万三千三百七十三万余元。今年一月份，入超为四千三百余万元；二月份，入超为三千九百余万元；三月份，入超为四千六百余万元，统计春季三个月入超为一万万一千五百五十万零九百六十八元。倘根据今年一季入超之数推之年底，则入超数目比去年还要大得多。而金贱银贵之主义与夫《白银协定》之批准，尤足以打击国货之输出，而代外人实现通货膨胀政策者也。所以国民经济逐日被外人削剥侵掠以去，而无法使之保持平衡态度，纵无暴日之用武力侵凌，而民穷财尽之国民已难以支持久远。今欲保全国民经济，就是要国民人人使用国货，如果人人使用国货，则国民经济马上就可以恢复原状，此事在自己而不在他人也。

何谓"国货与湖南人民之关系"？我湖南人向来勤俭朴素，并不竞巧炫奇，只要每日有"三餐硬饭吃"，其余均是可有可无。奈近年来全国奢侈成风，人尚奇异，我湘人为环境所迫，由勤俭朴素一变而为骄奢淫逸，见有着土布者，叱之为土老；见有讲旧俗者，称之为冬烘先生；见有使用国货者，呼之为三代以上之人；见有使用洋货者，羡之为欧美化。于是穷乡僻壤争运洋货以应社会之需求，而此风为之丕变，国货遂至于一蹶不振矣。所幸者我湖南对于粮食一层，尚未如沿海各省之以洋米洋麦过生活。假使我湖南人狭义的说一律爱护本省国货，则湖南亦可称为东亚黄金国。惜乎人心不古，工业又不振作，一切建设纯属宣传。嗣后希望我湖南人民一致起来提倡国货，拿出历代勤俭朴素之传统家法，以为天下先。

何谓"国货与劳动界之关系"？原一切国货，均系劳动界所用心思才力制造而成。国货发达，即劳动界直接间接收成之美满，劳动界不但无失业之可虑，且得极优之代价，而过其温饱之生涯。所以提倡国货，即是维持劳工。在一般士大夫阶级，欲想有"好世界过"，固宜提倡国货以养活劳动界，使之不加入"共产团体"。在劳动界本身，亦宜勿贪洋货之美廉，自掘坟墓。如果士大夫阶级不买洋货，劳动界不买洋货，则洋货当然绝迹于中国，而国货亦当然不胫而走矣。是国货之销滞，即劳动界之生死所关。明乎此，则知今日劳动节与国货流动展览会开幕之关系，其用意可谓至深且大矣。

我真不解，年年提倡国货，而国货日见衰颓。犹之曰抵制日货，而日货反见畅销。此何以故？虽则是苛捐杂税为之厉阶，而一般奸商为虎作伥，未必不是一个极大原因。为今之计，口喊提倡国货，是万无成效。而国货之对敌就是洋货，欲打倒洋货，要先去万恶洋货店（即今日之百货店），非举全国之洋货店概行消灭不可，所谓"庆父不去，鲁难未已"。日来尤有骇人听闻之事，长沙市有一般商人，欲出五十万元之代价，收买此次展览会货品，以作垄断之计。我们苦商人之削剥久矣，趁此展览会时机，买少数之真正国货，以作家庭之观感或纪念，亦义不容辞。此而再受商人之把持，亦有失国货流动展览会之意义。幸参与赛会诸君深明此中黑幕，未予照办，殊堪钦佩。

今日为国货展览会开幕之日，又适值五一劳动纪念节，两者关系民生主义至为重大。但国货展览会是实际的，劳动纪念节是空洞的，两相比较，觉劳动节尚不及展览会之为有意义。寄语劳动界同仁，今日不必作印板式的庆祝文章，要救你们的性命，赶快去提倡国货，提倡国货就是你们的新生活，此外一切尽可以不去过问。

五四纪念

（五月四日）

今日为"五四纪念"之日，回忆当日北平学生对于卖国贼之痛心疾首，不惜演成流血之惨剧，以挽救时局，其一种见义勇为之毅力与决心，实值得吾人钦佩而至于五体投地者也。不意学界自经过五四运动以后，未死者自认为天生骄子，遇事干涉，而将本身立场之读书救国主义反视为附带品，恍若一入学较，其目的就是在运动，今日游街示威，明日又罢课讲演，颇有令人生出一种厌恶之心，为父兄者又几视学校为畏途，不肯将其子弟送入读书，以免牺牲光阴与性命。此重视子弟者应有之主张，吾人亦不必多为演绎。上月二日，蒋委员长在南昌召集南昌党政教育各界主管长官演讲救国教育，有云："目前政治最重要者为教育，一切政治军事，因教育进步，方能有效果、有力量。学生不好，乃师之过。倘教育者尽责，绝无一教不好的人民，并要建立救国之基础及模范，反对五四运动以后之亡国学风，应根据总理忠孝、仁爱、信义、和平，即礼义廉耻之遗教，尤当注意生产教育，以挽救学风，养成救国救民人材"云。

我国学风在五四运动一日本有绝大价值，不过"五四"以后错用运动，以致"五四"之前功竟受后来者之影响而轻视。时至今日，东三省失矣，热河亦失矣，塘沽签字矣，"长坂坡威风，至今安在"？前者过于激烈，后者太近于静默。倘以当年五四运动之精神移至今日，其价值更为巨大。我不反对五四运动，却不赞成今日之无声无臭之书呆子。"读书不忘救国"，此系最时髦之口号，但是证以今日之学界，未见其人也。

学生入校，其宗旨在求学。求学之外，本非所宜过问。今日之纪念，究有何意义？既然各人脑海中有五四运动，则必有继起之一日；如无继起之一日，则纪念不过如端阳、中秋佳节而已。我不愿学生再有五四运动发见于今日，更不愿政府再有类似曹、章、陆之举动，致予人以口实。所以政府欲整理学风，要先从本身做起，先自立于不败之地位。所谓"有诸己而后责诸人，无诸己而后非诸人"。以今日可怜之学风，那配来纪念"五四"？

我希望在校诸君不要年年作空洞之印板纪念，不如大家来埋头苦干，一致努力，用科学方法来救国，以完成"五四"未竟之志，实行救国不忘读书之主义。不佞对于"五四纪念"所贡献于诸君者，如是而已。

五五纪念

（五月五日）

今日为革命政府成立日，亦即孙总理就非常国会所选举临时大总统职之日。

回忆先总理在日，中国之国土如故也，中国之安宁如故也。自先总理逝世以后，将整个中华民国付托于未死者之手，将革命尚未成功之事业亦委诸于一般同志。方冀其全国党政军要人定能继先总理之志，发挥而光大之，俾全国人民获得自由平等，俾中华民国亦得跻于世界各强之列。

孰知时至今日，始则不崇朝而失去东三省，继则不战而退出热河，并侵察省。迨《塘沽停战协定》签字，满拟长城以内我中央政府可以完全行使职权，那知今日之华北，方之"九一八"前夕之东三省，尤为危险。据何竞武谈："外蒙和东蒙都已丧失，现在剩下的只有东蒙一部分和西蒙。……假定日本一伸手，我们版图又缩小一大片，同时察、绥、宁三省立刻就会骚动，满蒙帝国的酝酿已非一日，多伦的日本特务机关殆无一时一刻不在设法垂手而得蒙古。……"此仅对于日本侵略中国一方面而言，此外如英之于班洪，俄之于外蒙，无处不是向中国进攻，将整个中华民国已呈蚕食鲸吞之现象。而我国当道犹每向人言，不曰"最后之胜利当属于我"，即曰"誓死拥护主权"。外人向知中国官吏言大而夸，不顾事实。日本人近且进一步以东亚领导人自居，而置我中华民国于其保护之下，甚么《九国公约》，早已视同废纸矣。

　　我中国处于此种情形之下，在当道不知觉悟，犹复植党营私，争权夺利。上焉者踢键子、赛风筝，以表示闲情逸致；下焉者捧名角，入跳舞厅，以加紧亡国速度，对于国家大事，久已置诸脑后。蒋委员长鉴于全国"政风"之坏，所以实行新生活运动，冀有以纠正。孰意我国人心已死，良医束手，非有以改弦而更张之，断难以起沉痼之病。但是我国要人心虽死，惟口尚健在，试看今日纪念会所演说者，无不慷慨淋漓，说得痛哭流涕，若进而研究其良心所主张，完全相反。此种劣根性之官吏，不知今日站在总理遗像之前默读遗嘱之时，未知于心有惭愧否？

日本竟向世界挑战矣

（五月七日）

　　自日本外务省发出《对华宣言书》，惹起全世界惊震，其全文或有为阅报诸君所未见，兹先将原文照录于下：

　　日本因其对华关系中之特殊地位，故其对于与中国有关系事件之意见与态度，或不尽与他国相同，但必须了解者，日本须出其全力以行使其使命，而履行其在东亚之特殊责任。日本不得已退出国联者，以国联在意见上不能协定维持东亚和平之基本原则也。虽日本对华之态度有时与外国相异，但此差异乃不可避免者，因日本之地位与使命故也。日本无时不欲维持并增进其对外国之友好关系，固无待言，但同时吾人以为，为保持东亚之和平与秩序计，吾人天然的必须行动，虽单独行动自负责任亦所不辞。吾人职务所在，不得不为此也。同时能与日本分负维持东亚和平之责任者，唯有中国，故中国之统一、中国土地完整之保持及中国境内秩序之恢复，皆为日本所切望者。证诸历史，此种期望，除中国觉悟及其自己努力外，莫能达之。是以吾人反对中国方面利用任何国势力以图抗拒日本之任何举动，吾人亦反对中国所采可利用一国以制他国之任何行为。在满洲与上海事变之后，外国所担任之任何联合行动，纵出以技术或金融援助之名义，当然含有政治意味，此种性质之担任，如实施到底，势必发生纠纷，终至酿成如划定势力范围、共管中国或瓜分中国等问题之讨论，此固为中国最不幸之事，而亦有极大影

578

响及于日本与东亚也。日本虽未见有干涉任何外国在金融或商业问题上各国与中国谈判，既有益于中国而又无碍于东亚和平之维持者之必要，但在原则上，必反对如上述之担任。至于以军用飞机供给中国，在中国建造飞行场及遣派军事训练官或军事顾问前往中国，或承募借款供给政治用途之经费，则显然可离间中日与他国间之友好关系，而扰乱东亚之和平与秩序。凡此举动，日本将反对之。上述之日本态度，观于日本前已进行之一政策即可知之。但因闻外国现有借口一种名义进行联合行为之积极运动，故此时不得不重行声明其政策云。

日本自将此文发表以后，各国莫不愤慨，加以攻击。美国责日本撕毁神圣之国际约章，英国则谓日本此举欲破坏《九国公约》，法国、俄国各报亦莫不痛加指责，并且英美各国均有照会送达日本，请对宣言书加以解释。日本自知众怒难犯，于是又发出声明，其全文如下：

一、日本对于中国问题，其立场与列国未必一致，亦未可知。但是日本为尽其在东亚的使命，实行责任，当然不能不尽其全力。而为了完成这个使命，日本应该与中国共同分担这种责任才行。

一、中国的保全及统一，乃至秩序的恢复，就东亚和平的见地上看来，本来是日本所切望的。但是中国的保全，秩序的恢复统一，除赖中国本身自己觉悟和努力以外，别无方法，这是过去的历史早已证明，将来也是如此。但是中国如出于利用他国来排斥日本，以违反"东亚和平"的手段，日本当然非加以反对不可。

一、再者列国对于中国，即令名目上是财政的援助，如有想采用共同动作一类的事，那么毕竟是带有政治的意味，这是必然的道理。那种形势如果增长的时候，将要发生划定在华势力范围或国际共管或瓜分的关系，其结果将在东亚和平上发生重大之结果。本来日本并无意干涉各国个别的与中国作经济上或贸易上的交涉，但最近中国有诸外国共同援助，或用其他种种名目积极的活动，例如供给军用飞机、设置飞机场、派遣军事教官、政治借款等类的事情，将相继发生。其结果，必为离间中国与日本之关系，违反"远东和平"的维持。所以日本不得不断然反对。

一、此种方针为日本从来的方针，当然应被承认的。

日本两次发表荒谬对我外交政策，其外相广田自知鉴于情势不利，有巧图诿卸之举。而驻外各外交官犹复仰承军阀气焰，处处狂吠，如斋藤接见合众社访员称："日本对其对华政策之重申宣言，乃美国对华作麦棉贷款及美国飞机销与中国之结果。"又云："即日本不愿中国求援于利益关系较少于日本之远方国家，尤不愿中国求援于远方国家之军事的援助，因此仅足以扰乱东方大局之和平。"又训令有吉将上次外务省非正式声明，详细说明日本对华无侵略之意。又令总领事须摩向沪各国使领解释，以图和缓国际对日空气。币重言甘，各国已如见其肝腑。所以美国认为日本宣言书系对世界挑战之事件。一般有识之远东专家谓日本不准干预中国宣言，实为近代史上最重大之扩拓版图阴谋。更有多数人士相信日本正图威胁中国，成为日本之保护国，与日本作军事同盟，目的在成全日本称霸太平洋之志。英国深知日本阴谋，首先照会日本，其要点系引用《九国公约》中之"中国不得予任何国以排他的特权"之条款，以促日政府注意。霹雳一声，日本始有外交官总动员以求转圜之举。而广田外相犹以在东亚特殊位置责任及利益，促列国再确认之谈话。而日内瓦日本出席裁军会代表横山向记者谈话，亦云："惟吾人欲列强承认日本对华享有一种特殊的权能。……"日政府以为鉴于中国各领袖对"满洲国"之态度，有"予以严重警告之必要"。

所以素来与陆海军省接近之东京报《日本》在社论中评论："如中国坚持其目前对日本及'满洲国'之政策，则日本将被迫不顾现存之中日条约，以保障远东之和平"云。观此可知日本对中国之侵略政策方兴未艾也。

日本既侵夺我东北四省以后，贪得无厌，犹复欲将整个中华民国隶于肘腋之下，以贯澈《田中奏折》第二节。所以上月十七日发表非正式声明，断然反对国际襄助中国。十八日，又对新闻记者作强硬之表示，谓"国际合作襄助中国，日本将取积极行动以反对之，即诉诸武力亦所不惜"。此两次宣言发表之后，各国舆论大为震动，惹起反感。又于二十日发表第三次宣言加以解释，其最后一段谓："门户与机会均等政策，对于现行条约亦无侵犯之意"云云。此种宣言不外乎对列强一种警告，司马昭之心，欲盖弥彰。

总之，中国富强，日本所忌。独惜我国人不自争气，听人宰割，以泱泱之大国，反听区区三岛之诬言侮辱，而恬不以为耻，"是可忍，孰不可忍"。设非英国仗义首先反对，我国政府有何能力使暴日慑伏？则日本不难以待东北者转而待我。日本志不在小，究竟如何使日本不再猖狂，则在我朝野人士有无觉悟为定。若照目前此种情形推演下去，则中国之亡迟早间事也。日本得了东北，已足以制东亚之死命；若再进而侵占中华，则世界上各列强亦唯日本人之命是听，并不止称霸太平洋而已。此次宣言，谓之为对列强下一警告也可，谓之为向世界挑战亦无不可。

“二十一条”之余波

（五月九日）

今日为五月九日，即袁世凯在民国四年签定“二十一条”之日，亦即吾国定为国耻纪念之日。查当时东北三省尚隶属我国，吾人以今日为国耻日，亦应有之申儆。今则东北已入于日本人之手，告朔饩羊，于义无取。不佞曾于上年有更正国耻纪念日之评论，不意今日举国仍有纪念之举。吾人认“二十一条”已随东北而根本消灭，不过时至今日尚有余波。此虽是一种余波，若实行起来，实足以亡我中国而有余；不但仅亡我中国已也，且有扰乱全世界和平之可能，请毕其说。

上月十七日，日本外务省发表对华声明，视我国为其附庸之国，而自居于保护者之地位。日本所以敢发此荒谬言论者，因为欲由零碎侵略转入整个攫取趋势，中日问题已形严重。日前有吉曾有“此次为整个中日问题之商讨”一语，足证明将视国际情形向我提较“二十一条”更酷之要求。证以日外务省发表对中国关系非正式宣言称：“鉴于中国恢复秩序须赖其本身之事实，日本不能不反对中国有违反‘远东和平’之任何举措，日本并反对其他列强之举措，或将扰乱‘远东之和平’者，例如供给中国以军用飞机与军事教练以及政治性质之借款。”日本此种发言显系干涉邻国内政，推其意，不欲中国富强，使其长此奄奄一息，以遂其吞灭中国之野心。《纽约论坛报》社论有云：“谓日本牵制中国与外国发生关系，将使中国仅有空名之独立与主权，而成为日本之保护国，日本之野心并不自今日始，'二十一条'与石井所倡之门罗主义，野心早已昭示于世界矣。"该报又谓："日本贪求控制中国之权力尚不足为奇，所堪惊异者，乃在日本希图世界确认其为中国对外事务之自任的监护人耳。"所以欧美各国鉴于日本阴谋，一致反对，此日本所以有第二次解释之声明书耳。

不佞所谓"二十一条"之余波者，因为该条中最足骇人听闻者，厥为第五项要求，其目的在包办中国之军事国防，与今日声明书所谓"至于以军用飞机供给中国，在中国建造飞行场及派遣军事训练官"等语，完全与第五项相同；今日更进一步，并不准列强与中国合作，以遂其包办中国之军事国防，其居心更为毒辣。夫中国与他国合作，不论其为借款或技术协助，中国自有主权，任何国人不能干涉。何况我国购买军用品如军用飞机等，及雇用军事教练官或专家，亦仅为国防上之必要，或为维持本国之秩序与安宁，如日本对中国苟无野心，何必顜顜过虑？日本亦深悉"二十一条"在今日已无存在之余地，"皮之不存，毛将安附"？所以欲进一步谋夺整个中华民国，置之于附庸之列。近且窥图华南，定期召开对岸会议。不观"台湾总督"之言曰："今后演剧，轮到吾辈。"是华南不久或将来亦在吃紧之中。瞻望前途，不寒而栗！

希望今之从政者开诚布公，励精图治，消灭"二十一条"之余波，毋使化整为零，流毒全国，则黄帝子孙实利赖之矣。

湘南之"匪氛"未已

（五月十一日）

我们每日于报纸上看见某日某师克复某县某地。我们总未见报纸上登载某日某地被"匪"攻陷。

我们又每于报纸上看见某日某师击毙"土匪"若干，夺获枪枝辎重无算。我们总未见报纸上登载某日某师损失枪弹若干，掳去官兵若干。

此次李"匪"在湘南猖獗，为时已数月之久。因其盘据之地点距省垣尚远，不甚注意。且事关军事，报纸上又多未披露。所以我们湘南人住在省城者，还不知李"匪"是否已去或已完全消灭。湖南人欲知湖南事情，非看省外报纸，简直是坐在烟幕弹下，莫名其妙。据天津《大公报》载，略谓："湘南方面之李'匪'宗保，进犯桂阳县城未逞，复向临武香花岭进犯，因雾未上矿山，窜至粤边之连州；因湘、粤夹攻，遂窜边界之天官山梅树岭，且侵及郴州之五盖山，布防扼守，抵抗官军。此外黄毛洞之李林一股退至七子口。又袁某一股退至七只司，故连日来在七里练、周家岱、大湾洞、星子坪、十字铺、松树山、丛树脚、小湾村等，均有激战"云。最近接欧副司令来函，所言甚详，今摘录于下：

（上略）此间"赤匪"李宗保、李林两股确有千余人，时分时合，流窜无常，一时殊难肃清。本月七日，经我军十九团何卓、郭键寰两营击溃一次，伤毙"匪"二百余名，我何、郭两营亦伤亡百余名（宁远人占十之九）。又与我十九团何宗汉激战一次，伤毙匪三十余名，我亦伤亡十余名。先后与我十六团、二十一团各营亦有遇战，但均不激烈耳。……似此"剿匪"，总是"剿"不清，如何得了。现在该两股"匪"尚有六七百人，又窜到黄毛大岭五盖山两边来了。我军疲于奔命，民众唤不醒来，奈何奈何。……（下略）

又，此次省四全会闭幕后，郴桂等十县代表曾向军政当局请愿，其文云："窃李'匪'宗保前由赣边窜扰郴桂、永宜各县，连络郴'匪'李林股，枪五百余，人数倍之，势甚猖獗，兵力不敷，'匪'势迄未稍杀。查该'匪'化整为零，蔓延郴之黄茅、安源，宜之黄岑、秤架等处，焚杀淫掠，所至骚然，人民横遭惨祸，苦不堪言。……"本月五日，何主席在公馆接见各代表，允于最近增兵一团协同欧副司令限期肃清云云。至是否能限期肃清，虽不可知，总望何主席注意到湘南治安，不久或将来总有办法耳。

有自宜章回者，言："此次李'匪'，枪不到三百支，子弹又极形缺乏，只因团军指挥不统一，地形不熟悉，致任李'匪'如入无人之境。以三团之团兵，不能剿灭三百支枪之'匪'，听其此剿彼窜，以成滋蔓难图之势。此不过'赤匪'之小小先头部队已耳，倘再益以若干，则湘南即成赣南之'赤化'。政府不为曲突徙薪之计，恐将来焦头烂额，无补于事实。涓涓不塞，将成江河，希望政府毋以其小而忽之。"言至此，我不赞成政府改编团兵。夫团兵者，民众之自卫武力也，政府既收编之后，总要有法保护闾阎之安宁，维持地方之秩序，则收编之可也。今以民众之武力尽数调出境外，并田赋附加之团饷概行装公，各县如有匪警，或地方呈报，或县长电禀，政府有时又几乎一筹莫展。

不佞以为全国有国防军，一省有省防军，政府并不需要民间自卫之保甲变相团防兵改为省防军。今改编其兵，提缴其饷，所谓牵牛以蹊人之田而夺之牛者非也。我政府向来努力"铲共"，借用团兵，或者系一时权宜之计，李'匪'目前纵然在湘南猖狂，也许不久必可予以殄灭，毋待鄙人之腮腮过虑也。

中日直接交涉之我见

（五月十二日）

闻日外相广田、外次重光葵与有吉会商对华政策，已完全同意。其中要点，有国联或三国，如参预中、日间之问题，应予拒绝。又云："凡中、日间之诸问题，依两国直接交涉以解决之，不许国联或第三国置喙，并决议第三方面之一切计划，似足妨阻中日关系恢复常态者，应予反对。中、日间各种争案之解决，应由中、日直接谈判以成之，此节适用于两国间政治、经济、文化关系之厘定"云。统观以上日政府之态度，对于中、日悬案，非与我国政府直接交涉有不可之势。

自"九一八"以后，我国与日本已成不共戴天之仇。虽历年来日本倡言直接交涉，我国当道屡次声明中日事件已诉诸国联，听候国联解决，不愿与日本直接交涉。时至今日，国联对于中日事件只有口头上之主持公道，并无实力制止日人之横暴，国联已不可恃矣。现在日本主张中、日直接交涉，我政府是否承认此项原则，不得而知。不佞以为中国系一独立国，可直接交涉。

夫中、日所谓悬案，系中、日本身问题，一切痛苦惟中国人受之，亦惟中国人知之。第三者之目的，在"机会均等，利益均沾"，如苟能达到此目的，其余一切均不过问。此次谈判，纵使有第三者加入，于我国亦无多大利益，不过在日本人口中攫点余肉而已。我意中、日此次直接交涉问题重大，其始要中央政府决定一个步骤与方针，再派定爱国大员与之交涉。若如上年《塘沽协定》，由熊斌主持，似乎太不郑重其事。

至日本所谓悬案，如何提出，吾人不得而知。据英报载为承认"满洲国"，承认日本在华北特别在北京一带之"特殊利益"，中国未得日本同意，不得举外债。中国应接受日本之援助与合作，从事政治与经济之复兴。同时中国海陆空军，除日人外，不得聘请外籍顾问云云。此非悬案也，设使日人所谓直接交涉者如是，吾人无论如何不得承认，即亡国亦所不惜。因为此种谈判系出乎正轨之外，与"二十一条"何异？拒绝之可也。

至我国所当首先提出者，厥惟"还我山河"。夫东北四省，乃系日本以武力侵夺之后，复举傀儡成立伪国。中、日既要解决悬案，此即我方所谓悬案之一也。日本不云乎："日本无侵犯中国之独立，而日本且愿中国之统一。"在今日中、日直接交涉之时，应放弃伪国之卵翼政策，实行无侵犯中国独立之宣言，方足以昭信于天下，而恢复中、日历来"亲善"之态度。至中、日是否能真正亲善，在日而不在中也。

我国历代"以夷制夷"之外交政策，在今日已不适用。优柔寡断，亦足以偾事。日人既坚决主张中、日直接交涉，我国即接受直接交涉可矣。但须抱定"不丧权，不辱国"之宗旨，以折冲于樽俎之间，不能再如前次塘沽会议之时，日方以飞机在北平示威，即行屈服。我有我的主张，倘直接交涉不能就范，不过决裂退会成为僵局而已，又何所畏而不为？俗言"好丑要见公婆面"，偷偷摸摸，终非长久善后之策。此不佞所以主张中日悬案可以直接交涉，但外交当局要先决定一个步骤与方针，使身为李鸿章第二者有所遵循耳。

呜呼！弱国无外交，亦惟弱国所恃者外交。若国既弱而外交又失败，其结果只有预备亡国而已。他何言哉！他何言哉！

实业部长陈公博之空头支票

（五月十五日）

自汪院长组阁以来，提出陈公博为实业部长。查陈氏在汪氏部下有声有色，的确是一位健将，人既翩翩，笔墨亦行，用之为实业部长，不佞以为对于中国实业定有一番发展，以慰吾人之希望。孰意一蟹不如一蟹，任事三年，毫无成绩。若将任内所拟各种计划汇集成书，却有一部念四史之多。吾人亦不必将整个计划书再行抄录，今就我脑海中所记忆者写在下面。阅之当知其实业部长只知作宣传工作，而忘却了本身立场，此诚为中国实业部之实业也。

借拨庚款为中国纺织厂商担保，向英国订购细纱锭布机一事，因颁布办法太严，无人呈请。

美国芝加哥展览会已在沪开幕预展，忽尔停止。

划全国为五大蚕桑区。

划山东淄川、博山两县铝矿为国营区。

筹办电机制造厂，资本定为四百万元。

合并青岛、上海两血清厂，另组血清制造厂。

拟将江西安源高均煤矿划归国营，以供钢铁厂之用。

拟开垦废弃盐田，已由林垦署拟定计划。

筹办酒精厂，资本定二百五十万；继又与华侨黄清江合办酒精厂，资本一百万元。

计划发展制糖事业，筹资本三百万元；又拟发公司债票美金五百万元，划全国为几个糖业区，分四个步骤进行。

拟定开采煤油计划，需洋一千一百五十万元。

拟定四年渔业计划，兴建两大渔港，设立各渔业市场，设盐渔制造厂，改革渔业行政，计需洋五百零六万一千二百八十元。

拟定在温属创办之新闻纸厂计划，资本五百万元。

设立钨矿专售局，先与德商商妥，资本六百万元，继又改与英商安利英订约代销运中国钨砂。此事业已实行，后经湘、赣两省矿商反对，仍行取销。

筹划恢复上海国民制糖公司。

中俄复交后，拟将中俄贸易改归国营。

令湖南组织特种矿产贸易机关，凡关军用品原料，一律禁止擅自发卖，但是大冶之铁矿以及马鞍山铁矿所出之砂可售与日本。

拟定人造丝厂计划。

拟定渔业建设，以百五十万建上海鱼市场及渔业银行，并建市场冷藏库与码头。

在实业部之下，组织食粮管理署，专管全国粮食运输、储藏、调剂等。

实业部发起棉花管理，与铁道部计划合组一个运输公司。

实业部发起煤炭管理，与铁道部合组运煤公司。

八千万资本之钢铁厂，闹了三年之久，仍无着落。

硫酸铔厂定资本为一千五百万元，听说已包与范旭东君承办。

中央机器厂本定在南京下关附近草鞋峡（此地低洼，不适于建厂，不佞曾于二十年九月在湖南《实业杂志》第一六五卷驳之，惜人微言轻不足动听，今不幸而言中矣）。近又改至上海，惟地价昂贵，需款甚巨，尚未决定。

以上列举该部内三年内之空头支票，并无一件实行。

此外又有所谓"八大工厂""四年计划"。"八大工厂"已详见上。至"四年计划"，内分三组：第一经济组，第二工矿组，第三农林组。全部计划以扬子江为中心，以四年作标准。其总预算，工矿组为四万八千七百万元；农林组为一十一万三百万元，约共为六万万元，以四年平均计算，每年只是一万五千万元。这一笔巨大款子从那里筹出？据他说若果将烟草火柴专卖，即可筹得。如果食盐能够公卖，那就更不止此云。

陈公博登台以后，首先提出"十年计划"，后又改为"五年计划"，继又改为"四年计划"，起草讲演，煞是可听。不观夫二十二年八月自序《四年实业计划初稿》有云："我自担负实业部责任的翌月即开始计划，经过一年半才告完成。……庸之先生在任时苦心筹维，卸任时殷勤嘱托，真值得钦佩而感激。所以我决心无论如何对于新的计划未筹办以前，对于旧的计划必使之进行不怠。……"这一段文字说得如何漂亮、如何动听。所谓"四年计划"，已届三年，尚未动手；"八大工厂"，一事无成；旧的计划，均是骗人之具。大凡办实业之人，学问不可不有，而经验亦不可无。若身为政客，决不能办理实业，即以做官为目的之实业长官，亦不可办理实业。如果陈公博有心办理实业，自接事以至今日，三年于兹矣，时非不久也，何以成绩毫无？一言以蔽之曰："争权夺利而已。"夫争权夺利而来，饱则思去，而曩日所发表之言论决无兑现之一日。今陈公博借故而去矣，而一篇旧账时往来于吾人心中。不佞对于实业事业颇曾注意，今特列举于上，假如将来返国复职时，清厘旧债，幸无忘此一笔数目，如能以八折或对折兑现，亦所心甘。

总之，主持实业者必须曾经办过工厂，方知此中症结所在，下药时不至于误投，亦犹满清做好宰相或封疆大臣者多出身州县，今之称好军师旅长者亦多由连排长递升。陈公博以一政客骤膺部长，一言一举不离本行，甚么实业，一概不懂，以政客之手腕处理实业，所以在任三年只有高调的计划，无适合民情之设施。呜呼！

钨砂涨价为世界大战之预兆

（五月十七日）

近阅报载，以钨矿市价逐渐增涨，断为世界第二次大战之先兆。不但钨砂已也，即锡、锑近来亦陡涨。履霜坚冰，并非无因，原钨砂为制造军用品之重要材料，十之九用以制炼钨钢，亦名高速钢，又名工具钢。军舰上之甲板，枪炮上之 A 管，以及机器上所用之工具，取其性坚韧、能耐高热，故多用之。其余如电灯内之钨丝、电报接电机、X 光线、真空管之阴极，均以钨之合金为之。此外如钨之化合物，可制染料及化学药品。其用途虽广，而唯一目标则在军用器具。盖自裁军会议破裂以后，列强皆开始作军备竞争，而钨矿实为制造军舰及军器、军火之必要品。何以证之？证之于近月来各国竞向中国购买钨砂以及钨砂涨价，而又有出重价尚不能收买者，可知欧美列强需要华产钨砂日多，为军备直接竞争之结果。不观夫美国阿塞基金属公司等，需用钨粉、碎钨等为数甚巨，因近来来源不旺，无处可买，特函请实业部国际贸易局介绍。该局接函后，即通知钨商按种开列价目，以便接洽收买云。

查钨矿最早发现于中国国内者，为河北省之迁安、抚宁两县，前北京政府曾设官局采办，不久即停。民国四年，湖南资兴县属之瑶岗仙亦发现钨矿，后又于汝城、临武、宜章、茶陵、郴县相继开采，在民国七年时，可达五千吨。而江西之大庾、安远、定南、龙南、虔南、崇义、上犹等县，产量尤比湖南为大，即去年亦达五千吨以上。广西发现之钨矿尚未开采，即广东每年产额亦不甚多。所以中国钨矿产量，江西第一，湖南次之，广东又次之。若合全世界计算，我国占产额百分之五十二以上，而江西一省又占全国产额百分之七十以上。是我国钨矿在全世界产额中占重要位置矣。在一九一八年，世界最高产额纪录为三万吨，而中国占全额三分之一。一九一九年以后，因供过于求，存砂过多，砂质低落，各矿区陆续停闭者有之。现在各国所存钨砂业已用尽，加之世界战云密布，备战在即，钨砂需用亦殷。据香港上月十四日专电，钨价近大涨，昨有千担进口，因各洋行接各国来电采购、制械备战故也。目前钨砂在上海交货，每吨已达二千元以上。回忆民国五年纽约市价，含钨酸六十五分之矿砂每吨曾售至美金四千九百元，在长沙亦曾售二千五百元。欧战告终，价值大跌，与锑同一情形，我国又不知损失若干几千百万矣。

江西产钨既如此其丰富，每年收入为数亦巨，前经省府指定为建设基金，且品质纯良，最适于炼钢之用。举凡列强注重炼钢事业者，莫不争先恐后，向江西竞买钨砂。而江西人民赖采砂以生活者，直接、间接约在数万人以上。省政府于是设立钨砂督销局，开始征税；后又委托矿商利济公司代营运销，不久又取销，改为官督商办；旋因筹款困难，亦即停顿。实业部有鉴于此，有与德商借款六百万元整理全国钨矿之举。合同方就，忽又改向英商安利英订约专营，经行政院议决通过。因条约损失太大，全国产钨各省矿商一致反对。蒋委员长以实部与英商订立专营钨砂出口之合同，对于赣南数十万矿工生计、国防工业在在有关，特电令陈公博将此事变通办理，遂将原有合同复经行政院决议取消，改由中央专办矣。

钨矿为金属中稀有之品，各国需要虽多，而所产不及中国之富有。我国得天独厚，享有大多数之产量。地大物博，惟中国可以自豪。如果经营得法，不难执世界钢铁之牛耳。况钨砂于国防卜甚有关系，非普通矿产可比，我纵不善自运用，亦宜保此国防上之矿产，留待将来之用途，否则待价而沽，亦不失善贾之意。今竟听一般矿商各自为政，共处于洋人操纵之下，略分余甘，自鸣得意，将此种贵而且稀之佳品，尽量的输出国外，制成军用品，转而杀我同胞。况我国钢铁厂成立在即，此时若不加以限制，一旦瓶之罄矣，则今日有砂输出他国者，恐将来反有输入我国之叹。贪目前之小利，忘国防之大计，窃期期以为不可。

今者列强备战，深恐有第二次大战爆发，不得不早为之所。我国处此国势危急之中，虽非戎首，亦系焦点，为国防计，对于钨矿实有整个计划与夫统制营业之必要，深望政府注意及之为幸。

本年田赋附加三成路股感言

（五月十九日）

湖南省府会议第四百五十八次议决："将二十三年田赋续征三成附加路股一年，一切征解手续及坐支公费仍查原定办法办理"云。查湖南路股附加已有十年之历史，原定人民所出款项，政府有发给股票之义务。在开办时，每当人民完纳田赋，征收处另外给予路股收条；行之一二年之后，则仅于粮券上加盖"路股收讫"字样，并再无收条之给予，而"路股"二字遂成为苛捐杂税之一种名义，人民只有义务而无权利之可言矣。上年财政部议决，所有各省田赋附加不能超过百分之百。换言之，即是附加不得超过正供之数目。我湖南田赋每正供一两至少完纳二元四角，多至三元六角，而附加每两银白丨三元至二十余元不等。又，上年复兴农村委员会以及今年汪院长在纪念周报告，均以取消一切苛捐杂税为复兴农村先决条件，并且通令各省调查种类，以备将来取消之地步。即我湖南省政府亦曾令行各县，不得再附加田赋，以减轻人民担负在案。可见各级政府爱护人民，至今日已渐有端倪，并非一种口号标语已也。

此次我湖南附加田赋三成路股，完成公路。不佞系一湘人，且最赞成发展交通之人，绝对不敢反对。但是全省公路，除救国公债拨五十万外，今又附加田赋，则全省公路之造成，其基础立于民众之身上可无疑议。将来全省公路网成功之日，是系民众膏脂所造成。饮水思源，民众可谓有大造于公路。无如政府对于民众，不是鸟尽弓藏，即是喧宾夺主。民众对于公路，除有钱阶级外，不能得到丝毫利益。政府对于公路，视为"私路"，不许民众过问，如不许参驶马车，禁止人力车行走，而至于土车牛羊有伤路面，更不消说矣。政府既毁了我们的公共古道而改造之公路，分得我民众无分，真难乎其为小百姓矣。

我不反对修造公路。我却不甚赞成于"复兴农村"呼声最高之时，向垂毙之孑遗再征收田赋附加三成之路股。即使留此"死路一条"，不过作为外国人每年畅销若干汽车、汽油之尾闾。今当农村破产、国际贸易入超之秋，欲修公路，只有一面呈请中央，令饬长岳海关于湖南奢侈品进口附带征收路款几成，既可以示民节俭，复可以提倡国货。查此种奢侈品，多为上等社会人所需用，虽多取亦不为虐，因为与二千二百万贫困农民无与焉；一面赶造木炭汽车、酒精汽车，将来全省公路完成之后，使民众明了不是替外国销汽油之工具（湖南公路局上年全年汽油消耗达五十余万元）。此系根本上发展公路办法，于国于民均无损伤，于公路进行亦无妨碍。否则年年田赋附加三成路股，即不啻年年替外国人附加三成消耗，湖南民力尽，希望负有全省政权者深加考虑焉。

经书果是洪水猛兽耶

（五月二十三日）

日昨阅报载教育厅纠正课程有云："近查各地方初级中学及小学，有指定经书强令学生通习者。……"又，教部视察员呈报湖南教育应行改进之要点，关于教学者："（三）国语等教材不得用文言文，读经尤应取缔。……"统观以上命令与报告，恍视我国历代古圣贤传统之经书，到今日已遭浩劫，在官府视之几同洪水猛兽之不可向迩。推其用意，以为读经即不是摩登教育，即不是现代教育，只有那一些禽言兽语方足以称今时代之教育学，尽量的输入青年之脑海中，俾将来救国救民、爱国爱民，就在此禽言兽语中所造就之人才，彼经书中所发挥孝弟、仁爱、信义、和平以及礼义廉耻之固有美德，卑之毋其高论。偏有那不做美的外国教授要主张"诔经"，如法、德教育博士所合著之《中国教育之改进》一书，言之綦详，毋庸赘述。本月，南京英庚款董事会委员兼牛津大学（中国哲学）教授休斯氏对北平记者谈话有云："中国智识阶级中，目前对国学之用途发生怀疑之观念，乃一最大错误。盖中国之古代文学、哲学，皆为中国文明之基础，在此基础之上，方可加上技术智识，以从事物质建设。若毁弃根基，专务抄袭，则行见中国民族将遇更大之危机。吾人固不能开倒车，然万万不能忘却根本也。……"休斯君此一段谈话，其劝我国人不要毁弃根基，并劝我国人在此基础之上可加上技术智识，以从事于物质建设，苦口婆心，令人感激。

不佞以为经书在中国犹如菽米、布帛，为人生不可缺少之物，如人无菽米、布帛，则饥且冻矣。无如今日主持教育者视经书如洪水猛兽，非去之决不甘心。蒋委员长提倡新生活运动，将衣食住行归纳于礼义廉耻之中，成为合理化，而礼义廉耻又是一种旧东西。若欲实施新生活运动，端赖古人之圣经哲言灌输于一般智识阶级中，而又要从幼时做起，以稳立此基础。我也不赞成初小学生就要他读经，我却赞成中学生读经。我也不赞成呆板式整日读经，我却赞成作为随意科读经。彼绝对禁止初中学生读经者，想系别有见解，非吾人所能望其肩背。德国学生痛恨国内多"非德国"书籍，自动的将各种"非德国"书籍付之一炬。我中国苟有"非中国"之书，不必政府下令禁止读阅，全国学生尽可自动起来，仿德国学生之故事，收而焚之。古之人有行之者，秦始皇是也，不但焚书已也，甚至于坑儒。我以为今日之书与儒有可焚与坑者，所在皆是。若政府仅禁止读经，而出了学校以外，仍可以读经，为一劳永逸计，不如直捷了当，将全国古人遗下之经书尽行销毁，免得办理教育者或有阳奉阴违之举，致每年有劳教育当局之时费笔墨。经书既不准初中学生读，则非经书或在经书以外者更可想而知。何以去年教育部又令商务印书馆影印《四库全书》珍本，并通令各省市教育机关定购，但不知各学校购置此书又借与何人阅看？读经既停止，现又为"非经"乎？不过为各学校图书馆架上作为一种陈列品而已。

在升平之世，禁止读经尚不可，今何日乎？邪说横行，士气浮动，欲想镇定纠正一切坏习气，实行新生活，则非竭力提倡读经不可。今日之士习不端，或蒙养不正，即将来全国之危机所伏。是读经一事，有关国家之大计。此不佞所以屡次著为评论者，并非无病呻吟也。望主持教育者深加考虑，则幸甚。

南疆时局之谜

（五月二十四日）

　　新疆自发生匪乱，全局糜烂，前则盛世才、马仲英二氏争持于北疆，而南疆遂有伪组织之发现。自去夏迄今，消息隔绝，后马仲英失败，兵向南移，似乎已将南疆伪府消灭。无如时至今日，情势仍属危急。据喀什难民代表张衔耀上月十三日电中央政府有云："南疆变乱，瞬将一年，缠布各匪始则以改革政治为目标，对于关内汉、回人民虽多残杀，尚存顾忌；继则酿成种族战争，凡属汉、回均所必杀，其孑遗之汉、回，集中于阿克苏、疏附、疏勒、莎车、和阗等县，与匪抵抗，死亡枕藉，日复一日，渐为消灭。……本年一月初，倡乱哈密匪首和加尼牙子窜至疏附，率众盘据，聘用土耳其浪人为之策划，遂设立'东土耳其斯坦伪国'，组织政府，发行宣传品，冀与中华民国脱离关系，并以牛羊七万余头，由邻国购入水连珠快枪数十支、马步机关枪多架，围攻疏勒，极为猛烈。……至二月六日，适马仲英所部马福元、喇守礼率队到哈，内外夹攻，始将和匪击退。……伏恳我政府顾念边防重要，电令顾大使设法制止接济匪械，并迅派援兵前来，澈底肃清，以救危亡。"观此电则知南疆确是不靖，伪府亦未曾取消。前当危急之秋，幸有马仲英之部队达到，始克转危为安，则马氏对于南疆尚有捍卫之功。所恨者邻国接济匪械，不能根本歼灭，则南疆变乱又似有背景存焉者。

　　本月十一日，新疆盛世才督办电京报告："所部在南疆续获胜利，惟马仲英仍率残余盘据喀什噶尔，公然宣布回回国，驱逐汉人，恳请中央明令讨伐"云。同日，盛世才又有电致北平当道，则云："马匪仲英率残部逃南疆，已成强弩之末，无力再犯省垣。……刻谋救济战区"云云。观盛世才此电，好像南疆之变乱系马仲英主持一切。马、盛向来不合作，且南疆事件发生，马仲英正与盛世才在北疆激战，则非马氏主持已不言而破矣。若证以民众代表张某等之电，则马氏对于南疆实有戡乱之绩，并非如盛氏所言之过甚。所以中央政府对于盛氏之电留中不发，而并于本月十五日于改委新疆省委时，有"师长兼新疆省政府委员马仲英，着专任师长，免去委员兼职"之令，是中央对于新疆情形已洞若观火矣。

总之，我国政府历来对于边省向少注意，疆界不明，交通不便。每有事件发生，又一味敷衍与拖延，并未拿出整个根本办法与一劳永逸之计。加之内地野心家只知在中原膏腴省份作争权夺利之举，绝少向边省发展，为中央分"边顾"之忧。于是可知左文襄治新之政策，其目光远大，迥非今日一般军政长官所能学其一二。新疆密迩强邻，纵无事变，亦应派驻重兵，坐镇一切。矧在今日多事之秋，此举更不可缓。希望政府有以注意及之，毋使西北又成为东北第二，幸甚。

华茶换货之泡影

（五月二十五日）

自陈公博长实业部以来，所计划一切罕见实行，且有近于唱高调之弊。惟前二月有以华茶向俄国换煤油之宣传，不佞闻讯之余，十二分赞成，不但是一种"以有易无"之政策，且系一种推销国货良好办法。据三月十七日南京电："贸易局息，苏俄煤油供过于求，吾茶亦生产过剩，双方以推销国货为前提，自乐同意"云。江西产茶最富，年来因受世界不景气之影响，以致囤积难销，曾咨请实业部与俄商接洽以茶易油事，实部遂派员前往武宁调查。该地出产甚丰，年可交换俄油五十万元，但迄未与俄开谈。赣省建设厅曾以采茶期近，时间迫切，再催实部请代为接洽。孰意以茶换油事出之我方，至俄方并无此意，不过一种理想而已。此事既与苏俄未果实行，于是另向波兰接洽。四月九日，赣省建设厅接得实部函，以波兰驻华公使已有节略到部，请以波兰货物交换华茶，特将节略译请查照等情。建设厅当以波兰既有以货物交换华茶之请，实为本省发展宁茶之绝好机会。且波兰货物又多为本省所需要者，自应于本省茶市以前着手试办，并拟具计划，呈请省府，迅予筹款二十万元，俾资着手进行云。孰意又是一种无结果之事实。如果以茶换货事得到实行机会，无论是何种货物，均可交换，惜乎不能实现耳。

我国出口土产向以丝、茶为大宗。近年来二者均受日货之打击，一蹶不振，茶且由第一位降为第四位矣。产量既减，售价亦低，每年收入价洋，较诸往昔，不过五分之四。推其致败之由，实因外人团结一致，用政治、经济力量施行垄断或倾销手段。华商资本薄弱，断难与之抗衡。加以焙制非法，不合外人之口胃；出产之地又多土匪横行，采取常多失时；政府不但不奖励出口，且从而视为一种良好税源，营业税、产销税与夫出口关税，并加经纪人之回佣，层层剥削，成本之高已难与外商竞争，其失败也宜矣。自"九一八"后，茶叶之运往关外者已大受打击。本年稍有起色，而伪国接受日本人之意旨，突然宣布自五月十八日起，增加华茶进口关税。近虽沪茶商赶装茶叶前去，究系暂时，量亦不多。查我茶叶，向以英、俄为重要主顾之国。英则已有印度茶，无需华茶之必要。至于俄国，自中俄复交以来，于茶商亦无多大关系。据茶商陈翊周言："俄人买茶，不问何国，惟以便宜为原则，且须挂账。譬如买英商之茶，必约期九个月后付款；买日商之茶，必约期一年或十八个月后付款；如买华茶，必须现款。因此中、俄虽已复交，茶商贸易并无进展，原因即在挂账与不挂账耳。去年国华银行曾借洋一百万予俄商协助会，茶商稍行活动，可惜太少"云。查海关册报，民国十六年来对俄茶贸易之数字，计十六年约一千余万元，十七年约一千二百余万元，十八年约八百余万元，十九年约六百余万元，二十年约五百余万元，二十一年约四百余万元，二十二年约四百余万元。可见华茶之锐减几无法堵住。

为今之计，在茶商一方面，固宜讲农焙制之法，严禁一切搀杂、着色等弊病；在政府一方面，宜以救济丝业之法，发行公债，贷与茶商，以作推销茶业之利器。在日本，对于海外经商，处处予以津贴。我国财政虽困难，未尝不可以贷借，多财善贾，此理甚明。

至我国对于换货一层，既有此动机，即宜设法接洽，使之成为事实。无论系何国家，均可订立换约。比较将剩余之茶叶堆积本国，殊为合算。美国借贷我国以棉麦，亦事异理同也。但事在人为，毋令吾侪对于以茶换货事空喜一场，则幸甚。

天津日军竟擅筑飞机场矣

（五月二十七日）

自来战争非陆即海，今则因空军发展，遂由平面战争而变为立体战争矣，致使世界兵学技术发生一大革命。而谈兵学与运用兵学者，几视空军于海陆军为重要。因为在双方未接触以前，而先以航空机爆炸敌国之主要都市及兵站、工厂等，既破坏其军事发源之地，复恐怖其士气前进之心。此种重大的工作，惟空军始具有此能力。所以日本欲以空军克复一切，不但在本国扩张空军，及在伪国筑飞机场五十余处，近且竟在我天津南八里台作非法之行动，建筑飞机场。虽经公安局迭次交涉，迄无答复，并表示广仁堂曾允在六十亩内动工，今则垫土部分不足三十亩，当继续作去，且谓已得于学忠、何应钦默认云。据天津各报载于学忠谈话，默许绝无其事，我方因不愿问题扩人，故持冷静态度，日本遂作为默认云。天津市府虽以书面抗议，并不理会。至本月十八日，日警公然督饬大车数十辆运送木桩、铁网，将行圈地。中央对此案似持慎重，有"归华北悬案内，由黄郛一并交涉"说，故至今犹无指示到津。津市府不得已提出二次抗议书，送达日总领栗原，催促答覆，并注意原约各点云。

查该地亩属于苏浙皖旅津同乡会，去年十月初旬，以广仁堂名义租与张少卿，其租约订定条件颇严重。事件发生后，汉奸张少卿已逃若无踪，法院判定退业归主已不可能。即就国上主权上言，外人租用地亩，须得主权国官厅批准许可始能有效。今既无我国批准命令，复有法院判决广仁堂收回地权之断处，在日本人更不应强行开工，此理至为明了。无如日军意在控制华北，飞机场最关重要，所以不问主权谁属，一味横行开工建筑。我政府畏日如虎，遇事持冷静态度。敌人今闯入堂奥，夺我家物，此时应拼命与之决一胜负，保此产业，所谓冷静态度，此时不可再持也。

飞机场在今日已占军事重要位置，设使天津日飞机场落成，并不止威胁华北已也。因热河境内日人筑有几处飞机场；而天津之飞机场势在控制华中，一旦战事发生，津浦、陇海、平汉三大干路不难用飞机炸毁，届时我之交通上、运输上以及济南、巩县、华阴之兵工厂均有停顿甚至破坏之处。是天津飞机场即为日人制我之死命伤。不观乎我国在福建整理飞机场，干卿底事？而日人竟提出抗议。今日人在天津强占我国土地建筑飞机场，我国当道竟持冷静态度，殊令人费解也。谋国者岂应如此乎？

君子观于此，是以知中华民国国势之危急矣！

湖南去年农村与今年农村之经济

（五月二十九日）

　　湖南在民国二十二年表面上农村虽然是有饭吃，但是农村经济破产，变成一种"丰年为荒"现象。所谓有饭吃者，并不是普遍的。在湘南一带，已发生旱荒，尤其是永郡八属，上年收成不及十分之六。今年在道县、江华各县人民，刈草掘泥而食，县政府请赈电文如雪片飞来，人民之呼吁施赈几如大旱之望云霓。向以慈悲为怀之救赈会一筹莫展，坐视数十万同胞变为饿莩，殊为可悯。外人不悉底蕴，动辄谓湖南去年为丰年，全省博此天赐之虚名，而人民反遭地狱之痛苦。谷既不丰登，杂粮亦不富收，而救国公债、团款基金以及开征本年上半年田赋，在在需缴现款。虽则是救死不赡，而应缴之款与夫应完之粮，即使卖妻鬻子，亦须如数付清。纵有贤有司代为上达，政府不之信也。但是收成虽歉，而农村之金钱不入于外人之银行，即入于各省之都市，弄得农村经济均患贫血之症。谷虽价贱，而手无金钱，不能抢而得之。所以"丰年为荒"，实属一种事实所造成，而且又出之于人力，并非如天灾之不可幸而免也。不观夫此次拉西曼在国联报告书第二章农业第四项有云："各项研究均认中国农业产额低微，高利借贷，赋税过重，尤以附加税为然，及国内大部分所通行苛刻而不经济之佃租制度，为造成农业危机之基本原因。"第七项："……农业复受田赋之重累。……许多省份带征附加税，遂使田赋增加数倍。""中国全部所受此项赋税之害，现尚不能以数字表明之，因各省情形不同，无法统计也。……

不增加附加及额外剥削，或尚不致病民。但田赋促成农业衰落之原因，为：（一）附加税。……"是我国田赋之重以及田赋附加之多，实为农村经济一大劲敌。附加税如不取消，今后中国之农村只有趋于死亡线上之一途。所以此次中央财政会议注重于减轻田赋附加，废除苛捐杂税。至如何抵补，财部以为应整理赋税，平均担负，剔除中饱，调节支出，限制滥花，因真正苛捐杂税，政府收入实在不多云。果能做到此项办法，抑亦复兴农村经济之先决条件，想断不至再犯历来"议而不决或决而不行"之老病也。

今年才过四月，农村之好歹本难预测。近来观于天久不雨，农家不能分插，衡阳文县长且有禁屠求雨之举。农最重时，农时违则收成必歉，将来新谷登场之时可知矣。但是目前湖南之五谷价值甚低，如谷一担值洋二元六角，膏粱一担值洋二元六角，大麦一担值洋一元四角，小麦一担值洋一元六角，黄豆一担值洋三元五角，莞豆一担值洋二元二角三分，绿豆一担值洋四元六角，猪肉一斤值洋一角四分，鱼每斤值洋八分，鸡每斤值洋二角，鸡蛋每洋一元可买一百三十颗，以上所举皆系农产品也。农民以血汗换来之品，处此种不景气环境之下，无法使之打破一条出路，日在经济压迫中过其痛苦生涯。于是大家相率而舍其耒耜，跳出农村，则今年农产品因销路衰落，而影响于生产衰落，此必然之势也。中央有鉴于此，上年设立复兴农村委员会，闹了一阵以后，至今已无声无臭矣。我农民遭遇目前悲惨命运，并非是前生注定，受政治未上轨道影响实居十之八九，无可讳言之事实。

农产品之衰落也，不是我湖南一省为然。如三月二十九日《南华日报》载："广东省之土谷米价日趋衰落。四乡杂粮产品近亦为外来杂粮所打击，同样滞销。如土榨生油，前年每担售价三十八元，现已跌至二十三元。"又三月十一日新闻报载："四川边境雅安地方以产茶著名，惟近年销路日减，茶价日跌，民国元年每票约八十五斤五元，民十二年五元，最近每票只值四元三角。"三月十八日天津《大公报》载："山东丝制品以往由烟台、龙口等沿海各地出口，每年约达三千万元，连运销其他各处出口时，每年共在五千万元以上，现已完全停滞。山东的花生油每年出口至少亦在三千万元以上，现在积货很多，销路全无。"以外如长江各省之米，江、浙之丝，赣、皖之茶，无不销路衰微。而此种衰微销路，均系农民重要出口。

辛苦一年，得不偿失。去年之农村经济既如彼，今年之农村经济又如此，复兴农村问题至此已不可轻视。欲救农民以救中国，此其时矣。如果今年农村经济再听其往下崩溃而无法防堵，则整个全民经济就会发生极大危险矣。

纪念"五卅"不要忘了《塘沽协定》

（五月三十一日）

日昨为"五卅"纪念，却有两种重大意义：一为帝国主义者在上海惨杀我爱国同胞案，一为《塘沽停战协定》签字案。若执此二者相比，则上海惨案较塘沽为轻，因为上海惨案不过牺牲了若干爱国志士。若《塘沽协定》，不但丧失了三千万同胞，而且丧失了四十四万方里土地；加以日本近来又积极侵略察哈尔和绥远，我们如果还将《塘沽协定》后的滦东不驻兵区域、被占之长城各口以及最近在察东之失地面积加上去，则一美国外交政策专家皮逊氏所言之数字更大。所可怪者，各级党部与各级政府对于各种纪念例有仪式与演说，惟对于"五卅"双料纪念竟鸦鹊无声，即各报宣传，亦只以上海惨案为重，绝无提及《塘沽协定》者。不佞本欲毋言，因痛上海惨案，更痛东北同胞，悲从中来，不能自已，谨将孙总理在日所昭示于吾人之《三民主义》摘录数段，以告国人，并望纪念"五卅"，不要忘了《塘沽协定》。

……在这十年之内，就是中国民族的生死关头。如果在这十年以内，有方法可以解脱政治力和经济力的压迫，我们民族还可以和列强的民族并存。如果政治力和经济力的压迫，我们没有方法去解脱，我们的民族便要被列强的民族所消灭。纵使不至于全数灭亡，也要被天然力慢慢去淘汰。"（《民族二讲》）

谨按：外国人政治力和经济力压迫我中国比前更加严重，何尝解脱一点。

……因为现在已民穷财尽，再到十年，人民的困穷更可想而知，还要增加比较现在的负担多两倍半，汝想中国要亡不要亡呢？（《民族五讲》）

谨按：上年仅物货入超已有七万万余元。

……因为天生了我们四万万人，能够保存到今日，是天从前不想亡中国。将来如果中国亡了，罪恶是在我们自己，我们就是将来世界上的罪人。（《民族三讲》）

谨按：中国局势日非一日，东北已失，西北与西南亦在多事之秋，如不挣扎，难免不为世界上罪人。

……政府没有大宗收入，所以一切费用便不能不向一般普通人民来抽种种杂捐。一般普通人民负担的杂捐太重，总是要纳税，所以便很穷，所以中国的穷人便很多。这种穷人负担太重的原故，就是由于政府抽税不公道。（《民生二讲》）

谨按：中国政府杂捐名目之多，比总理在日还要加几倍，人民何得不穷？

……外国拿条约束缚海关厘金，海关和厘金对于外国货不能随便加税，对于中国货可以任意加税。（《民生四讲》）

谨按：中国之工业不发达，国货不能提倡，其弊即在无保护关税。

……国家是人人都有份的，好像一个大公司，人民便是股东。（《民权三讲》）

谨按：中国现在国是的真情，股东已问信不到。

……所以日本近在东邻，他们的海、陆军随时可以长驱直入。日本或者因为时机未至，暂不动手，如果要动手，便天天可以亡中国。从日本动员之日起，开到中国攻击之日止，最多不过十日。所以中国假若和日本绝交，日本在十天以内便可以亡中国。（《民族五讲》）

谨按：日本一夜而亡我东三省，继又占热河，至今并未绝交。

……无论是个人或团体或国家，要有自卫的能力，才能够生存。（《民权一讲》）

谨按：东北之亡，我国自卫能力并非薄弱，其如不抵抗何？

……后来中国起了革命，列强知道中国还可以有为，所以才打消瓜分中国的念头。当列强想瓜分中国的时候，一般中国反革命的人说，革命足以召瓜分，不知后来革命的结果，不但不召列强瓜分，反打消列强瓜分中国的念头。再推到前一点的失地，是高丽、台湾、澎湖这些地方，是因为日清之战才割到日本。中国因为日清一战才引出列强要瓜分的论调。更前一点的失地，是缅甸、安南。

安南之失，中国当时还稍有抵抗。镇南关一战，中国还获胜仗，后来因被法国恐吓，中国才和法国讲和，情愿把安南让与法国。……现在欧洲列强正用帝国主义和经济力量来压迫中国，所以中国的领土便逐渐缩小，就是十八行省以内也失了许多地方。"（《民族二讲》）

谨按：安南之失，中国当时还稍有抵抗。若东三省之失，并未见以抵抗闻。

……用政治力亡人国家本有两种手段：一是兵力，一是外交。兵力是用枪炮。他们用枪炮来，我们还知道要抵抗。如果用外交，只要一张纸和一枝笔。用一张纸和一枝笔亡了中国，我们便不知道抵抗。（《民族五讲》）

谨按：日人亡我东北，系用枪炮，我们不知道去抵抗，又加以一张纸和一枝笔，轻轻在塘沽签定停战协定。

……日本人因为到处被人拒绝，所以便向各国说情，说日本人无路可走，所以不能不经营满洲、高丽。全国也明白日本人的意思，便容纳他们的要求，以为日本殖民到中国，于他们本国没有关系。（《民族一讲》）

谨按：日本得了东北以后，各国恐怕独占东亚霸权，今已起了恐慌矣。

……日本对于英国主张履行条约，对于中国便不主张履行条约，因为英国是很强的，中国是很弱的。（《民族六讲》）

谨按：《塘沽协定》签字之后，日本对于协定各问题至今尚未履行。

……我们对于弱小民族要扶持他，对于世界的列强要抵抗他。（《民族六讲》）

谨按：抵抗列强，遗训所载，惜日本侵入东北时，我国长官未去抵抗，致有今日之纪念。

……像这样专靠别人，不靠自己，岂不是望天打卦吗？望天打卦是靠不住的，这种痴心妄想是终不得了的。（《民族五讲》）

谨按：救国要在自己去救，依赖国联也是望天打卦，惜我国这种痴心妄想尚未打破。

……好比高丽被日本征服了，日本现在要改变高丽人的思想，所有高丽学校里的教科书，凡是关于民族思想的话都要删去，由此三十年后高丽的儿童便不知有高丽了，便不知自己是高丽人了。（《民族三讲》）

谨按：现在日本对东三省各学校已照此办法矣。

……高丽人做日本的奴隶，安南人做法国人的奴隶，我国动以"亡国奴"三字讥诮高丽人、安南人，我们只知道他们的地位，还不知道我们自己所处的地位实在比不上高丽、安南人。（《民族二讲》）

谨按：现在高丽人在东北与华北，以及安南人在云南，横暴凶狠，我们实比不上。

……普通外国人总说中国人没有教化，是很野蛮的。推求这个原因，就是大家对于修身的功夫太缺乏。大者勿论，即一举一动，极寻常的功夫，都不讲究。……像吐痰放屁，留长指甲，不洗牙齿，都是修身上寻常的工夫，中国人都不检点。……所以今天讲到修身，诸位新青年便应该学外国人的新文化，只要能够修身，便可以讲齐家治国。……我们现在要能够齐家治国，不受外国的压迫，根本上便要从修身起。（《民族六讲》）

谨按：蒋委员长此次提倡新生活运动，实本总理所讲修身遗教。倘全国人民根据此项原则切实做去，则今日之纪念将来定有雪去之一日。

技术合作之我见

（六月二日）

上年我国与国联技术合作遭日本人之忌嫉，虽种种设法破坏，卒未能达到目的。自拉西曼东渡来华，日本又提出抗议，国联特嘱拉氏不得于技术工作以外干预政治。国联迁就日人之意见，可谓无微不至矣。近拉氏因国联开会在即，遄返日内瓦，将一年在华所作工作报告宣布，以复来华之使命。

兹阅其报告书所列，不外乎经济、农业、棉业、丝业、水利、公路、卫生、教育等几种，并未有牵涉政治之处，此可以告无罪于日本人矣。孰意日人意犹未足，硬在日内瓦提出种种异议。而广田外相且于四月十七日发出轰动世界之声明，深知众怒难犯，专欲难成，加以英、美一再质问，不得已表面上再发出修正之宣言，而骨子里不但反对国联与我技术合作，并欲独占东亚霸权，以贯澈《田中奏折》第二章主义。日本对于我国用心毒辣，实未可轻视。我国处此危急存亡之秋，不得不连络国联，借技术合作以援助国内一切应需之建设，其用意亦未可厚非。但是拉西曼一部报告均叙明我国已往种种事实之利弊，并未提出各种整个具体救济方案，昭示国人，使其按步实施，以资改善。此种报告书，在我个人视之，似乎不甚关重要，而日本人又何必小题大做，拼死反对也？

我国技术用客卿并不自今日始。在满清末年，我国各种工厂、矿山等无处不聘有外国技术人才，如招商局，如汉冶萍公司，如上海兵工厂，如汉口水电公司等，指不胜屈，何以处处失败？此无他，外国人只管技术，而于行政上则未尝过问，所以弄到弊端百出，人浮于事，卒之成效未著，而亏累时闻。我国人舞弊本领系历代传统之劣根性，口里愈说得如何硬干，而心里实在那里打冤枉主意。不佞以为今日与国联技术合作，应实行"合作"二字。所谓合作者，即要与国联对于我国技术上之行政也要发生密切的关系，不仅任技术上之技术，简直要兼任技术上之行政。此次实业部与美商福特汽车公司合资开办汽车厂，此即是实行技术合作之一种。闻正式合同已于五月十八日在南京签字，资本六百万元，实部二百万元，美商四百万元，厂址设在上海浦东。但是实业部近年来计划太多，吹尽牛皮，绝少事实，此次是否与钢铁厂同一画饼充饥之合作，留待事实证明。

不佞以为，我国并不缺少技术上人才，实在缺少技术上行政人才，无论其章程如何定得详细，组织如何完善，往往因个人而变更法定。若果有外国人参加其中，即不会发生任意随便之毛病，如海关也，如监务稽核所也，如京沪铁路也，因有外国人总揽一切，纵然有弊，亦不至竭泽而渔。此即不佞技术合作之见解，质之国人，以为何如？

水灾会果不管旱灾耶

（六月四日）

民国二十年，长江各省突遭水灾，中央及中外各省大慈善家悯人民之田屋漂没，流离失所，慨然捐发巨款，以资救济，其一种维持人道之热心毅力，令人感激。我湖南自领到这一笔巨款以来，改赈为借，并指定以建筑滨湖各县堤工、恢复农民产量为帜志。此系是一种根本救济灾区办法，谁也不敢訾议。纵使所借贷者非贫民，但是一般有田阶级之主人，如不借予堤工资金，则所被水冲坏之湖田即不能耕种，而佃农即有失业之虞。虽则是直接救济田主，即不啻间接救济农民。所以我湖南水灾之后，湖田即可恢复原有产量者，未始非此一笔贷款之功。

水灾之遭遇已成过去之历史，而今日之灾不在水而在旱。上年湘南各县曾遭旱灾，收成不及十分之六，所以江华、道县、永兴等县人民均有刈草掘泥而食之惨剧。曾据各县呈请省府及水灾会，请散鹿台之财，发巨桥之粟，以救此嗷嗷待哺之民众。今曰无款可赈，以致数十百万垂毙之孑遗饿莩载途。设使水灾会无谷可赈，犹可说也。据负责人告余曰："该会尚存有上年收回贷款之谷，约有数十万担之多。"五月二十九日，《南岳日报》载："有水灾会昨统制滨湖各县公解贷款，共二百零六万二千二百六十一二元。"倘该会有心救赈旱区，不妨以赈水灾赈款酌量移赈旱灾。且今春以来，天久未雨，湘南各县两岸之田至今尚未分插，则一波未平，一波又起。今年之旱灾可坐而知也。

水灾会款项之来源，其目的与性质，要办灾人员将这笔款子布施于被灾人民之身上，使人民得到实惠。今改赈为借，其宗旨已属不合，况今日该会所收还之借款，较商家作高利贷之行为，辗转盘剥，有似奸商。究竟该项赈款永远作该会拆息之资金乎？抑有宣告结束之一日乎？若果守着巨款，以每月所得之息金仅供全会人员之薪俸，任何衙门局所亦无有再似此无折无扣按月发给之优差，则在会中任一官半职，虽南面王无以易也。有人说："该会每月开支至数千元之多，每人薪水至百余元之巨。"其然？岂其然乎？现在主持该会之人均系湖南有名之士绅，且以廉洁闻，纵使本人不支薪俸，而所用之人则优与薪金，则"我虽未杀伯仁，伯仁由我而死"。其浪费与贪污相去不过一间耳。

查世界各国办理慈善事业，向系义务。若以慈善机关作为衙门看待，有之自我湖南水灾会始。我不忍水灾会拥有数百万谷米与金钱，对于道县等此次旱灾不一援手，而以其每月所获之拆息供少数人员饭碗之用。我更不忍以慈善名义所集来之救灾款项，不直接发给灾民，而留作该会资金，以为子孙万世帝王之基，而听今日一般被旱灾之民众日在呻吟困苦之中。古人云："庖有肥肉，厩有肥马，野有饿莩，此率兽而食人也。"不佞敢易其言曰："店有存款，会有米谷，野有饿莩，此率人而食人也。"今鉴于各县旱灾之重，而该会又不肯发粟，坐拥太仓，日事高利，不觉其言之过激。语云："惟善人能受尽言。"希望该会一面裁除人员，节省经费；一面施赈灾区，预定收束。毋予人以口实！毋招人以指摘！毋拥会以自卫！毋借谷以盘剥！

此不佞所望于水灾会诸公者，如是而已！

教师节与教师量

（六月六日）

教师何以有节？以为亲生之，师教之。"亲师"二字，又向来为我们祖宗神龛上牌位所标置者也。所以世界既有母亲节，为教师者亦不可不成立教师节以示尊大。自近年来我国学校发达，每年有多少师范生以及专门以上毕业生，这都是将来上牌位之人，这都是将来教师节当然会员，是不可不有节以纪念。况且这种有知识上等会员，关系至为重大，当然与五一劳动节有天渊之判。今试将全国学校教师量以及教师在今日学校之地位写在下面，以资研究。

学校以学生为主体，而教职员则为指导学生与管理学生而已。今我国学校当局抱"有饭大家吃主义"，滥聘教职员，作为一种应酬工具，以便博得教育界之欢心，无灾无难，世袭禄位。此种思想，国联教育考察团言之綦详，认为太不经济，今略抄数则于下：

中国所有学校，皆有职员过多之弊。例如一九三〇年，中学有五十六所，共计学生仅二万五千零一十八人，教师五千六百三十六人，而职员则有二千五百八十人，平均每学生十人，即有教师二人，职员一人。（三九页）

教师人数若与学生人数相比较，实有过多之弊。对于小学及教师，并无充分之利用一点，吾人此后当详加讨论。若一教师所教学生人数能由二十人增至四十人，则用现有之学校设备可教之儿童人数，必不止八百八十五万人，而当为一千七百五十七万人。若能增至五十人（实则此数较诸教育发达之国家仍嫌过少），则用现有之学校设备可教儿童二千二百万以上矣。

就中等学校及高等学校现在之建筑、设备及教师观之，至少可容两倍之现有之学生。若再经适当之改组，且可容三倍之多。现有学校行政人员之数，若用以办理数倍于现有之学校，实绰有余裕。（五九页）

若以教师人数与学生人数相较，教师之人数亦属过多。此事至关重要，因教师之薪金占小学教育经费总额之大半故也。……就中国全体而论，每二十点三学生，即有一教师。但在许多教育程度较高之国家，每一教师所教之学生人数实有两三倍于此者。即在同一情形、同一开支之下，现有教师足以教授两三倍于现在之学生人数。（七九页）

中国大学教职员之聘用殊不经济。根据教育部供给我等之数字，北平有四个国立大学，每学生百名即占教师二十三点七与二十四点七与二十四点八人。上海四个国立大学，则占十一点七与十二点六与十七点五与十八点六人。（一六五页）

若将私立大学暂置不论，仅论国立大学及省立大学，相差亦甚。有六大学学生人数皆在一千以上，教职员一百八十四人至六百五十八人。又有九大学学生人数尚不足二百五十人，教职员十五人至一百零八人。（一五五页）

以上所引各段议论，系国联教育考察团所著《中国教育之改进》内摘录而来。此系民国二十年之数字与情状，及至现在，我中国教育当局应依据外人之所批评者，令行全国教育界纠正此弊。试看中央大学，学生仅有二千一百四十六人，而教职员占五百六十七人；北平大学，学生仅有二千一百五十二人，而教职员占六百七十四人；中山大学，学生仅有一千三百七十九人，而教职员占五百一十五人；清华大学，学生仅六百六十四人，教职员占二百五十九人；同济大学，学生二百八十一人，教职员占一百三十人；交通大学，学生七百一十人，而教职员占二百一十七人。以上系国立者。若言省立大学，如安徽大学，学生仅四百三十一人，而教职员占一百三十四人；湖南大学，学生仅三百三十七人，而教职员占一百一十四人；东陆大学，学生仅九十六人，而教职员占四十九人；最奇者广西大学，学生仅三十六人，而教职员占四十九人。若将我国高等教育与世界各国比较，则每万人比例我国学生最少，却每百学生中教员量我国又占最多，是可异矣。

在我国今日此种国情与经费困难之下，开办各种学校实在不能不视为当务之急。而主持校务者不体贴政府之苦心，对于教职员任意安插，论职员则多属亲朋，论教员则竟有不幸而为商业化者。此等教授，不但靠教书谋生，且靠教书获利。彼等来至大学教授室，开放其留声片式之演讲，时间一过，又至他校再为同样之表演，非为教育而教育，实为金钱而教育。教授之举不在于学生之功课，而在于教书钟点之多寡，因此可以增益其薪金，如果教员均抱定此项宗旨，则中国教育前途曷堪设想。

须知今日政府办理学校，其目的在养成一般有新知识优秀之份子，以为将来出而担负国家之大任。今主持学校者不去培养多数学生，好像是开一学校，为多数教职员制造饭碗。而为校长者又好像是拥多数之教职员以自卫，谓之为学阀节则可，若藉此以成立教师节，似乎理由不甚充足。今年江西教育界通电全国，请一致主张以八月二十七日先圣诞辰为教师节，实有至理存焉。

湖南的田赋附加

（六月十日）

在不久以前中央开了一个财政会议，我湖南财政当局也亲自出马。

在开幕之日，孔部长致开会词有云：

本年一月四中全会，祥熙爰有整理田赋、减轻附加之提议，大会议决通过，中政会议送行政院交财政部执行。……其问题：（一）减轻田赋附加，究应如何另筹抵补，始能稍纾民困，无妨建设？（二）废除苛捐杂税，究应举办何种良税，另谋开源？……盖减免附加以苏民困，虽于地方收入有损，而整顿税收、开发生产、培养税源诸端，苟能切实行之以增加收入，未始不足以资抵补也。……

汪院长致训词有云：

……农村已经十分凋敝，社会已经十分穷困。现在老百姓正是需要救济时候，如果我们再向老百姓去征捐税，榨取老百姓的膏脂，实在是于心不忍。所以中央和地方一样，一面要找钱，一面又不能不向老百姓要钱，这种矛盾现象就成为我们财政上的痛苦。……

国府代表郑家彦致训词有云：

……总理之民生主义，亦以解除人民经济之压迫为中心。今田赋附加，超过正供有至十余倍者。此外尚有苛捐杂税，人民负担之重可以想见。……

你看田赋附加，在今日不但人民有切肤痛苦，即政府亦知救济农村先要废除附加。全国重要人物以及各省财政当局，无不在会议场中亲聆上级长官之训词，将来各省财政当局回到本省后，定能如法炮制，将全省田赋附加一旦廓然肃清，为人民解除一点沉痛，此多么一件可欣慰之事。

我国田赋附加，上年财政部曾有通令，所收附加不得超过正供百分之百。试调查全国有几省能遵守此项命令者乎？此次全国财政会议，部长交议之整理地方财政案经大会通过，其限制标准如下：

一、田赋附加不得超过正税总额。其在正税科则原属轻微之区，以正附并计，不超过地价百分之一为限。

二、田赋附加无论已否超过正税，自本年度起，省县均不得以任何急需、任何名目再有附加。

三、各县区乡镇之临时亩捐摊派应严加禁止。其有因本区乡镇之公共利益而按亩出费者，亦应由省厘订取缔规章，严加限制。

四、附加带征期满或原标的已不复存在者，应即予废除，不得再变更用途，继续征收。

此项限制田赋附加标准规定甚为明白，但是今日中央政府领导下之各省主席本年七月一日以后是否奉行，尚在不可知之数。

我湖南最近广播电台建筑成功，各厅无不有一篇施政报告逐日发表，说得天花乱坠，动人听闻。昨日轮到财政厅宣传之日，该厅派马科员在广播电台报告本省各县田赋附加最近情况，比之他厅，到还说得实在一点。他说："各县田赋附加，已经财政厅核定的，有保安团附加、义勇队附加、行政附加、自治附加、县教育附加、区教育附加、其他附加等。至二十三年度，各县田赋附加数目合计一千一百四十三万零九百七十九元。查各县田赋正供年额银为三百六十三万零一百五十元，把附加比较，约超过正供三倍有零。此外还有其他杂项税捐摊款都不在内。可见人民的负担已属不轻。不过上项附加十分之五用诸团队饷糈，其用于行政、自治、教育诸端不过半数"云云。据报载："湖南武冈县杂税有四十三种之多。又，财政厅指令新化县长逃亡死绝无着赋银，应仍责成各区地甲根据田亩所在地切实清查征解。"好在尚未凭死人要钱，仅责成各区地甲而已。黔阳全县农民控告县长陈济时巧增附加，财政厅尚无所表示。此次财政会议正在坚决地减轻田赋附加之时，而陈县长忽有巧增附加之举，是否应有此项举动，吾人不敢批评，请财政当局下一转语可也。

湖南人民至于今日已如行将就木之人，精神血脉无充分之存在，整个的农村经济崩溃已成铁的事实。救国公债与团款基金尚未缴清之时，又要开征本年上半年田赋。加以全省旱灾已成，今年收成如何尚不能预定。或者被旱灾人民呼吁政府，请蠲免本年田赋，彼时政府能将已收者退还否？又，本年度减轻附加，转瞬就是七月一日，政府能将过收者退还否？如其不能也，则此次财政会议所规定田赋附加标准还不是规定田赋附加标准而已。

至于苛捐杂税，此次财政会议解释苛杂之性质，已决定六项，并定自本年七月一日起十二月底止，分期裁撤。我湖南当然不能例外，届时是否援用"特殊情形"四字专案呈部，不得而知。但产销税一项（见财政会议棉业提案）为各省所无，而中央并未许可，尚在秘密征收者，自当在首先裁消之列。如果不能实行，不但财政会议议案失其效力，即我湖南各种工业与夫土产等均无由发展，是国民经济日趋于崩溃，即政府收入亦日形减少。总而言之，同归于尽而已。想财政当局必设法以解此危急，毋待不佞颙颙过虑者也。

新生活运动中之长沙市容

（六月十一日）

我湖南警察自经林特生先生整理，颇获美誉。继起者未能萧规曹随，发扬而光大之，以致有"一蟹不如一蟹"之舆论，及至今日，腐败不堪言状。况当今日厉行新生活运动之时，警察尤关重要，人民之一举一动有不合于新生活章程者，警察得随时予以纠正。蒋委员长并且提高警察之权限，凡兵士不守新生活条件者，亦可出而干涉。凡属人民，更不消说矣。所以警察在今日与新生活运动实有密切关系。人民之生活能否合于新生活运动之条件，端在警察能否执行警察之职务，以纳人民于新生活运动之轨中。而整顿市容尤为全省人民观瞻所系，而不可视同河汉者也。

何谓市容？凡吾人在市内所目见之建筑物、陈列物以及民众之举动，均能合乎新生活运动者即是。我长沙市今日之市容则反是。虽则是长沙市有市政府，不能专责之公安局。不知市政府对于一切建设正在竭力进行之中，每一次建设成功，则交与公安局管辖，如马路，如菜场，如厕所等，均经次第成立。至如何能保管以及运用此项建筑物，则责在公安局。以言马路之两旁人行道，试环城一视，则荒货店、麻石铺、木器店、砖瓦行、木料行以及一切小贩、摊担等，无不将人行路塞断，变为货物陈列所，而居户之拉杂堆尤高与檐齐，行路者既畏路中之市虎汽车，避至绿树下之人行路，又此路不通。市政府欲取缔沿街之小菜担也，于是于城中分建多数菜场，无如今日之菜场仅供剃头担、水饺担等之陈设，甚至如水凤井、小吴门之菜场为乞丐聚萃或小鬼赌博之所。以言厕所，据何市长言，每所建筑费多至三千元者，少亦数百元，今试身入其中，非溺深数寸即臭气逼人，几令人望而却步。此皆是公安局不负公安之责之过。但是此种腐败情形并不自今日始也，创业难，守成亦不易。如果守成者不尽其职，则创业者不独灰心，且近于縻费。或曰："公安局今日所以腐败者，因市政府无指挥之权，倘公安局辖属市政府，决不至于如此。"余曰："此系我湖南行政系统上之怪现象，不在本文范围之内，毋庸讨论。"

不佞今日行经市上，见警士指挥行人靠左，除墙壁上已钉"行人靠左"字牌外，并于街中插有"行人靠左"小旗，其一种注重行人守秩序之精神，实在可佩。但是警士每日晨晚在马路中操演步伐，则又是知法犯法矣。今见长沙市容之败坏，用特提出最小限度之要求于下，请有以注意：

一、请将沿途残病之乞丐收入教养院。

二、请将市内居民喂猪者以及屠户取缔之。

三、请将糖食小贩有碍卫生者禁止之。

四、请将沿马路两旁人行道打通并肃清之，以利行人。

五、请将各厕所雇一老妪，每日清洁之。

六、请将沿街人力车不准空车横塞途中。

七、请将各小菜担归纳于菜场内。

八、请将卖腐败之水果者严禁之。

九、请将各小孩子在拉杂堆中翻取秽布残煤者驱逐之。

十、请将沿街灰屑每日运去。

十一、请禁止在街中洗马桶、倒粪者。

十二、请禁止一般恶少在马路上跑马。

为湘南旱区人民向水灾会请命

（六月十三日）

湘南旱灾现已成为事实。农时已过，而两岸仍多未插之田，姑无论将来如何雨旸时若，而这一批荒田已足减少农民本年之生产。目前因旱而谷价飞腾，已非经济破产农户所能担负。即使谷价得平，而乡村金钱之枯竭，不但赊借无路，即典衣鬻子亦无从出备。谷荒与钱荒二者相逼而来，今又加以水荒，哀我农民，何以度日？兹据湘南各县长呈报灾情，截至今日止，有如下各县。至于未披露于报章者，尚不知有若干县也。

一、汝城县长呈报云："……不意雨水愆期，杂粮既无收成，农田亦稽莳插，现虽稍雨，而分量不足，且未普遍全县。农村耕作迄今未及半数。……"又云："……秧针待莳，耒耜犹悬，当此十室九空，饿莩载道。……"

二、道县县长呈报云："……查属县自春迄今，大多数人民均以土茯苓及蕨根为食料。……百室之村不能具斗升之米，十万灾黎非赈不生。……"

三、永明县县长呈报云："……亢旱成灾，途有饿莩。……鸠形鹄面，万户断烟。……"

四、衡阳县县长呈报云："……去岁冬干异常，池塘尽涸，所有田土均未犁锄。入春以来，虽间常下雨，然为量无多，于农无济。现在时已交夏，选据各区报告，有水下耕者仅低处糟田，以全县计不过十之三四。若再无急雨，即已分之田亦必枯槁。……"

五、耒阳县县长呈报云："……民众一年生计在耕种之及时，现时插秧期过，全县陇亩尚未分插。……"

六、郴县县长呈报云："……自春徂夏，雨量极少，塘池河渠早已干涸，低处秧针逾尺，不能莳插；高处焦土满目，无法插种。春旱已成，秋收无望。……"

七、常宁县县长呈报云："……已耕者复沦焦土，未耕者悉陷荒丘。值首夏之时期，秧苗已经过度，既无水以施末耜，更何由而谋莳插，过此以往，即失时效，播种乏术，徒唤奈何。……"

八、祁阳县县长呈报云："……现值芒种，已逾莳插之时，而四乡田亩未施犁者尚有十之六七，已下秧者又复多形枯槁。农民失望，百业凋零，谷米价格逐日倍涨。……"

九、新田县县长呈报云："现属区境内荒象日形紧张，蕨薇、菖根掘食已尽，饥民嗷嗷待哺，不可终日。值此农村经济枯竭之际，借贷已无门路。……"

以上九县均以旱灾具报来省，惟临武一县又以山洪暴发见告。近日新化、邵阳亦具报旱灾。我湘南二十五县人民，不死于旱灾者，即死于水灾，各公法团之呼吁已力竭声嘶矣。

水灾会衮衮诸公坐拥数十万担谷于省城，竟忍令一千万人饿死于山谷之中而不一援手，是可忍，孰不可忍。我湖南成立水灾会，在运用一批谷米，拯救被灾人民，并非要水灾会诸公保管，来作借贷或拆息，蹈奸商或土豪之故智，以吸取高贷利为能事。拯灾无国界，诸公或疑水灾会之谷米不赈旱灾耶？诸公非铁石心肠，何妨以贷滨湖各县田主修堤工者之先例，来贷与湘南人民，一作个救苦救命之菩萨？语云："救人一命，胜造七级浮屠。"诸公想闻之稔矣。

不佞为湘南灾民请命，实有事实证明，并非无病呻吟，故意向诸大慈善家前哓舌，何去何从，惟诸公好自为之。如果是借慈善机关之美名为操纵省垣谷米之手段，则非不佞所愿闻。

读郴桂十县联名呈请借谷平粜感言

（六月十五日）

湘南郴桂十县日昨联名具呈水灾会："窃查属县等自去岁以来，或因亢旱赤地，或因水涝波及，灾情惨重，秋收歉薄，兼之匪祸蔓延，粮食多被焚洗，入夏以来，荒象形成，隐忧殊深，欲筹款采谷接济，而各地罗掘俱穷。思维再四，惟有恳请钧会，准予拨借谷二万石，运交属县，举办平粜，以救危急，俟秋收后属县等即分别筹还"等语。我湖南水灾会此次对于湘南旱灾坐视不救，不佞已再三论列。如果该会无谷，犹可说也，近查该会存谷三十万石，现洋二十余万元，此外借给滨湖各县未收回者，尚有二百余万元，统计二十年所收入水灾赈款，共约四百余万元之巨。现在郴桂十县具呈该会请拨借谷二万石，在该会不过九牛一毛，在十县实属车薪杯水，若并此吝而不与，则水灾会即失其慈善机关之立场，而变为重利盘剥之土豪劣绅总集团。我不解郴桂十县灾情如此重大，地方有十县之多，该县长等既知民食堪虞，所要求者仅二万石之谷，如果十县平均支配，每县仅得二千石，何济于事？至少须向该会借拨十万石，俾各县有一万石之谷，方足以言救荒，事实如此，并非奢望。

郴桂在湘南素称贫瘠之县份，除少数地方略产矿砂外，并无特别土产出口，可以吸收现金。而此项矿产主权又属之本地外之资本家，而郴桂人民不过供其牛马力役之劳，每日博得一二角工资之代价而已。自李"匪"近来散布郴桂各县，正作"共产"工作。日前欧副司令来函有云："……湘南二李'匪'，经前次痛剿后，化整为零，散伏民间，而民众不知觉悟，徇庇隐匿，欲求澈底肃清，殊非易事。……"观此则知郴桂各县来日大难，方兴未艾。加以入夏以来，旱魃为虐，饿莩载途，生死关头，人民最易铤而走险。在各县县长有守土之责，未雨绸缪，分所应尔。而在省政府各委员，亦宜深体此意，以偿其愿。下情不上达者，县长之过也。今既上达矣，而政府漠然视之，恐将来焦头烂额，臕脐无及矣。政府对于湘南划为特别警备区，筑碉堡，修飞机场，剑及屦及，迫切之至，独对于民食一层尚少注意，得毋"智者千虑，或有一失"乎？

省赈会昨日召开常会，对于临武、茶陵等县每县各发急赈数千元不等，未始非该会恻隐之心发现。不佞认为发现款有所不合，以全县人民之众，一二千元之现款实在无从着手。该会既有此美意，何不以钱易谷？可以充饥，可以平粜。该会之所以不愿发给赈谷者，别有原因。据该会人云："水灾会去年收入之谷，每石三元二角，今则市价二元七角，计每担损失五角，不合'生意经'，故发以现款，留待善价。"殊不知湘南灾民所需要者救命之谷，如果地方无谷，纵有钱从何处购得？倘在会诸公多加考虑，每县发给谷若干担，不问进货之价格高低，只以担计，亦未尝不可以具报。在诸公今已大发慈悲，在我不应再代表灾民作得陇望蜀之想。因为十县县长借谷平粜，故主张如果以后对于湘南有急赈之举，则请于三十万石谷内，尽量的视各县灾情之重大，不必专恃借贷，也要发给若干，救此孑遗。东坡诗云："文官要钱不要米。"湘南灾民却只要米不要钱。

敬告水灾会

（六月十八日）

　　我湖南水灾会拥有三十万担公谷、二十万元公款，并贷与南华等县之款约二百万元，共计约有四百万元之巨款。此次对于湘南旱灾与水灾，经各县公法团之函电呼吁，除有少数县份分得赈款二三千元外，其余一毛不拔。此种铁石心肠，实违反慈善机关之本意，谓之为守钱虏，则有滥用人员之浪费；谓之为水灾会，则更名不副实。尤可异者，日昨水灾会指令郴桂等县长有云："呈悉。据称该各县因亢旱或因水潦，灾情惨重，荒象已成，请准借谷举办平粜，以资救济。阅之深为轸念。惟本会所存工贷谷担早奉颁发处理大纲，规定专作洞庭兴修水利之用，任何事故不得挪移在案。所请借谷二万担举办平粜之处，核与定案不符，碍难照准，仰既设法另筹救济"云云。

　　今根据此项指令所言各节，试为寻玩：如兴修洞庭水利，案虽已定，不可变更。但几时开工，开工时能否马上将四百余万元之赈款一时用尽，我看本年或来年内未见得有何举动。湘南灾民朝不保夕，饿莩载途，该县长等请借拨二万担谷，并非请发赈谷，水灾会竟将借字轻轻看过，以致文不对题。该各县既然有借有还，水灾会应有此项拨借之义务与责任而无可以推诿者也。如云："任何事故不得挪移在案。"何以该会又借五万担谷与某处，试问天下事之最急切孰有过于救命者乎？披发缨冠往救，犹恐其缓，今乃缓其所急，急其所缓，倒行逆施，岂办理慈善机关者应有此态度耶？又，湘南以十县县长之呈请，竟不能借到二万担之谷，何以南县一县可借款三十万元？何以滨湖各县可借，而湘南不可借？此去新谷登场之日为时不过月余，在此月余之内，洞庭水利工程无论如何决不能开工，何妨移缓就急，救此残生？至秋收时即可如数奉还，该会如果要收息谷，以作会内职员薪水之开支，不妨公开指令该十县加息送会，亦未尝不可。有人云："此次该十县来呈未叙明至秋收时加息缴会，所以不肯拨借。"证以指令之口吻，似乎是一个症结所在。但是水灾会之谷与款系湖南全省人民所公有，公有之谷米来救济被灾人民，以公济公，任何人所不能反对，更非会内少数委员来操纵人民生死之权，视公有为私有。即使此项谷米为各委员之私产，亦不宜坐视一千万灾民转死于沟壑之中，而漠然无所动于心。"禹思天下有饥者，犹己饥之也"，诸委员谅亦读之熟矣。

曾记东方朔有云："侏儒饱欲死，臣朔饥欲死。"现在湘南灾民几乎易子而食，而该会坐拥三十万石之公谷不允拨借，一则是太仓陈腐，一则是野有饿莩。主持该会者，试清夜扪心以想，试设身处地以观，何必拿出"定案不符"四字来对垂死之灾民打官腔。即以定案而言，定案系规定专作兴修洞庭水利之用，并未规定所贷出滨湖各县之谷加息收回。若慈善赈借而可以取息，其与奸商土劣之高贷利何异？至该会派出之收款先生，每人每月得支无折无扣之薪洋一百四十元，位置私人，浪糜公帑，擅向被水灾后复苏之灾民委出一般如狼似虎之委员，榨吸灾区人民残余之膏脂，是可忍孰不可忍。

现在曹民政厅长睹此哀鸿遍野，呈请内政部颁发巨款，赈济湘灾，其一种恻隐之心形于纸上。但是远水不能救近火，何妨径呈省府，勒令水灾会先将所存之公谷三十万担提前分借各县，俟将来中央赈款领到时，再行买谷填仓，否则由各县如数归还，并无不可。若该会目的在息谷，亦不妨忍痛承认。如再不允，即将该会改组，另举一般脑筋清醒、慈善为怀之士绅出而担任。

大慈大悲，救苦救难！湘民死生，在此一举！

提倡吾国固有之信用合作社

（六月十九日）

信用合作社之名目，此摩登家之语也。今人欲办一事，如果名目出诸我国经史或习俗所固有者，便不合潮流，一定拿出外人口中所说或译之以音者，方足以表现脑筋之新与冬烘先生有别。所以信用合作社一事，在今日救济贫民与农村者，无不高唱入云。即湖南建设厅对于此道正在进行之中，不佞惜于此道素未问津，不能言其所以然。我觉得我中国向来也有信用合作社，此种制度极其单简，不要开训练班，不要请专家，只有数个讲信用的好朋友便可实行起来。其法维何？即摇会是也（又曰打会）。查摇会之法，在书籍中本无可考，不过民间避富户高贷利之苦，以济目前之急，相约平日相知之人各凑若干钱文，限定若干月，在此限期之内，以拈阄为得会次序，利息极轻，亦无拖赖情事。此法今日尚有行之者，即从前绿营中士兵亦常利用此法，每年得汇银一次回家养膳。所以前人有子当兵，每年并有银寄回，不至在外浪费，意至善也。

今日谈救济农村经济者，意欲使都市金融向农村流动，不至有患贫血症之现象，于是有信用合作社之组织。对于贫民贷以金钱，所谓因民之所利而利之，其意虽美，我恐此一笔贷款难得入于贫民之手，最易为土劣所捷足先得。古人有所谓常平仓、义仓、社仓之制度，系贷谷不贷钱，今日之所谓积谷是也。此种积谷，的确十之八九为贫民所借贷，其息亦轻而又轻，嘉惠农村，其功甚伟。倘若以信用合作社之资本仿照积谷办法放款，不但收回甚易，即借贷亦属平均，而内地利息亦得减低，实惠及民，比任何合作社为简而易举，不须训练一批合作人员。我觉得吾国固有之信用合作制度，如摇会等，到今日却有研究与实施之价值，望提倡信用合作社者毋忘记我国已有简单易行之摇会等法在也。

此外尤有附带说明者，现在一般人组织合作社往平江收买茶叶，每担勒令茶户以十二元出卖，并不许私行运贩。查红茶市价，汉口每担五十二元，长沙四十二元。今该社借合作之美名，压迫平江之农户出卖红茶，而又仅与以十二元之代价，每担从中诈取三十元之利益。若以此种举动为合作社，毋宁谓为茶户之刽子手，非打倒之不可，非根本铲除之不可。茶户为建设厅应保护之人，而合作社又为建设厅主办之人。无合作社，茶户尚可多获温饱之资；有合作社，而茶农即加上一层束缚摧残之痛苦。

解铃还是系铃人。希望建设厅网开一面，撤回合作社，救此茶农，毋令多数之农产副品为一般如狼似虎的合作人员所垄断操纵，而主管长官故意装聋做哑，以听其宰割平江之茶户。

呜呼，合作社！

湘南灾民之敌——"会阀"

（六月二十日）

　　湘南此次大灾，不佞曾再三著论，以冀水灾会诸公大发慈悲，为救苦救难之菩萨。乃言之谆谆，听之藐藐，固然是人微言轻，鲜见成效。实因湘南人众应遭的浩劫，而又逢此铁石心肠之水灾会，无法使之感动耳。日前郴桂十县灾民代表来省，请拨借公谷十万担向省府请愿，其文其语不忍卒读，若见此而不表同情者非人也。于是省政府特请该会干事至省府，由十县县长担保，借谷十万担，俟秋收时如数归还，不允。继由四厅厅长加入担保，又不允。终之何主席愿出名加入担保，亦不允，仅答覆返会后商妥再说。及至昨日提出条件，要殷实商家出名盖章担保，始允拨借。省府于是请省银行负责担保，亦未得同意。总之，情愿关住此三十万担公谷于省垣，彼郴桂人民遭荒，于水灾会无与焉。

　　查湘南山多田少，而尤以郴桂十县为最。自从衡宜线公路经过郴桂境内，毁去膏腴之田若干亩，每年减少谷米生产又若干担。该十县人民向来每年平均总有一季以杂粮度日，自去年秋旱以来，杂粮一项绝无收入。今年粤汉铁路开工，增加工人几及万数；建筑飞机场，工人亦有数万；围剿"共匪"军队，亦有万人之谱；加之两李窜入郴境，人数亦在数千以上，均是消费粮米之人。此外"匪区"之谷米，闻均被"共匪"提去若干，即未运走者，亦由"共匪"封存若干。于是食之者众，生之者寡，酿成此次空前绝后大灾，实因环境造成之。且天灾流行，何国蔑有？救灾恤邻，古有明训。中央政府拨发此一笔巨款，虽非为湘南此次旱灾而来，但是谷存省垣有如此之多，同属湘人，拨借若干以济燃眉之急，并非事实上做不了之事，何必故意与郴桂灾民闹意见？如谓郑重公谷也，则有十县长、四厅长、一主席及省银行出名作保，在水灾会并无若何责任可负，今乃一再推诿，是置湘南一千万人民于死地。今而后始知水灾会干事之贵也。但是明有天地，暗有鬼神，毋谓灾民莫予毒也矣。善有善报，恶有恶报。小民易虐，上天难欺。希望办慈善事业之人毋祸延子孙。灾民生，于水灾会无损；灾民死，于水灾会亦无益。何苦把持会谷而不稍予通融耶？

最不可解者，水灾会干事一职是否上天所赋予？抑或省政府所委托？不佞亦知该会干事系省政府所授，则"赵孟之所贵，赵孟能贱之"。在省政府应马上下一紧急命令，即日将现任干事解职，另推公正士绅继任，政府何乃计不出此？是殆政府无实心救活此千万之灾民耶？再证以张厅长不允借省仓积谷八千担，则不佞所言者并未言之过甚。不佞非郴桂产，实不忍以四百万灾民、十县县长呈请借拨谷二万担，而水灾会向灾民打官腔，作一个坐视不救，致令嗷嗷待哺之灾民求生无路，故心有感，不觉言之过激。

但是今日湖南水灾会势已形成"会阀"，实为灾民之劲敌。望省府各委员共本"一夫不获，时予之辜"之观念，披发缨冠往救。否则慈善机关不可靠，政府又不可恃，则这一般灾民只有准备饿死之一条出路而已。悲夫！

驳铁道部咨复衡宜公路不能收购理由

（六月二十一日）

湖南全省公路监察委员会曾呈请省府：“以粤汉铁路之衡宜段与本省衡宜公路平行，如铁路修筑成功，该公路即成废物，拟将该段公路售与铁路局以作路基，请咨铁道部核办见复。”去后，兹铁道部据粤汉铁路工程局所呈不能收购之理由：

一、粤汉路线早经测定，其路线一部分且为公路所占用。

二、铁路、公路建设根本不同，勉强改为铁路，势必使铁路路线不能优良。

三、若改用公路为铁路，工程必致反而延长。

四、举广东韶乐公路营业并未受韶乐铁路通车之影响以为证。

具此理由，遂以未便收购见复矣。

该工程局亦知道“铁路干线与国道避免平行，本为国家交通政策之要义”。铁道国有，此项法令颁布已历年所，何以不见诸实施？粤汉铁路为南北交通之要线，我湖南省府鉴于交通之不便，只能以湖南之财力勉成衡宜公路，不但一部分路线为公路所用，实全用粤汉路线亦理所应该。此路从美国合兴公司收回以来，已近三十年矣，此三十年中，铁道部所司何事？今公路方告成功，铁道部即与公路竞争营业，所损失者固然是湖南人之金钱，间接亦是国家之金钱；即不愿作为铁路路基，未尝不可另勘较远之路线救此公路，何必紧贴公路，且发生若干交叉处？硬要打倒公路，是何居心？公路完成已有六年之历史，并非秘密工作，该局乃云：“……现在成立工段，按照前定之线再行补撅，以便动工，始发现衡州以南……以至良田等处一部分铁路路线，已为公路所用"云。现在成立工段，云始发现，则路未动工，可想而知。应即与本省府主持人磋商，避免平行方法。今呈部文云："则本路各段均已同时分别动工，若改用公路，势必将已建工作停顿。……"此种议论与现在的事实欺铁部则可，欺我湖南人则未也。湘南地面甚大，尽可后者迁就前者，共同完成完善之交通网。如果为节省经费起见，不能枉道，则除收购公路路基，实无第二良法。此第一点理由不能成立者也。

不佞亦知公路建筑与铁路不同之处，不过是斜坡要低、湾曲要大、桥梁要载重三者。此外均是泥土堆成路基，铺上枕木与钢轨而已，并无所谓"根本不同"。倘铁局能收购公路，对于以上三者酌予改造，即可适用。纵不能全线就用，总可以适用十之七八，较之从新建筑省费省时为多。至云在此"……工程时期，岂能将南北交通遽行隔断……"，此语尤足证明无工程学识，不胜工程局长之任。此第二点、第三点理由不能成立者也。

铁路与公路平行，营业上均有妨碍，不过公路较铁路损失为最人耳。韶乐通车，据该路负责人云："每月营业减少收入，比较未通车以前约少十分之五六。"至原呈云"车辆照常行驶"，尤为幼稚之言。既有公路，无论有客无客或客多客少，照例开行，冀收获若干票钱以作养路之用，此系不得已之办法，何得云"根本上并无影响"？如非将来铁路票价与公路票价相同，则公路或可分得若干余涎，维持残局，但是对于铁路收入又不得不受损失。所以合之则美，分之则伤。此第四点理由不能成立者也。

总之，我湖南乃贫乏省份，修筑公路煞费筹措之苦心。乃路甫成功，即受铁路之摧残，于国于省均无裨益。如果铁局收买公路，使湖南多得点经费，在湘南再发展交通，与铁路联运，于铁路营业上实有莫大之利益。我湖南现已民穷财尽，再行筹款，实非易事。

不佞认为此次铁局之所以反对收购者，于局长一席关系最大。如幸而该局长系湘人，定能体谅湘民之膏脂，设法顾全，必不至有如今日之不察国情、一意孤行之事实，中国本无钱，我们要善于运用，总使一文钱不落虚空，并须以一文钱作二文钱之事。所以工业经济最要注意。不佞对于此次铁部咨复不能收购衡宜公路理由认为不充足，故驳之。

读水灾会周副干事安汉
解释赈灾之范围有感

（六月二十二日）

不佞认湘南郴桂十县向水灾会借谷二万担，不肯通融，再三著论，以冀该会回心转意，或可救活若干灾民之性命。为灾民故，所以不惜糜费笔墨，以打倒此种变相式之土劣集团。日昨该会周副干事在各报上发表赈灾范围，认为工贷存谷，无权挪借他用。今以不佞之见解，代表全省灾民答覆周君如下：

（原文）一、本会（即水灾会）因鉴于二十年滨湖各县水灾奇重，始由各公法团体推人负责，共同发起组织，旋经呈请国民政府水灾救济会颁发赈款，专赈济二十年各县水灾，此本会之任务及性质。

原来该会干事系"各公法团体推人负责，共同发起组织"，并非省政府所聘请。而中央所发之赈款专救济"二十年各县水灾"，二十年以后之各种天灾实与该会无干，乐得有此项任务及性质，将经手之钱谷作奸商之举动。如谓"专赈济二十年各县水灾"，则二十年已过矣。救荒如救火，今试问邻居或本宅起火，水龙云集，能否说此缸内规定系饮料，彼井水规定系用水，不能挪用乎？

（原文）二、散放赈款，救济灾民，原由国府救灾会派赵守钰来湘办理，俟国府灾区工作组撤销，工作组事务始由本会统筹办理。

"散放赈款"，不错！前由赵委员守钰办理，现在工作事务已由该会统筹办理。所谓"统筹办理"四字，其意义甚广泛，在委员时代尚可"散放赈款"救济灾民，今转移到我湖南人本身上，反不能拨借分文救济灾民，其居心何忍？

（原文）三、本会接办工作组事务后，即奉令将贷款划分，分别缓急，颁发并规定赈灾步骤，分急赈、工赈、农赈三项。急赈即系散放灾米、药品种种急需事宜；工赈即系贷款修提，堤修复后将款收回，再作兴修洞庭水利之用；农赈系指归湖南华洋义赈会负责，专作农村合作等用途。此赈款划分之规定。

据第三条看来，该会已具有急赈、工赈二重之要命，并自认有"散放灾米、药品种种急需事宜"。此次湘南及全省水灾、瘟疫等，该会曾散放若干灾米及药品，可指出证明否？前次被灾各县所散放之数千元，系省赈会所发。不佞当时误认为水灾会天良发见，该会攫此美名，于心愧否？以赈款作兴修洞庭水利之用，谁也不能反对。但是，今日垂毙之灾民与无时间性之兴修洞庭水利，孰急孰缓？况该十县县长等所借拨之谷只有二万担，为时不过二个月，有十县县长、四厅厅长、一省府主席、一全省银行担保，尚不允拨借。既不拨借可也，何以又要有殷实铺户方可拨借？试问今日之长沙市，孰为殷实铺户？难道是全省长官、全省银行尚不值过一个殷实铺户乎？推其意，不借恐违反人民心理，遭社会之指摘，不如以你们找不出殷实铺户为名，反博得郑重赈款之美名，此乃阴险滑稽之手段。

（原文）四、本会目前任务系收回贷款，作兴修洞庭水利之进行。现在尚难实行者，因贷款未收齐之故，本会所存贷谷约二十余万担，共同负保管者有湖南华洋义赈会、工赈贷款保管委员会。日前奉颁《处理工赈贷款大纲》，规定专作兴修洞庭水利之用，如有挪作他用，即责成经手人赔偿，并以侵吞赈款罪查办。……

该会亦自承认兴修水利，现在尚难实见，且存贷谷有二十余万担之多。今灾民嗷嗷待哺，迫不及待，如谓"不得挪作他用"，何以有了"殷实铺户"就可以拨借（此周君在省府所说之话）？如要"经手人赔偿"，则有全省长官及省银行担保，于该会经手人有何责任？如果以此款借与不当借之处犹可说也，今借与灾民，谁人敢出来反对？所谓"共同保管者"，均系慈善机关，若慈善机关不去作慈善事业，难道是要你们诸位慈善家在省垣作拆息之市侩乎？

呜呼灾民！不佞救济有心，力量棉薄，曲本不高，和者稀少，现已力竭声嘶，唇焦舌敝，手无斧钺，奈"会阀"何？

最后希望，请各公法团即日召集改组水灾会。

质问水灾会

（六月二十五日）

中央为拯救湖南被水灾灾民起见，与江苏、安徽、江西、湖北四省同时颁发巨款，由朱子桥将军经手款、麦二项约计有四百万元之多。当时若遵照规程，系直接一次发给灾民，并非要组织什么水灾善后委员会，改赈为贷，使被水灾之难民不能得到一点实惠。其水灾会之产生已根本非法矣。但成事不说，既往不咎，今郴桂等十县请拨借谷二万担，经各公法团之呼吁，该会少数干事胆敢把持一切，视人命如草芥，视公谷为私有。此种土劣集团，借慈善机关之美名，断送数百万灾民之性命。如果大家相忍为怀，赈款前途定有不堪设想之一日。用特提出下列各条，请该干事明白答覆。

第一问——水灾会之任务与性质，敬闻命矣。此次郴桂十县借谷，就为章程所限制，不得挪借。据我所闻，长沙市育婴堂借现洋一万元，以作建筑新堂之经费，是否与章程相合？

第二问——郴桂十县借谷二万担，有十县县长、四厅厅长、一省府主席、一省银行担保，均不可靠。试问该会一二干事，手握四百万元之巨款，能否可靠？是否也有殷实铺保担保该干事不侵吞或卷逃之事发生？

第三问——寝假该干事私人亏用公款，不要说多的，即以每人二三万而论，既无殷实铺保，恐破该干事之家产，亦不能如数赔偿。为郑重赈款起见，对于该干事也要取具殷实铺保方可。

第四问——水灾会之款有四百万元之多，既不相信湖南省政府，当然不相信湖南省政府所办之省银行，则该款不存放湖南省银行内，亦当存放省外各大银行内，此系正当办法。何以该干事等将公款分存各小钱庄，作拆息之奸商？万一该小钱庄因故倒闭，试问此种责任归谁担负？

第五问——水灾会每月在各钱庄存放之息金若干，是否照市价一分五归还会内？或系照银行存款月息八厘列报？此要请该会监察委员与华洋义赈会负责宣布者也。

第六问——水灾会之款，据云"作兴修洞庭水利之用"，是否中央所规定？抑系该会所呈请？既巧夺灾民救命之金钱，应即筹备兴修，设计工程，但事已有三年之久，只闻该会有拆息盘剥之事布满全城，而对"洞庭水利"四字，未曾实行《处理大纲》第三条办法，何也？

第七问——水灾会之款，系全省所公有，任何人都可以质问，以全省之长官不能过问公有之款，该干事是否跋扈？且该会会长系熊君秉三，副会长系何主席，熊不在省，副会长竟不能处分赈款，而干事反能支配自如，此又根据会章第几条乎？请明以告我。

第八问——该会干事任职年限有无规定？或系终身事业？应请现任干事明白宣布，以释群疑。

第九问——谷久则生虫，该会所存之谷三十万担，既不变卖，又不拨借以糶取新谷，灾民生死且不说，试问该存谷能保其不陈腐乎？如果陈腐，责在何人？

第十问——《工赈贷款处理办法大纲》第三条："洞庭湖之水利兴修事宜，应由善后会妥订方案，负责执行。"试问该会近三年来所妥订方案、负责执行之成绩何在？可指出证明否？

不佞曾忆及满清时代有某府大灾，其太守之母劝令即日先发皇仓之谷施赈，再行呈报。同署人认为不合手续，其母曰："我子为拯救灾民故，不幸而至于革职，亦所情愿，毋庸阻止。"后事闻于朝，不但不革职，且晋级有加。可见满清官吏重视灾民，与今日水灾会打官腔者不同。

总之，不佞对于该会，向表好感；对于干事，尤系契友。因为这次全省被灾县份甚广，该干事借章程为词，见死不救，殊失水灾善后委员会之本意。故不佞本着恻隐之心，发为议论。我湖南不乏慈善大家，希望一致起来，组织清算委员会，根究存款之下落，共同负责。如果该干事等不服清算，再向中央控告。

为救灾民故，不觉言之直戆。知我罪我，付之舆论。

滥发公债非理财原则

（六月二十七日）

我国财政支付以军费为一大宗，约占总收入二分之一，中央每月军政各费达三千四百万元。近来国府主计处举行二十三年度概算会议，对军政费力求撙节，以求收支适合。兹悉二十三年度概算，全年支出总额约九万万一千八百六十八万五千四百五十七元；收入总额约八万万一千五百九十一万五千九百二十二元，收支两抵，不敷约一万万三百余万元，内中军费占四万万五千万元。此种不敷之数究从何处抵偿，不外乎发行公债，或借贷外人生产过剩之农产品，如美麦借款之事是也。

我国发行公债以二十年为最多，计有四万万元。远者暂不说，即二十二年内，在春间发行爱国库券二千万元，半年之后又发行关税库券一万万元，继又发行华北救济战区短期公债四百万元，共计上年一年内发行总额二万万二千四百万元。今年春又发行关税库券一万万元；在二月九日，财部又向上海银行界成立四千四百万元新借款，是今年半年内已发公债一万万四千四百万元。

有中央之滥发公债，而后有各省之"下效"。南京农村复兴委员会接各省市团体报告各地方发行公债，人民负担至巨，实为复兴农村之阻碍。该会已呈报财政会议参考。据闻自十六年迄今止，各省市发行之地方公债共达六十一种，其中省公债五十一种，市公债十种。省公债之总额为一万万八千七百余万，总计二万万零四百余万。四川最多，二十一军自十九年至今，共发行十二种，数额四千八百二十万。

赣、浙、湘、苏、冀等省均占相当地位。妨碍农村，不下于苛杂。而尤最奇者，二十一军居然亦发行公债，恐世界各国无此先例耳。

统观以上各种公债，除华北救济战区短期公债四百万外，其余均属军费，假使以此项公债数目来建设中国，则苏俄"五年计划"未遑多让。即不然，拨出一部分来作建设之用，亦未尝无办法。日本于积极扩大军备时，就是无不力谋减少其他费用，冀可移缓就急，不增加人民担负。以我国今日军费之支出，似近冗滥，一切顾问、参议、谘议等，以感情用事，多如过江之鲫，每月坐在家中，按期领数百元之干薪。此外一切的无名之费用，均在军费项下开支，用多用少，谁也不敢过问。至于政费，一丝一厘不肯通融，一遇急需建设之事件，无不以筹款无着而中止。是有用之金钱，供无谓之浪用，建设何能成功？人民痛苦又何能解除？

我记得在不久以前，蒋委员长有令来湘，禁止各军师在湘招募，违者有撤惩之处分。何以近日来，此项兵贩子不一而足，仍是大批输送而去？查此项青年均是农村良好农夫，一经入伍，即乡间少一耕田之人。当局不予制止，是可异矣。

谈到现在军政费既难筹付，惟有紧缩之一法。尤其是对于军队，要实行蒋委员长之命令，不准再招。其有老弱不堪应战之兵士，一律遣散回籍，根据一兵一枪，不准吃缺。而行政机关所用之人，内多冗员，用铁面无私的手段裁除，与民更始。以中国每年所用军费之多，随便振顿，只要每年腾出八九千万元来作建设之用，不必滥发公债，亦不必要外人投资。以我们之金钱，作我国之事业，年复一年，虽不能如苏俄成效之速，亦未始不有可观。生产效率增加，外货输入自然减少，秉国钧者何乐而不为？何必一定要滥发一些公债票，来害我们老百姓耶？

发公债票可也，只看用途之目的何在。为发军饷发公债则有害，为办生产建设而发公债则有利。利害之别，则在目的如何耳。

一中学校解散后之感想

（六月二十八日）

省立第一中学校在上年曾一度发生风潮，今又以风潮之突起，教职员辞职，校长则否，此中颇耐人寻味。前经政府议决，霹雳一声，除本届毕业学生外，一律以解散闻矣。不佞对于此案颇发生一种感想。

（一）"师"之一字，在古人本看得与"亲"字并重，自民国以来，旧教不敦，师长遂失其尊严之地位。偶有一二微事不遂学生要求，动辄以驱逐校长为名。在政府得过且过，遇事以敷衍塞责为能事。在学生方面，看破官厅之隐秘，所以一闹再闹，视为家常便饭。倘上年当风潮解决之时，如不将学生转送五中，则学生知政府振顿学风之决心，今年或不至再起风潮。所以该校今年解散之果，系种丁去年转学之因。

（二）今日之为校长者，或因学校多故而得者。当其未得也，惟恐某校不起风潮，一有风潮，政府一定撤换校长。于是虎视眈眈，请托军、政、党要人介绍之函件似雪片飞来，偶一得之，其出发点已不足为人师表。况今日官场用人之标准，以有无强有力之介绍人为去留，而不问其人之道德学问是否可以为人之师。在今日这种学风之下，有道德学问者谁肯用鬼祟手段来奔走于要人之门？只有那不知自爱之流，始出而运动。因此今日之校长地位，已不见重社会之中。有一丁此，而全教育界蒙其影响。不佞敬告教育当局，用人要宸衷独断，不要受外界之干涉，如其人真可以任校长之职，不但三顾其庐，且排万难而求其成，否则以要人介绍或包围而请委者，一律拒绝，宁可牺牲厅长，而不可受人强奸，使将来学校有发生风潮之一日。为整理校风起见，所以先要正本清源。

（三）学校风潮总是起于省立者，若私立则少有风潮发生。其故何在？据不佞所揣度，就是抢饭碗者太多，不去设法打破别人之饭碗，自己决不能得到一个饭碗。在今日此种僧多粥少之政治下，无论那界均怀着"将军惟恐朝廷不乱"之心理，如果稍一有隙可乘，于是推波助澜者惟恐不大，而暗中为人抬轿者又实繁有徒。及其既得之矣，狐群狗党，同升诸公。去年某省立校长往衡阳接事，自厅长以下以及外界所介绍者共三百六十人之多，亦云奇矣。若私立校长之更替，不过开一校董会，马上解决一切，而外界并鲜有知之者；即知之，亦不敢乱为介绍。不佞认为今日省立学校用人太滥，应将无法振顿者完全停办，以其经费分给私立学校；或将停办之学校交与私立继续开班。如此则政府既不蒙摧残教育之恶名，而教育反得以办理优美。请政府采纳刍人之言，将一中试办何如？

（四）一中学校系前第一师范故址，自易培基长该校时，遇事取放纵主义，学风之坏达于极点。今虽改为第一中学，而风流遗韵犹有存焉者，所以该校一年一度一风潮。如果不能实行上节政策，不佞拟请改一中为全省艺徒学校，地点、校舍均堪适用。今又丁政府提倡职业教育之时，与其多开办无数有名无实、残贼青年之职业学校，不如办一个切切实实、坐言起行之艺徒学校。朱厅长上年有中央模范职业学校之计划，到不如今日就一中校址，将所拟计划拿来施行一下。据报载，朱厅长有倦勤之意，准否虽不得而知，但做一天和尚撞一天钟，若果将中央模范职业学校成立（应改为"中央模范艺徒学校"），比农民教育馆等事业尤为伟大。如解散后又来登记，则整顿一中之心理仍不澈底，待到来年，难免不再有风潮爆发。

此外尤有进者，一中去年及今年之风潮均发动于军训。政府今日对于学生，有体育，有国术，有劳作，有童子军，又继之以军事训练，其锻炼学生身体者可谓无微不至矣。其体育、国术、劳作、童子军之课目，学生所以相安无事者，因其未带军事性质也。惟有各校之军事训练员，辄以训练士兵之狰狞面孔施之于中学学生，本有令人难堪之处。而此辈任军训员者，其学问知识或有不及中学生之处，以今日目空一切、将来中国主人翁自命之中学生，岂忍受一般粗暴军训员之指挥？因嫌恶而隔阂，因隔阂而误会，因误会而风潮发生矣。不佞以为今日各校军训一席，应派在保定军官学校或南京陆大毕业生担任，使学生不存一种鄙薄之心理，而后乃相得益彰、教学相长也。

政府果有心救济湘南灾民耶

（六月二十九日）

远在湘南之旱灾、水灾为政府所不甚注意。本月二十五日，省政府曹代主席在扩大纪念周席上，居然忆提湘南人民痛苦，有云：

……加以本年湘南各县，系大旱之后继以水灾，同时政府又责令修筑机场，建筑碉堡，完成公路，防堵"赤匪"，人民困苦可以概见。湘南人民同是湖南的百姓，所以政府对于湘南人民的痛苦一定注意设法救济，绝不漠视。同时并希望湖南全省民众本着人类同情心，要予湘南各县人民以相当的帮助。……

细绎此段报告，分为二点。

第一点，湘南人民当此负担最重之时，又继之以天灾，其人民之痛苦确系实情。

第二点，要本着人类同情心，予以帮助。

其意暗指水灾会不肯拨借谷米，用意至为可感。但是湘南所受之天灾是事实，当此人民"求生无路，求死不得"之时，政府如果有诚意救济湘南一千万灾民，应拿出披发缨冠往救之精神，并非坐而论道、有口惠而无事实之几句漂亮言语所能济事。今试问政府，湘南是否湖南全省之部分？政府是否有能力可以救济湘南？如果政府心有余而力不足，则请罢免机场、碉堡、筑路诸役，以及救国公债、团款基金、提征田赋各项，一概留待青黄相接之后再事进行。如果以上各项工程与款项万不可拖延，则请借给湘南灾民数万担救命之谷米以保残生。今政府一方面要百姓尽义务做工，一方面又要百姓出钱与政府，而人民向水灾会所储存之三十万担谷中拨借二万担与郴桂，又遇着铁石心肠之干事一毛不拔。其意若曰："此项水灾会之款是我们在上海领来的，支配之权当属之我们干事，你们是无权过问的。"所以弄到今日湘南灾民深入十八层地狱下做饿鬼，而这一个土劣集团之水灾会手握四百万之巨款，或拆息，或挪用，除一二干事外，谁也问信不到手。此系真情，并非过言。今以堂堂之省政府不能过问水灾会之内容，以主席而兼该会副会长不能通融拨借谷米，听少数之人以一手遮尽天下人之耳目。人类本有同情心，若水灾会未可以"人类"二字相责也。

"水灾会之款不得挪作他用"，周副干事已在报上披露矣。所谓"不得挪作他用者"，系要你们不可将水灾会之款在市上拆息之谓，并非规定你们不可将水灾会之款拨借各县作拯救灾民之谓。借与育婴堂之一万元，借与衡阳之四万元，虽可发给，但尚不急于郴桂十县灾民救命之二万担谷。或者曰："周副干事系衡州府属人，故如数借之。"果尔，则为善有界线矣，又岂《水灾会章程》所规定乎？今政府既知湘南于旱灾之后继以水灾，应该拿出一个切实办法。若空头支票，曷济于事？

老友曹籽谷先生，始则人呼之为"酱油"，自命为百药中之"甘草"，今人又称之为"奶汤主席"，向来对于一切事情总是不肯负责任或得罪任何人士，只因阅历世故太深，非暴躁粗猛如不佞者可比。但是曹先生却有自知之明，故自名为"猛庵"，意欲猛宽相济，避免"酱油""甘草""奶汤"之别名，究竟那里猛了一点？今日代理主席尽可实施猛策，略显身手，本大无畏之精神，以与一般"会阀"相周旋，何患不能救济郴桂灾民？且郴桂为曹先生发祥之地，饮水思源，义无可辞。

当此人民垂死之时，苏涸之鲋，水必决乎西江。今本"《春秋》责备贤者"之义，责备政府兼责备代主席曹猛庵先生，请毋忘却"同是湖南的百姓"一语。

敬告滨湖各县水灾救济联合会

（六月三十日）

日昨该会电呈湖南水灾善后委员会，鉴于此次湘南偶遇天灾，十县县长有呈请拨借水灾会赈谷二万担之举，致惹起滨湖各县之反响。一则曰："缴回之工贷，乃湖民应得之赈款。"再则曰："原为湖民应得之赈。"何所见之不广耶？查前次中央颁发水灾巨款，原欲为湖南、江西、安徽、江苏四省尽量的发给受灾之民众，并未要水灾会改赈为贷。此种单行赈法系我湖南所独有之呈请。水灾会不肯将赈款直接赈救灾黎，而贷于田主作修堤之用，虽则是与灾民有间接之利益，而今日这一笔赈款简直可称之为灾民性命省积而成，而一切有田阶级都不能过问。假使这一般灾民稍有知识，那时硬要你们遵照中央规定一次发给被灾人民，试问今日何得再有四百万巨款在手？是今日所存者，我也承认"忍饥忍冻，艰辛凑缴之水利经费"，但当时中央悲悯为怀，发款以救人民之命，谁要你忍心害理，省当时救命之钱来作水利经费？殊不知救命是一件事，水利又是一件事，移灾民之赈款以作国家水利事业，窃期期以为不可。

查前次中央发给各省水灾赈款，系借自美麦，将来还本还息时，还不是全国人民公摊，并非滨湖各县人民私借私还，不与我们相干者也。如果当时直接发赈灾民，亦理所应该。今既已改为工贷，吾人亦未曾指摘不合。去年湘南虽少有旱灾，并未向水灾会有借谷之举。不过今年旱灾之后，又继以水灾，目睹嗷嗷待哺之灾民，该县长等向水灾会拨借谷二万担暂时救急，为时不过两个月即可归还，并未呈请水灾会发给赈谷二万担之语。十县长原呈具在，不难调阅也。水灾会之谷款既来自中央第一次美麦借款，郴桂灾民暂分借少许，未为过分。即使该会谷款尽为湖民所私集私有，眼见这些灾民饥饿载途，谅亦心所不忍，焉知不发恻隐之心，自动的拨借若干，以尽人类同情心。救灾恤邻，古有明训，矧属同胞，何分秦越？水灾会无谷则已，如其有三十万担之谷，以十县人民之众，请拨借二万担，谅表同情。即不佞屡次著论，亦代表灾民请借。借与赈实大有分别之处，而不能混为一谈也。

至言该会呈文内有云："并祈派员勘测湖区水利，速着手鸠工。"其对于水利作一种一劳永逸之举，并可减少谩藏海盗之心。但是以此种巨大工程、专门学问，责之今日一般"会阀"，未见得于事有济。若以此项会金责以拆息放赈，则优为之。不佞亦希望洞庭水利早观厥成，直接受其利益者虽在滨湖各县，而间接蒙其福泽者则普及全湘。今当关注三十万担会谷于省垣之秋，又值湘南一千万人民被灾之际，不佞请求通融拨借于未开工之时，并非觊觎此款，有分赃之野心，此不得不向滨湖各县水灾救济联合会郑重声明者也。

天灾流行，何县蔑有？并希望该会诸公易地以观，则幸甚。

为邵阳灾民向公路局请命

（七月一日）

我湖南人民为发展交通起见，前有厘金、食盐、矿产等公路附加税。今虽取消，而田赋附加、筑路捐至今尚通行全省。除此以外，又有所谓征工筑路，人民之所以忍痛踊跃从事者，原欲完成湖南公路网，一旦有急，可有所恃。矧在运米救命之时，满拟有潭宝公路转运自如，虽有旱灾，自然可以借公路交通迅速之力，不难救济，无如其事乃竟有大谬不然者。

查民国二十年湖南水灾，当时国有粤汉铁路以及私有之三北轮船公司完全对于输送米麦免费，拯救湘灾，即今日水灾会四百万元之赈款来源是也。此种救灾恤邻之高谊，值得吾人钦佩者也。此次邵阳白入春以来，天雨失时，酿成旱灾，幸有该县在省士绅集资采运谷米，接济灾黎。据当事人云，曾与公路局面商减价，始则照章每米一担索运费三元二角，后又援永兴例，每米一担收运费二元，不便再少云。查路规每铁一担（以潭宝路而言）运费七角，每纸一担运费一元二角，何独对于每米一担反收运费三元二角？查汽车载重以量计并不以质计，铁与米虽大小容积不同，而每担量重则一也，量至相当之程度则止，再加则不能胜任。此种论质不论量之规定，已属不合营业原则，姑且不必讨论，惟湖南之公路系人民资本筑成，若论其主权还是属之人民，不过委托政府代为统治而已。今何时了？邵阳以旱灾见告矣，人民正好利用此一条公路运米前去，孰意公路局不但不尽纯粹义务，反照章征收运费。果如此，我民众造成此项公路，其宗旨何在？为便于行旅乎？非有七元余之牺牲，不准上车。为救灾乎？非照章缴纳运费不得装运。查潭宝大路向来平坦宽直，并铺有石板，从前每有天灾，由多数手车工（每车可载米二担）陆续将米向湘潭转运而去，计四日可到邵阳。自公路开工，毁我古道，而造成之公路又不许手车行走。若改用汽车装运，取价又昂，则人民出资造成之公路实所以自害之也。人民所希望于公路者绝不足以偿吾人之愿，不过对于有钱阶级增加旅行之方便而已。

据报载，建设厅函复民政厅，有"已饬公路局对于输运赈米照半价收费"，已属天高地厚之恩。我不敢知曰，救灾与会考孰重。公路局对于此次会考学生，照军队例，只收油费，而独对于运米救命之事还要收半价之运费，视灾民之性命反不若学生会考之重。用特代表邵阳灾民，请求公路局对于此次所运去之赈米，照学生会考例，只收油费，打消半价之议，使灾民少去一文钱，多买一文钱之米。结草衔环，定可报之来世。

湖南建筑飞机场有统筹之必要

（七月三日）

今日之谈国防者，谁也知道要注重空军，所以各国对于空军进行与扩张不遗余力。即我国自受了暴日空军之教训以后，近年来亦打着航空救国旗帜，步诸列强之后尘，建设空军，一方面购置飞机，训练人才；一方面建筑飞机场，以资运用。这也是不可缓之事实。听说我湖南全省共要建飞机场八处，如长沙、衡阳、永州、郴县，此为第一期。至第二期，则有宝庆、洪江、常德、沅陵等处。这一笔款项却又不少。中央鉴于湖南财政困难，对于第一期已拨现洋十万元补助，限期成功。于是郴县人民代表有来省请愿之举矣。

查郴县此次分得补助洋三万元，尚不敷洋十七万元。日前代表来省请愿，并非反对建筑飞机场，因郴县人民处此民穷财尽之秋，自救不暇，实在无力再筹十几万元来建筑飞机场。幸蒙政府见谅，将衡、郴、永各处所应筹之飞机场款分摊旧府属各县公派，以示平均担负。其办法本属不错，但是今年湘南始则大旱，继而水灾，征工筑路也，修造碉堡也，救国公债也，征收上半年田赋也，团款基金提征也，无处不是要钱。今又加之以建筑飞机场，其数目又更比以上各种为大。虽然是"官取于民，民取于土"，总要土里有物可取。为救国救家计，虽多取之不为虐，今则是四乡焦土，或满县泽国，老者转于沟壑，少者散于四方，救死不暇，奚有余力来建筑飞机场？命既不能受，又不敢反对，其将如之何而后可？

上月十三日，彰德建筑飞机场，由航空站长带领五百工人至安阳开工，有妇孺千余人卧地抵抗，要求先发地价，再行开工。媪号女泣，哀声遍野，结果由财政厅发清旧场所欠租，付清新场地价。冀省此举，乃系天理人情，亦系政府应有此种付价之义务者也。我湖南自建设厅承揽此种工程，赤手空拳，惜无整个计划以赴事功。所谓整个计划者，厅将蒋委员长规定全省应造之飞机场各处合盘计算，统筹经费：某处系丰富之区，应出洋若干；某处系贫瘠之地，应出洋若干，政府又共津贴洋若干；某处飞机场应需地价及建筑费又若干；拟定详细计划，交由省政府会议通过，以省令行之，方昭公允。今乃不此之图，硬干到底，实不足以服人心。即以长沙飞机场而论，前所修造之五百米达场所，完全系省款建筑，长沙县并未筹措分文。今再加大三百米达，闻尚要政府出洋五万元以完成此项建筑。以湖南全省而论，有那一县可比长沙县之丰富乎？政府对于长沙县特别优待，对于湘南各县则未免偏枯。不佞认飞机场是要建筑的，而于承办之建设厅，自不应专讲求属地主义。所谓"不患寡而患不均"，要将全省飞机场统筹，如长沙府属前此未派飞机场建筑费也，此次也要加入统筹之列，整个的平均支配，则人民心理自然帖服。虽有请愿之举，政府亦可拿出正当理由来说。设使小百姓反对建筑飞机场，犹可说也，今乃要求政府对于建筑飞机场多津贴点款子，此话并未说错。若言其错，则错在承揽建筑飞机场之建设厅不统筹经费。

现在人民正对着建筑飞机场技术人员，或挖墓，或拆屋，或毁田，号泣捶胸之时，希望建设厅以彰德飞机场为榜样，宽筹经费，安插此辈贫而无告之地主屋主，毋使之全家铤而走险，则幸甚。

《水灾会章程》之我释兼告
滨湖各县水灾联合会

（七月五日）

麻木不仁之水灾会，经本报一再评论，已不直于社会，于是乞援于滨湖各县水灾救济联合会。黔驴技穷，可怜亦复可恨。兹觅得该会《工程贷款章则》，特为解释如下：

其《处理办法大纲》第一条，有："湘省因被水灾受领国民政府救济水灾委员会配发之工赈赈麦，改为贷款，应由湖南水灾善后委员会……"第六条有："应由湖南省政府及湖南全省人民团体……"

其《改订水灾会章程》第二条有："本会定名为湖南水灾善后委员会。"又有："除省府四厅长外，并有湖南省农、工、商、教会代表各一人。"

其《湖南水灾善后委员会章程》第一条："定名为湖南水灾善后委员会。"第二条："本会接办湖南省救济水灾委员会事务，以救济湖南水灾及其善后为宗旨。"

根据该会以上自订章程，曰"湘省"，曰"湖南水灾善后委员会"，曰"以救济湖南水灾及其善后为宗旨"，则这个水灾会是属于湖南全省的，而非滨湖各县所独有，可无疑义。不过滨湖各县被灾奇重，所以当时得准举代表三人，以资联络。再，按何主席呈中央原文，亦曰"湖南水灾"，并未指定滨湖各县水灾，何所见该款为滨湖各县所独占，而不许他县拨借者也？"善后"二字之谓何？

其《处理办法大纲》第二条有："……无论何方何人，不得借口任何事故变更用途或暂挪移。"

细绎此条文理，说得界限很明白，其意谓此系慈善款项，只能用之于慈善事宜，不可用之于行政事务，所以不许变更用途。今以湘南天灾之突来，拨借存谷少许，与用途上并未变更，该会不肯拨借，是违反"善后"宗旨。

其《改订湖南水灾善后委员会章程》第六条："本会设委员会长一人、副委员会长二人，由本会委员互推任之，主持会务，对外代表本会，委员长因事不能到会时，由副委员长代理。"第七条："本会设总干事、副干事各一人，由本会委员互推任之，承委员长、副委员长之指挥，办理本会一切事务。"

此次郴桂十县请拨借谷二万担，已得副委员长何主席同意，并有省银行、四厅长担保，该会何故抗不借给？是否对于第七条"承委员长、副委员长之指挥，办理本会一切事务"一条相违背？设使拨借非慈善用途，拒绝之可也。今拨借与灾情极重之郴桂十县，而其数目又仅止二万担谷，竟不听指挥，该干事其何词以说？

其《改订湖南水灾善后委员会章程》第九条，有："本会设总务、水利二组。……"第十二条："本会依照第三条第二项之水利方案，得于滨湖地方酌设水利工程处。……"第十六条："本会经费分事务及工程费二种。……"

该会今日口口声声以兴修洞庭水利为名，不允拨借与无感情之郴桂灾民，但是育婴堂可借，衡州修建飞机场亦可借。即以水利而论，该会成立至今三载，水利工程何在？是否实行会章？坐拥巨资，糜费公帑，以这般官僚变相之"会阀""善棍"，那里梦见一点水利工程知识？所以工程处至今不能成立，其原因在此，不过借兴修洞庭水利之美名，以削剥灾民之性命而已。

再统观该会各种章程，对于收回工赈及贷款本息之存放处始终未及一字。以此项巨大的赈款，即问之三尺童子，无不主张存放于银行，而该会在当日领款订章之时，已先留有地步。所以该项赈款不存于银行，而存于小钱庄，以便从中渔利，我不敢以"善棍"之恶名加于今日该会诸公之头上，但是舍银行而趋向钱庄，其中不能不令人生疑之处。该会如果认余言不察事实，近于狂吠，试检阅该会报告书存放项下，如春茂庄、谦和庄、鸿记庄、裕顺、长万、裕隆、德福、长常、丰庄等，共存洋三十六万九千八百余元，存放中国银行及上海银行只有八万六千七百元，而对于湖南省银行则丝毫不存，不但令人难堪，且显系表示该会不信任湖南政府之一种铁证。

总之，水灾会者，湖南全省人民之水灾会。其水灾会款之来源，系国民政府借自美麦，由全国人民公共负担，并非滨湖十县所私借私还。中央政府发赈被水灾民也，并未指定发赈滨湖十县，而其他不许拨借者也。现在郴桂、宝庆、江华、道县等一般被灾人民正在呻吟弥留之间，而适值水灾会诸大善士从容商议如何变卖存谷之际（见该会议案），又只见政府呈请中央速颁赈款，竟舍近而求远，等到中央赈款颁发来湘，而这一般灾民已"靡有孑遗"矣。灾民死而有灵，望速变厉鬼，以促水灾会诸君之觉悟，而阴惩借慈善机关发财之"善棍"。

反对"节制生育"

（七月六日）

北平清华大学教授陈达曾著《生育节制在中国之需要》一文，登于天津《大公报》。此种主张实违反孙总理民族主义。我中国所以历次不亡于元之蒙族，与夫不亡于清之满族，而满蒙族反与中国汉族同化者，端赖有此繁殖广生之汉族，以延黄帝五千年之血统于不斩。国有时可亡，而种族实在不可灭。亡国尚有恢复之一日，若灭了种则是万劫不复矣。所以孙总理在《民族主义二讲》有云："中国近一百年来已经受了人口问题的压迫，中国人口总是不加多，外国人口总是日日加多。……百年之后，一定是要亡国灭种的。……"《民族五讲》有云："我们中国人口在已往一百年没有加多，以后一百年若没有振作之法，当然难得加多。环看地球上，那美国增多十倍，俄国增加四倍，英国、日本增加三倍，德国增多两倍半，至少的法国还有四分之一的增多。若他们逐日的增多，我们却仍然故我，甚或减少。……讲到人口增加的问题，中国将来也是很危险的。……要令四万万人都知道我们民族现在是危险的，如果四万万人都知道了危险，我们对于民族主义便不难恢复。"所以三民主义，民族居先，亦古圣人所谓"有人此有土，有土此有财，有财此有用"之意耳。

繁殖种族，为立国于地球者之第一要素。所以意相墨索里尼去年提倡结婚，增加生率，并由国会通过增旷夫税百分之五十。规定母亲节，并通令全国九十二省，遴选大家庭之为母者，资送至罗马，以为母亲节庆祝之中心；而此等为母者当选之资格，则为至少生子女十四人以上，并由教皇亲自延见而给以奖章。今年三月，墨氏在下院演说，有："吾人必须记着战争乃男子之事，生育乃妇人之道。"再观德国希特拉自主政以来，以增加人口为先决条件。首先借资与独身者结婚；次则注意青年体格，并禁止女子充当职员，设立训练妇女营房，强迫十七至二十五岁的女子去受五个月的训练（如照管小孩、缝纫、烹调、哺乳及一切家庭琐务）和设立公共结婚所（如凡到一定年龄不结婚的，则征以重税，并设法撤退其职务）。不但此也，并且实行优生学，自今年一月一日起，凡不合生存者，一律消灭生殖机能，俾全国国民以后成为优秀分子。即但泽自由市，明年一月一日亦施行此项法律，以免性遗传病，危害社会。今年意《国民报》发表一文，似出意相手笔，其标题为《白种人生殖之退步与黄种人之进步》，该文称："李齐教授明白指证，黄种人及混合种人数量之增加，超过白种人五六倍。其结论称，假定前之生产率无变更，则二十年内东京将成为世界人口最多之都市"云。观此则知法西斯蒂主义国家均注意于人口之增加，而又恐黄种人数之进步，有造成"黄祸"之一日。意相之隐忧良有以也。

我中国在今日果何如乎？有天灾，有兵灾，有匪患，有瘟疫，有人事关系，有生活问题，无处不打击人民之生育，即无处不以人口为其牺牲品。上天特遗留此未死之孑遗，以作繁殖之种子，孰意此辈人有健全之身体者亦不多觏。据报载："北平一市，上年统计患梅毒者约二千人，患下疳者约一千五百人，患淋症者约七千九百八十余人，总计全市人口患花柳病者不下一万二三千人，其中女性占十分之四，男性占十分之六，且多属青年。在南京方面，入春以来，患花柳病日逾百人，较任何病症多十倍以上，且逐月有加，殊属可虑。"又据最近之调查，中国每十万人中有患肺痨病四千人，全国有肺痨病者约计一千六百万人，每年死于痨病者约一百六十万人。设病者每传十人，全国可达十万万六千万人，有一于此，即不能生育。若合全国此项病患人统计起来，虽无确实数目，总占全数十分之三。此十分之三人数可谓之生殖机能消灭，亦无不可。

生育乃人生一种自然之结果，有"招之不来，麾之不去"之势，一经节制，则反自然，而成为马尔萨司的信徒。夫马尔萨司之学说，法国人信之而减少生率，时至今日，举国皆已觉悟，认为是一种灭种政策，现在已不如从前之盛行矣。查世界生产率最高者为日本，每年可增一百万人，仅次于印度而已。所以国内有人满之患，始而占我琉球、台湾，继而占我朝鲜，近又占我东北四省，无非是为民族谋出路。设使人口减少，充实国内尚且不足，焉有盈余移至我国领土也？我国有的就是人多，美国与南洋几为华侨殖民地，每年亦曾汇回几千万元，聊补入超于万一。只因政府不去保护，既听外人宰割，又被外人驱逐，不得已仍返祖国，非本意也。夫以我国土地之大，以四万万五千万人分布全国，其密度总不若欧洲人口之大，不过东南数省比较西北与西南为多耳。查全地球人口的平均密度，每平方公里为十四人，我中国倘能支配得当，即再生育四万万五千万人，亦不为拥挤。但是今日谋国者口里念着三民主义，而不去注意民族主义，居然又有大学教授提倡节制生育之谬论。设使人口生率日渐减少，此民族国家将有根本消灭之危险，其他一切不待说矣。

不佞反对陈达之主张，而赞成法西斯蒂主义治国墨索里尼与希特拉之政策，要拿来作我们的民族主义实施之规程。但是对于某种染病的、孱弱的或神经错乱的，实行节制生育，如德国之优生学法律，这也是应该的。而不能普遍的一律节制生育，自行灭种。

质之国人，以为何如？

山西提倡省货与江苏提倡国货

（七月八日）

山西阎百川自反正以来，主持省政最久，从前亦博得"模范省"之名。自经一度解职之后，一切举措难免不形废弛，所谓"人存政举，人亡政息"之意。今日之山西民穷财尽，盗贼横行，方之曩日，颇有今昔之感。加以红丸、白面、吗啡、高根之盛行于省内，人民中其毒者已有十之三四，现在无法铲除。阎氏鉴于农村破产，为根本救济农村、扶植工商计，曾拟定"十年建设计划"，逐步实施。近来以外货倾销，漏卮甚大，于是有"统制经济"之举，察其内容，即是提倡省货之意。其言曰："山西人民向以农商为生，今则农村破产，商业凋敝，社会已成死象，人民几没生路，非赶紧设法救济不可。目前救济之道，舍统制经济，别无有效办法。统制经济之正当做法，本应对于日用消耗品物，凡不产者即不用之。……"并列举各种本省所产土货以代替外来之物品，所谓"辅助统制"云云（例如不用燕菜、鱼翅、海参，而以鸡、鸭、黄河清源鱼代之；不用外来绸缎、罗葛、夏布等，应提倡以夏县及其他本省绸缎代之。……）。其维护本省经济命脉，用意至为深远，且拟定各种具体办法，与空言提倡者有别。

至江苏亦谋发展经济，提倡国货，救济农村，谓："江苏外货充斥，国货滞销，为社会经济之唯一恐慌原因。现建设厅拟饬各县先设立国货商场，令此场中之商人完全售卖国货。……由省政当局拨款五十万元，向上海及各地人国货工厂直接购买人批国货，运苏后即售原购批价于各县国货商场，俾供商民推销。……"

统观山西、江苏两省，一则"统制经济"，提倡省货；一则救济经济，提倡国货。前者系狭义的，后者系广义的。两相比较，均属今日提倡国货之良法美意。何以言之？

提倡省货，也不是封建思想。因为鉴于提倡国货往往只知唱高调、尚空谈，听你如何说得天花乱坠，揆之实际，绝少效果。加以内地用户鉴别力弱，而奸商改头换面，以洋货充国货之伎俩又工，鱼目混珠，在所不免。我们只管日日提倡国货，其结果多半是提倡洋货，将全民一番爱护国货之本意被奸商蒙蔽，而成为帮倒忙之举动。是提倡国货未见其利，已先受其害，到不如近取道地之货，以应日用之需。一丝一缕，一饮一喙，为全民所习见习闻，断不能发生丝毫假冒。既就地以取材，减少多少运输、关税之负担，如果大家能一致购用，提倡省货，就是提倡国货，所谓"一而二，二而一"者也。阎氏有见及此，爰有"统制经济"之举，并责成各县长、区长、村长应竭力奉行，各县中校、高小及初小各级学校校长应努力提倡，共促进行。此外并为提倡土货计，责成警务处、公安局在省垣辅助统制，可谓下最大决心矣。

今日各省亦知提倡国货矣，并多有在省城建筑国货陈列馆矣。不知国货之来源在乡村，而国货之销路亦在乡村。如果放弃了乡村，而仅在省垣高喊着提倡国货，其效力渺乎其小，而一般奸商仍可避去省垣耳目，将大批舶来品不尽的向乡村输入。今欲求国货之布满全国，以应人民之需要，我们不要仅注意都会，还要注意到乡村，使都会与乡村共站在一条战线上，则国货之推销定易为力。所以江苏省政府为发展经济起见，提倡国货，不囿于省垣一地，并推及于各县商场，减轻人民负担。此真得提倡国货之症结所在，较之以提倡国货作宣传品、点缀品者，其用心实有不同，而收效自然甚大。所以不佞赞成山西之"统制经济"法浅而易行，江苏之发展经济事繁而效大，二者均为今日提倡国货之良好办法，故表而出之，以告今日之侈口畅谈提倡国货诸君，俾知取法焉。

我之政治独裁观

（七月十一日）

时至今日，民主政治已不适用，而独裁政治正应运而生，尤其是当此世界民气浮嚣之际、人欲横流之时，非运用独裁政治，有如治丝愈见纷乱而难理。所以今日无论其为社会主义或资本主义国家，都认为委员制不合时宜，要将全国一切政权集中于一人之手，比从前之皇帝尤为专制，方可应合潮流。试看：

无产阶级专政的苏联之斯太林位虽总书记，一切政权都握在手，为苏联最有实力统治者。自列宁死后，即驱其政敌特洛资基等，而掌全苏政权。

意大利之墨索里尼系一铁匠之子，欧战前曾编辑杂志，欧战后即从事法西斯蒂运动，迄今已十二年矣。以反对布尔雪维克而获得迪克推多的权力，且一人兼四部长。所以意人利今日欧洲地位较前增高多矣。

德国之希特拉亦系泥匠出身，且籍隶奥国。因系工人之故，得加入德国工党，由工党扩张，成为今日之国社党。一九三三年任德总理，大权独揽，不假他人。最近虽有反对分子暴动，但不崇朝由希特拉亲身入反对者之室，将其逮捕，全国仍得转危为安，而国社党之势力经此更形巩固。而德国恢复欧战前之原状，谅不久可成为事实。

土耳其在欧战前与中国同一老人，国内政治腐败不堪，外人势力日益压迫。凯末尔怒焉忧之，于是主张革命。至一九二三年，被选为土国第一任总统，一切政权取独裁制。现在已将国内政治整理得法，即欧洲列强亦不敢如从前之轻视矣。而土国全民今日视凯末尔为无上天尊，故得连任至今。

波兰幸有欧战，方能恢复独立国资格。自一九二二年毕苏资基被选为总统后，经多年之党争，国事已纷乱如麻，不堪设想。毕氏于一九二六年宣布独裁，不许第二党过问，并将宪法修改以求适合国情，国会并授毕氏有统治全国陆海空军之全权。

奥国自推翻皇帝改为民主制度，历任总理均无办法。自陶尔斐司继任以来，他是反对奥国人现在德国任总理希特拉之国社党最有力之人，而却对本国一切政治取法独裁，虽经国社党屡次暴动，均能应付自如。

南斯拉夫国王亚历山大自一九二一年登位，一反父规，且于一九二八年宣布独裁。最近他推进巴尔干和平甚力，已于二月九日宣布与希腊、土耳其、罗马尼亚订结《巴尔干公约》于雅典（见《东方杂志》）。

政治独裁为今日救国之良药。忧心国事者，每欲将外人之主义作他山之石。前月匈牙利国社党有袭击国家统一党之举。西班牙有十六岁之法西斯蒂党员，被共产党以石掷死。英国本为君主立宪国，近来亦有法西斯蒂党员之组织。六月七日，在奥林匹亚附近，与共产党大起冲突，致伤多人。且法西斯蒂党在英国有政治制服，并组织私人军队，其领袖系前阁员摩斯莱氏。足见今日全世界潮流已趋向于独裁政治，彼一国三公之委员制实不足以应付目前千变万化之时势。所以今日行独裁制者皆由弱而强，否则反是。

回顾我国则何如？外面系一纯粹民主国也，而纯粹之中又杂有几分独裁性质。不佞以为中国革命所以不克成功者，端在政治领袖之假民主化，遇事此推彼诿，绝无责任心之可言。全国各种委员会之设置不可胜数，而求其能以一身担任天下之安危者尚不多觏。国势蜩螗，于斯已极，区区三岛，竟敢以小凌大，这一肚皮气实在无从排泄。不佞个人心理，欲求中国富强与增高人民地位，果有人焉能拿出法西斯蒂之精神、国社党之手腕推动三民主义，以保我黎民、复我疆土，则达而在上者固宜精诚团结，绝对服从；即穷而在下者亦宜竭诚拥护，实行"拜佛拜一尊"之俗言。极而言之，苟有人焉能实现墨索里尼、希特拉之独裁，我固赞成；即进而有意做皇帝，亦愿附骥尾而劝进。只求达到救国救种目的，不知其他，否则，在上者遇事迁就，逢人敷衍，行见中国前途，不胜杞忧之感。

中国教育有亟须改良之必要

（七月十三日）

　　章太炎先生有言："印度以无史卒亡其国，今我华族外侮凌迫。懵不知所以救亡之道，于五千年来成败兴废之迹，不能纚纚如数家珍，则谓他人父，秉彝亡而种族将灭矣。"其意若曰：今世之教育不注重于历史经书，实非救亡之道。古之灭人国以兵力，一经占据以后，鲜有注意到教育一层，所以灭亡者旋即恢复。今也不然，武力与教育并重，夺取时则用武力，既得之后，欲永远断绝其祖国思想，非从教育着手不可。朝鲜已有先例，今日本对于满蒙又何如？据报载，日人对于满洲撰妥《满洲帝国建国史》《帝国真谛》两书，每篇各十万言，将饬伪国各学校列为课本，并申令严禁诵读中华民国教科书，凡有私存中国上海商务、中华各书局之《三民主义》《五权宪法》各书籍者，一律以图谋反动论罪云。近且在东北大学校址内筹设高等师范，完全仿照日本师范办法，其教育宗旨以日伪"亲善"及研究王道主义为急务。此校如果成立，即为奴化东北青年之总集团。对于蒙人，从本年七月开始，首先废除蒙古青年所读之汉文教科书，另行编订蒙文教科书；于全满之蒙古小学校，并废止前黑龙江省及辽宁两处之蒙旗师范学校，另在洮蒙线上五子庙地方设立兴安中学校，作为蒙古人之最高学府。其教育宗旨，日文、蒙文并重，务使蒙民之儿童亲日观念日深，从此我满蒙青年将永隶日寇奴化教育矣。所谓"亡人国家，必先亡其文字"，由此可知日人对于东北文化之侵略，任比何种武力为毒辣，此而后满蒙继起之青年已不知祖国为中华民国矣。

以上系日人用文化侵略中国，灭覆满蒙。长城以内尚是无恙，乃教育部一再禁止中小学生读经，并不得用文言文，硬要将一切禽言兽语灌输于全国青年之脑筋，养成一般浑浑噩噩、无识无知之国民，又何能挽救垂亡之中华民国？有心国是者恝然忧之，如南京中央政治学校教育系主任汪懋祖先生曾在天津《大公报》上发表一篇《禁习文与强令读经》一文，其主张废禽兽对话之教科书，在小学高级必参用文言文，初中应毕读《孟子》，致引一般摩登教育家所反对。而反对最力者为教部之科长吴研因。吴科长系提倡禽言兽语教科书之中坚分子，独惜主持全国教育之部长以及各省之教育厅长均听其愚弄青年，不知改图（我湖南教育厅亦仰承鼻息，反对读经，何以解于前次会考命题为《国必自伐而后人伐之》，今日会考命题为《学问之道在求其放心》？此种矛盾政策惟教育机关有之）。此种教育方针何足以救中国之危亡？我们所需要者历代相传之圣贤文化，彼禽言兽语之教科书实在无益于国民。日前有某君投函本报，主张："以朱子所编《小学》一书，每日课读二小时，即记性最弱者，六年亦可授竣，以此书养其性而固其基，至余时仍课以各科，以备他日技术上增其智识。似此小法，于学龄两不相妨，与学问互相补助。……"其理由亦充足。《易》曰："蒙以养正，圣功也。"所以欲使一般青年将来蔚为国家大才，而读经一层至不可废。今日本人对于东北筹设种种奴化教育，吾人已知其用意所在，奈之何主持教育者对于全国青年施以兽化教育而不知觉悟也。

今春江苏教育厅派周厚枢等往日本考察教育所得之印象，深知日本教学之知识技能多以向外发展、对华侵略为目的，而教育政策始终一贯，注重体格锻炼、军事训练、劳动生产等，而不离开忠君爱国之宗旨。今我国之教育抛却圣贤之大经大法，专以袭取他人之皮毛为能事。昔张文襄主张"中学为体，西学为用"，实有至理存焉。所以编定学校课目者，不必将万有文库之知识生吞活剥灌入青年有限之脑海，总要择其合于实际与民情历史者，循循善诱。所谓合乎实际与民情历史者，归根结蒂，去其荒谬之兽化教育，授以经史与技术，一方面扶持人心，一方面增加生产，救国救家，舍此莫由。在今日一般摩登教育家，固不以余言为然，恐将来圣人复起，不易吾言。

开明公司与环城马路

（七月十六日）

长沙市环城半月形之马路，用款三百万元，经时十八载，至今始略具雏形。全市人民方庆有此一条泥石混合之平坦假马路以利行人，不意在不久时期，长沙市忽发现开明汽车公司在此假马路上行驶公共汽车，将这一条新成之假马路，每日经汽车车轮振荡，路面之尘埃弥漫全城，路内之石子头角峥嵘。今日行经马路上，恍如置身沙漠之地域，实有"行不得也哥哥"之势。我市民出资共筑之马路原为居民谋行的幸福，奈路成未久，竟为该公司夺取人力车苦力营业，加以破坏。在主管长官如建设厅、市政府、公安局，未闻对于该公司有所指责。长此过去，行人难免不无裹足之叹。行驶汽车为今日市面上一种最摩登之交通工具，在我长沙市尤有点缀之必要而不可缺少者。我也不敢反对此种摩登公共汽车，而马路却不可不有以保存之。若果将此一片石子之马路陈列城中，亦是大煞风景之事，所以欲行汽车，则须于马路上加涂柏油。此种费用应责令公司担任，即我们小百姓行经汽车后者，不再至于满口灰尘、掩鼻而过。在未加涂柏油以前，不佞提出六种条件，请各主管长官有以注意。

一、现在马路已赤裸裸的露骨矣，此种破坏现象系公司造成之，应责令公司每日沿途将马路填补，并加以压紧。若如今日市政府代为铺施黄土，实有未合马路原则。

二、责令该公司赶快加铺一丈宽之柏油丁路面专行汽车，如不遵命，即勒令该公司停驶公共汽车。

三、在未加铺柏油以前，勒令该公司每日不断的有二部水车在马路上喷水，制压尘埃之飞扬，以重公共卫生。

四、长沙市洋价每元可换铜元七千数百文。该公司每日对于洋价以六千文计算，今试以一角购票，则作六百文，暗中已侵吞我市民一百余文，而该公司以洋用出，则仍以七千余百文扣算。此种剥削手段，应请主管长官有以制止之，并请公安局实行禁贪重载之命令。

五、该公司按照建设厅核定登记章程，每辆汽车每年只缴纳租金一百元。据不佞调查，该公司每辆汽车每日可收入洋七十元。查上海、北平电车，每日最多只收入洋四十元。今该公司垄断一切，而一般人民又欢喜尝汽车滋味，所以营业极其发达。应由主管长官一面加重租金，一面减轻票费。

六、马路自公共汽车行驶后，每日修补工人应由该公司雇人工作，市政府可以不负修补之责。

总之，机器盛行，失业即多。我中国自己并无制造机器之能力，而专取他人之刀以杀自己之人，用之一切生产上则可，若用之于消耗一途，尽可减省。近日来大河则实行轮渡，则水上之划户失业；城市实行公共汽车，则人力车夫失业。这一般失业苦力难道束手挨饿吗？有职业者则改职业，若无职业者势必流为匪盗以促进社会之不安宁。所以欲保全人民失业起见，对于无益于民生、有害于国家之事业应加以取消。我根据此种意见，认为斗大之长沙市无成立公共汽车之必要。前北平开办电车，人力车夫睡卧街上，不准行驶，上海亦然。即武汉从前试用轮渡，数千划户向湖广总督堂哀求制止，事虽未成，而贫民在专制皇帝时代一种为生存竞争之勇气，却不可不有以表扬之。我湖南民气，现经当局训练得法，对于政府批准任何事件都俯首听命。我湖南既有此驯良之民众，在政府应善为运用，而自动加以保护，毋使有"一夫不获其所"之叹，则幸甚。

新颁之自杀税则

（七月十八日）

《修正海关进口税税则》业经国府明令公布，并规定七月三日起施行。新订税则中棉制品类及木造纸质与蜡纸、海产等税率，均较前减少，正合日本人之口味。其中尤以棉制品一项，不啻自杀全国纱厂而奖励日货之倾销。何以言之？

当上年五月，适值民国十九年所订《中日关税互惠协定》三年满期之时，我国朝野一般呼吁政府，请对于棉制品进口增加税率，以保护本国棉业。自经政府采纳后，不但国家税收增高，而日本棉制品进口遂遭打击。所以我国纱厂虽在垂危之时，尚能勉强维持以至今日者，未始非保护关税之力。闻此次修订税则出自财政部，其原则均有增加税则。事为日商侦探，报告有吉公使，迅与我国政府交涉，要求减低。据报载，行政院取财政部之原本，对于日本重要输入我之棉制品以及纸类、海味等，徇有吉之请求，一律减少。据华商纱厂联合会支电载：“国家立法应有恒轨，此项税则系于何月何日经立法院审查通过，并乞宣示，以昭大信。”观此则此次颁布新税则，其根本上已属非法。况我国进口货物，棉制品居第一位，尤为日本棉制品倾销之尾闾。故关税之改低，于棉业关系更大，独不解对于棉花原料则加百分之四十三。又如本国无代用之机器，则加百分之三十三。其用意之所在实难摸索。

上海商界领袖虞洽卿对于此次新税则有言：“互惠关税，无异自杀，名曰互惠，实则惠他而不惠我。试问年年入超甚巨之我国，有何惠之可言？不但不惠，抑且可至于亡国。查实业为国家命脉，此为人人所知。税则互惠以后，日本恃其低廉贷本、优美技术，复际此日汇低落之机会，得以尽量倾销我国。税则未改以前，我国实业已在风雨飘摇之中，再受一打击，则日货可以赚钱，国货必无立足之地，而以纱厂、纸烟、煤矿各业最先受其影响。"《修正税则》实与全国实业有生死关系，所以各国"关税壁垒"四字，今之从政者谅能了解其中意义。人家为保护本国实业起见，以增加进口税为抵抗与自卫之唯一武器。不观夫我国今年征收洋米税以来，洋米即行减少入口，是其铁证。中国目前所有工业以纱业为最大，而全民所需要最切者亦以棉制品为最多。此次新税则实施以后，则外货倾销愈甚，而国货之竞争愈难。如果全厂因此而失败倒闭，不但每年损失千余万元之统计，而数十万劳工何处维持生活？机制厂倒闭，则全国手工布业亦连带关门，而全国棉制品势必仰赖日厂之货。所以造成此种恶果者，即今日政府所颁布新税则是也。为媚日计，不惜牺牲全民利益，行此自杀政策，将来全国棉业总崩溃，追原祸首，当有人负此重责也。

提高关税为各国保护实业共采之政策，日货在今日每有倾销之举，卒因各国税率增高，无从飞渡。今我国开门揖盗，在日人固感激之不尽，独惜一般爱国志士犹日日对于国货正喊着提倡，对于仇货尚高言抵制，空费心力，无补实际，此后大家只有坐以待亡之一途。彼侈言充实国力者，夫岂应当对于全国工业作此种自杀政策耶？解铃还自系铃人，希望有以挽救之，纵不提高税率以遏外货之输入，也应维持原有税则，以苟延国脉于不斩。

总之，机械增税，足以阻碍工业建设；纱布减税，亦足以助长货倾销。此外如棉花加税、纸类低税，均足以予华商以极大打击。所以全国市商如丝业、机器染织业、绸缎印花业、国货工厂、棉花号业等纷纷呼吁，以维国货。窃愿主持国是者考察反对理由，权衡国内情形，设法补救，幸甚，幸甚。

水灾会间接之高贷利

（七月二十日）

水灾会见灾不救，经本报之呼唤、社会人士之指摘以及主持该会会员良心之驱使，至今日已顽石点头，拨借洋四万元与郴桂十县，以作自行购谷之用。不佞对于水灾会此番盛意，谨代表郴桂灾民，顶礼焚香，高呼水灾会会员公卿万代，并深深地致谢忱焉。

查此次拨款手续，有的说财政厅担保向钱店所借者，有的说水灾会间接转交钱店拨借者，但今日室如悬磬之财政厅，可决其必无此四万元之巨款借与贫穷的郴桂灾民；铁石心肠之水灾会，亦可决其必不肯以四万元之巨款借与"该死"的郴桂灾民。则此四万元究从何处得来？据不佞所调查以及有关系方面者所说，金云水灾会干事天良发现，曾与财政厅商量通融办法，该会将所存钱店之赈款归财政厅担保，再由该钱店点交郴桂代表。现在郴桂灾民急何能择？"有奶便是娘"，遑问来历。该会故意玩弄手法，其目的究又何在？不知者以为该会天良未泯，而不知该会似仍不脱市侩性质。不佞并非故作此刻薄之语，因为该灾民等要每月负一分三厘之高贷利。虽则是钱店要重利，与水灾会无涉，何以不由该会收回，直接借与郴桂？又何必多此一层手续，致蒙为善不终之恶名？如果该会为会章所限，无权伸缩，硬干到底，到不失盗贼心肠。今乃借公家之账款，间接从中盘剥，以此例推至总额四百万元三年来所得之利以及利上加利，当可达一倍以上。

人谁不爱钱，爱之要以其道，非其道则不可爱也。水灾会诸公向有束身自爱之美名，所以得为委员或由委员升为干事。借慈善起家者固属有人，但我不敢以小人之腹度君子之心，惟此次一分三厘之高贷利实非灾民所能担负，故于郴桂既得四万元借款之后，犹嫌美中不足，故说几句闲话，以了此一场公案。

最近蒋委员长有令来湘府，属转饬水灾会拨谷二万担运至郴桂，其令日咋已由省府转知该会知照。倘能遵照办理，则水灾会前此之举动有如君子之过也，如日月之食焉，人皆为之原谅。

总之，不佞几番对于水灾会，实本"《春秋》责备贤者"之义，立论不无苛刻之处，"干冒天颜，罪该万死"，特向水灾会道歉，并代表郴桂灾民三跪九叩首，以谢此次每月认一分三厘之四万元借款。

哀湘南

（七月二十五日）

举国人民均在水深火热之中过生涯，湘南一隅当然不能例外。但是我湘南人民至今日所受之困苦，或者不能尽为当道所深知，用特举其荦荦大者于下。

第一，天灾。湘南素称贫瘠县份，所有出产以谷米为大宗。去年遭值天旱，已成米珠薪桂现象。今年时交春令，尚苦贫雨，春耕失时，复继以水灾，水灾之后又继以旱灾，各县长呈请发赈者络绎于途，即李云波师长亦两电代请矣。在政府既一筹莫展，水灾会又一毛不拔，而"剿匪"军队之集中、修筑飞机场工人之征发以及粤汉铁路工人之麇集，以平日有限之谷米，那能供给若干人之食料？至是而民食吃紧矣！至是而粮食恐慌矣！

第二，湘南向称太平，并无匪患。今年李"匪"窜入郴桂，虽经政府派兵痛剿，未能根本消灭。李"匪"由数十枝枪已增至数百枝矣。本报西耕君曾七次论列，以冀当道之垂听。郴桂代表亦曾来省请愿，恳求派兵肃清。而政府讳莫如深，粉饰太平，澈底解决尚非其时。近有自郴桂来者，说李匪正布满乡间，"组织共产团体"，"实施共产工作"，不占城池。隐忧之大，不寒而栗。如果政府听其潜滋暗长，则湘南为赣南之续，而无法逃此大劫矣。湘南危，恐湘中、湘西亦不得高枕而卧。

第三，碉堡建筑，已由政府指派数目，每县至少有数十座不等。民间之公共建筑物多为拆毁，征工派款又时有所闻。不佞对碉堡政策甚表赞同，但必先安定社会，抚绥间阎，使人民明了"匪患"之可惧。大家抱众志成城之勇气，怀"有匪无我"之决心，虽无有形之碉堡，而无形之碉堡尤胜于有形。如果政府对于人民痛苦不先予解除，则揭竿内应者未必无人。"吾恐季孙之忧不在颛臾，而在萧墙之内也。"

第四，修造飞机场，航空救国，本为今日谋国者所不可少之事。但此项国防，重在沿海各省。若腹地如湘南，尚在第二、三期间之后。若用以剿匪，则沿江西各邻省均已有相当之飞机场。此种国防大计，本非局外人所能知悉，纵需飞机场，亦宜于农隙时为之，至迟不过稍缓一二月，亦并不妨碍军国大事。今当禾苗未获之时从而毁之，又当天灾流行以及青黄不接之日，驱此数万农工，不能在家灌溉田亩，补救天灾，须赴机场作挖土工作。加以天公亢旱，烈日当头，据衡郴来省者云："每日土工病者，每处有二百余人，死者亦有数人。"而治疗所组织尚正在从容坐议章程之时，如谓国防事大，不可迟延，则我省政府应转呈中央，将衡郴相距甚近情形择一先筑，分期开工，未尝不可以稍纾人民痛苦。蒋委员长向来爱民如子，视民如伤，期以秋初开工，谅蒙许可。惜民情不能上达耳！

总之，湘南人民痛苦已极。国以民为本，民以食为天。目前既苦饥馑，来年更属不堪。所希望我贤良当道作未雨绸缪之计，有以善后，毋为共产党造机会，而作驱雀驱鱼之举。我不忍歌功颂德，逢君之恶，但履霜坚冰，事有必至，不得不以敬恭桑梓之心，写《盛世危言》之论，如蒙采纳，湘南幸甚，湖南幸甚。

我也谈谈毕业生的出路

（七月二十七日）

自北平各大学毕业生组织"职业大同盟"发出宣言后，至今响应者已有中央大学及金陵大学二校毕业学生。该组织既名"职业大同盟"，而其范围又限于大学毕业生，此外如普通师范及各级职业学校毕业生均不得参加。但是今日毕业生觅工作之难，又不仅大学生已也，恐将来继大学生而发起职业运动者亦大有人在，而其是否有此种同样组织者，又视大学生"大同盟"有无效力耳。

我国毕业生何以无出路？

第一，办学者对于学科之设立，忘却了社会之需要。有的是求过于供，如今日之土木科学生是也；有的是供过于求，如今日之文科学生是也。所以要打开学生毕业后出路，须根据目前环境情形，增减班次。我也不能说如此办法即有出路，但比较上不至大感困难耳。

第二，中国新的事业太少，而新出人才又太多，僧多粥少，不自去造饭碗，而在各个抢饭碗。若不去打破他人之饭碗，即不能得到一个饭碗。所以告状、起风潮、发传单与匿名信等，时常发见。此样事实，不知看了若干。今欲减少此项恶习，端在政府对于现代事业多多建设，使前进者既有所工作，则后进者自当知所感奋耳。

第三，现在政府对于一般无聊官僚、野鸡政客，无不予以名义，或咨议，或顾问。只要本人善于应酬，无不兼有数差。政府虽有明令禁止，而若辈授受自若也。在这般官僚政客，自以为所得无几，假使以此笔干薪俸转给予今日之毕业生，定可为政府作多少事业，决不至尸位素餐，有如今日之兼差人员拿钱不做事耳。

以上三者，虽不能解决全国毕业生之出路，究亦为今日谋国者应有之举动而不可忽者也。

查全国大学每年毕业生，大约二千数百人。以中国之大、事业之多，倘能一一开发，尚觉人才不敷应用，何至有失业之叹，致劳各毕业生来组织职业运动。夫职业运动虽是一个新名词，不佞敢说一句，参加者多属一般贫苦求学之毕业生。因为与政府要人无缘，求生无路，今不愿鬼鬼祟祟夤缘于权贵之门，不得不以正正堂堂之阵，冀谋噉饭之地。此种举动确是正大光明。彼借裙带关系，或谓他人父者，则流芳遗臭，各有千古矣。但是今日政府用人之权，多重亲戚与党派，舍此二者以外，无论其是否为职业运动，在政府并不注意，反认为天演淘汰之公例。则今日之"大同盟"，不过为教育界添一页新纪录，绝无效力之可言。

最可怜者，莫过于今日之大学生，对于有势力之校长与教授，或具一种委曲求全之心理。今世重科学，而最高学府莫过于大学。所以站在政界者，无不想在大学内担任少数功课，以表示学者身份。而学生亦因其有用人之特权，无论其缺课也好，乱说也好，总不与为难，或发生冲突之事实，无他，冀其毕业后，有以惠我也。此系是一种消极谋出路之方法，实非学生本意也。

总之，国难如此严重，社会如此复杂，人皆云非科学无以救国。今既有科学人才，而政府不去善于运用，则奖励青年，适得其反。希望政府对于各校毕业生，疏通存货，无使滞销，国家前途其庶几乎。

欢迎新舟发明家黄君剑白

（七月二十九日）

　　前高工学生向生德，前年有木炭汽车仿造成功，经建设厅招致省外人士来湘参观，所费甚巨。现在工业试验所邱生一鹗，又有仿造酒精汽车之举，已有一部常行驶于长潭路上，政府又拨洋二万六千元，以作改造之用。饶生或庵，两年来根据书本创办炼锌厂，一切法则得力于在校内所授之课本，日昨开幕制炼，成绩不亚于舶来品。但向生之木炭汽车，邱生之酒精汽车，饶生之西法炼锌，均系按图索骥，可称之为仿造家。惟有黄生剑白之新舟，可称之为发明者。

　　查黄生发明之新舟，计长九十四英尺，宽十七英尺，高九英尺，排水量三十吨，舟重十吨。有一百零六个长方形浮箱，自头至尾，环行于船之背底。其船身完全浮在浮箱之上，距水面尚有六寸之高。其浮箱长与船宽相等，每浮箱有二十八英尺立方面积，入水十五英寸。船内两端，各置三十匹马力汽车机一部。由此机发动，经过减速之齿轮渡两部，其比例为二十五与一，即原动机每分钟转三千四百转，舟轮转一百三十六转。前后均有一总轴杆，推动浮箱前进，即以浮箱之箱面，作为拨水之轮叶。所有各个浮箱，用钢丝排成平带，共同联络一气。而在大轮之外圈面上行动，与工厂内引擎大轮上之皮带同一工作。为保护轮面与钢丝带寿命计，套以橡皮。并可以使钢丝带在轮面上发生紧贴可靠之旋转，不至有转空轮之弊。所以一经机器开动，全部浮箱有如农家之木制水车，循环动作，由船背而沉入于船底，复由船底上升于船背，浮箱前进，船身并不行动。船之平安，如人立在木牌之上，绝无摇荡播动之患。即使船翻身破，因有多数浮箱之故，决不至于沉没，可断言者也。

黄生根据以上理论，制造木型，送部立案，认为有优点七：曰安全、曰省力、曰高速、曰浅水、曰不搁浅、曰行时无浪、曰修理简便（全舟无一项固定在水中，故无须上坡修理，即触礁时所坏之浮箱，能于五分钟内换装新箱，恢复行驶原状），具此理由，发给专利执照，开始兴工。在上年底，全部工作已成，屡经试验，无如铝之合金浮箱皮，经水之激震，合缝处有发裂痕进水之虞，不能达到预定高速数目，费尽心思，未克圆满。此次复于浮箱外包以冰铁皮，开回长沙，计每小时仅行六十里。冰铁包箱，其重量比原有者已加重五十余磅，计每箱自重已到九十余磅，势必减少装量。日前黄生来寓商请改良办法，彼时同人劝黄生试用软木以资救济。以理想论，似可适用。次日不佞亲至船上查看，知每个浮箱有如许大之容积，断难改用软木，且软木系实的内积，其浮力不足以抵抗船重，是软木一层，决不能合用。惟有将浮箱内置一橡皮内胎，实以空气，纵有裂口进水，因先有空气填满箱内，水量不能排而占有之。此不佞之主张也。周生凤九亦贡一策，劝黄生于浮箱之外缠以麻布二层，涂以最新外国所发明之漆，以阻隔水向浮箱平面激荡之力。其理由亦佳，如果取各个浮箱，二法均用，我敢说新舟即可完全成功。但此种改造，必须款项，黄生业已罗掘俱穷，无产可破。幸何主席奖励工业，素具热忱，闻此情形，允拨款接济，以竟其事。将来交通界有此新工具，何主席之功实未可泯灭者也。

此外，该新舟尚有改良之处，即开动时浮箱轮回上下，响声甚大，而内中机轮齿渡亦发生响声，甚震耳鼓。其浮箱响耳，大约因箱的空间，且外包有冰铁皮，旋转时如鸣锣然。倘将来改用橡皮内胎，用空气充塞其内，外又有麻布缠住，而又去其冰铁皮，此弊可除。至于齿轮渡，现系用铜质制成，将来如果改用牛皮质齿轮，则机声亦可减少。而黄生之新舟，即可完全告厥成功矣（现陕西政府已有电来定购新舟）。

总之，新兴事业，实不容易。向生德木炭汽车仿造成功，政府用数万元为之改造。邱生一鹗酒精汽车仿造成功，政府亦拨给数万元使之竭力扩充，以期适用。饶生彧菴白铅冶炼成功，政府拨款建筑工厂，几达二十余万元。我政府对于新的事业，可谓提倡不遗余力。今黄生所造之新舟，全系由理想而变成事实，研究试验所费六万余元之巨，除牺牲其历年之薪资收入外，余系由友人之资助借贷而来，其艰难困苦情形当可想见。何主席面属黄生努力改善，不要灰心，大功告成，计日可待。

今日系同学设宴欢迎黄君之日，略书数言，以贺以勗。

因会考而想及前清之提学司

（七月三十日）

政府因鉴于办理公私学校者有草率敷衍之弊，于是每于各级学生毕业之时，有举行会考之举。其用意甚善，其办法却有不敢苟同者。倘能根据此项会考原则而改良办法，则奖励学生之心与夫所收学生求学之效果，方之今日，获益必多。

今日教育界暨学生全体所不满意于会考者，原因虽多，而最大症结就是在命题。每当学期告终之时，有组织会考委员会，其人选问题，总不外现在各校任教职者，倘命题圈用甲校教职员所出者，则甲校学生占优胜，如圈用乙校教职员所出者，则乙校学生又占优胜。是各校会考成绩之优劣，已于教厅所圈用之题目定之，毋待发榜后始知矣。所以每当会考之时，各校长介绍委员之奋斗，其用意即在此。此外，各校选用各书店所发行之教科书亦大有关系。如题旨出于甲店所发行之教材，而又为该校学生曾经读过此书者，必成绩优美，否则反是。有此两大原因，不佞认为今日之会考难免不有冤枉人才之处。欲免此弊，则中央应于各省设立提学司，仿前清之例，专司教育会考事宜。现在中央有考试院，而考试院考官不考毕业学生。我意考试院内济济多士，除抡材大典之外，平日并无所事，应于各省每期会考之时，由考试院派人来省，临时主持会考事宜，以昭公允。或由考试院每省组织会考机关，成立提学司署，将会考事交由提学司举行。这一般署内人员，平日搜集各校所采用之教科书，以为会考时命题之材料，不以现任各校教职员之题旨为题旨。其与考学生，并不限定在学校读书者，并且可以将范围扩大。即非学校出身者，只要有相当程度，亦可入场会考。如此则校外读书者，亦不至有向隅之叹矣。但冒名枪替，尤有严防之必要。

至于各省教育厅之督学，平日尸位素餐，有忝厥职。应将督学一席移设于提学司署内，俾其严于督察，不以填报表册之精疏，为办学之好歹；要以督学所得之真相，为校长去留之标准。官无虚设，人知奋勉。若如今日之督学，不过告朔之饩羊而已。

在政府未设立提学司以前，会考题旨绝对禁止现任各校教职员拟出。应由在野之教育家，参酌各校所用之教科书拟成数题，交由教育厅圈用。既设以后，提学司应隶属考试院，教育部不得过问，以明作育人才者教育部，而考试人才者考试院之权限。如此分工合作，人无间言矣。

此不佞个人之意见，特与全国教育家一商榷之。

电影与娱乐

（八月一日）

　　电影一事，最为通俗。我国电影片不是荒谬神术，即是诲淫恋爱，而求其有足以启发知识、改正风俗者，实不多觐。所以各国对于电影院多有持反对者，如义大利教主之娱乐观列举内有云："电影为引人堕落最可怕之源泉，剧场为诲淫与导人犯罪的学校。"美国巴那德书院主任吉尔德司里夫人向学生演说有云："……吾人应打倒所谓'看电影的心理'，即兀坐椅上而期待旁人供吾等以娱乐。……最近纽约天主教会与犹太加特力教联合反对有伤风化之电影片，此种运动日见扩大，加入'廉耻联合会'者，已有二百万人。费城之杜格第主教禁止天主教徒进电影院，犹太加特力教当局举行会议，准备抵制有伤风化之影片。电影业闻讯，大为震动，现已组织委员会，凡影片发行之前，须加以检查。"可见各国对于电影院，已深恶而痛除之矣。即以我国前辈而论，如张砚斋《澄园观语》载云："玉生平亦不爱观剧，盖天下之乐，莫乐于闲且静，果能领会此二字，不但自有适之趣，即治事读书，必志气清明，精神完足，无障碍亏缺处。若日事笙歌喧哗杂逻，神智渐就昏惰，事务必至废弛，多费又其余事也。"此我国古人劝人戒观剧之至理名言，可以发人猛省者也。

　　回顾我国今日则何如？救国不忘娱乐，久已高标于通衢之中。每当新片开演，无不拥挤不堪。如遇艳片，尤有争先恐后之趋势。即"一·二八"淞沪敌炮轰天，而上海之电影院更形人山人海，共赴国难，吾闻其语矣，未见其人也。所以国联李顿爵士笑对顾维钧有云：“东北民众身受如此惨境，而国内竟歌舞升平，若无其事。一关之隔，悲乐悬殊，贵国人诚可谓善于自慰矣。”顾竟无言以对。今何时乎？东北之失地未复，人民之生计已临死境。宁可国土失、灶烟断，而电影不可不看。偶一为之，犹可说也，今乃有多数顾影成癖，列为一种特别家庭预算，而视为家常便饭，不可一日无此君也。岂不奇哉？现当国难期间，又值社会经济恐慌时代，加之溽暑蒸人，呆坐热闹场中，有苦无乐。一般放假回家之小学生，尤嗜好甚深。此种无益于民生之电影院，实有限制之必要。一则可以维持风化，二则可以示民以俭约。诚如吉尔德司里夫人之言曰：“最好消遣，莫如唱歌或游戏以及玩弄乐器。虽个人之技术不佳，亦较枯坐作听客之为愈。”未知有司民之责者以为然否？

读了《近代教育思潮》以后（上）

（八月六日）

我湖南教育厅朱厅长在教员讲习会之讲演《近代教育思潮》，大块文章，将儿童教育方法发挥尽致。内有一段，却不敢苟同，如："……大多数办学的先生们，许多把自己大人所有的成绩，用'强迫式'和'注入式'要儿童去学，像'鹦鹉学话'似的，在先生面前背诵，毫不注意儿童身心发育的程序，试问教材是否摧抑儿童的灵机？……"复继之曰："……就是许多负教育行政责任的人，居然在小学课程里面编入读经一门，我们想想，在十二岁以下的小学生，是不是能够了解书中的意义呢？不错，经书诚哉是要读，但是什么时候可以读，这点非注意不可。……"

说起来真是不得了，中国前途是很危险的。现在日本在东北施行奴化教育，将东北三千万同胞麻醉得已不知自身为中华民国之一分子。而国内教育又整个的禽兽化，将一片清洁灵机之儿童，无端的用一些禽言兽语，"强迫式"使之坐在学校讲桌之上，来学那狗叫猫跳，极尽荒谬绝伦之教育。朱厅长谓："中国多汉奸，始于识字人太少。"若以今日此种教育原则来教育全民，恐怕将来教育愈普及，而汉奸愈多。如果是以经书端其本，养其正，屏除一切禽兽对话，则后来青年或决不至再有汉奸行为。读经书就是根本铲除汉奸之唯一无二的良法。朱厅长不赞成读经，却是今年会考又在经书内陈语命题，使中学学生莫明其妙，此非是矛盾政策耶？

英国怀德爵士本年来华游历，曾畅论中国前途，尤其是对于中国教育有相当之认识，其言曰："……中国惑于泰西各国之强盛，事事欲摹仿泰西，不幸彼等忽视吾人历史的发展之重要点。即欧美之地位，乃在现代世界中自然获得，非出诸政体或武力，而实由各国自己所有之特殊性质兴起者。……留学外国之多数华人，确与其国人及本国历史的、传统的、文化的背景完全隔阂。……彼等既学得以科学方法解决现时问题之根本的实施，而一面仍尊重中国之可贵遗传，故中国今日虽有来自国外之种种势力与潮流，但以因时制宜之道，不作削足适履之图，终不能使中国获最后之成功，而成其为一国，且不致丧失其往古所传下社会之纯粹中国的状态"云。

怀德君这一段议论，是明明告诉我们不要忘却本国历史的、传统的、文化的背景，并要尊重中国之可贵遗传，方可成为一国。今日高谈近代教育者，当亦知所返矣。

总之，我国因为要救国，所以要教育，并要合乎中国历史、社会适当之教育。彼亡国教育，毋须再来提倡。至于救中国之教育，首在读经，不读经即是禽兽教育，即是亡国教育。章太炎谓："大学毕业生不知道周公。"骤闻之似乎言之过甚，但确是事实（即如湖大教授陈右古先生有　子在雅礼大学读书，不知道周公；其女公子在艺芳女校读书，能知"四书"中有周公，此读经与不读经之故也）。今试执美国学生而询之，人人知道有华盛顿；法国学生，人人知道有拿破仑；德国学生，人人知道有毕司马克。此无他，读过本国古书之故。德人有言："凡人不通本国文字及历史，不能称之为英雄领袖。"但是我国今日当英雄领袖者，内中亦有少数不但不通本国文字，简直连中国话亦不能说，此辈也配称为中华国民耶？若现在学校不读经，其去此辈也几希。数典忘祖，学界之羞，希望有教育之责者从其治命，以延中华民族之一线，幸甚。

摘录章太炎先生《救学弊论》：

……其下者或以小说、传奇为教导人以淫僻，诱人以倾险，犹曰足以改良社会，乃适得其反耳。苟征之以实，校之所知之多寡，有能读《三字经》者，必堪为文学士；有能记鲍东里《史鉴节要便读》者，则比于景星出、黄河清矣。……吾论今之学校，先宜改制，且择其学风最劣者，悉予罢遣，闭门五年然后启，冀旧染污俗悉已涤除。于是后来者始可教也。教之之道，为物质之学者，听参用远西书籍，惟不通汉文者不得入。……能行吾之说，蠹百千穿，悉可以使之完善；不能行吾之说，则不如效汉世之直授《论语》《孝经》，与近代之直授《三字经》《史鉴节要便读》者，犹愈于今之教也。

读了《近代教育思潮》以后（下）

（八月七日）

朱厅长此篇讲演，内中重要之点，不外乎反对读经与提倡职业及劳动教育。反对读经一层，上篇业已言之，此仅就职业与劳动教育参以意见。在朱厅长所讲演第四点，则注意到职业教育，第七点则又注意劳动教育。此种主张，在今日中国国情之下，任何人所不能否认，我亦觉得实有提倡之必要。但是职业与劳动教育，名虽为二，其实则一，能劳动则可学职业，天下未有学职业而不劳动者。即以职业教育而论，我湖南自提倡职业教育以来，未尝不努力，但不澈底耳。政府视职业教育为应付时势潮流之工具，人云亦云，而所办之职业教育，纯粹系误人子弟之大本营，非驴非马，以致职业毕业学生不明职业，而演成失业之悲观，是谁之咎欤？

这一般职业学生，平日本在家随同父兄之职业为职业，有"农之子恒为农，工之子恒为工"之传统家法，一旦招之来都会，袜其足，白其衣，以示整齐。倘不如此，在校章亦所不许可。朱厅长谓："乡间的儿童能帮父兄作田，在家里能作事，自入校后，穿的学生装，就不能脱下袜子下田工作，这样办学校，岂不无益有害？"此系实情，谁要学生穿制服？谁不准他下田工作？今试有一学生不穿制服，不穿袜子，蓝衣赤足，学校里能否准他上课？其所以使他们变成"双料少爷"者，政府命令使之然耳！学生本身，恕不负此责任。

以言劳动教育，亦为近代最新之名词。我国自古以来，向以劳动为教育之基本准则。如古诗云："朝为田舍郎，暮登天子堂。将相本无种，男儿当自强。"但是今日之教育乃是贵族教育，劳动界子弟已无读书机会，以纨绔子弟那能谈到"劳动"二字？即向属劳动青年，一到学校，便不劳动，每日呆坐在讲桌之上，有英文、数学、党义、公民、国文、常识、音乐、图画种种，去劳动界有十万八千里之遥。只有乡间之私塾，或日耕夜读，或半耕半读，或春耕冬读，极尽劳动之本事。然而政府却又要取缔私塾，由他来提倡劳动教育，甚么学校园，甚么农场，甚么林牧场，以资点缀。你看今日之学校，整个的设在都会之中，亦无许多旷地与校款，以实行劳动之布置。所以学生每日耳濡目染，尽是声色货利之徒，恋爱看戏之事。结果这一般学生，变成四体不勤、五谷不分、非士非农之"四不像"。今日如不提倡劳动教育则已，否则惟有开放私塾，改良私塾，以实收劳动教育之效果。三省总部有令行各省，对于各普通学校厉行半耕半读主义。此法甚善，但半耕半读责之于乡间之私塾即可，若行之于都会内皇宫式之学校，难期有效。不但普通学校不能半耕半读，即试问今日之农业学校学生，有能攘袂摄裤下田工作否？其所以造成此种现象者，就是主持教育者知之不能力行耳。

统观今日中国之教育，不外乎"贼夫人之子"之主义，不去提倡教育，这辈有用青年还可在乡间耕种，作出许多生产事业，以救济民食；自入校以后，变成废人，取消乡里有历史之劳动私塾，再来提倡官派之摩登劳动教育。无事自扰，其今日主持教育者之谓乎？

如何打破中国目前三大难关

（八月十日）

是前生注定苦命的中国，今日适遇着外患、内忧、天旱三大难关。这三种难关均有连锁的关系，非设法各个打破，于国运前途至为重大。

第一，外患。自"九一八"以来，我国民气如何激烈，"抗日军""义勇队"与夫各省"抗日会"等，无不义愤填胸，有灭此朝食之慨。此系关于人民方面者。至于在政府方面，所谓"国难会议""精神团结""迁都洛阳""长期抵抗"等，无不言之有物。却是到了今日，已近三年之久，回忆此三年之中，对于东北，只有口头上"收复失地"之豪语，从未有实行之一日；只有"一面交涉"之丑态，并无"一面抵抗"之事实。近则平沈通车、长城设关种种难堪之事，我政府亦忍痛接受。孰意华北之局势未安，而对岸之会议又起。敌人深知我政府能力薄弱，南北进攻，将来得寸进尺，何以善后？所谓"事之以珠玉不得免焉，事之以犬马不得免焉"。此种外患，并非小可，玉碎与瓦全，想政府谅已筹之熟矣。

第二，内忧。"共党"肆虐，其始也不过数十枪支，使前之主持赣政者不讳疾若深，早为扑灭，曷至如今日之燎原，不可向迩。由赣而影响鄂、川、闽、皖、湘数省，以中央数十万精兵，经过五年时间，尚待肃清。此五年之中，"匪区"之民众，其倾家荡产、流离失所者不知凡几。此种元气之损失，虽迟至数十百年，尚不能回复原状。近闻红军尚作最后之挣扎，想蒋委员长指挥有方，定能澈底剿除，以慰全民颙颙之望。否则内忧不去，即不足以言对外，所谓"攘外必先安内"者是也。

第三，天旱。中国当十九年之时，全国水灾，致遭"九一八"事变。今年长江流域又值旱灾，如湖南、湖北、江西、安徽、江苏、浙江等省是也。以上各省均为产米之重要省份，此而遭旱，民食一层至为可虑。万一中央与地方政府不早为设法赈救，一旦灾民受人利用，铤而走险，则全国即有糜烂之日。彼时社会秩序不能维持，则红军之声势愈形扩大。红军声势愈大，则对内武力尚虞不足，焉有余力以对外？所以欲想抵抗外患，消灭内忧，首先在救济灾民。而救济灾民，并非几张呈报、几个电报所能济事，必要有切实良法可以解决民食问题，使不至发生恐慌而后可。兹事体大，衮衮诸公谅早已顾虑及此。

以上三者，系中国目前之难关，非设法有以打破之，实足以阻碍前进。此三者之中，而尤以旱灾为重要。时间迫切，不许犹豫，特为提出，以促当道之注意。

水灾会原来如此

（八月十二日）

　　丧尽天良之水灾会见死不救，以致各被旱灾县份之民众，因饥而饿死者，不可胜数。即邵阳一县，杨县长呈报省府，已有四百余人之多。此种惨状，苟具有人类同情心者，无不为之坐卧不安，代洒一掬之泪。乃水灾会坐拥三十万担之赈谷，始则一毛不拔，继则尽数卖与化身之商人。据《晚晚报》载："水灾会对工贷监委会报告：售出工贷存谷共十七万二千石，计每担价二元二角五分者，共十六万六千石，价二元二角八分者三千担，价二元二角三分者三千石。此项谷价分三期兑款，计八月底者九千石，十月半者十六万三千石。其售谷日期七月十四日止，仅售出八千余石，十五日一天则售出十五万余石。嗣因外间啧有烦言，乃有人主张停止发卖。此议成立后，复于二十一日，又由周安汉私人经手售出一万石。十五日售出之十五万余石，价为二元二角五分。查是日谷米行情，每担为二元五角，是每担相差二角五分。以当日价计，十五万担已短价近四万元，若以现在每担三元二角计之，则又相差十五万元之谱。至于银期之远，开谷米买卖之空前记录，市例至远不得过一个月，今则迟至十月半。谓非监守自盗，其谁信之？"

　　不佞对于官僚变相之水灾会，久知其不怀好意。所以郴桂十县恳请拨借振谷二万担，力竭声嘶，终不如愿。今则真相已大白于天下矣。本月十日，省府曹代主席曾在会议席上提及，主张将水灾会此次违法卖出之谷，应取销其买卖契约，而将该项谷担由省府出具十月半期票，全部收买，以为备荒之用。各省委对此办法多数赞成，但是曹代主席向来不肯得罪一人，前次主张用武力开仓，拨谷与郴桂十县救灾，徒闻其语，未见实行。此次又主张由省府收回备荒，恐怕只有口惠，决不能希望其以强硬手段出之。果尔，则水灾会乐得"名利双全"，准备着面团团作富家翁也。

《湖南通俗日报》有《告买卖赈谷者》一文："水灾会售出之谷，闻囤集者非官吏即富商，某也囤十万，某也囤八千，传者能举其数，能举其人，自非臆造者可此。夫水灾会之谷，赈谷也，既非商品，即不能以之为买卖行动，卖者固不可以'推陈出新'为词，买者尤当为儿女着想，凡儿女之败坏门楣、出乖现丑者，必其父若祖为丧尽天良之夫，莫或使之若或使之之事。……"言之何等痛快！大凡利令智昏之举，只顾目前，遑恤其后。今水灾会擅敢监守自盗，则其不畏报应之心已昭然若揭，若不迅速澈查，则此四百万元振款，即为此辈"会阀"发财之工具。时至今日，除一面改组水灾会职员外，并由省府派员澈究，以为借慈善起家者鉴。如果政府既知水灾会发生弊窦，不予查办，则是"长恶"，致使此种以人吃人之败类，留存于我湖南境内。想我贤明省委诸公，必执法以绳其后，决不至任其横行如此耳。

吊左广益

（八月十三日）

修筑衡阳飞机场委员会，于八月一日绑出安仁逃工左广益，枪决示众。在左广益未正法前，由机委会派出武装兵十余名，押赴各省工人工作地段，游行一匝，并鸣锣牌示，俾众周知后，即于午前十一时无辜受杀矣。呜呼哀哉！

查此次湘南修筑飞机场，各县劳工不是应征即是勒派而来。当此旱灾正烈之时，农民在家车水灌田，日无暇晷，并非安心甘愿驰赴衡阳作挖土之工作。日则烈日当头，汗如雨下；夜则席地而卧，并无棚厂。江东岸在暑假期内所空闲着之学校，此辈劳工无福命可以寄宿。加之每日自早至暮，所挖出之土方，闻仅每方给以八分五厘之代价（郴县则给以每方一角一分）。当此米珠薪桂之时，辛苦整日尚不得一饱，至家中父母妻子所日夜仰望寄工资回家以度日者，更谈不到。所以有室家之累之劳工，不得已有逃归故乡之举。揆诸天良，亦属人情。且此辈劳工，均系乡村良善农民，招之即来，无所踌躇，纵不能特别招呼，亦应与兵士同等待遇，以昭公允。今该委员会恃其特殊阶级，生杀予夺，视劳工如犬马草芥。既要人作牛马工作，应给以相当之草粮，使之得尽其力。今左广益因不忍饿之故逃出火坑，执而罚之、责之可也。乃不问情由，以治逃兵之法来治逃工，世界各国有无此等凶恶残忍之法律如衡阳机委者乎？古人所谓"民为贵"，今日之民果贵乎贱乎？如果民不贵，则"中华民国"四字亦不副实。蒋委员长屡次有令，主张军民合作，并拉夫亦在禁止之列。何物机委会擅杀无辜劳工？主办之建设厅，对于此种非法举动表示默认，则我二千五百万农民人人自危矣。

呜呼左广益！尔之父不是倚门而待尔归乎！尔之母不是倚闾而望尔回乎？尔之子女不是嗷嗷正在待哺之时乎？尔竟遭惨无人道之机委会枪毙矣！尔家散矣！尔宗绝矣！九泉之下，谅不瞑目！

不佞于吊唁之余，拟具挽联一副，以表哀忱！他何言哉！他何言哉！

一个小劳工，罚重赏轻，民命固应如草芥；

几番言救国，惩前毖后，纪纲宁肯等弁髦。

再吊左广益

（八月十五日）

本月六日，蒋委员长通令各军事机关及各部队长官之"对于所属士兵，无殊家人子弟，原宜恩威并施，循循善诱，晓以大义励以气节，乃能绝对服从。万一有不肖之徒不明大义，而擅自逃亡者，于捕获之后，不得遽加以非刑，草菅人命，应威之以法，怀之以恩。倘有故违，定予严处不贷"。皇皇明令，全国皆知。

查左广益系安仁之农民，此次应派来场工作，亦不过为一土工已耳。身既未隶于军籍，即不得援用军法从事。况机委会亦非军事机关，更不得"糊里糊涂乱杀人"。假使左广益为一逃兵，按之军法，非着军服负枪而逃者，只有"施以军棍，送县收押"之明文，亦不得以军法而施行枪决。机委会有何特权任意杀人？古人有"先斩后奏"之特例，此系对于大逆不道者而言。若左广益不过一劳工耳，载不得牛刀割鸡。此次逃回，情非得已，捕获之后，责以军棍，收之县狱，充其量也不过如此。今乃不问情由，提出枪决，不知蒋委员长所谓"不得遽加以非刑，草菅人命"之谓何？该委会果不遵从上令耶？该委会果系化外之特殊机关耶？该委会果系上天特别赋予乱杀人之特权耶？杀一左广益本不足惜，惜其未死于疆场之上，尚博得烈士之头衔，给予数十元恤饷。今乃遭机委会之惨杀，湮没以亡，九泉之下，何得甘心？

何主席此次讲演求雨之意义，归根于内政修明，不知人命为修明内政中之一大问题。古人每当天灾流行之时，多有下诏罪己，省刑罚，薄税敛，赦免罪人，已属数见不鲜。须知人命至重，决不可以生杀之权授之于非杀人机关。所以邹衍下狱，六月飞霜；齐妇含冤，三年不雨。天地有好生之德，人类系父母所生，苟有可以原谅之处，不妨委曲求全，罪疑惟轻。左广益究竟犯了该会第几条会章？该会章是否又经立法院通过？我湖南近月来遍地旱灾，未始不由此种怨气所造成。此案如政府不澈底根究，则蒋委员长之命令仅成为一种报纸之宣传材料而已。

呜呼！死者不可复生，断者不可复续。左广益已死，不佞纵为代抱不平，亦属无补。所希望于政府者，以后对于机场工人，如何保障安全？对于草菅人命之机委会，如何予以相当之处分？对于死者，如何给予抚恤之金？此系题中应有之文章，故敢向我贤明政府陈述之。

湖北省政府之救灾良法

（八月十七日）

秦始皇筑万里长城，不二世而亡，阿房宫亦不久付之一炬。在当日开工之时，人民受兵役之困难，几不可以言喻。历史上以大兴土木而亡其国者，不可胜数。我国自二十年遭水灾之后，继之以"九一八"国难，民力已尽，元气未复，人民正在呻吟垂毙之时，今年东南各省均以旱灾闻，求生不得，求死不可。方冀中央及各省政府痌瘝在抱，休戚相关，有己饥己溺之思，无一夫不获之恨，节衣缩食，以救灾民。所有一切不急之工程，应暂罢免，如一百万元之中央博物馆，五百二十万元之钱塘江铁桥，省此巨款，运济食粮。所有已开工或未开工者，留待来年，再行完竣。如果认复兴中国非从建设入手不可，则不如于被灾之省份多筑铁路、公路，以工贷赈，使之能容纳多数灾民，而不囿于一部分之技术工人也。

湖北省政府以水灾旱情惨重，除组织救灾备荒委员会筹集经费十万设法救济外，并决将合署办公厅建筑计划展缓一年，以其建筑费五十万元移作振款之用。此种救灾良法，深得移缓就急，合乎民心。天津《大公报》称之为"漂亮"，不佞则颂之为"能知为政大体"。但是各省主席多通达事理之人，当仁不让，必不令湖北张主席一人专美于前，行见全国闻风响应，灾民咸庆来苏。我湖南何主席亦鉴于本省灾情重大，库帑空虚，所有长途电话第二期工程停止进行，全部工作人员一律遣散。此项计划一俟提交省委会审核通过，即可实行，此亦是救灾之一法耳。

中央经济委员会鉴于今年各省灾情之重，赈灾举动像煞有介事。无如近月来，这一般"特殊性命"之伟人先生早已往庐山者往庐山，往青岛者往青岛，实行避暑生活，"振灾"二字已抛至九霄云外。

寄语灾民，直起急追，赶种杂粮，苟全生命。古谚云："求人不如求自己。"此言诚不我欺！

呜呼！安得各省长官人人如湖北张主席之以民命为重者乎？

求雨平议

（八月二十日）

六月三十日，行政院电江浙等省及上海市长，"要启发民智，不得设坛求雨"，末谓"不惟迷信，且至招谣，应速禁止，以息玩嚣"等语。是汪院长重视科学，于此可见。不意本月九日，上海各慈善团体电林主席暨蒋委员长，反对行政院禁止设坛求雨，略谓："各善团本至诚恻怛之怀，为民请命。如天之福，甘霖应时而至，人心大定，不敢居功，岂期反以获戾，非不知有科学救灾方法，与其言而不行，行而无补，事迫眉睫，不得已而谋诸天。故宁托于常识幼稚而不辞，但绝无作用，行政院指为招谣，当有事实证明，应明白宣布。现江浙仍望雨，正盼政府之科学方法以善后"云。

查求雨之法，我国古先帝皇圣贤为镇定人心计，也曾祈禳禁屠，虔诚祷告，史册具在，不难稽考。即证之东西各先进国，亦有求雨之举。其法不同，其求雨之心则一也。如日本则用大炮求雨，欧美则用教士在教堂祈祷，这是不是迷信？如谓我国设坛求雨为迷信，为"教育之未普及、常识之不能贯注于一班人民"，何以欧美与日本亦有同样之举动也？明知祷告无益于天灾，不过借此以镇定人心，胜于焦头烂额者多多矣。

科学求雨之法，今世亦有行之者。民国十八年六月，香港苦旱，饮水缺乏，英督特派飞机两架，凌空掷撒凯亚林粉，二小时后果然得雨。美国华伦与彭克洛二教授发明以多量施以带电之砂，由飞机至天空高处，撒播于大气之中，不久雨即下降。据彭教授之估计，谓四十磅受电化之砂，可将一平方英里之云溶解成雨。又，费辣教授试验以一种极细小之干冰，即固体之二氧化碳，由单翼飞机飞上二千五百公尺，撒播于空中，即得人工雨之下降。美国华克柴哈启，此间今日以科学方法试验人造雨，业已完全成功。化学家博慈与飞行家博登飞至一万五千尺高处，用小钢炮放一炸弹至下面五千尺处之云中，依科学原理，炸弹可发生冷气，使云凝结为雨。此间居民向空企盼者，果于十五分钟之内得雨，惟为时甚暂，尚不能使尘土停止飞扬。彼等计划下星期内将再作试验，当投百倍力量之炸弹。彼等以为方法已得，惟尚须试验，以求于较大之区域中造雨耳。近来俄国亦发明人工施雨法，已见于各报登载。是科学求雨法，我亦不说妄诞不经之谈。但是此种成本亦属匪轻，谓之为雨金亦无不可。汪院长既知用科学方法可以求雨，现当长江流域各省正苦旱灾，何妨大显身手，做一个榜样给人看，则设坛求雨之事，不禁止而自禁止矣。若政府既不能运用科学方法求雨，而又禁止人民设坛求雨，当此天灾流行之时，人心何以安定？所以各省市民众不得已祈神求雨，既未要政府发给公帑，而人民自动的、甘心的酬费少许，作万一之思想，这就何伤于大雅。汪院长认"注重物质试验，使之知人事而除迷信"，则在中央国民政府之下，戴院长何以崇拜佛教？西藏喇嘛班禅与活佛，何以行政院不使之破除迷信？难道是只准州官放火，不许百姓点灯乎？加之信仰自由，载在《约法》，在政府似未便干涉者也。

近来各县因久旱未雨，一般农民不知抬了许多菩萨，即长沙市亦抬来陶、李二真人进城，前数日方才送回，备极热闹。论者亦有以为不然，不知春秋时大旱，鲁公欲焚巫尫，臧文仲曰："巫尫何为？若能为害，焚之滋甚"。公从之而天雨。此种纪载虽不可尽信，要亦无伤于国体，听之任之可也。若必加禁止，而我又不能以科学方法下雨，则当此人心惶惶之时，祈神求雨，实属莫可奈何之事。今竟加以"招摇"头衔，则班禅之诵经求雨，戴院长之修庙涂佛，亦属多事矣。

湘南真遭匪患矣

（八月二十二日）

本人前数月已具杞人之忧，深以湘南兵力单弱、赣匪容易乘虚而入为虑。加以各县团枪尽调出县，不但大股"共匪"不能抵御，即小股土匪亦无法使之消灭。履霜坚冰，由来已渐。所以前次李"匪"宗保之潜伏湘南，即为此次萧"匪"入湘之先头部队，不幸事实不爽，萧"匪"果乘虚而入湘南。哀我湘南民众，经此一番之烧杀搜刮，将无孑遗矣。何主席于本星期一在扩大纪念周中报告，略云："萧'匪'欲在湘粤赣边区另觅一个根据地。窜往湘南匪众，约有五六千人，枪约三千支。系由小路抄入湘境，十八日已过郴县，当日晚间即到桂阳附近，十九日大部尚在桂阳，其先头部队有一部分到达新田。查该匪的企图，系欲出湘省窜往川黔。现已派王、陶、彭三师跟踪追击，很容易的将萧匪在湘境消灭"云。观此则湘南已实受"匪祸"。

据刘司令说："'匪'之实力，枪支不过千余，人数仅两千。各部队可于最短期间将此'残匪'歼灭。"

刘军长云："萧'匪'残部南奔，不满二千枪支，本军回师堵剿，指日即当荡平。"

段兼司令云："查伪十七八师"残匪"二千余，窜入湘南，我大军正云集资、汝、郴、宜包剿，不难克日剪除。"

统观以上之电，其量与何主席报告者相差甚巨。我们也不必过问究竟枪支及人数若干，总希望"做出便见"。此种跳梁小丑，本不足当国军之一击。据何主席云"国军与'匪'相差一天路程"，只要赶上他们，尚须努力加鞭。至于胜负，论理当然国军可操优胜。往往天下事不能尽如人算，李"匪"宗保初来湘南时，枪仅数十支，不久即扩充到数百支。蜂虿有毒，未可轻视。不佞亦对于国军作"于最短期间将此'残匪'歼灭"或"指日荡平"与"不难克日剪除"之想，并盼如期见诸事实。

"匪"的先头部队已到新田四日矣，新田即在阳明山之麓，当年周"匪"文占据该山，经欧司令四五年之痛剿，始克肃清。此次萧"匪"逗遛阳明山，不但环绕山麓之八县遭殃，恐国军进剿，亦形棘手。不佞以为无论萧"匪"之企图如何，我军应当截堵围剿，并联合粤、桂之兵力，共同歼灭，不使由新田再进一步。即使"匪"有窜川、黔之企图，以邻国为壑，将来必为大患。零股尚不能消灭，大股难以着手。为根本免除湘边"匪患"计，萧"匪"之行动实有十二分注意之必要。

湘南今年大旱，人民以血汗灌救之少数田亩正在收获时，又遭匪祸与兵灾。大队所至，民食皆空，即有未割者亦遭蹂躏。此外人民之流离失所者，何可胜计。迨匪过回乡，家徒四壁，纵使得庆团圆，而生活已无法维持。况且内中有若干灾民被饿而附和者，又不知若干矣。不佞希望国军对于萧"匪"，一面在宁远、零陵间堵住，一面向桂阳、郴县等地追剿，方有剪除之可能。

总之，肃清萧"匪"，时间要短，地域要小，无使滋蔓，无使流窜，一鼓聚而歼之，是所望于"剿匪"各部队。

如何消灭湘南"匪祸"

（八月二十三日）

萧匪流窜湘南，今已成为事实。据何主席报告，已派王、陶、彭三师及段旅并各县团队往剿三千支枪之"匪"，自然不难"指日荡平"。但是，截至今日止，尚无克复某处之捷电，及击毙若干、俘虏若干、死伤若干、收缴了枪支若干以及夺获辎重无算，种种电讯披露报章。只闻某某县长有电告警，请速派大兵。又私人所闻"共匪"又进至某县某镇，风声鹤唳，草木皆兵。我等身处省垣，未受惊恐，只瞑目一想及湘南各父老姊妹逃难情形，实令人"食之不能下咽，卧之不能成寐"。谁无父母？谁无家室？谁为为之？孰令致之而使我湘南民众遭此浩劫耶？湘南危急，湘中、湘西亦将不保，迨其火已燎原，扑灭为难。所希望今日之"剿匪"部队，或快马加鞭，追向前夫，或拦路截堵，毋使滋蔓，救湘南即所以救湖南也。

为今之计，志在消灭红军，不在以邻国为壑。如虑我省三师一旅之众不克剿灭二千支枪之"匪"，不如电达粤、桂两省军事长官，请求出兵若干至湖南境内，共同包剿。如广西则请派一二师人至永州，广东派一二师人至宜章等处，我方则派兵推进桂阳、郴县等地，不但消灭自易为力，且匪亦不得流窜，致我军"尚有一日路程之距离"。当此红军"肆虐"之时，粤、桂与湘又属犬牙相错，若湘边不安宁，即粤、桂亦不得高枕而卧。为粤、桂计，固有出兵之必要；为我湖南计，亦有请求出兵之必要。千钧一发，时间上已不许我们犹豫矣。

尤可虑者，我湖南民族性质与江西、四川不同，人民之知识开发，较他省为早。江西虽为共党之大本营，而在内中充当领袖以及士卒者，十之八九为湖南人。我湖南人尚且不远千里加入共党，今日生意临门，岂有不附和之理？如果湘南"赤化"，湖南全省即遭糜烂。与其以焦头烂额为上客，何如曲突徙薪之为善计？纵然政府深以湘南安危为念，派队进剿，不佞素具杞人之忧，觉得追出省外尚有死灰复燃之日，不如电请粤、桂当局派兵合剿，不但湘南安即全省安，而且湘南安即粤、桂亦安。此种共荣共存之道，恐当局千虑或有一失，故此喋喋不休，以冀当局之垂听。出水火而登衽席，在此一举。当此危急存亡之秋，乞援邻省亦无碍于面子。此系治标办法。

至于治本办法，则要政府一举一动以民意为依归，民之所好者好之，民之所恶者恶之。政府不可离开民众，若离开民众，则就为敌人所有。古人所谓"抚我则后，虐我则仇"，民心之向背，即在政府之意旨若何。所以共党能否消灭，在此而不在彼。质之当道，以为何如？

欢迎全国经济学社

（八月二十六日）

自民国二十二年秋我国成立全国经济委员会以来，于是谈经济学者甚嚣尘上。政府恐国内经济人才不敷调用，并在国外请来一批经济专家，指示中国经济途径。是政府对于经济一项，可谓努力进行矣。但是经济之名目甚多，有所谓"统制经济""战争经济""计划经济""自由经济""制裁经济""强制经济"等名词。又如英、美、意、德等国则实行资本主义的"统制经济"，即统制赢利经济。所谓"制裁经济"，即制裁自足经济。各国之主义不同，即经济之立场亦异，五花八门，令人实难有真确之认识。我国今日亦高谈经济学矣，不佞对于是项专门学识向乏研究，不能说出所以然。今承全国经济学会在我湖南开会，名流学者相聚一堂，定有鸿谋硕见以慰全国人民之望。古人所谓"不远千里而来，亦将有以利吾国乎"？今日为开会之期，不佞于欢迎之余，特提出数题以就教，希望示我周行，俾知遵循。

（一）中国经济制度纷乱以极，经济不良，影响政治。但是社会之构造与各国不同，应如何统制经济，以应付国难？

（二）我国钨砂产额占全世界百分之七十，锑砂产额亦占全世界百分之八十，我湖南产量又占八十分中之八十。中国既有此丰富之矿，宜可以操纵全世界之市场，今乃反为外人所操纵，以致近年来两矿市价一蹶不振，应如何统筹良策，以期操纵世界之市场？

（三）今年长江流域水旱交灾，农民粮食在在堪虞。政府应如何统制谷米以资调剂，使今年洋米入口不得再如上年居第一位？

（四）我国国际贸易年年有巨大的入超。有何善策使之平衡？

（五）我国农村经济破产，所有金钱大都集中于津、沪各埠。自《白银协定》成立以后，我国现金不断的流出国外，上年共出口九千四百二十八万八千九百三十六元，即以本年七月份而论，已达二千万元。现在美国又将白银收回国有，如果无法制止，将来中国既有"银荒"之一日。究竟现银出口于中国利弊若何？

（六）上年我国丰收，谷贱伤农，造成"丰荒"。今年各省被灾，谷贵病民，共来"闹荒"。究竟是"闹荒"或是"钱荒"？

（七）我国煤的储藏最富，居世界第三位。统计全国煤之消耗量，每年约二千万吨。即以二十二年而论，全国已产一千九百万吨，何以外煤仍有一百九十四万七千四百零八吨进口？今欲救济国煤、抵制外媒，其法若何？

（八）中央钢铁厂足足闹了三年，一事无成，以致每年有七八千万元之漏卮。今国人日日言建设、办工厂，此种基本重要工业，全国竟无一厂，致令安徽、湖北所产出之铁砂完全售与日本，利权外溢，实堪痛心。近闻此种国防钢铁厂之建筑，有主张在浦口者，有主张在马鞍山者，亦有主张在株洲者，究竟何处适宜，方合乎安全、原料、交通、经济上种种优美条件？

（九）我国经济力现集团于上海，应如何使过剩之经济回复到乡间，以资复兴农村或繁荣农村？

（十）意大利法西斯蒂执行，行总制裁经济，国内亦发生失业问题，免不掉经济恐慌。美国废止金本位，实行通货膨胀政策，而美金陡跌，所以资本主义国家之制裁经济，不足以解决世界目前之不景气。我国至今日，取法资本主义之制裁经济乎？抑取法社会主义之计划经济乎？

（十一）我国丝业已濒于危急，上海丝厂甫经开工，即有八厂停工，其余亦将相继停业。实部虽定有四项救济办法，终属空头口惠，无补于事。查我国丝出口，在一九二八年为二万八千二百万元，至一九三三年落至九千三百万元。但是世界用天然丝的销路，并未有同样的低落，则我国的丝业显系受其他产丝国生产力之影响。究应如何救济丝业，兼维持数十万劳工生活？

（十二）中国农工商都趋于总崩溃，惟银行业则如雨后春笋，极其发达。如何使一般银行家投资农工，而不以买地皮及公债为主要任务？

（十三）现在各国币价换率日低，洋货输入难以抵制。我国幼稚国货究有何法保护，方不受外货压迫？

（十四）刘冕执氏之《能力本位制》，是否可以实施于中国？

湖南硫磺公卖之自杀政策

（八月二十七日）

　　硫磺一物，在湖南居重要地位。政府徒知硫磺可以制造火药，而不知关系工业与农产尤为普遍，如鞭爆业，如夏布业，如草帽业，如肥田料，如土硝药，以及药材等，无不需要硫磺。至肥田与药材，有关民生；而鞭爆、夏布、草帽等，又有关于土产工业。人民因此种工业生活者，直接、间接何止数百万人。

　　查硫磺进口，在二十一年价值十九万八千八百六十一金单位，至二十二年即增至二十八万四千三百一十二金单位。此种巨大的进口，在长沙关尚无纪录，因为我湖南系产磺省份，与安徽、湖北、江苏各省有别。从前湖南每磺百斤加耗二十斤，领票一张只纳矿产税六分，厘金六分，限期为十二个月，可以长期贩运，不再征收。近来各省公卖局出售洋磺，每百斤价银在三十元以上，若湘磺不过十元左右，商家与农人均称便利。

　　孰意湖南硝磺局鉴于各省承销洋磺之厚利，亦欲效颦公卖政策，故意设种种方法压迫国磺，不但使之无法在省外获得市场，即在省内亦将使之无存在之余地。手段之毒辣，令人可畏。纵使实行公卖矣，当然不能买空卖空，势必政府筹措一笔巨款，将矿商所产出之磺一律收买，方可取商人之地位而代之。以我湖南采炼者之众，而收买者又仅一硝磺局，则垄断操纵，以低价收买湘省土磺，运往各省高价卖出，一转手之间，可获厚利，于公家计诚得矣。惟矿商无利可图，必相率停业，而工业上又不得不需要硫磺，于是公卖局势不得不运销洋磺以济其穷，又可从而抬高其价，将见我湖南为洋磺之尾闾。谁为为之？孰令致之？则责有攸归矣。即谓今日之公卖局为将来洋磺畅销之先锋队，亦无不可。

论者谓："硝、磺均为军用品，如不改为公卖，恐易流入匪区，制造军火。"试证以硝公卖后，我湖南之土硝不但不能推销至汉口各埠竞争，近且如浏阳鞭爆业多改用洋硝，而土硝几将绝迹。今所存者只有硫磺，尚在奄奄一息之中。今若改为公卖，将来决难与洋磺竞卖，行见矿商完全破产。而产磺之省份，定变为销洋磺之市场矣。查矿质可以制造军器者，并不止硫磺一种，政府要公卖，本不敢反对。何以象鼻山之铁砂可以资敌人炼制枪炮者，任其按日运去，不为之制止？此外锑、铅、锰、钨等，何一非军器必需之品？若对于此种大处着手公卖，谁也不敢非议。今明足以察秋毫之末，而不能见舆薪，是可异矣。且采冶之权属之实业部，有一定法律规定，人民向政府领取执照，只有实业部有此发给之特权。今湖南硝磺局系属之财政部，今亦令各矿商须向其备金领取炼磺执照，实属有违反行政统系。并闻设种种名目，有增加二倍以上之征收。弱小矿商何能胜此负担？财政部现对于各种苛捐杂税决意废除，此种硝、磺格外所加之税应即自动取消，以符功令。

现在湖南硝磺总局最近与上海开成公司立约，挟制开成，硫酸销湖南，须由该局公卖，照市价加百分之二十五。此种想入非非，更觉奇异。查开成为我国唯一制酸公司，近况亦不甚佳。如果我们要提倡国货，使其欣欣向荣，则保护之、维持之尚恐不力，何得于硫磺想公卖之后，又来向硫酸"打主意"耶？土硝既被其摧残矣，今日此一线生机之硫磺，等于"黄台之瓜，不堪三摘"。陈兼局长对于国货素具热忱，甚望悬崖勒马，毋为已甚！不独湖南土磺之幸，抑亦湖南全省硫磺商之幸。

晶国学馆

（八月二十九日）

国学一事，在今日这种教育思想之下，久已卑之毋甚高论。只要认得几个"之乎也者"，学得几句狗叫猫跳，便可为人师表。而教育厅所检定各小学校教员，亦执此以为检定合格与否之标准。除此以外，若有人谈及圣贤经书，罔不视为洪水猛兽。所以将中国弄到内忧外患相逼而来，此一般主持教育者当负重大责任。秦始皇焚书坑儒，即是为此辈而设。我湖南现有一般前辈先生，目击中国之教育是兽化教育，怒焉忧之，爰是发起国学筹备处，并附设国学馆，正在招生开学。霹雳一声，群妖皆慑，此举有功于世道人心不在禹下。自北伐成功以后，全国青年学子多受"赤祸"之濡染，对于我国数千年来经书视同敝屣，有教育之责者又从而推波助澜，惟恐堤防之不早溃。此种名教之罪人，应当肆诸市朝，以为残害民族基础者戒，今乃听其忝居高位，逞其如簧之舌流毒后生，致令我四万万五千万同胞将来遭亡国之痛苦。证以今日之兽化教育，已种其根矣。此而不除，何救国之可言？试问救国之事，孰有过于教育救国者乎？

但是我国之经书太繁，决不能以小中学生之最短时间所能授毕。加之学校学科万有，亦不许整日读经。最好请湖南国学馆担起此项责任，将中国之经书整理一番，如初小应读何书，高小应读何书，初中、高中亦然，依其年龄之大小，以定国学之浅深，使授者既易，学者不难，循循善诱，定可获到国学之基础。或者将各种经书分门分析，以期明了。因为现在一般教育家都感觉得经书太深，难期了解，因此之故，抛弃礼义廉耻之"四维"，而去学那狗叫猫跳之俚语，所以"老鸡公喔喔喔，小鸡公叽叽叽"也列入教科书之内，而且为今日之教育部所审定者，岂非荒唐绝伦之最著者乎？

凡是一种文字，经数千百年而不敝者，必其书有一种很好的主张。此种主张，当然于世道人心大有裨益。今人动辄以国学为病，或目为古董，实因他不明国学之趣味有以使之然耳。但是国学本身亦有予人口实之处，每每一地名也、一年月也，连篇累牍，孜孜不休，此非国学也。我之所谓国学者，在乎适用，并合乎社会之需要。所以我希望今之国学馆，此种古董式考证之学绝对屏除，方可引起学者之兴味，方可有益于国家社会。要用科学之方法与手段来整理国学，来分析国学，则国学之复兴其庶几乎。

此之谓"妇女国货年"

（八月三十一日）

"提倡国货"四字，年来已高唱入云。在一般热心国货诸君，并且指定今年为"妇女国货年"，其用意可谓深远。吾人对我国国民性不能以皮毛视之，要进而考察其内容若何，方可以定成绩之优劣。据海关发表本年上半年全国对外贸易，输入值五万万六千九百八十四万九千八百三十六元，输出值二万万六千八百五十四万四千七百一十四元，计入超为三万万零一百三十万五千一百二十二元。此系仅以半年而论，已达三万万零百余万元，若合全年计之，将近七万万矣。此犹是在吾国正提倡国货之时，已有此巨大入超，否则又将如之何？他者暂不论，即以妇女奢侈品而言，如：香水脂粉，本为妇女之化装消耗品，男子不与焉，去年度进口数字达一百五十余万元，漏卮惊人，闻者咋舌。据国际贸易局统计，五月份香水进口达国币二十一万三千九百八十五元，后来居上，毫不警惕。上列数目，仅对香水、脂粉两项而言，尚有舶来化装器具及真假首饰之进口，其数亦巨。查五月份化装器具进口，计六万三千五百零八元，真假首饰进口计二万七千七百二十元，故五月份妇女用品之进口总数计三十万零五千二百十三元。再就本年五个月妇女用品进口数，为香水、脂粉共七十四万七千六百二十七元，化装器具为二十二万九千六百一十元，真假首饰为十三万六千二百四十三元，总计为一百一十一万三千四百七十七元，足见我国妇女消耗力之强矣。

衣服上之花边，亦为妇女之装饰品，在本年六个月内进口已达五十七万七千九百六十二元，其数目亦可谓不小矣。

妇女除外面装饰之外，而口中亦须有所点缀，如今日摩登妇女口中所含口香糖、留兰香糖等，今年六个月进口计有二十万八千八百五十五元。闻此种消耗，大都在上海贵族化之家庭、妓院以及电影院等处。

此外妇女间接的消耗，即是每对于儿女动辄购买各种玩具以供娱乐，据国际贸易局发表游戏玩具之进口数目，计本年六个月内为五十七万七千九百六十二元，以与上年六个月相较，激增颇巨。

我国所谓‘妇女国货年’，其成绩已如上述，毋怪四月中上海日本报冷嘲热讽，据称："国民政府尽其能力，利用所有宣传机关提倡国货，特所谓‘妇女国货年’之口号，其期望成绩全归泡影。何则？溯自正月以来，迄今已届四月有半，而去年度第一季之输入超过额为一亿六千万元。按照数字而言，内中情形一见可知。即输入之舶来品，大部分多在都会中消费。其间十之五六全为摩登妇女阶级之装饰消耗品。因此虽以‘提倡国货’之口号相号召，但妇女们的心中则依然不问不闻，莫怪‘妇女国货年’之完全失败耳。总之无论提倡如何口号，而本身绝对国粹主义者之国民政府，以‘不能厉行的国货提倡’为宗旨，不如先由农村妇女灌输国粹观念为上也。"

日报此段议论，对于我国"妇女国货年"极尽讥诮之能事。可惜我国一般女同胞每日以外货装饰自为得意，恬不知耻。今以喜用外货之妇女反为外人所笑骂，可见不爱国之民族决不能见谅于"爱国之民族"。此次被日人讥笑，尤为可耻。

近来有少数妇女们赤腿裸足，自以为得风气之先。据北平某大化装品公司人员云："妇女下部所用之化装品，计有三类：一为足指甲之蔻苿膏，法国产品，每瓶二元至十八元；二为雪肤香膏，每瓶五元至二十余元不等；三为肉色花粉，此为敷膏后擦用者，每次所费时间总在一小时以上，所费金钱总在三元至十数元以上。”而结果则不知消耗若干外货，摇荡若干青年。古人云：“国家将亡，必有妖孽。”毋怪北平袁市长有取缔之明文，而上海“妇女国货年”亦赞成此举。若为卫生计，赤其腿、裸其足可矣，又何必涂以外国膏粉。当此新生活运动之时，“廉耻”二字尤急于“礼义”。近来我湖南亦有批种装饰出见于通衢大道，希望公安局有以制止之，保护礼教，即所以杜塞漏卮耳。

呜呼，“妇女国货年”！

废除苛捐杂税与教育经费

（九月三日）

　　本年全国财政会议，深感苛捐杂税有病于民，无益于国，毅然决然，咸与废除。此种仁声善政，为有民国以来解除人民痛苦之第一声。并议定自本年七月一日起，至十二月底止，为废除之期限。截至现在，见于报载者，计有福建第一批废除二十七种，第二批废除九十七种；江苏第一批废除九十七种；山西第一批废除六百余种；浙江废除四百五十七种，又减免田赋附捐一百六十余万元；河南废除三十二种。此外绥远及北平市民众环恳废除；广东亦正拟议废除，而以糖捐抵补。我湖南对于杂捐一百一十种，只团款一项已废除五十余种，其余在可能范围内逐渐废止。全国人民无不欢声鼓舞、引领企望者也。但是此种苛捐杂税之废除，颇有牵动教育经费之处。在教育界，决不愿政府在未谋得抵补款项以前遽尔废除。所以今日苛杂之中，有一部分系学款资源之地。前此裁撤厘金，有以厘金附加为学校经常费者，已大感困难，卒之请愿中央与省府，每校始获得裁厘抵补若干津贴，方未至于弦歌断绝，亦云幸矣。

　　国府六月十九日令云："查盐税为国家收入，应由财政部统一核收，通筹整理，各地方不得另立名目，再征附税。业于民国十九年十二月令行行政院通饬遵照在案。现据行政院呈报，前项禁令固不乏确实奉行省份，而阳奉阴违，仍照常抽收者，亦在所难免。似此情形，实足妨碍国税统一，应由各省军政最高长官分别通饬所属各地方机关及地方各团体，务须恪遵前令，永远不得在盐税项下设立任何名目，抽收附加税捐。并责成各县长随时督察，严电制止，以重盐税而免分歧"云云。

国府既明令重申禁征盐税附加矣，但是各省之教育经费，其来源多以盐税附加为教育基金。我湖南舍盐税附加外，无经费之可言。究竟中央命令是否宜遵？不遵则违反政令，遵之则学校辍业。政府应于禁征之先，另筹措一种补助之费，则令行方可有效，否则只唱高调，无补事实，中央威信所关，何以善后？今之盐税附加，军费为重，教育费不过九牛一毛，若不禁军费之附加，而独禁教育费，亦未免不公。父老苦盐税附加久矣，此次永远禁止附加，实所欢迎。乃令下数月，不但各省未克遵行，我湖南且正在增加之中。据报载："湖南教育经费可恃的只每月盐税九万三千元，约可摊发学校经费百分之六十二，其余百分之三十八是由财厅支付。但因省库竭绌，每多数月不发，现已呈准财政部，每月增拨盐税一万五千元，合成十万零八千元，以资弥补。"但所谓"增拨盐税"者，未标明系正税，中央亦恐无税可拨，一定与前此九万三千元同为附加之款。究竟内容如何，暂不置议，当此国难临头，又值大灾，在军政各机关公务人员曾经照章折发。惟教育界各大教授十足领取，否则索薪、罢课、发宣言相逼而来，所苦者各中小学校之教职员而已，难道是国难天旱与他们不相干耶？难道是他们非中华民国人民耶？不患寡而患不均，教育界亦自当猛省，实行紧缩，毋再附加盐税予人以口实，苦我垂毙之民也。

湖南教育经费之策源，几以苛捐杂税为其生命线。前各县教育主管人员神经过敏，深恐我省实行废除苛杂，纷纷呈请保障，照旧维持。省府亦乐得电达教育部，兹得覆云："各县教育捐税如有应行裁废者，应先筹抵补，在未有确实相当抵补前，自可暂照旧案维持，特覆。教育部灰印。"观此则湖南教育界可谓保护苛捐杂税之功臣，将来至年底不克废除者，则责有攸归矣。最近安乡县教育局呈报教育厅，说：“废除杂捐，教育即有破产之虞。”而教厅嘱其“照旧征收，维持现状”。但是财政厅因为此种办法有妨功令，并且牵动整个计划，于官府威信亦有妨碍，深不谓然。在教厅为维持教育计，在财厅则减轻人民负担计，各有理由。不佞以为教育界要另想办法，不宜再作苛杂之死党，是亦荒象中人民一线生机之希望也。

国府要禁征盐税附加，财政部要废除苛捐杂税，但是教育部则云“自可暂照旧案维持”，同样国府与行政院之下，各自为政，不相联络，此种矛盾现象恬不为怪。前年日本人在日内瓦诬我国为无组织之国家，不但人民不承认，即政府亦不承认。今观教育部灰电，不能不令人气短。在国家未废除苛捐杂税以前，应各校先行废除学校内之苛捐杂税，本人前已言之矣。

现在河北省教育厅遵照部令，以过去之省立职专及各中学校收受学杂、宿费多寡不一，漫无定律，不惟难有正确之统计，且于学生入校求学亦多不良影响。于是将省立高中、初中、师范、职业各校，应将学杂、宿费之数额规定标准，较之现在数额减低约五分之二，女生更按标准数额减低一等，宿费则完全免收。如此办法，适应一般之经济力而减轻学生之负担，虽于学校收入减少，但对于整个教育经费并不发生影响。

我湖南今年大旱，农村经济早已破产，青年求学，中产以下人家万难任此担负。将来入校学生，比较上期定形减少。在主持教育者，应如何努力设法使人民得解倒悬之苦。今教育厅大之不赞成废除苛捐杂税，小之又不能如河北省之减低学杂、宿费，即病全民，又病学子。设使贾太傅尚在，睹此现象，其“痛哭流涕长太息”又当何如耶？

因湘南旱灾"匪祸"交加而
想及水灾会卖谷案

（九月四日）

　　水灾会见死不救，以其存谷作市侩之行为，久已失去慈善之性质。本人发觉最早，曾经大声疾呼，以冀大众出而挽救，毋使这一笔巨谷听他们私自处置。不意在不久以前，水灾会竟尽行变卖，并有发生弊窦之处。经毕君承庚等查察情形，提出报告计十二条，又拟具补救办法二条。我们试将报告细心研究，确有令人生疑之处。不意此项报告正提出大会之时，何副会长于纪念周中替水灾会洗得干干净净，我等闻之，当无疑义之可言。至上月二十二日省执委会开十六次委员会议，亦曾讨论本案，其决议函请省政府澈查，并将水灾会经手售谷干事陈次樵拘押究办。可见此次卖谷舞弊确有蛛丝马迹可寻，并不如何副会长所言之简单也。除毕君报告书十二条说得很详细外，特为补充并折中几句，请全国人士批评可也。

　　第一，非其时。查此次变卖大批存谷，开长沙市亘古以来之破天荒，商家操纵，本在所不免，徒惜十五日、二十一日、二十七日三天均跌价，即将存谷卖出十七万余担，除此三日以外均涨价，并无卖谷行为。

　　第二，非其地。水灾会内不曾设有售谷处乎？当然一切交易要在该处公开受理，任何人所不能否认。何以七月十五日在恒茂粮栈，由陈干事次樵成立交易计有十五万六千石之多，如此私相授受，该会总副干事果不负点责任耶？

第三，非其人。此次承买之谷，并非正式商家，而为一时逐利者化身之商家。而陈干事次樵，居然一日一手卖出十五万六千石，若非监守自盗，其谁信之？

前次长沙市谷米平稳不涨价者，商人畏水灾会有二十多万担谷存在，今一旦尽数出售，在承购者辗转卖空，闻已达二百万担之多。于是长沙市谷陡涨至四元二角，今则尚须三元六七角，所以将长沙市闹成此次荒象者，水灾会是也。何主席责成各县长不要闹荒，其见解甚为独到。此次水灾会闹成长沙市之荒，殆亦"智者千虑，或有一失"。何主席此次特别为水灾会"背"，实属长者之用心。但是一转念全省人民已往所受之饿及将来所受之荒，恐亦寝食难安矣。一家哭何如一路哭？水灾会此次"造孽"真属不小。

亡羊补牢，尚未为晚。希望水灾会根据毕君承庚等所提议补救卖谷办法二项，以资救济，兹照录于下：

（一）此次变卖之谷已出仓者，照出仓日之市价，收回现款，不另立银期。

（二）未经出仓之谷，每石照原价酌减二三角，一律收回，以备灾区购运回县维持民食之用，并将原立定单银期一并废除。

毕君之办法提出已半月矣，并未见诸实行，则水灾会所卖之谷，不能如财政厅所发出之米护照，尚可补足一元，方准出口之先例。查当日卖出谷价，每担二元二角三，以目前之市价三元七角比较，此辈承购者每担可赚钱一元五角余，计十七万担，约可赚钱二十五万五千余元。而定单银期规定十月半，则承购者并未拿出分文，纸笔上即已获如许之巨利。不佞平日对于该会总、副干事等私德极其钦佩，但此次不救灾民，负气卖谷，与灾民闹意见，窃为智者不取。或曰："此次卖谷，该会并不知谷之涨价。"不知今日全国各省不遭旱灾即遭水患，运购洋米已久喧腾报纸，该干事等并非盲目之人，岂有不知涨价之理？若知之而故意卖之，所以不能不令人怀疑也。兹因湘南大旱之中又遭匪祸，来日大难，何主席必有良法以善其后，决不至视同化外，听湘南之人民辗转死于沟壑，而不为之援手也。

"剿匪"与碉堡

（九月五日）

　　呜呼！吾人何不幸生于斯世耶？呜呼！吾人何不幸又生于湘南耶？湘南人民今日所受之痛苦，有不忍形诸笔墨者，天灾流行，赤地千里，青黄方接，即告饥荒，倘得时局安定，即嚼泥食草亦所甘心，无如祸不单行，而"共党又来惠顾"。何主席对于"剿共"素下决心，倾湖南全省四师及十一个保安团之兵力，以与三千支枪之萧"匪"相周旋，何啻泰山压累卵、疾风扫枯叶，诚如军事长官所言："不难一鼓歼灭。"是"共党"萧克一支已成釜底之鱼，决无幸免之理。孰意天下事竟有大谬不然者，自萧"匪"由赣西入湘，如入无人之境，一往直前，竟达零陵。官军扼守湘水，幸未得渡，复窜回嘉禾，以一日夜行二百一十里之遥，"剿匪军"久已望尘莫及。迨官军挥戈南指，而共党又折入潇水，以渡河闻矣。现在萧克部队已陷入潇、湘二水之间，如果追剿得力，湘、桂夹攻，必难突围而出。存亡之际，决于目前，可断言矣。

　　我湘南前因"共匪"恐有出现郴桂之事，遵照军事当局命令，各县修筑碉堡，以备万一。人民亦为自己安宁起见，痛定思痛，集款建成，总计湘南一带碉堡，不下千余座。无如碉堡虽然如期建筑，而守碉堡无人，以致萧"匪"经过地方，碉堡并未发生丝毫效力。即桂东一县，毁烧一百一十座，则前此拆毁庙宇、祠堂改建碉堡者，亦徒劳无功而已。即如零陵城外亦有碉堡十余座，城内即无一兵，团兵又尽行调出他县，一旦有事，几同虚设。且湘南多崇山峻岭，天然之碉堡比人造之碉堡坚固万分，只要将各山上挖一战壕，盖一茅棚，派兵看守，即属利用。若果守护兵士不得力，不但天然碉堡不足恃，即人造碉堡亦不可靠。恐怕碉堡愈多，有时或有资匪利用之处，更为可虑。

今者"共匪"猖獗，政府又有令行湘南各县，将粤汉公路线旁建筑碉堡数百座；又段区司令令建筑湘江左岸碉堡，上自东安，下至衡阳，并颁布《沿湘江左岸建筑碉堡注意事项七条》。是湘南机场之工程未竣，碉堡之土木又来，民力已尽，何能担负？政府视人造碉堡政策可以防"匪"，不佞何敢反对？不过请政府念及劫后灾黎，一切修造之费由政府统筹，政府既要民众，当然政府要体贴民众之心理，离开民众心理而谈碉堡，则舟中之人皆敌国也。古圣贤所谓"筑斯城也，凿斯池也，与民守之，效死而民弗去，则事可为也"。查碉堡本身不能防匪，惟军事能运用碉堡策略，派兵驻防方克有效。今湘南碉堡林立，而守兵不得力，或并无人看守，虽多亦奚以为？且公路旁建碉堡，湘江左岸又建碉堡，其去秦始皇万里长城何异？究竟长城能否延秦氏之大绪？不能不令人怀疑。

目前萧"匪"已渡潇水，长江天险尚不能堵截，则星列棋布之碉堡更难制胜。且公路之东，湘江之右岸，均湖南属地也，不能藉碉堡之界限划为化外。不佞之意，政府如款项充足，多多建筑亦未尝不可，如其一毫一丝都要向老百姓摊派，则处此旱灾、"匪患"交加之湘南，无作鹬雀之逐，为"共匪"造机会，幸甚。

对于财政厅开征下忙田赋之感想

（九月六日）

财政厅前以政费支绌，各县田赋曾经通令分忙征收，上忙自四月一日起，业已收清。兹以秋收期届，特定期开征下忙，从九月一日起，以重赋税，并电令各县长遵照办理矣。

查李师长前次出巡郴县，曾电请政府发振救灾。段区司令见耒阳灾民"吃排饭"，亦电请政府颁发赈款。邵阳杨县长呈报省府云，邵阳饥民因饿而死者达四百人以上。此次胡司令出发邵阳，目见该地灾情之重大，亦呈报政府，请设法救济。此外各县长报告旱灾者计有六十四县之多，换言之，即湖南全省无一县无灾矣。政府除呈请中央颁发振款以资救济外，并对于米粮出口亦有限制之方，未雨绸缪，至为感谢。

查我湖南旱灾之重，不亚于浙江。现在浙江省府及全省人民分呈中央，请蠲免本年田赋，以苏民困。我湖南事同一例，方冀政府慈善为怀，与民休戚相关，定代表灾民向中央呼吁，救此孑遗。不意霹雳一声，已开征本年下忙赋税矣。

查浙江虽有同等旱灾，却未遭同样匪患，飞机场、碉堡及征工筑路等更无其事，"安居乐业"四字尚能实现。方之湖南，实有天壤之判。现在人民正值秋获之时，所有以血汗换来未遭枯死之少许稻谷，又被兵匪就地而食。目前只有大贫、小贫之分，并无千仓万箱之谷。劫后灾黎朝不保夕，政府应在此时设法抚绥，以安定人心为先决条件，何忍于此旱灾、"匪患"交加之时开征田赋？明知政府需款孔急，无米难炊，而已涸之鲋救活犹待乎西江！本来是官取于民，民取于土，土若无取，则官亦无征，方合乎供求条例。今不问丰歉，不察民苦，遽尔开征，窃期期以为不可。

前次何主席在纪念周报告求雨情形，谓"欲以人心而挽回天心"，其用意可谓探本。但是天灾流行，国家代有，救灾恤患，本政府应尽之职责，亦即吾人应有之胸怀。谓"天变不足畏，人言不足恤"，此王荆公所以祸宋。荆公以新法殃民而天旱，神宗观郑侠图，罢新法而天雨。荆公之法远祖桑宏羊，宏羊横征暴敛，深为民害，又令吏民得入粟补官赎罪，国用虽饶，而上天大旱，汉武听卜式之言，烹宏羊，而天雨。惟天惠民，古语匪诬。为民害则不为天所佑，人宠用而天降灾，古有明征，可资殷鉴。当此"匪"、旱交困之湖南，为民上者应设身处地为民穷财尽之灾区着想。现在人民望政府之赈救，有如大旱之望云霓。

恩惠未及，追呼频至，嗟我小民，何以生活？何主席素来视民如伤，敢代表全省灾民请求政府，一方面蠲免本年下忙田赋，一方面电恳中央速颁赈款，或援浙江之例发行救荒公债。此系政府目前应做之事，故敢提出，以备采纳。

旱灾与洋米

（九月七日）

不佞对于外国农产品畅销中国是极端反对的，所以上年洋米进口以及美麦借款，屡次著论及之。因为我中国以农立国，农民又占百分之八十以上，非农民仅占百分之二十，生之者既如此其众，食之者又如此其寡，苟非极广大又普遍的天灾流行，决不至仰赖洋米以度生活。今年虽有旱灾，农民正在收获之时，业已发生荒象，并且发生"吃排饭"之举，则来日方长，何以善后？比者上海有采运洋米之举，如芜湖产米各处均不赞成。但是上海米商运者运，购者购，已一批一批的由安南、日本等处向上海进口矣。据八月十五日上海电："沪上粮帮购有洋米以济市面，闻已购定者在西贡、暹罗两处，计有二十万吨。首次洋米由西贡运沪者，已经法轮装载，先来六十余吨，计八万余担，周内可到。其暹罗米较西贡米到沪较迟"云。是沪商采运洋米，已成为事实矣。

中国今日果荒乎？果不荒乎？若云不荒，则各省各县告急文书如雪片飞来，滔滔不绝；若云荒，则地广民众之国民平日又所司何事？古者"三年耕必有一年之食，九年耕必有三年之食"，今不期之于三年，而一年半载总可以支持。在上年丰收之下，人民对于谷米用之如泥土，绝不爱惜。政府又不知趁此谷贱之时，多多购储以备不时之需，水灾会反将存谷贱卖，今遇旱灾，即脚忙手乱。固然是民以食为天，而所以使之不能足食者，政府亦不能卸其责任。在平日则竭泽而渔，临事则又靠洋米为救济灾民之工具，有维持民食之责者不应如此。

上年外国麦、米、粉以及其他杂粮等进口计有二万万七千五百零二万五千一百九十六金单位，在上年且为全国丰收之年，已有上项巨数之入口。则今年旱灾之中国，其进口量将来之巨有非吾人所可思议者，即六月份已有价值一千零三十六万八千七百八十二元进口。我国日日言提倡国货，他者姑不论，即此农产品一端而言，已足亡国而有余。万一国际间发生战事，海口封锁，则四万万五千万人民不待交锋即已饿死。谋国者固应如是乎？

据汉口商会八月十二日呈报："所储谷米，只敷二十日之吃。"我湖南各县呈报灾情更为惨重，且在今日即已闹荒，来日大难如何得了？我希望各县长出以镇定，赶快劝导人民多种杂粮，大家不必来闹荒，忘却了救荒的实际工夫，否则徒闹无益。以不佞之眼光观来，各县并不是缺谷，乃是人民缺钱，纵有谷卖，其如人民无钱购买何？米有洋米可运，钱从何处得来？放赈向所欢迎，平粜亦力有未逮。当此政府需钱孔急之时，人民之膏脂搜刮殆尽，农村经济早已破产。须知民为邦本，本固邦宁，举凡一切苛捐杂税，应遵照中央明令，即日废除，与民更始。此外一切不急之建设暂行罢免，即宣传亦可不必。最后更希望在此旱灾之中，上下团结，彼此谅解，毋以兵戎相见，毋操同室之戈。

无灾无难，生养休息，此不佞私人所馨香祷祝，抑亦全国人民所日夜盼望实现者也。

如何可以救湖南人民之穷

（九月十日）

因旱灾而蠲免田赋，减少收入，政府之穷也。

禁止谷米出口，米护照无人承购，政府之穷也。

"共匪"扰及湘西，或窜入贵州，特税来源断绝，此政府之穷也。

农村经济破产，产销税与营业税收入不旺，此又政府之穷也。

然我湖南三千万人民既处于天灾流行之下，又值此"共匪"蹂躏之中，室如悬磬，野无青草，少者散于四方，老者转于沟壑，告贷无门，典当无物，是前生注定苦命的湖南人民，现已处于进退维谷地位。我们苟具有人类同情心，总要于无办法之中打开一条生路，以拯救此三千万民众。

其法维何？在今日一般谈救济湖南人民之饥饿者，莫如土木工程，如公路、铁路之建筑，尽可以容纳若干万饥民。此种治标方法在今日确有采纳之价值。如政府认为筹款困难，则上年中央曾通过一千万洪宝轻便铁路公债，事至今日，不妨发行，移轻便铁路之公债改筑公路，但事前须有声明者。据中交银行人员消息："代募公债，须先扣除旧欠三百余万元，所余者不过六百余万元，而此六百余万元又不能如数实得，照折扣算来，又不过四百余万元而已。"所以在"匪"、旱交灾之湖南，只要求各银行家特别通融，不抵旧欠，并少打折扣，以便政府多领到款项，多救济一些灾民，想各银行家素以慈善为怀，或者能俯予所请也。

　　其次则须治本。我湖南自古以农立省，并不知道工业，所以有"两湖熟，天下足"之俗语。今我湖南已遭旱灾矣，自顾不暇，焉有余谷以济邻省？但是我湖南除谷米以外，而矿产独得天之厚，五金各矿随地皆有。只因政府对于采冶之事未尝注意，所有各矿之开采不过略资点缀而已。以点缀门面之工夫，焉能望其发展？必须以全副精神对付，于事方克有济。不佞以为如政府有意开发湖南矿业，必须矿务独立，最低限度，须将关于矿业之技术与计划成立一个委员会，直隶省府。对于委员人选问题，以人才为前提，不受外人之介绍，宁阙毋滥，以少为贵，优给薪俸，不掣其肘，使之对于矿业上负完全之责任。先择其一二确有把握者筹款开采，一著成效，不但可以养活若干穷民，并且可以吸收若干外资，以活泼金融。至于私人所开之矿，如有不合探采原则者，政府亦派人指导，使之趋于合理化，不至浪费资金。如果我湖南矿业发达，则救济农村经济即所以开发国家资源。我湖南人民虽穷，只要于"农矿"二字着手，不出十年，即可转为富足。否则，当局者既不节流又不开源，仅云财政上无办法，岂湖南之财政上真无办法耶？

　　当此湖南灾害并至之秋，希望政府一方面治标，一方面治本。治标方法，如修筑公路以安插灾民，治本方法则对全省矿业积极兴工。除此以外，其余一切不急之用途，十分紧缩，共度难关。鄙见如此，以供采纳。

各省备荒之方法

（九月十三日）

今年旱灾最重者，首在长江流域产米之省份，如湖南、湖北、安徽、江西、江苏、浙江等是也。

江西现在沪运到一批洋米以平粜。

安庆亦开仓平粜，将来粜价仍购米还仓。此在新谷登场之后，政府已着手平粜，可见灾情之惨重矣。

至于江苏，对于水利积极建设，其意以为水利得治，不但可以减少旱灾，亦可以增加农产丰收。所以中政会已于上月二十九日核准苏省发行水利建设公债二千万元。

浙江政府亦以本年天时亢旱，秋收绝望，救济不容或缓，只因省库支绌，筹款维艰，除设粮食管理局外，并由省政会议议决发行地方公债二千万元，业经行政院会议通过，准先发行，然后咨立法院追认。

湖北省府亦鉴于旱灾遍省，民食堪虞，非设法救济不足以维持秩序。张主席毅然决然以建筑省署之款五十万元移作救荒之用，并开仓平粜救灾。

统观以上被灾各省份，均在未雨绸缪，以尽人类同情心。何主席素来当仁不让，见义勇为，一定有一种救灾良法见诸事实，不使各主席专美于前也。

查我湖南旱灾之重，不亚于浙江，况又经此次萧"匪"扰乱湘南，何啻火上加油。是比浙江旱灾之外，又加以"匪患"，人民之痛苦不堪言状。民国二十年，滨湖各县水灾，中央政府尚发给巨大赈款，以资救济。今湖南旱灾几遍全省，论其地域，比水灾为广；论其时间，比水灾为久。水灾退后，尚可施种杂粮，今年旱灾特重，秋收既已绝望，冬粮亦无所着手，来日方长，并非几个不负责任请赈电报在报纸上宣传可以济事。不佞以为今日在水深火热中之人民实在痛苦已极，政府应在此时期拿出一个整个具体办法，以解灾民之倒悬。如果省库空虚，应仿浙江之先例，呈请中央准发救荒公债三千万元。何主席向抱救世救人主义，不妨代表三千万灾民亲往南京陈述一切。即不然亦请一位厅长前去呼吁振救，总可以得到相当的结果，总可以解决一小部分灾情。江西省府派赈务总干事谭福晋京，陈述灾情；湖北派代表南夔入京，报告灾况；浙江派曾厅长养甫至南京，接洽救荒公债。剑及屦及，视为要政。天下事在人为，只怕人不肯去做耳。

湖南在今年实是真荒，并非闹荒。若云湖南人闹荒，则江、浙等省亦是闹荒。究竟是真荒或是闹荒，则不妨请民政厅先行统计湖南农民本年生产之谷量以及全年人民应食之谷数，两相比较，真相于以大白。外人常说中国统计不可靠，假使灾情不甚重大，而这次萧"匪"由桂东蹂躏湘南各县，其受害之深，搜刮之惨，无以复加。谁谓此种"匪祸"，亦系"闹匪患"者乎？大凡人穷则呼天，人痛则呼父母。湖南人民痛苦极矣，尤其是湘南，希望为天者、为父母者对此灾黎速为援手。

浙江救荒公债，不佞以为尽可援例发行者也。上年我湖南为救国计，曾发行救国公债三百万元。但此种公债系推销于省内，此次发行救荒公债三千万元应推销于省外。国固当救，人命亦须当救。民为邦本，食为民天。所望于贤明当道，总要想出切实办法，以慰人民之渴望而后可。

救灾事业不景气

（九月十五日）

我国人向以慈善为怀，每遇各省灾旱兵疫为患之时，各大慈善家无不踊跃捐助，共解惠囊，已往之事实斑斑可考。不但我国人如是，即外国慈善士绅亦尝化除国界，汇来救灾巨款，赈活难民，每次不可胜数。除"九一八"后日本捐济水灾灾款未收外，其余无不崇电申谢。

今何时乎？据南京某机关调查全国旱、水两灾损失，总数在十万万元以上，受影响者几及全国三分之二，受亢旱影响者计十四省三百四十三县，受水灾影响者计十三省十二县。此外有六省六十八县受蝗患，十二省八十九县受雹霜之灾。是中国几无一省无灾，几无一县无灾，即称之为"灾国"亦无不可。况除不可避免之天灾以外，又加之以外侮内忧，人民之痛苦既深，政府之应付亦难，此吾人所以不能不双方原谅者也。

我中国今年灾情既如此重大，而一般中外大慈善家至今尚无举动。从前对于地方振救无不剑及屦及，今则无声无臭，消息沉寂。但是救灾如救焚，时间上实在不可犹豫。不佞意在未得外来振款之前，先实施"求人不如求己"主义。在灾民一方面，除节衣缩食外，赶种杂粮，以补稻、麦之歉收；在政府一方面，根据《周礼·荒政十二》，如散利薄征，以示体恤。此外古代救荒具有成规者，莫如《礼记·玉藻》之言曰："年不顺成，君衣布搢本，关梁不租，山泽列而不赋，土功不兴，大夫不得造车马。"榖梁氏之言曰："大侵之礼，君食不兼味，台榭不涂，弛候廷道不除，百官布而不制，鬼神祷而不祀，此大侵之礼也。"所以古人一遇岁灾，视为己灾，除下诏罪己之外，并捐禄、减膳、去乐以表示共存共荣之心理。降及今日，"朱门酒肉臭，路有白骨人"，尤复穷奢极欲，享尽天下之艳福，而对于一般灾民，缺乏人类同情心。偶有天良发现者，亦不过喊喊救灾而已。不肖者不但不救灾，且从而"吃灾"。此种人虽然是狗彘之不食，而这一般朝不保夕之难民则性命堪虞矣。

端生君有言："政府之所以办赈，对于民众一种报施行为也。"民众既平时出其财物以奉公，及真有灾无食之时，政府自应出其公以济民。在昔有灾之年，蠲缓其应纳之赋，发仓储之谷，截应解之漕，动正项之款，不足则发给内帑，或由邻省协济。徒以吏治腐败，例灾吃灾，成为官吏发财之捷径，实惠乃不及于民间。然此为人之无良，与漠视灾况者有别。今则天灾几遍全国，政府只有口惠。人民因救灾须急，有时或发为文章向当道呼吁，有时或组织救灾机关向各方募款。在政府犹责其多事，甚至有向此辈灾区之灾民设法捐款征税，以促其速死之事。而求其散财发粟、诚心救灾者，今世已无其人矣！

在民国二十年，长江流域各省大水，并淹及首都，政府于是有借美麦救灾之举。查水灾之来也锐，其退也速，退后之田地尚可免肥料而即施种植。且被灾者均属卑下之地，而高原耕种如故也。论其时不及旱灾之久，论其地不及旱灾之广，论其受灾之人民又不及旱灾之多。政府对于水灾也曾施以小惠，今年旱灾未闻有同等之待遇，即中外各慈善家亦未闻有发起振灾会之美举，吾故曰"救灾事业之不景气"。

今中国已天灾流行矣，而一般达官要人每月坐领数百元以至数千元之干薪，犹曰衣食不给，每食万钟，犹曰无下箸处。高车肥马，酣歌达旦，与此辈人谈救荒之事，可谓不识时务。又有一般劣绅，借赈灾之慈善机关，实行其"吃灾"之手腕。以慈善起家者，又历历屈指可数。官民本属一体，在平日民出其粟米以养官，在今日被灾之时，官亦应捐其薪俸以养民。墨子有言："岁馑则士大夫以下皆捐禄五分之一，旱则捐五分之二，凶则捐五分之三，馈则捐五分之四，饥大侵则尽无禄，廪食而已矣。"古人救荒之善政，实值得吾人取法。此次南京政府亦以各省旱象已呈，拟于各省市公务员薪水项下抽捐百分之二十以资救济。有某机关以公员所得薪水颇有高低，事关强迫抽捐，须送由中央审查通过，以昭郑重。某君此语，其事遂寝。为公务员计则善矣，其如被灾之人民何？现在各省政府首先所不愿意者，就是人民报灾。每于万不得已之中，应千呼万唤之请求，始派出一批委员，曰调查，曰勘灾，曰造表，曰审核，曰复勘，曰准驳，曰拨款，曰发放，种种手续，极其郑重。而不知今日被灾之民，有抢米者，有"吃排饭"者，有流亡于外者，有饿死于道路者，有铤而走险者，有吃草皮者，有服毒自尽者，有卖儿鬻女者，有全家投井者。俟河之清，人寿几何？以上各事实，均登载各省报纸，有姓名、地点可查，并非不佞捏造妄说，惜不能借郑侠之笔一一绘出耳。

中国灾情既如此严重，希望政府首先蠲免本年田赋，并向外借贷一笔巨款，或发行救灾公债，对于荒政作积极之工作。其次希望中外各大慈善家本己饥己溺之素愿，宏救世救人之良方，众擎易举，集腋成裘，救人一命，即是为子孙造幸福。不佞一生不信佛，惟此因果报应之说日萦怀于中而不去，故敢以之贡献救灾诸公。

国联与我技术合作之结果

（九月十六日）

国联对华技术合作始于民国二十年，自拉西曼未到华以前，日本用尽种种手段设法破坏，以为国联派来一般技术人员，马上就可以将中国各种实业建设起来，于日本工商业大蒙不利，所以反对不遗余力。卒之国联不受其恐吓，毅然决然派遣拉氏来华。闹了一年之久，至今年五月十四日，国联及中国技术合作委员会开会。拉氏发表工作报告书内容共分十一章。这一部报告书不知用去若干金钱，始克成功。除拉氏已先返国外，现在会工作者尚有十余人。查当时来华时，均签订合同，时期为一年，即将届满。闻该会除酌留数员外，其余将不再赓续延聘。据七月间英国下院开会，掌玺大臣答覆柯林斐尔之问，谓："国联赴华技术专员之报告书已提交国联技术机关考虑，此问题将在下届国联大会讨论之，英政府在原则上赞同国联所予中国之任何辅助，藉利该国与世界"云。

借材异地，世界各国常有之事。在目前苏俄聘用外人，尤不可胜纪。何独日本对于国联与我技术合作便发生恐慌？假使当日我国接受日本之反对，外人不来华合作，我国尚可节省这一批巨大薪金。我也不能说拉西曼一部报告书全是空空洞洞的，如言农业与教育二段，虽有见到之处，但是我国人已先言之矣，或者事出外人之口较有价值耳。时至今日，还不是束之高阁，尘埃封锁，政府何尝对于此项建议切实去做。

说者谓："中国欲想与国联技术合作，其目的在欢迎外人投资，技术合作不过外面工夫已耳。”我国今日经济诚哉危险，当然非利用外资不足以言建设。若用之不以其道，更足加重国民之担负，而使帝国主义者藉“投资”二字，实行殖民地政策，或扩大帝国主义之在华势力，步印度之后尘亦属不可避免之事。现在中国农村一天天的破产，全国经济一天天的崩溃，欲挽回此种狂澜，厥在自己挣扎，绝对不可专靠外人。《传》云：“非我族类，其心必异。”列入雇员之中可也，若恃外人之金钱以建设中国实业，其条件亦难以就范。我国金钱向来浪费，全国稍为紧缩，每月百万不成问题，以之经营各种事业，逐年必有可观。所谓“日计不足，月计有余”，非不能也，是不为也。现当国联技术合作人员约满之期，特旧事重提，以供当道之采择。

再来谈谈造纸厂

（九月十七日）

上年六月间，因建设厅有意将已停工之华丰造纸厂改为湖南造纸公司，官商合办，案经省政会议通过，不佞曾著《恢复华丰造纸厂谈何容易》一文，在《霹雳报》上披露，想留心该厂者尚能忆及。今根据该厂计划书与今日之事实，再加批评。其计划书有云：

每日出蓬莱纸七十令，以现在市价每令五元四角计算，十日得生产费三百七八十元，全月出纸二千一百令，可得生产费一万一千三百四十元。又员薪、工资、原料、事务费等项，月需九千零二十四元，在每月所得生产费一万一千三百四十元内，扣除消耗九千零二十四元，每月实获纯利二千三百七十六元，合计全年可获纯利二万七千七百九十元。其开办基金暂定五万元，计官股占五分之一，商股占五分之四。

近阅本省各报纸所载，始知造纸厂业已开工，造出纸张，并且屡次招待政府人员及新闻记者，极尽宣传之能力。不佞闻讯之余，欢欣万分，以为我湖南有此造纸厂，定可以解决我辈业新闻者所需用纸张之企望。故不惜驱车前往参观，虽在停工之日，却是造纸之内容一望了然。今据不佞所得之印象，披露如下。

办工厂之要素有三：曰资金，曰原料，曰人工。资金、人工二者姑不说，原料问题，试问该处取扱何地？又用何种植物作原料？

所以该预算书内有"员薪、工资、原料、事务费等项"之一条。夫世界各国无论其办什么工厂，原料一项首先列出专条，今笼统将重大之原料问题夹在员薪、工资之内含混通过，在建设厅主管者未加注意，而主持该厂者更造成千古奇闻。

难者曰：如君所言，要先解决原料问题而后开工，何以该厂今日竟造出纸张数令陈列厂中乎？

余曰：该厂今日所取用之原料乃废物利用，每日派工役在各红纸店以及旧书铺切下之纸条，并收买各种废报纸，合而煮之，以为造纸之原料。今试调查该厂之原料室，其废纸条已堆如山高，倘根据计划书每日出纸七十令，非将全城废纸条收尽不克达到目的。但是废纸条之来源有限，万一不敷收用，除与敬惜字纸会联络外，只有停工待料之一法。不佞也曾在德国造纸厂实习过，其所造印报纸，原料系取诸松木与杉木，将圆木截成约二尺长向心式插在磨浆机周围上，磨成纸浆，煮而漂之，流入桶内，再转入滤纸机，制成纸后，经过压光机、切边机转成圆筒而纸成矣。今该厂将收买之废纸条浸滥以作纸浆，其去土法者几何？且土法造纸厂其原料尚系本人自造，不假他人，我敢说一句，该处尚不及土法造纸厂远甚，囚原料不求人故也。夫不解决原料问题而谈上工，我未之前闻。湖北谌家矶财政部造纸厂之覆辙具在，可按而知。夫以数百万之造纸厂，因不自制原料而失败，何况此五万元之小厂乎？

次言该厂预算书，有全月出纸二千一百令，可得生产费一万一千三百四十元。今该厂自上年九、十月开工，迄今已一年矣。虽然是因修配机器在在需日，即如水塔修而复倒，又需复砌，何莫非需时之一端？以一年之久，今而出货，我也不能说太迟。但是五万元之股金业将用罄，陈列室所出之纸张数令尽货卖之，不过值洋数十元。人谓该厂造纸乃是"造缎子"，谅非虚语。日前在该厂问之，某君云："每月开支约在千元以外"。试问此千元之利息从何赚起？

如其不能，非吃股东之血本不可。但是股金有限，何能长此支持下去乎？我亦不能专说扫兴之话，该厂寿命长短、生意之赢亏留在事实证明可也。

此次湖南航空处结束，所有机械拨给造纸厂。不佞参观时，正在搭移圆形锯木机，其余未窥全豹。造纸厂并不需用此项机器，纵有小小修理，尽可送至民生工厂代配，不须自雇一般工人致耗工资。况锯木机更无所用，政府日日在提倡职业，而全省职业学校设备太不完全，此项机械尽可拨给职业学校以作实习之用。今安置造纸厂内，不过作为一种点缀品而已，其实那里用得着一点？

总之，该处费尽精神造出纸张，无论其为纸也好，为"缎子"也好，总算也出了货。倘政府有心提倡实业，多拨资本，加购一部磨浆机，使之能自造原料，不仰承纸铺，或者将来有一线之希望。如以五万元之股金，想来办一个完全造纸厂，事实上并不如此单简。若如现在该厂计划，购纺纱厂之废棉以作原料，则成本之高不足以与舶来品竞争，何况各国纸类正在华作倾销之举动乎？所以办工厂者先要考虑原料之来源，次要顾及市面之销路，而根本上则在减轻成本，方可生存于市场。

质之该厂，以为何如？

三年来之"九一八"

（九月十八日）

驹光易逝，日月如梭，屈指东北失地至今已整个三年矣。在此三年之中，我中国之政治如故也，建设如故也，经济如故也，上下团结如故也。惟自国难以来，各军政领袖尚知觉悟，无内战之发生。虽其中有福建人民政府组织，昙花一现，即告消灭。不过在前三年"九一八"以前以至现在，中央军日日与共党奋斗，以致军队实力为所牵制，予日本人以机会，至为痛惜。假使共党人人如孔荷宠之觉悟，倾心投诚，大家一致枪口向外，十年之内定可沼吴，亦可使我们操笔墨生涯者，免得年年作"九一八"伤心之文章，洒"九一八"北望之血泪。

东北四省已暂隶日本之卵翼矣，这一颗大弹炸已被日本平安吞下矣。据今日情形而言，独占满蒙，日本犹以为未足，业已西则伸其势力于内蒙古，南则扩其威权于华北，横冲直撞，一切越轨行动无不应有尽有，心目中早已无"中华民国"四字。试看军队之操演，毒品之贩卖，飞机之飞扬，以及贿买汉奸之捣乱，极尽无法无天之能事，亏得我们国民政府一切的一切忍受，间或有抗议之举，亦不过敷衍天下人之耳目而已。至于以武力压迫我们中国接受者，则有通车、通邮、设关三事，我政府宽大为怀，忍痛承认。所未正式承认者，只有伪傀儡国尚在悬案之列。

日本劫攫我东北土地，为我们全国人民以及全世界人民（除日本外）所不甘心。收复失地，目前尚非其时，只好忍俟将来，以与日本人算总账。无如政府处处迁就日本之野心，有求必应。前次改订《新税则》，徇日政府之请求，凡有利于日货，处处减低，以致《新税则》颁布以后，日货源源而来，并且租用我国轮船十二只为之代运。本倾销之计划，将幼稚之国货压倒无余。是明则割地，暗则赔偿，致全国人民均受无形之痛苦。天下伤心之事孰有过于此者？

汪院长登台之时，唱"一面交涉，一面抵抗"主义，国人闻之稔矣。今交涉在那里？抵抗又在那里？假使他派人主政，将中国国势弄到如此田地，我敢说汪院长之通电评论早已攻击不遗余力。试检阅汪院长未上台之文章，何等慷慨激烈、动人听视！今则国土已失，《新税则》已颁，《塘沽协定》已签定，通车、通邮、设关已成立，所有经手事件未完者只有正式承认伪国之一举。不佞尝见世界各国如见政府对外有丧权辱国之不幸事件发生，人民马上群起而攻，不崇朝而去位，甚至性命亦在难保之列。试问普天之下，有那一国一朝而失去四省之多，其主持中枢人员尚腼面厚颜而立于朝者乎？我中国不然，失去土地愈多者，丧失利权更大者，非具有大胆狠心之人决不肯为，惟此大胆狠心之人始可以主持全国之政务，彼虎视眈眈之日本人固欢迎之不暇，独惜我黄帝之子孙何？

回忆今年八月一日为欧战纪念日，德人不忘奇耻大辱，作热烈的、沉痛的纪念，并谓："二十年前有人以种种手段播散纷乱之种子以中伤吾德国、压抑吾德国，实则德国除保护其尊荣与独立外，无需他物。今独立犹然。今日全国人民当奋起重行抵抗二十年前所用之此种手段。"末谓："为德而战者一千二百万人，为德而死者一百八十万三千人，为德而伤者四百零六万四千人，为德而被俘者六十一万六千人"云。今吾华重行抵抗者无人，为战争而死而伤者亦无数可查，甚至当年抗日之英雄流落内地作擦靴之生涯，无人齿及。而这辈亲日者反日食万钟，高车肥马，极尽天堂之艳福。所以抗日者因抗日而失掉富贵，彼亲日者因不抗日而升官发财，此种劣根性民族何能见重于世界？虽然，为个人则善矣，所以为国家，则吾不知也。

今日为国难三周年纪念日，综计往事，备极伤心。外侮未除，内乱未弭，加之以师旅，因之以饥馑。远则哀东北同胞尚处于日本铁蹄之下，不能拔出火坑；近则哀湘南灾民卖妻鬻子、茹草吃泥、服毒自缢以及全家自杀者日有所闻。是前生注定苦命的中华民国人民，何日方与世界列强共跻于平等安乐地位？谁为为之？孰令致之？是在全国人民而今而后实行卧薪尝胆之老法，以雪此奇辱。

难过！

（九月十九日）

日昨为我国"九一八"国难日期，据中央党部规定，是日上午十一时，以汽笛声为标准，全国人民静默五分钟以纪悲痛。不佞坐在绿案之上，遵令搁笔，静默五分钟。此五分钟何啻五月、五年、五十年之难过！难过！难过极矣！

过了这五分钟以后，想各省党政军学各界要人定有一篇极沉痛、极哀悼、极悲观之演讲，有令人闻之黯然泪下、青衫为湿之慨。但是我国人性最健忘，今日所说者，明日即不认账，如果全国要人以今日演说之词见诸事实，区区三岛不难报复。全国人民以今日在会场中所闻者刻骨铭心，念兹在兹，已失之土地，不难于最短期间还我河山。若其是言之谆谆，听之藐藐，甚至本人所言者转身即抛诸云外，则满蒙在今日决非我有矣。

难过！真难过！我们正在哀痛悲惨之中，反视对方正在欢声鼓舞、恭喜道贺之时。我下半旗，彼则高张；我则垂头，彼则昂首。此时之一喜一悲，本不足凭。古圣人所谓"无敌国、外患者，国恒亡"，又曰"多难兴邦"。我中国之外患深矣！难亦多矣！惟全国人民大家共懔此外患、多难，可以亡国，亦可以兴邦。而其所以亡国与兴邦之术，不在他求，即在自己挣扎与不挣扎而已。我若视外患可以亡国，则设法避免之；视多难可以兴邦，则发展其兴邦之道。此种兴亡之关键，全靠自己拿出事实来证明，并非站在演说台上，讲几句可泣可歌之话，说几句惊人动众之言，就算是毕乃事。国难至今已三年矣，试检阅过去"九一八"各领袖之议论，还不是年年如此其沉痛。迨其时过，即行无事。贪赃者贪赃，枉法者枉法，争权者争权，夺利者夺利，"国难"二字久已与渠不发生甚么关系。假若有人将各要人历年之讲辞汇集成册，即是一部好教课书，较之学禽言兽语者激动人心多多矣。

难过！真是难过！比丧亲死子还要难过！不佞希望此种难过问题，在不久的将来有法可以解决。解决我们之难过，即是解决东北四省同胞之难过。我们之精神上难过已如此其痛苦，彼东北四省同胞之难过不独精神上一项已也。

难过！难过！已三年难过矣！噫嘻吁！

救荒声中之托儿所

（九月二十一日）

　　日昨行经马路上，见有一对饥民夫妇，一肩两孩，手执草标。趋而询之，口操鄂音而答曰："因家乡大旱，颗粒无收，逃来贵省就食，意欲将所担男女两个任意卖出一人，以减轻衣食。"不佞见此情形，与之洋一元而去。及其归时，又遇一饥妇，满口邵阳土音，手抱岁余之小孩，旁插草标，坐地而哭。就而询之，则曰："余籍湘乡、邵阳交界之某村，因夫出外当兵，业已年余。家有数亩田地，因旱无人戽水，禾苗枯死，无以度日，不得已携其二子出外逃荒。行抵湘潭，长子死焉。此子因滋养不足，难以育成，不得已出卖，一则可以救此小孩性命，二则我可以帮人工作。分之则两全，留之则两伤。"余聆此言，亦与以洋一元而去。呜呼！人生最苦之境遇孰有过于此辈饥民者乎？吾因之有感矣。

　　大凡凶荒之年，卖儿鬻女者所在皆有，不独我湖南为然。人民痛苦至此等田地，为民上者当然想法以解除之。此辈寡人之妻、孤人之子，其希望并不重大，不过每日予以粗食，使不因饥饿而死，已属"格外皇恩"，并不要每月开支若干薪资。因此而忆及托儿所一事。查世界第一个托儿所，于一八四四年由马播开办于法国巴黎，使一般受雇于工场之妇女的小孩，给他以机会，使能将所有之小孩有一个托儿所代为照料。在欧洲各国仿办甚多，一八四九年奥国办之，一八五〇年意国办之，一八五一年德国开办于德来司登，一八六四年俄国开办于圣彼德堡。俄国革命后，此种托儿所开办尤多，几推及全国各市，洵为便举。我国在今日，上海已开办托儿所一处，北平慈善家熊秉三亦开办托儿所于石驸马大街。此种富有意义的社会事业值得吾人钦佩。惜开办伊始，规模不大，不能容纳多数儿童，仅以二十名为限。想系在试办期间之故，将来或有扩充之一日，诚幼儿中之福音也。天津《大公报》对于此举曾有短评云："一个民族未来的命运完全系在儿童身上，所以教育抚养十分重要。但是我国儿童的遭遇大部分却很不幸，贫苦人家的儿童，食不饱、衣不暖、不能受教育、不能讲卫生固不必说，便是富有人家的儿童也不一定都能得到适宜的教育抚养，母亲终日忙着打牌、看电影，把子女交给老妈子看管，这是大都会里很普通的现象。"

今年各省天灾流行，乡间贫苦人家之婴儿抛弃者不知凡几。为人道计，为民族计，政府应严令各县转饬各区镇组织托儿所一所。虽然是托儿所制度的实施对象，专为受雇于工厂妇女之子女而设，今仿其道而行之，以救被荒人民之子女，使之各得其所，无一夫有不获之叹。凡有贫穷之子女，准其暂寄教养，俟将来父母逃亡返里时，仍可将其子女交还本生父母，以庆团圆。其所需经费，有育婴堂之处，则就育婴堂暂改之。否则，此项经费即向本地殷实之家募化，以成其事。凡此善事，在地方素以正绅或慈善家自命者，此时亦应见义勇为，无所推诿。

兹因所见，有触于心，觉世之高谈救荒者，毋忘却救世救人之托儿所善法，幸甚。

读蒋委员长通电消灭工潮安定社会以后

（九月二十二日）

各省市党政机关奉南昌行营蒋委员长通令略云："查禁止工人罢工、怠工及厂主虐待工人，业经令饬遵照在案。至各厂工会抽收工人费用，尤应切实查禁。而工人每日工作，亦应有标准时间以资遵守。查各工厂工会恒向工人征取会费或其他费用，使工人血汗所得之收入频遭无谓之剥削。嗣后各工厂工会不准再向工人征收会费及其他一切费用。又，各厂工人除童工外，每日工作时间以十小时为标准。查八小时工作虽为各国通例，但其立法之主旨在遏止生产过剩。我国生产事业本已落后，不患过剩而虞不足。以不足之国家，至为过剩之遏止，其为非计，宁待细述。……"

捧读通令，实获我心。在今日此种社会人心复杂之下，查禁一切的非法苛杂以及一切的浪费时间，已为不可再缓者矣。

我国工人知识尚属幼稚。有一般学校毕业后失业的青年，往往钻进工会内，掉五寸之笔，逞如簧之舌，满口的为工人谋幸福，想出种种方法向工人本身抽收各种款项，以作本人生活费。迨其羽毛丰满，指挥工人，把持厂务。工人之进退，固然由他们主持；即工厂之生死，亦由他们操纵。如遇风潮扩大，于是开会筹款，议出标准，案经通过，照数缴捐。而工人每日以血汗易来之代价，尽供若辈之牺牲，而工厂之前途尤堪危险。所以查禁工会抽收工人费用，明则是为工人废除苛捐杂税，暗时即是为保护工厂生产。蒋委员长谓："历次工潮发生，每以要求增资为主因，是消灭工潮，自以减

轻工人经济上之痛苦为有效办法。"实探得工会症结之所在、弭平
工潮之根本办法者矣。

至于工作时间，工厂法虽依各国通例规定每日工作八小时，其
余十六小时当然是休息与读书。假若全国工友履行此三八制，谁也
不能訾议。但是每日工作八小时之外，所谓八小时读书，未之前
闻，即八小时休息，亦未见实行。看戏也，牌赌也，通宵达旦，时
间尚觉其短促，及至进厂作工，精神恍惚，神经错乱。工人之主要
工作八小时，早已受其影响。不观夫乡间之农民也，日出而作，日
入而息，披星戴月，手胝足胼，其与工厂内工友穿衣着鞋，无风避
雨，仅藉两手之劳者，苦乐不啻霄壤。若言其所得之代价，尤比工
厂工友为低。以敝县而论，能掌犁耙并能担负一百斤以上者，每月
工资除吃主人饭外，不过四元以内。而勤劳比工厂工人为苦，每日
工作时间又比工厂工人为长，差不多每日有十二小时之久。在秋获
之时，常工作至十五六小时。倘此辈忍苦耐劳之农民一旦招之来都
市工厂，即染恶习，也来高唱三八制，除工作八小时外，其余即消
耗于嫖赌烟酒等等无聊征逐中。大禹惜寸阴，吾辈当惜分阴。所以
蒋委员长为提倡生产起见，主张每日工作十小时之标准，实不为多
也。但是十小时之工作，适合乎人生勤劳之原则，虽则是与中央颁
布之《工厂法》有点冲突，我们认此非常国难当前，变通办理，要
全民本卧薪尝胆之精神，作夜以继日之工作，迎头赶上，不作片刻
之偷安。否则，以宝贵之光阴坐令虚度，实非今日中华民国之国民
所许可。

劳工神圣，调之稔矣，惟其工而劳，所以称之为神圣，若工而
不劳，何神圣之有？希望各省政府奉行此令，不徒工潮消灭，社会
安定，而生产效率之增高，可于无意中得之矣。

以数目字证明我国人无益之消耗

（九月二十三日）

在今日我国人民情形，以言其生产力，则远在数百年以前；以言其消耗力，则走过欧美各国人民数千里之先。我国事事落后，唯此消耗一端颇不示弱。举凡欧美各国所盛行者，我国无不应有尽有，以致全民脂膏被这一般富有势力与金钱者一批一批的输送到外国人手里去，造成今日贫乏愁苦之国民，经济崩溃，农村破产，是谁之咎欤？不佞近阅各报，得知我国人无聊之消耗，其数目至为惊人，不有记载，不足以昭信史。爰本所知，录之于左，俾阅者共知勉励而挽回之。

时届夏令，炎威迫人，各国无不输运大批啤酒及葡萄酒来华作剧烈的竞争，在今年前五个月进口数而言，总数为七十八万六千八百二十二金单位。

橘子、汽水，同为消暑要品，除在华设厂制造不计外，本年六月份橘子进口计达八万七千九百余元，汽水进口亦达二万四千余元。今年前半年进口总数，橘子为八十万余元，汽水则值七万二千余元，两项共计八十八万余元。

舶来消耗品之进口日增月盛，并不因经济衰落而趋低减，实足引起注意，如本年七个月内鱼翅进口价值一百七十九万一千六百五十三元，比去年同时激增五十余万元，可见中国人口福毕竟不浅。

北平一般摩登妇女，因天高气爽，凉风袭人，率多喜购最流行之线织短外套，以资美观。外表虽口称御寒，实则此项外套既短且薄，并无御寒功效，不过以示摩登而已。查此项外套悉为外货，在八月一个月内输入北平者计八千余打，合为九万六千余件。因妇女标新立异之心理所驱使，结果无数金钱溢出国外，实可令人浩叹。

我国正当国难孔殷时代，国人多嬉戏不悟，甚至有"救国不忘娱乐"之呼声。即以游戏品进口一项而论，本年上半年价值五十七万七千九百六十二元。在此国难严重之下有此纪录，诚使人不胜感慨系之矣。

香水、脂粉本为妇女之化装消耗品，本年又为"妇女国货年"，去年全年进口总数一百五十余万元，今年仅上半年已达八十五万二千四百八十四元，实有后来居上之势。至衣服上之花边，六个月内进口价值五十七万七千九百六十二元，真假首饰价值三万余元。又，妇女口中咀嚼用替代口香之留兰香糖进口，今年上六个月计二十万八千八百五十五元。说者谓"妇女国货年"之壁垒，已被摧毁矣。

汽车一项，在今日本为一种最摩登化之交通工具。在今日一般多金者，无不家置一乘，以供娱乐。真正为人民发展交通起见者，尚不及私人所置之多。统计本年上半年汽车进口，价值八百二十一万三千六百四十八元，与上年同期进口总数二百九十四万七千七百二十七元相比较，有显著之激增。

在此新生活运动之中，此种无益之消耗尽可免除，并非如非菽、米、水火不能生活之慨。再检阅本年上半年全国对外贸易册据，输入值五万万六千九百八十四万九千八百三十六元，输出值三万万六千八百五十四万四千七百一十四元，入超达三万万零百余万元。

呜呼！以上所指明之物品，均为贵族或有智识阶级者所消耗，一切平民无与焉。而今日口中所喊"提倡国货"口号最烈者，就是这一般消耗外货最盛者。提倡国货，是要你们去提倡，因为你们无钱去买洋货，所以要你们用国货。若言其富有势力与金钱者，不在乎限制之列。去年"提倡国货年"与今年"妇女国货年"，似乎均是为全国平民而设。此种自居于领导之地位者如此，中国前途危险已极。古圣人云："四海困穷，天禄永终。"堪为今日中国情形写真。吁！

为建筑碉堡代表东安人民请命

（九月二十五日）

以黑子弹丸之东安，人口不满二十万，今年又值饥荒，人民逃生救死之不暇，无如萧"匪"惠顾湘南，虽未及经过东安境内，而政府为未雨绸缪计，令饬东安建筑碉堡以保卫安宁。此种防范未然之深谋，凡属湘民，同声感谢，又不徒我东安一县为然也。所以东安建筑碉堡，实有十二分之必要，任何人所不能反对。但是事实上军事当局亦有注意之处，今先录其命令大要如下。

晏区司令修筑县城碉堡八座，石期市四座，渌埠头二座，大江口二座。

刘军长电令修筑自渌埠头经县城白沙至大庙口之墙壁式碉堡，计长四十五里。

段区司令转令修筑自庙头沿河至衡阳封锁线碉堡，东安境内计长九十余里，限本月底办三六九青砖一百万个、石灰五百万斤及架沿河电线等项。

现在第五区司令派刘副官巽谦，十六师派杨团附同声，率兵一团莅县督修，规定沿河每里碉堡一个，计九十余个，刻不容缓。县政府开各公法团联席会议，遵令进行，其办法由各八区克日各备送青砖十二万五千个，征发人工材料及筹款各在案。东安人民之勇于自卫不后于人，昨据该县函致旅省士绅有云："……尤其青砖一项，招匠踩泥、作胚待干、开窖砍柴，非可速就，一百万个于事理决非一月可齐，县府已电李师长请仿土碉办法，用竹木三合泥建筑，简而易成。……”是东安民众对于征发一百万个青砖已发生困难矣。查东安乡间习惯，建筑住宅多用土砖。如殷实之家有意建造屋宇，其预备烧砖工夫总在一年以前，想各县皆然，不徒东安如此已也。今忽以一纸命令，勒令缴送一百万个青砖，在短促时间，事实上实做不到，并非东安人民有意违反军事长官命令也。昨据东安来省者言："每区十万五千个青砖，务须如期缴送所指定建筑碉堡地点，违者枪决。"查东安县长二百余里，而建筑地点又在湘水左岸与全州、零陵交界一带，在三水、恭安、南应、北应等乡，相距有二百余里之遥。三六九青砖一个计重二十斤，每人每担可挑六个。计三水乡在建筑碉堡处，往返需工四天，每雇工每天以三角计，共需洋一元二角。以六个砖除之，每砖运力钱已到二角，计三水乡一处送十万五千砖，共需运力二万一千元，而砖价犹未计入也。今姑不论运力与砖价如何，惟此一百万个青砖，即将东安全县民房拆尽，亦无法缴齐。难者曰："如君所言，东安不建筑碉堡，听'共匪'之蹂躏乎？"曰："是又不然，请观蒋委员长颁布《碉堡法令汇编》第三十七页之令，为改良碉堡构筑第三条。"

"推行十碉，在经费困难、材料不易征集而时期又甚急迫之时，可建筑强厚之土碉以代用（以前各地所作土碉多能合用，其式样另发）。如各部能熟练得法，则此后推进当较以前迅速。据一般之经验，如用砖碉须一个月推进之地段，若砖、土两碉互用，则或可于半月完成之。惟掘土、取草块、筑墙等，须士兵均能熟练，始能迅速坚固。"

在东安今日经费困难、材料不易征集而时期又甚急迫之时，恰与第三条相符，应可改砖碉为土碉，似易集事。即不然，东安全境多石，未尝不可就地取材，舍青砖与泥土而改用乱石。如果用乱麻石以筑碉堡，其坚固比青砖尤过之。而这一笔运力，当可省去十分之八九。体恤民艰，岂同小可。否则，驱垂毙之饥民以从事，琼亦为我省爱国爱民、大慈大悲之军政当局所不忍心者也。

以言拆民房以从事碉筑，不佞亦期期以为不可。大凡事破坏易而建设难，拆毁民房，所得之青砖不过十之六七，而全家老少即有覆巢之叹。近来零陵城内拆毁民房，已屡见不鲜，如朱宅，如芝城第一山碑坊，如电灯公司厂屋等，均已拆去。其通知书如下：

为通告事：查本县奉令建筑碉堡所需砖瓦、石灰、木料等项，概就各县祠庙及公私围墙、照壁拆用，不给价款。本县所有应行拆放之墙，业经勘定。兹查贵电灯公司二座及外围墙，亦在拆放之列。除雇工即日兴工拆放外，特此通告，即希查照为荷。右通知电灯公司各股东，零陵县建筑碉堡委员会。

查该公司厂盖前年被毁于火，其机件尚安全无恙，办公室亦整个存在，并派人看守，现正力谋恢复，继续开工，今亦被将厂屋砖瓦拆去。从此后零陵再无开灯之希望，七万元之电灯公司从此宣告死刑矣。

兹摘录《碉堡法令》数则于后：

令为各县及各部建碉堡不得毁屋掘坟

案据第一区碉堡工事督察专员李培刚呈，略以各地建筑碉堡，因需要砖石，毁屋发冢。查有一楼之成，发掘不少之坟墓，构怨于民，请严禁掘冢毁屋，以收民心等情。据此除指令并分令外，合行令仰该□即便遵照，转饬□嗣后严禁掘取坟砖，并不得任意拆毁良民房屋，致使保民之具反为招怨之举，务各遵守为要。

《对策修正案》第二项第二条

征用土地，须由地方公共酌给代价；征工征料，须酌情分配平允，须用工赈方法，对于木匠、砖瓦等须优给工资。

令为各县及各部建碉不得拆毁民房、砍伐风景大树

近查各地构筑碉堡，为征取木料、砖石起见，往往就地拆毁民房或砍伐风景大树，致引起民众反感与不安之状，殊属不合。须知碉堡之构造，原为维系地方，收拾人心，夺回民众。若破坏其房屋，则民众之身家财物无所寄托；砍伐其大树，则民众之精神与心理不免怀疑。其主持碉堡人员，在地方是否有挟嫌留难之意姑不具论，即此已失构筑碉堡之意义。以后无论军民对于材料、砖石之征取，须审慎筹办，不得再有上项情事，并须与战字第三五二五号训令并案办理，违者定予严惩。……

附《防城守赣及碉堡封锁线应注意事项》

（五）已筑成之碉堡不可无兵看守，故不可专图构筑碉堡之多，须按兵力、地形及是否需用以决定之。

据蒋委员长所颁之法令，是泥土可以筑碉堡，并不一定须用青砖。掘坟毁屋，并砍伐风景大树，亦在所不许可。此外，木匠、砖匠等须优给工资。在筑成之后，须派兵看守，不可专图构筑碉堡之多。皇皇命令，谁不遵从？兹将东安建筑碉堡委员会十三日议案摘录于下：

（一）仁寿、恭安、南应、北应、三水各乡，限于五日内征集石灰两万斤，送至大江口转送石期市（按：三水至石期市路程一百五十里）：

（甲）木料暂由各该段就近砍伐采取。

（乙）砖料除尽量拆取庙宇及祠堂墙壁外，其人民私有砖料悉得征集之。

（五）凡在各建筑碉堡线十里以内，壮丁须一律应征；十里以外，由县碉堡委员会酌量分期征集之。

总之攘外必先安内，建筑碉堡为肃清"赤匪"之一种致命伤，苟非丧心病狂，谁也不敢反对。不佞极端赞成修碉堡，而民情亦不可不兼顾。在贫穷之东安，以废弃青砖政策，取用乱麻石及土碉为迅速集事，所需石灰，可勒令每乡派人至建筑地点就近烧灰。富者出钱，贫者出力，通力合作，不日可成。揆之天理、人情、国法，如此办理甚妥。贡之军事长官，尚祈垂纳。

炼锌厂之前瞻与后顾

（九月二十七日）

水口山为我湖南矿业之鼻祖，有了水口山矿务局之后，所产出之磺则有水口山炼磺厂，产出之铅则有长沙之黑铅炼厂，至所产出之锌，自开办至今，均售砂与外人，本国并无炼锌厂之成立，以致全国各兵工厂、各工厂冶铜所搀合之锌仰给舶来。即以十九年而言，入口数为五万二千余担，价值八十九万五千五百七十八两。我国为产锌之国，以不能自炼之故，外锌不得不输入。所以为国防计，为杜塞漏卮计，炼锌厂之成立实有刻不容缓者矣。

今湖南已成立炼锌厂矣，而计划并主持厂务者，系饶君或安。饶君并未出洋留学，完全依赖学校理论之课本与图样，出而见诸事实，苦干精神有足多者。当年在兵工署筹借十万元开办费时，不佞适有事于该署，竭力赞助，虽则出锌延期，已有成绩，吾人亦当为原谅。今查该厂每月开支约一万一千元，内事务费占一千六百元，工务费占四千余元，煤价占五千元。每月炼白锌碎砂三百吨，若照成份计算，应出锌一百吨，除八折灰化外，约得锌一千三百担。今该厂在初办期间，三百吨仅出锌六百担，损失太大，应即设法改良。加以今日金贱银贵之市价，每担仅值洋十七元，计每月可得锌价一万零二百元，尚不敷洋约八百元。每吨碎锌砂价以八元计，每月三百吨，需洋二千四百元。加入不敷项内，每月约亏洋三千二百元。虽则是白锌碎砂堆存山上如同废物，然吾人为经营商业计，纵是废物，也要估入成本之内，方合办厂原则。在目前这种新兴事业如炼锌厂，政府应亟须设法维持，使之不夭寿、不亏累而后可。

其维持方法如何？

首先将厂内人员紧缩，至少每月可以省出六七百元，以弥补现状。至砂价成本，暂搁置一方面不说。

其次则加拨经费。以现在该厂之原动力，可敷炼炉二座之用。若加筑一炉，每月即可炼六百吨，而事务费不须增加。但是此一座炉之建筑，需洋一万元。此外，制罐部现在系用人工制造，若改用机造，每月可节省五百元。洗砂间机件亦不完备，以不完全之设备当然不能造出优美及合理之成品，所谓"工欲善其事，必先利其器"。合共以上各项增加，据不佞估计，也不过四万元即可齐备。而在该厂每月即有盈余，不至亏本。在湖南目前此种财政状况之下，筹措本不易事，但是要办新工业，当然要发给经费，使之欣欣向荣，既可免"巧妇不能为无米之炊"之讥诮，亦可作政府永久之宣传品。政府那里不用钱，只看用之得当与否。若果是当用者，虽节衣缩食亦乐为之，否则一文一毫惜如性命。不观夫国货陈列馆后部新建筑之俱乐部乎？超过原定预算八万元，尚且为之设法，何况此中国唯一无二之炼锌厂，政府决不至漠然视之。据不佞考察印象，该厂诚属危险，若照不佞以上所说各情拨款增置，亦可转危为安。

政府举办一新兴工业，事前须再三考虑，如果认定此项工业应须建设者，即拿出全副精神以赴之，不能因为已有了出品，只图敷衍门面，不求实际之发展，非计之得也。

国联非常任理事我国落选后之感想

（九月二十八日）

我国向认国联为"救苦救命王菩萨"，所以"九一八"事变之来，持不抵抗主义以昭示国人，因为有国联在也。迨日本要求直接谈判，我国上下则主张此案已提交国联，一切解决均惟国联之命是听。拖延复拖延，于是我国知国联之不可恃，始有《塘沽协定》之签定及通车、通邮、设关之变相式承认。在不佞眼光看来，国联对于强国本不能为力，即会章第十五条亦不能实现，此外更谈不到任何职务。所以，日本与德国深悉国联是一个纸老虎，毅然决然宣告退出，亦无亡国之事实。此次我国对于非常任理事落选，有一般中外人士颇为愤慨。以中国人口多、土地广而论，不但在亚洲称第一，即在地球各国亦当首屈一指，论理可以当选。独惜入会各国会员不照此数分配，而以国势之强弱为标准。各国目前所需要者强权，中国今日之强权何在？既无强权，当然落选。既然落选，于人何尤？

南京外交部发表谈话，有："我国为东亚大国，对于国联又复切实合作、热烈拥护，在理国联当能主持公道，予我以连任。又依照一九二二年九月之决议，国联大会选举非常任理事时，应顾及世界各重要地域、民族、宗教、文化以及财富之来源，而为适当之分配。乃此次选举结果，东亚国家在行政院竟无代表，使国联几成为一纯粹欧洲之国际组织，此于国联之本身不得不谓之为一重大损失。"顾维钧言："国联非常任理事，中国落选，不能不谓与吾人以相当失望。"郭泰祺言："中国此次落选，对国联及中国均有不利影响。"我国外交官均认此次落选与我国不利，纷纷发表谈话，以鸣不平。须知国联之选举，与我国国内之利诱威胁选举不同，不问权利，只问实力。假使用金钱可以买票，我国至多亦不过出一万八千元，亦不足以敌外人，而况不受金钱者乎？

我国作事向取消极主义，日本强占我东北四省，我国人则用抵货手段，既不澈底，又不自行提倡国货。种种空谈，于事何补？此次我国国联落选，郭使在国联第四委员会发表宣言，要求减少应纳会费之一半（中国付国联每年五百二十五万金法郎）。查国联预算，须一致赞同方能通过，中国如否决，则国联工作将为之停顿。不佞以为中国减半续付二百二十五万金法郎，犹觉其多。在国联既心目中无中国，我们中国何必加入欧洲人所组合之团体？不如直截了当，退出国联，每年省出此一笔巨款，多办工厂与学校，还可以养活若干失业，作育若干青年，较之消耗于日内瓦者多多矣。须知国联之成立，与军缩会议同一性质，其目的在注重德国之复兴，一则促进德国履行《凡尔赛条约》，一则限制德国军事之扩张，何尝对于世界和平施行强迫？吾人放大眼光而言曰："国联绝对不可靠，若靠国联，即是亡国之征兆。只有自己努力，打开一条生路，以救国人。"虽则是今日邀请苏俄加入国联以增声势，其结果还不是红、白帝国主义者协以谋我，以求机会均等而已。

所以此次非常任理事当选与否，不必作五分钟之愤激，痛恨土耳其与日本之破坏及国联会员之食言。不如大家来努力自救，复兴中国。待到中国复兴之后，不但理事可以当选，即任何要求亦可如意。否则，即照日、德退出国联亦无不可。彼深信国联之权能者可以悟矣。

我国行政上之矛盾

（九月三十日）

可恶日本人上年在日内瓦诬蔑我国为无组织之国家，凡属国民无不愤慨。我国家岂真为无组织之国家乎？试观今年全国财政会议议决："所有苛捐杂税，自七月一日至年底止，一律废除。"举国臣民无不欢声鼓舞，方冀各地方行政长官履行议案，以解除人民痛苦。我湖南财政厅亦有将全省教育附加废除之举，张厅长并通令各县遵照财政部命令："……惟此后无论任何附加，应饬一律随正减免，用纾民力。……"意至善也。不意与教育厅适发生正面之冲突，朱厅长致函财政厅维持教育附加，并请通饬各县暂时照旧征收，藉资保障人民受学权利，并电呈中央核示在案。据财政部呈奉行政院称："查前奉召本部会同教育部审查河南省政府呈对于各县教育经费照旧征收一案内，业拟议统筹兼顾办法。……湘省所陈，事同一律。……准其在未筹抵补前照旧征收。……"是湖南弦歌之不绝，未始非朱厅长之力，而转念人民之负担未释，则张厅长又不能不分任其咎。古圣人所谓"矢人唯恐不伤人，函人惟恐伤人"，亦各行其道而已。

行政院系总揽全国行政事宜，一切法令系整个的、普遍的，并无各省单行法规之明文。湖南教育经费既可在未筹抵补以前准其照旧征收，当然他省亦可照办。本月十三日，财政部函江苏省府："请饬各县地方当局，裁废有关教育经费之各项苛细杂捐，核定抵补办法。"又，财政部以苏"崇明教育局创收瓜菜捐，弥补该县教育经费。此项苛捐以直接对农产征收，影响农民生计甚巨，值此全国废除苛杂之际，应即停止征收。关于各项预算经费，行政院业经拟具办法。……应饬县方详述税源，核定抵补裁撤办法，以示澈底废除苛杂之诚意"。同隶国民政府之下，河南、湖南则准其照旧征收，何独对于江苏即令停止征收？是厚于湘、豫教育界而薄于江苏教育界也？或厚于江苏老百姓而薄于湘、豫老百姓也？此种同样之征收，一准一否，行政上未免有点矛盾。

查我国教育经费，向来以田赋及杂税附加为其主要资源，如果停止征收，即教育界有停炊之虞。欲维持教育现状，则此种附加当然有不能停止之势。中央政府当时不应专唱高调，不顾事实。与其事后办不通，不如事前再三斟酌，先觅获抵补办法再行废除，或将教育经费列之除外，亦未尝不可。今财政部通令废除，而教育部则请照旧征收，是将不能解除人民痛苦之责任完全推之于教育部身上，在财政部当然可以口惠见好于民众，其于以教育为立国之大本何？

不佞赞成财政部废除一切附加，却又要顾到教育经费不受影响，斯为两全。但是湘、豫准其照旧征收，而江苏则否，并近日通令全国"惟此后无论任何附加，应饬一律随正减免"之语，此则不免令人怀疑政府之举措前后不符耳。

读蒋委员长删电以后

（十月一日）

蒋委员长有删电致各省府云："各县长往往防御无方，致县城失陷。各该县长身负一县重任，自应矢报国赴义之忠忱，乃或则闻警先逃，或则临难苟免，求能与城共存亡者，稀如麟凤。正气消沉，大节汩没，以此临民，民何以立？……倘遇匪警，即应督率团队待援。万一守御力尽，则与城共亡，不得只身孤遁。倘有仍安泄沓，不知振作，以致失陷城镇、糜烂地方，则军法具在，决不姑宽。……"捧读之下，我民国官纪有此可以振顿，并可以减少若干"县长狂"之痴梦，诚当世之暮鼓晨钟，发人猛省者矣。

以言我国今日各省之县长，其出发点多非正途，皂隶马弁荣膺邑宰，乳臭小儿亦任百里，或因裙带关系，或用金钱运动，种种丑史，不胜屈指。我也不能说全国之县长均皆如是，亦不能说由此种出身者全无其人。夫县长，亲民之官也，比任何吏官为重。县长循良，即一省一国之政治清明，而人民于无形中不知消灭多少痛苦，得到了多少利益。我观今日之为县长者，并不是想为民众做一番事业，实因饥寒所迫，为贫而仕，只想到任之后，如何可以搜刮地皮，如何可以剥削民脂，意在做了这一任县长之后，可以解决一世生活。并有一般为县长者，纵其亲戚及妻孥从中再刮一次。以人民有限之膏脂，何能填无底之欲壑？于是官逼民反者所在皆是。此无他，县长之不得其人也。而其所以造成此种局面者，盖有由也。试问今日之被委为县长者，是否出于各省民政厅长之本意？不是要人函荐，即是军阀保举，甚至有受金钱运动者，实行卖缺主义，以"此马来头大"之县长，那能谈到守土之责？普通常识尚缺乏，遑言政治。他是来做官，并不是来送死，所以一闻寇至，则先去以为民望；寇去则反，仍大摆特摆其臭格，颇有"好官我自为之"之慨。

蒋委员长有见及此，发出删电责令县长与城共存亡。但此事不佞亦代表今日之县长说几句实情之话，现在的县长确实难做。

其一，手无寸铁。所有各县团防尽行调出县境，只留着一座空城，既无兵，又无枪，梭标马刀何能敌得悍匪之快枪？所以寇至即逃，与其不逃而死于匪手，何若逃出或可幸免于万一。

其二，县长之职责在治理民事，此外尽可不过问。但是今日之为县长者，只有为军阀做走狗，拉夫也，催捐也，派工也，种种名目，无不集于县长之一身。偶有违反，鞭挞之后，加以杀戮。蒋委员长前有提高县长威权之电令，惜未见诸实行耳。所以县长在边僻之县，其权值不过一连长。连长可以指使县长，而县长却不能指挥连长。文轻武重，所以造成今日县长之局面。

以此种县长之情形看来，责以与城共存亡，事实上应稍为变通，或恢复原有制度，将每县之团防尽行交与县长指挥训练，如匪来再有弃城潜逃者，得以军法从事。若认为格于目前局势不能发还团枪，则不如以现任某师驻地军官兼任县长之职，借现部之兵力以作护城之用，暂且将民政事宜搁在一边，回复到军政时期。俟中国大局平定、政治上了轨道之后，再来遴选县长。若以目前军事时期，欲求有一良有司，实戛戛乎其难矣。

寄语今日之为县长者，删电不可违。上月二十一日，南昌已枪决弃城之安义县长萧业恢，是县长可为而不可为矣！若言其牛羊父母、仓廪父母，是县长不可为而可为矣。彼今日一般奔走于权贵之门，冀委得一县长，以作死后出报讣之头衔者，当知所择矣。

中路——南路——西路

（十月三日）

“中路、南路、西路”六字久已不见于眼帘，不意近日于旱灾救济委员会推举职员中见之，殊深骇异。

查湖南分中路、南路、西路，始于前清设师范学堂，在长沙有中路师范，在衡阳有南路师范，在常德有西路师范，自此三师范学堂成立之日起，于是我湖南全省始有三路之分。迨后师范改称，于是省城内又留着中路人所办者有妙高峰中学，南路人所办者有岳云中学，西路人所办者有兑泽中学，隐隐约约尚存路界之遗迹于湖湘。

自革命以后，省城各机关公务长官之支配，虽不明标分赃之界线，每路总分得若干位置，不至使那一路人向隅。古圣人云：“十室之内，必有忠信；百步之内，必有芳草。”政府为事择人，其用心未尝不苦。

近则西、南两路人才寥落，继起无人，不能怪政府之不用西、南路人，实因西、南路人太不长进。政府用人向来内举不避亲，外举不避仇，并无此疆彼界，悉本一视同仁。自己不挣扎，于人何尤？人谓：“西、南两路向来只有尽义务，于权利无分，恍若已处于被征服地位。”此言不对，试看此次旱灾救济会，据报载常务委员案，中路推举某某，南路推举某某，西路又推举某某。此种分配匀平，足见当时赴会诸公之苦心，孰谓我湖南用人之欠公允哉？此种委员虽然是义务，西、南路人见义勇为，决不后人。至于全省有权利机关之长官，西、南路人又礼让为国，决不先人。湖南本是一家，何有中、西、南三路之分？有此思想者即是封建余孽。现在政府将此路界早已打破，共处于一个省政府之下，可惜旱灾会诸公旧事重提，要举某某为常务委员可也，何必分中、西、南路？要举某某为监察委员可也，又何必注明中、西、南路？政府对于有权利机关且不分路，诸公对此义务机关又何必分路？六七年来之路界字眼，今不意于旱灾救济委员会支配委员中见之。

在当时诸公自以为平分春色，我则认为所见者小。须知湖南省，湖南人之湖南也，无论何人均可帮忙。矧属救灾事宜，更无路界之分。华洋义赈会尚且有外国人主持一切。前次人民向水灾会借贷，均云"外国人不肯"。今旱灾会将三路人熔冶一炉，将来灾民分振时，当无所再行推诿矣。所以，此次于支配委员中标明中、西、南路头衔，盖有深意存乎其中欤？

水灾会卖谷之流毒

（十月七日）

协丰栈空盘买卖，业经政府严令禁止在案。自有水灾会卖谷以来，各粮行借水灾会谷之名义在外买卖空盘，来来往往，几有二百万担之多。其间获利者固大有人在，亏本者亦复不少。当水灾会谷发卖之时，由二元二三角抬价至三元四五角。现因下游销路不旺，上河又属钱荒，而滨湖各县所产之谷今年丰收，运来省垣者源源不绝，以致谷价大跌，陡落至二元五角零。当初水灾会卖谷之时，正和一家受谷最多，约四万担。嗣后做空盘者，以逢吉粮行之刘俊卿为最，计有十余万担。现因价格大落，而水灾会十月中比兑款之期又在目前，刘俊卿见势不佳，遂于日昨清晨携眷而逃，约计损失水灾会空盘谷及各杂牌谷并各店来往，总在十万元上下。现在大西门各粮行及与刘俊卿有往来者，无不大起恐慌矣。噫！此水灾会卖谷之流毒也。

我湖南今年大旱，以湘南各县为最，水灾会有谷不卖与灾区以作救济灾民之用，挟其巨大之谷量扰乱长沙市场。一般奸商又藉水灾会之谷卖空买空，违反前年之禁令。推原祸首，水灾会诸君难辞其咎。前此卖空买空者，何主席有令严拿，并将其所赢获之利提作救灾之用，各粮行中之店员且有在长沙县狱守法半载者。今则事同一律，应将此做空盘买卖之首要即予拿交法庭，以为操纵粮食者鉴。现在刘俊卿已逃，业粮食者栗栗危惧。政府对于此次做买卖空盘者尚无何种表示，行见长沙市场定有一场纷乱。有维持市面之责者究竟有何方法以善其后？

　　呜呼！同一谷也，善用之，可以救活多少性命，不善用之，反足以遗害社会。现在又组织旱灾救济委员会募款放振，但是远水不能救近火，何若将水灾会所储存之谷先行振救灾民，俟中央振款汇到再行归还水灾会。水灾会尚可将谷卖与商人，何尝不可将谷贷与灾民？同属湘人，何分彼此？况水灾会此次卖谷之流毒已如上述，应乘此尚未兑款之时，将已卖之谷未出仓者原价收回，以为救荒之用。至各粮行借水灾会谷之名义在外做空盘买卖者，应一律取销，作为无效，以符禁令。

读艾迪博士讲演
《中国两大仇敌》以后

（十月九日）

世界闻名之美国大演说家艾迪博士，此为第八次来华。查艾氏每次来华，皆受群众热烈欢迎，前次来华适逢"九一八"事变，博士向世界宣誓，证明日本侵略满洲之阴谋，主持公道，维护正义，其爱我国人之深情可想见矣。今次来华，在保定有极沉痛、极对症之讲演，苦口婆心，国人闻之，定有相当觉悟。虽一度与日本人打笔墨官司，艾氏并不因此而少挫，仍大声疾呼，扑杀此獠。日本虽欲一意孤行，其如公道自在人心何？

艾氏谓："中国有仇敌二：（一）南方之'共匪'。江西虽被国军几全部收复，但牺牲之战斗员与金钱已不可以数计。目下'共匪'窜入四川等三省，蔓延仍未可忽视。（二）北方之帝国主义。掳去富庶之四省，更输入白面、金丹等毒品以麻醉中国人。此两大黑暗势力如何消灭，全赖中国人民之努力。且此等黑暗现象，为中国政治不良与夫贫富悬殊、失业过多之象征。余曾游历南方四省，政界贪污枉法，鱼肉乡曲，吸收民脂民膏，依然如故。……"

听了艾氏此一段议论，今之从政者究竟作何感想？南方之"共匪"始于当时主持赣省军政长官讳疾忌医，养成燎原之势。推原祸始，应将当日之长官交付惩戒。近年来虽经国军"围剿"，将有肃清之日，牺牲金钱与性命亦属莫可如何者也。不意一波未平，一波又起，江西之"共匪"将灭，四川之"共匪"又形扩大，甚至赣

"匪"如萧克者尚且由江西经湖南窜入贵州，企图与川"匪"会合。万一成为事实，则其为害伊于胡底。此有识者所公认，毋庸赘述。

惟各方之帝国主义者对于华北，已如"九一八"东三省之前夕，横冲直撞，心目中已不认中央政府有统治华北之实权。试看飞机之腾空，军队之演习，浪人之捣乱，毒品之输入，无处不表示帝国主义穷凶极恶之行为，造成恐怖状态，使华北同胞无有安宁之一日。而最足以危我民族者，莫如麻醉品。我国现对于毒品厉行禁止，五省禁烟事宜现正提归南昌行营办理，以表示决心。北平之殷署长且以密卖白面而遭枪决矣。何物日、韩浪人近月来专以贩卖毒品于华北为其主要营业任务？我国虽有时破案或捕获犯人，卒之限于无治外法权之故，莫可如何。我不恨贩卖者，独恨此辈不知亡国恨之将死的民族，还不自行反省，日以饮毒品为能事。如果大家一致戒除，彼日本浪人决不强迫我去卖吃。纵有输入，无从推销。日本政府对于华北则志在土地，日本人民对于华北则志在灭种，及今不觉，螬脐无及。东北四省同胞现正在过其吞云吐雾之快活日子，自由极了。若转念将来民族之前途，有不令人不寒而栗者乎？

艾氏为中国之好友，每次讲演对症发药，其一种希望中国之努力有为，比中国还要恳切。此次所讲《中国两大仇敌》，可作为暮鼓晨钟观，并可以书诸绅、铭诸座以资警惕。至在保中礼堂所讲《如何匡救中国》，意亦可采，兹摘录于后：

……中国受强邻之侵略，已被夺去四省，如波兰与丹麦当年之情形。波兰被人侵略而不知觉悟，终于灭亡，凡一百五十年之久始恢复国力。丹麦被侵略后，国人有深刻之觉悟。英雄如卫德、马特二人，领导民众。目下全世界之农产如牛奶、黄油、牛肉等，三分之一为丹麦出产。现今中国走一条路，方能挽救危亡，此应努力研究者。……

国庆日忆及东北与外蒙

（十月十日）

　　"九一八"之热泪未干，"双十节"之庆典又至。统计我国国庆日已经过二十三次矣，在民国二十年以前，每遇是日，全国无不兴高采烈、欢声鼓舞，真有普天同庆之概。不意"九一八"事变以来，人民忍痛庆祝，颇有啼笑皆非之势。当我国鼎革以后，接收于清室者系整个完全领土。在北平政府时代，仅有外蒙独立。自迁都南京以后，不崇朝而失去四省。今值国庆之日，吾因之有感焉。

　　东北之失，我国人无不愤慨填胸，除少数亲日者外，与日实有不共戴天之仇。国人于无可奈何之下，提出五分钟热度抵货办法。无论如何，吾人应知国人对于东北失地尚有一种表示。在不久以前，国人尚且举行国难三周年纪念，以表示悲悼，足见我国人对于东北并非如堕甑不顾也。但是我国人眼光甚短，只顾目前，若去目前稍远者，即漠然视之。所以东北之失，全国人民尚慷慨激昂，有灭此朝食之义愤，足见人心未死，中国事尚可为。若证以外蒙古之失，全国中几无一人道及者，是可异矣。

　　自元朝灭亡后，蒙古民族即返故乡，过其牧畜生涯，中国亦以为蒙人不复反矣，予以虚荣，责以朝贡。此外即等若有若无之列。在清朝一代，诸事本此宗旨进行。其后到了满清与民国交替时期，内蒙与外蒙即乘机宣布独立。民国四年，中俄在恰克图成立条约，蒙古取消独立，而组织自治政府。至八年十一月，徐树铮为西北筹边使，强迫蒙人取消自治。至九年夏间，蒙人又攻陷库伦，而北政府之威权完全扫地。当时都护使陈毅被逐出境，所有库伦、恰克图完全为革命党所占领，而建树蒙古革命政府。十三年夏，又取消革命政府，改称为蒙古共和政府，并同时制定宪法而施行之。自此，我国于外蒙已无一官之设、一兵之守，一切受俄人之指挥矣。

在前清末叶，俄国势力东渐，我国以列强环攻，应付俱穷，本部十八省之土地已有朝不保夕之势，外蒙远处西北，一时无暇顾及。帝俄则乘机笼络，活佛心遂向外，而自称外蒙君主。民二年十一月五日，始缔结中俄协定五款，另声明四款，然仅承认中国在外蒙有宗主权，而中国承认外蒙有自治权。民三，袁政府派毕桂芳订立《中俄蒙协约》，至是外蒙确定其完全自治制度，且有主权与各国缔结工商之国际条约，名曰自治，实与独立无异。在民四，虽然有一次取消自治、归顺中央之举，不久又宣布二次独立。自是以后，名义上为"外蒙共和国"，实则一切大权都操于俄人之手，每一机关或领袖后，皆有美其名曰"苏俄顾问"之监督者；各机关之一切事宜，俱皆仰苏俄之意旨进行。以军事言，则军官多属俄人；以教育言，则完全俄化；以交通言，则交通之枢纽皆操于俄人之手；以实业言，悉由俄人越俎代庖。故外蒙表面上虽为独立，实则等于亡国。此种侵我主权，害我民生，离间我民族，攘夺我民权，大好山河，竟不费一兵，不折一矢，垂手而得，较之日本人夺取东北手段之卑鄙毒辣，可谓无独有偶。

统观以上情形，外蒙为苏俄所有已非一日，独惜我国政府日日言保全领土、收回主权，对于外蒙始终未闻注意。"一面交涉，一面抵抗"主义仅对东北而发，恍惚外蒙尚在我国中央政府统治之下。

回忆日本之攫取东北也，系以有形之武力，既占领之后，又耸动溥仪称帝妄僭国号，太不予中国人以面子。明知无可如何，不得不哭诉国联，藉收失地。寖假日本人步苏俄之故智，萧规曹随，以外蒙之脱离程序施之东北，我敢说国民政府一定以对待外蒙者对待东北也。日本素有"小鬼"之称，独惜此次占领东北，竟冒天下之大不韪也。但是外蒙称"共和国"，东北称"满洲国"，我国政府不反对"共和国"，而反对"满洲国"；人民不反对苏俄一手造成之"共和国"，而反对日本一手造成之"满洲国"。苏俄与我何亲？日本又与我何仇？同一傀儡国也，同是中国之领土也，一弃一争，殊不可解。我国素主张平等待人，何对于日本与苏联显分高下耶？今国人既宽大为怀，亦应对于"共和国"与"满洲国"不加以反对，以待"共和国"者待"满洲国"可也。不然，试看今日日本之组织"满洲国"，无一不套苏联之旧文章，官吏顾问布满伪国，军事教育操诸其手。所异者，日本本身系帝国，则令"满洲国"拥一皇帝；苏联本身系共和国，则令外蒙古组织同样之"共和国"。我国人既不承认"满洲国"，当然不能承认外蒙之"共和国"；我们既反对日本之强盗行为，亦应反对苏联之侵略政策。何以将"满洲国"提交国联解决？何尝不可以将外蒙之"共和国"一并提交国联解决？今国人只知有日本一手造成之傀儡"满洲国"，而不知有苏联一手造成之外蒙"共和国"。政府不谈，报纸不说，真不知其用心之所在。现在外蒙在苏联铁蹄之下，一切苦榨剥削，其人民已处于非人地位，与今日之东北同胞同一惨境。当兹国难方殷、民族生死存亡之际，不但东北要收回，即外蒙亦须同日解决。若果久置于苏俄肘腋之下，乌知其非我有也？我们须知祖宗遗下之尺地寸土不可轻以与人。保全土地，即所以保全人民。"皮之不存，毛将焉附？"家庭不愿有败家之子，立国尤愿有捍卫之臣。日本不可以理喻，而苏俄向持不侵犯他国领土为标榜者，当能接受我国的合理要求，所怕者政府不肯去交涉，或者更造成同样之事件，为可慨耳。

今日系国庆之日，不佞本不应说了一些败兴之事实，因为我国人健忘，事过境迁，一切皆了！外蒙已为俄人攫夺以去，中央政府置之不问不闻之列。而东北四省虽为日人侵略，我国政府尚口头上喊着誓不承认伪国之口号。东北与外蒙事同一律，但日本非苏俄可比，恐不久的将来，日本要以武力压迫我承认伪国，并要求派李鸿章第二为全权代表，签定割让东北四省之卖国契约。此系杞人忧天之举，或者不至如是。谁喝此香槟酒？谁是卖国贼？不佞囊内钱空，姑率领家人酌以水酒，共醉一觞，以副"国恩家庆"之至意。于是又领导家人效华封三祝故事，大喊三声：

中华民国万岁！

中华民国领土万岁！

中华民国人民万岁！

为贫女院院址向政府请愿

（十月十二日）

贫女院创办者王先焕女士苦心孤诣，迄今已有十余年之历史，教养贫女不下数千人，为我长沙市慈善机关最著名之一。前鲁咏安主持湘政，见贫女院尚无一定院址，心焉悯之，于是拨给前市政筹备处废址以与贫女院，计已七载矣。不意该院正在扩充，并向十九师请求所占东部房屋所设之抚恤委员会迁让，以资布置。谁意霹雳一声，民政厅将该院东部房屋拨归肺病疗养院，致引起全院学生恐怖，奔走呼号，备极惨澹。不但是鹊窠鸠居，简直是直捣巢穴，不遑宁处，奔走之诚是也！即呼号之亦是也！

照中国人官场与社会的习惯，大凡办一事总要拿出鼎鼎大名之人物以为领袖方可万事如意。若其人不为官场所重视者，即使孔子复生于今日，也是一筹莫展。长沙市贫女院之创办者王先焕女士是一位大慈善家，并是一位实行慈善家，办理这个贫女院，除政府每月津贴三十元之外，其余均系向外募化而来，可谓之为"乞丐院院长"。我长沙市类于此等慈善机关者不无先例可援，如孤儿院，如贫儿院，如贫民工艺院等，其院址何尝不是政府拨给，或由政府出资建筑，冠冕堂皇，形成贵族化。何独对于贫女院之院址，始拨之，而今又分拨于肺疗院？况且北门外福寿桥已有肺病院一所，今又于北门外贫女院分办一所，不但北门一地载不着两个肺疗院，而以患肺病之人与一般贫女隔壁而居，是否能保证其不发生传染乎？难道此类贫女就可以不讲求卫生乎？难道此类贫女就可以非人类看待乎？查此辈贫女，无家可归，无食可食，在政府应发恻隐之心，善为处理。王女士开办贫女院，是替政府作工作，并非王女士藉此作为升官发财之策源地，则贫女院应与孤儿院、贫儿院等同一待遇，方昭公允。今乃以已拨之院址顿食前言，又分拨与肺疗院，使之同处一地，不但与卫生有碍，政府不应有此举动。我又劝告主持肺疗院者，长沙多公产，何必与此辈贫女借政府之力量来夺院址，即使胜之，亦属不武。况良心上未必过得去。

慈善机关系属民政厅范围，前鲁主席既拨与贫女院，在民政厅应扩充之不暇，何得分拨与肺疗院？倘该院是一位有势力背景的作院长，我敢说一句："主管官厅决不敢冒天下之大不韪也。"可见天下做事在势力，而今日之主持慈善事业者尤须要势力。君不见长沙之"吃灾"与"善棍""会阀"者，比比皆是，政府方称赞之、拉拢之以主持其事。独惜王女士身无背景，听毁其穴，致令现在三百五十名贫女流落湘垣。揆诸政府当日初衷，谅不出此！

我劝王女士这一条老命，何妨肺疗院拼一个你死我活，永垂千古！

赣省将撤消产税捐矣

（十月十三日）

父老苦苛杂久矣，于是政府有废除厘金之举，以示与民更始。厘金虽废除，而有所谓营业税出现以弥补厘金之损失。全国一律，并无漏网。无论如何，总要比厘金之苛虐稍为宽大平庸。不意我湖南于营业税之外，有变相厘金式之产销税。湖南倡办于前，江西继之于后。湖南之有产销税，中央并不知情，惟江西举办之时，曾经中央有令制止，商民亦四处呼吁，终之制止与呼吁敌不过主席之威权，而收税如故也。今年财政会议，财部对于一切苛捐杂税下最大决心，从七月一日起至十二月底止，一律裁撤。此种产销税亦苛杂之一种，告终正寝，当亦不远。据报载，赣省当局前因"匪祸"蔓延几遍全省，关于协助军队进剿等，在在需款，初因急不暇择，特开办产销捐，列作"清匪"善后专款，每年约有二百五十万上下，各方诟病，原出于不得已。兹江西当局遵照中央命令，将各县所有苛捐杂税一律裁撤。对于此项产销捐，第一步决先裁产捐，仅办销捐；第二步再裁撤销捐，以扫除复兴江西之障碍。

大凡政府举办一种税捐，无不言之有物，笔之成章。江西既然因协助军队进剿，所以开办产销捐。今将产捐裁撤，虽然是减少人民一点痛苦，而仍留着销捐以作榨取人民膏脂之工具。焉知不把裁撤产捐损失之数目寓征于销捐之内？则裁撤产捐与未裁撤相等。其所以不澈底者，系政府别有用意，要待营业税能否抵补为去留。须知今日之政府目的在金钱，所谓革命解除人民痛苦者，简直是一种欺人之语。现在江苏、河北等省均准备撤除一切苛捐杂税，实行中央命令，乃是民国二十三年内之第一福音。我湖南向有模范省之美誉，对于苛杂正在分别裁撤。江西有将撤消产销捐之举，则湖南产销税之道已孤。全国硕果仅存之苛政，想不久或者与我湖南人民长辞矣。

至于田赋附加，湖南在去年省委出巡之时，每跑到一县，不问三七二十一，糊里糊涂，本勾消了若干县份。但省委尚未回銮，征收者还是照旧征收，不但不减少，且有说省委要他们加多之语。如益阳每两曾附加义勇队捐四角被勾消，今则又加征一角五分，合为五角五分矣。今年中央财政会议，张厅长亦曾亲自出马，想亦闻田赋有取消附加之议案。即不久中央明令，亦有取消田赋附加之举。我湖南今年团款经理处亦曰："田赋附加，限制每两正供只准附加五元，再不准巧立名目，格外征收。"爱护人民，无所不至。何以省府会议，张厅长又提出安仁县呈请每两正供加征碉堡捐四角，准予通过？此种矛盾政策，惟我湖南有之。

此外，人民正在喘息未定、呻吟将绝之时，霹雳一声，又通过邵阳县提征二十四年田赋内之附加团款矣。查邵阳县今年大旱，每担米已涨至十余元，尚无处可购，现经该县士绅如陈师长桂山、赵行长直愚等正在省垣设法运米救济灾黎，而政府亦应从中帮忙，共成善举。提征二十四年田赋附加，是否与中央明令违背？请财政当局有以语我。又如近耒阳人民呈恳制止县长非法田赋抵借，又披露于报纸矣，未知财政当局如何指示？吁！

《白银协定》问题之结果

（十月十五日）

《白银协定》成立于二十二年七月二十日，在伦敦经济会议所商定，并规定预议各国须于二十三年四月一日以前批准，届时如有一二国尚未批准，仍为有效。我国政府亦履行前约，如期批准。不意美国《白银法案》于本年五月三十一日由国会通过，至六月二十日由总统批准。从此白银收归国有之消息宣播世界，无不震动。在用银国如中国，更感觉不安。因为我国白银集中上海，而上海又为中外金融出进之总机关，一举一动，影响中国全国至为巨大。加以近数月来，外商购运白银出口，视为一种主要任务，每次出口多则数千万元，少亦数百万元。截至八月底止，上海白银出口总数约达国币一万万一千一百五十余万元，其余如厦门等处出口之数尚不在内。数量之大，甚为惊人。但是主持全国财政长官犹复大言欺人，谓："白银出口，我国金融界并不受任何影响。"继又曰："我国政府并未有限制白银出口之意。"

"哑子吃黄连，说不出的苦。"及至现在，政府深感白银不断的出口，于中国大不利，又为《白银协定》所限制，不便有所反对。若反对之，有违伦敦协定；听之，中国又起银荒，有进退两难、啼笑皆非之势。我国当局因美国施行白银政策，对于中国所发生之影响，厥为银价之高涨与中国银币之腾贵，致使中国输出事业大感不便。驻美施公使向美政府提出抗议书，据称该照会颇不满于美国之白银购买政策及其所招致之世界银价飞涨，并以坚决之语气重申八月二十五日向美总统所提出立即阐明美国白银政策之要求，因为银价上涨，使中国货币减缩，此次非中国政府所能忍受者也。现在华盛顿方面之政治及经济专家一致承认，政府方面对于白银政策所予中国之影响已能了解，并表示遗恨。但不知美政府依国会法令之特殊委托行事于罗斯福总统能否变更现行政策为可虑耳。

美国本有"黄金国"之称，今则收买白银，是"黄金国"今又欲兼"白银国"矣。所以自罗斯福登台以后，以抬高物价为复兴之关键，先之以禁金出口，继之以购金贬元，终之以抬高银价，收买白银。而归根结蒂，则在实现通货膨胀政策。欲实现此种政策，非将全世界之物价提高不可，而根本则在先压低全世界金价而以白银代之。此系美国一国之计划，尚未普遍于全世界用金之国，如英国金镑则未曾受此影响也。但是我国向来是用银之国，银价提高，即输出物品首蒙不利。年来国外市场已一蹶不振，而入超之数年增一年。此无他，系受银价高涨之故。即经营进口之商人亦因金价日跌一日，不敢向外定货，以免赔累。在今日出口、进口，已交受其困矣。进口之不景气，我国固所欢迎；惟出口不景气，则我国工商业甚属危险。在今日银价上涨、物价下跌之中国，不但破产之农业无复兴之希望，即萌芽之工业亦有夭寿之虞。所以美国人自谓"今日之银币问题，根本上非经济问题，而为政治问题"。独惜我国代表当时未加考虑，遽尔签定，中彼阴谋，难脱羁绊。近则虽有许多经济专家发为议论，政府终觉木已成舟，无法补救。倘听其滔滔而去，则有限之白银敌不住巨舰之运载。先则全国内地患银荒，上海则游资充斥；今则恐怕患银荒者不仅在内地，而上海以及全国无处不感觉钱荒矣。

希望政府拿出具体的、整个的应付方法保全硬币，使我国经济界不发生极大的恐慌与受不良的影响，则幸甚。

考察与参观

（十月十六日）

当此二十世纪时代，一切科学日异月新，我国处此国势之下，派员至各国考察，取人之长以补己之短，实有十二分之必要。所以，中央近来派往各国考察者，有军事考察员，有航空考察员，又有钢铁、司法、铁路等考察员，一批一批的派往各国，冀以其所得归国时贡献于当道，以资采纳。其用意之深、责任之重，实不可轻视。

但是各国有各国文字语言，非精通其文字语言者，"知其以然，而不能知其所以然"。即使各考察员带有译官，精于法文者，未必精于德文；长于意文者，未必长于英文。即使德、法、英、意等各国文字皆通，则优于政治学者，未必优于军事；擅于医学者，未必擅于机器。不但我国无此全才翻译，即求之世界各国，亦未多觏。所以此次派遣至各国考察专员，只能称之为参观，以各人之耳目灵敏来判定各国之技术优劣。至各国技术之如何精美、如何构造，须待乎有精通该国文字之专家，根据该国之书籍多多研究，始克言其所以然，而不至皮毛知解已耳。

中央既知各国之近代物质与政治等有可为吾国效则之处，除派员前往参观外，尤宜对于有精通某国语言文字并具有某种专门科学知识者，酌派若干人，使之驰赴各国，专心研究。此系真考察，与参观者有别。所以不佞赞成中央派大员出洋参观，犹造成派专门人才出洋考察，方能对于某国某事言之有物，不至道听途说，以译人之知识为知识也。

是否有当，姑妄言之于此。

大粪也要买外国货

（十月十七日）

农民耕田所取用之肥料，向来本诸粪、草灰、豆饼、茶枯等以作肥田之用。自一般摩登农业家出，撷拾外人之人造肥料新名词，劝导农民用外人所造之肥田料，简直作洋行之经纪人，而忘却今日全国农民正在总崩溃程中行走。在曩日，帝国主义之经济的侵略仅施于日常应用之工业品，今则更进一步渐渐的侵入农村，而以人造肥料为其先遣部队。此种人造肥料之输入农村，与从前雅片烟之输入中国危害民族者同一劲敌。国人习焉不察，只咒中国农民墨守数千年传下之肥田古法，不知改良购用肥田粉。此种议论与主张已屡见不鲜，倘有容纳或赞成议论与主张者，即是亡国之征兆。

査我国农业肥料问题见于古书者，如《周礼》所载："草人掌土化之法，以物土相其宜，以为之种，凡粪种种，骍刚用牛，赤缇用羊，坟壤用麋，渴泽用鹿，碱泻用貆，谷壤用狐，埴垆用豕，强㯺用蒉，轻㺊用犬。"此种选择土壤以施行相当之肥料者，悉皆本诸经验，并非盲从者可比。人造肥料确有优越之处，但须农民有农业科学常识，然后可以对于某种土质施用某种肥料。今不先化验泥土性质若何，贸然购用，非徒无益，而又害之。所以取用肥田粉者，首先考察田土之本性，而此种考察工夫，又非毫无知识者所能得其真相。与其盲目购用，不如仍用本国固有之天然肥料，不但省费可靠，而且随地皆有。不观夫今日日本因农村困难，陆军研究其原因，为根本改革张本，有肥料昂贵一问题。今我国农人不去努力于固有之天然肥料，舍而之他，将见农产品成本之重，更为得不偿失矣。

各国向亦用天然肥料，自十九世以后始发明化学肥料，内分氮质、磷质、钾质三种。我国农人知识幼稚，听说人造肥料可以增加生产，于是敝屣我国数千年来之天然肥料，争先恐后，多数农业摩登化，而人造肥料进口遂致逐年增大数目。在民国元年，仅八十二万一千余担，价值七十万零七千余关两。至十九年，陡涨至三百一十九万七千余担，价值一千八百五十一万七千余关两。在二十一年间，因中国农村经济不景气，肥料进口减少三分之一。统计民元至二十一年止，计共达二千八百四十六万一千一百零二担，值关银八千三百三十八万九千八百三十八两。此种意外的农村损失，分视之无关痛痒，合计之至足惊人。

我国以农立国，历代传统家法只有农业。今则农民耕田趋向欧美化，采用化学肥料。据蔡斌咸君云：

据海关报告，民国十三年至十九年，硫酸铔的输入，自一万吨增至十八万吨，而磷钾肥料自十八年以后反自四万吨减为三万吨。所以单纯钾质肥料，在中国形成畸形的发展，而中国土壤正缺乏氮质之故，只用一种硫酸铔，一时固颇见效。但事实告诉我们，滥施的结果，硫酸铔中的阿母尼亚为植物所吸收，而硫酸铔遗留在土中，积久遂使土壤变成酸性，对于植物生理发生不良的影响。……

可见人造肥料善用之，可以发生生产效率，若不善用，亦可以有害于耕作。在中国古法中，如《周礼》所载用牛、羊、麋、鹿等之粪，亦须先考验土质之性。今购者不问氮质肥料、磷质肥料、钾质肥料，一律盲从瞎用，既费金钱，复害生产，固然是农民之蟊贼，而政府放弃指导与取缔之责，亦难辞其咎。如谓我国天然肥料为原始时代之农作品，不适于今日之用。何以我国天然肥料逐年有输出国外？难道是此项肥料为外人所吃吗？当然是用作肥田之用。我弃人取，足证我国上下倒行逆施。据海关统计，所有豆饼、棉饼、花生饼、菜饼、其他植物饼类，十八年输出为二千零九十万五千零五十一担，十九年输出为二千一百八十五万三千四百零四担。而此种天然肥料输出地点多往日本与台湾，而取价又极其低廉。我国人视为废物，而日本人利用之，遂种植许多优良农产品转卖与我国。而我们农人因不辨土质之故，滥施化学肥料，反使生产结果大受影响，其愚不可及也。

不佞也尝见农民之施用人造肥料，的确枝叶极其茂盛，若论其结子之时，反不及枝叶之不茂盛者。因为叶太多，其子不繁，且容易发生虫害，在浙江一带已有事实证明。在今日购用人造肥料最大省份，以浙江为最。农民不明肥料性质，以价廉为取舍，多采用单纯氮质肥料，并且弃去价值较高之磷钾肥料，焉能得其适当的施用？求益反损，实自作孽。浙省政府有鉴于此，于二十一年设立化学肥料管理处，严禁各种化学肥料混用肥田粉，并不准单纯氮质肥料单独发售，或者农民不至于再用钱买祸。希望再进一步，取缔农民施用人造肥料，以保此农村。

呜呼！我国自古以农立国，农民占人口百分之八十以止，在上年粮食进口占第一位，这就已是笑话，并是梦想不到之事实。今一般农民不去努力于我国固有之灰草、粪等天然肥料，日以游惰度其生活，及至需用肥料之时，借贷金钱，竞相购用人造肥料以敷衍塞责，农村经济乌得而不破产？前数年广东政府举行绿肥运动，其意思即是唤醒农民采用绿肥为肥料，一方面固是杜塞漏卮，一方面又是保全此天然土质，无为一时化学肥料所残害。在今日高谈复兴农村之中，不但粮食不自给自足，即连此肥料问题也不能自给自足，这就是千古之奇闻，这就是亡国之象征。此类民族决不能生存于世界！彼秉国钧者尚冀加以注意，毋使号称以农立国者以农亡国，则幸甚。

艾迪博士之痛言

（十月十九日）

美国大演讲家艾迪博士已八次来华，闻不日并将来湘演讲。查艾氏每次来华，对于中国有极沉痛之讲演，无处不是对症下药，极尽苦口婆心之本事。此次来华，尤有深刻之认识。日前在天津讲演题为《中国的几个问题》，能言人之所不敢言。吾人除对于艾氏表示感谢外，并摘录其演说于下。

艾氏云："……这次我来中国，有人说日本是中国的大仇敌，自然夺去四省的仇当然很大。但是须知最大的仇人，是在日本未占四省以先，当时一般军阀官僚早把东省卖去了。又有人说仇人是共产党，我已说过不只是杀几个共产党的头而已，其实仇敌是你自己。……"现在一般人都痛恨日本，痛骂共产党，而其所以造成此种局势者，决不是我们老百姓，一定是另有一原因。所以"人必自侮也，而后人侮之；国必自伐也，而后人伐之"。外有日本人乘机而夺我东北四省，内有共产党奋起而倡言革命，独惜所取之方法与途径不为国人所欢迎。假若放弃杀人放火政策，以救国复仇为前提，拿共产党之苦干精神，以复仇雪耻，则日本又何足畏哉？中国国势垂危，全国大小臣工务须先革其心而后可，毋再蹈"仇敌就是自己"之痛言。

艾氏又言："……美国有许多土匪，所以政府以大批款项救济穷人，以免失业者流为土匪。但在中国南方地方，当局以五万元救济农村，其中四万元却作了应酬费了，其余一万元，以七千元买地皮，三千元装入口袋，并又买许多农具等物，从中舞弊。结果农人皆无所得。要知他们不只是贪污，实是抢夺。上星期见扬子江有许多船只，回想三十六年前，中国与日本同时欲发展其海军，日本当时只有一二只，现在日本海军已经在世界上占了第三位，但中国如何许多口岸的船，年年修补，藉着修补为工程师填腰包。……"此一段议论，读之令人惭愧无地。我国兴海军在日本之前，甲午之役一败涂地。今则日本海军已占世界第三位，而我国还不是从前几只破船，那能与他人驰驱海上。至于招商局开办，在日清、三菱、三井之前，今则日本之船来往于地球之上，而我国之船仅供国人之用尚虞不足。招商局不但不发达，且负债数千万，连上海货栈码头也押与外人。人家公司用一人有一人之用，而我则顾问、谘议等盈千累万，每月坐领数百元之干薪，不知凡几。此外营私舞弊之事更更仆难数，奈之何不亏且累耶？以言救济农村，各省长官暨中央要人认识比我们还要深切万分，甚么救济会、复兴会，组织章程很完善。如果款项到手，农人直接分得实惠者甚少，难免不无借救济农村之美名，实行其分肥主义。《时代公论》对于此段事实批评得好。他说："贪污之事，在西洋各国尚不能免，顾在中国成为极时髦的风气，上自党国权要，下至车大庖丁，皆贪污成癖，日以弄钱揩油为事，全国皆逐铜臭之夫，礼义廉耻扫地以尽，文化因之殁落，民族本质不存，国家积弱，受人凌夷，诚天理也。"

艾氏又言："……意大利因淫乱，在古时几乎亡国。美国有二青年，一是华盛顿，一是柏森，但柏森不清洁思想，淫乱无品德，以至为大盗。我们应该醒悟，求得清洁的力量，无私心，改悔不再犯罪。……"此语尤深中吾国一般嗜好淫乱者之陈毒。我国今日淫乱已极，"礼教"二字久已打破。其一种表示淫乱之特征，吾人雅不欲列举，致惹起摩登家之毁骂。《时代公论》有一段好文章，录在下面："目前的中国是贪污世界，亦是淫乱世界。上焉者贪污之余，腰缠万贯，捧歌女，挟美人，讨小老婆，奸属员妻；下焉者纸醉金迷，唱毛毛雨，听桃花江，看肉感舞。而一般报纸，满载诲淫诲盗，宣传肉欲主义以投合人心。青年男女，人必手性史一卷，而强迫之读三民主义，还是不起劲。淫乱人不能救国，淫乱的民族只有亡国。……"

艾氏所讲《中国的几个问题》，全文因为各大报纸未载，不能得窥全豹，至以为恨。今阅《时代公论》所引述者，略申其义。艾氏为中国一位好友，前次来华，并且向世界宣誓，证明日本人之阴谋；此次在华北各处讲演，尤能深切时病。未知我国朝野人士闻之，作何感想？如此沉痛之言论，苟非表同情于中国者，谁肯和盘托出？

"良药苦口利于病，忠言逆耳利于行。"望国人因而反省焉可。

旱灾与教育

（十月二十日）

前教育厅因本年各县小学校多有借口旱灾影响，延未开学，与教育前途关系甚大，曾经严令各县县政府、各县教育局，转饬各区学务机关，严禁借口旱灾停学在案。嗣因各县学校勉强开学，而到校报名者寥如晨星。各校徒有开学之虚名，而实等于停办。这一般儿童与青年不但学费无从出备，且随其家长出外逃荒，苟延残喘，以致各县学校多数停顿。此系天灾为之，并非各人不爱其子弟也。教育厅近来有见及此，特咨财政厅有云：

查本省各县以天旱秋收歉薄，影响所及，教育经费愈形枯窘。本厅迭据各县政府呈报灾情奇重，请将县区学校暂准停办等情前来，究竟灾况如何，无从查悉。贵厅对于各县旱灾实况，经分派委员实地踏勘，所知自较本厅为详，请将各县旱灾调查报告，关于各县各区收成状况，摘要抄示，以便明了实情，统筹方法。……

查我湖南今年旱灾之重，为晚近所罕见，人民救死之不赡，岂暇计及子弟之教育？管子云："衣食足而后礼义生。"孔子云："既富矣，而后教之。"所以若想教育之发达，端在人民先有相当之衣食。有了足衣足食以后，任何父兄决不忍子弟抛弃有用之光阴，趋于逸居无教，近于禽兽一途。纵不能送至贵族式学校，而乡村贫民化之学校总可以担任教育经费。在今年当然例外，教育厅始则令其开学，不料其开学后竟无学生可招，今则又调查灾况，此亦官厅应有之举动。劝其开学，系责任所在。学生无钱入校，亦系天灾所限。当此灾害、"匪祸"并至之秋，在政府应曲为原谅，与其各学校开学后无学生而仅有教职员与工役，不如缓学或归并一年，尚为珍重校款。且学校经费来自农民，时既遭灾，收入亦形短少，收入不足，则已开门之学校亦有朝不保夕之虞。此系各县小学校之实情，与省垣富家之子弟有别。若执省垣之学校以例各县，实在不能一概而论。试看此次安化逃难来省之灾民，内中亦有若干小学生，在此时不但不能谈到读书一层，并盼政府速筹振款，救济残生。

质之教育当局，以为何如？

再谈白银问题

（十月二十一日）

我国白银输出无限制，将来难免有银荒之日。且国货出口日跌，外货进口又多，于国计民生两无裨益，不佞前已言之矣。据本月十一日伦敦路透电载："今日银价大涨，其主因有二：一、伦敦市场白银供给不多；二、投机家委托经纪人以最相宜之价格购进。银市中中国与印度投机家尤形活动。"并云："投机家之收买，盖预料美国官方将从事收买之故。"又据香港电："伦敦银价骤涨，港币十二日亦高至每元一先令八便士，为近五年来最高价。"复据华盛顿电称："最近数日以来，国库购入现银为数极多。以十月十五日以前之一星期而论，计共输入二百五十四万二千四百六十三元，其中一百十二万零八百二十九元来自中国，其余来自英国。全美国出口者，不过六万二千四百六十二元而已。政府一方面实行白银收买法，俾货币准备能达金三银一之比率。但又不愿将外国存银大量吸收，尤以对于中国为最。"近来我中央政府鉴于白银无限制的输出，恐金融界发生恐慌，于是电令驻美施公使向美国提出抗议，迄今尚未得覆文，恐为《白银协定》所拘束，当无若何发展。

最奇者，美总统罗斯福主张收买白银，使货币贬价，为国内复兴之重要因素，另一方面又云收买白银，使中国币价提高，为有利于中国。即美国总统在国内则施行严厉之通货膨胀政策，同时强使中国提高货币价格，如此矛盾，毋怪英报为之指责。但是各人之立场不同，立意当然亦异，各为其国，理所宜然。所以，美国对于金元则贬价以求通货膨胀。我为用银之国，一旦银价提高，则从前输出之原料以二元可购者，今外人只用一元可以得之，行见外货在中国销路甚畅，而中国出口货反见停滞，我国又为外货畅销之最大市场。在美国收买白银，提高银价，为美国则得矣。其如用银之中国何？吾国处此时势，实有要求美国变更白银政策之必要，并抗议根据去年伦敦共同签字之协定，互相努力谋白银稳定之原则。如能本此协定之精神，以执行其白银政策，则中国在可能范围以内履行协定条约，否则为中国金融计，只有声明退出之一法耳。

天津《大公报》社评有云："……究竟唯一用银之中国，自己有无一种白银政策以应付他人，保障自己，实为本身切己之事，责无旁贷者。……所谓币制局、币制委员会等机关不知设立了多少次，外国顾问亦不知聘了若干回，大都只有议论，并无解决。对于白银问题，又始终仅于银价狂涨狂落时，大家胡乱兴奋一阵，发表若干文章，以资点缀，不旋踵即相忘于无形。……"其立意在中国自己应先有适合于自身之一种金融货币制度，以与世界变幻莫测之环境周旋应付。此种主张，亦中国今日应有之举动。我国政府人员往往对于中外一切大计划，事前毫无准备，临事又张皇失措，闹成"头痛医头，脚痛医脚"现相，甚至头也不能医，脚也不能医，此推彼诿，相顾无言。所以日本人诬蔑我国为"无组织之国家"，虽欲不接受，其可得乎？

总之，《白银协定》为我国金融界之生死关键，若不予以制止，听其源源流出，行见中国成为纸币世界，求一元之硬币已不可多得。我国向美国抗议，致使华盛顿政界为之震动，殊不知美国来华收买白银，近已达一万万元以上。若果伊于无底，则中国经济之震动较美国尤有切肤之痛。所希冀于中央当局毋迷于美人所谓"便于国外汇兑，并辅助外人之购买美货者，于可能时偿付美货款"之言论。我国要根据我们国内的情形以救护我国，绝不可为外人之言论所欺。近日来我征收白银出口税，则运出量即行大减，沪金价亦因之大跌，是其明征。至于美国近又欲贯澈白银政策，拟以美金易华银，是否可行，须待专家讨论，而不可冒昧承认者也。

湖南光复纪念日之感想

（十月二十二日）

当辛亥革命黎宋卿在武昌起义以后，各省皆存观望之心，迟至十二日之久，始有我湖南焦、陈诸公统率各志士首先响应，而武汉革命空气为之一振，此二十三年前之今日之事也。不佞曾任粤汉铁路机械工程师之职，是日黎明时，亲驾火车由北门往株洲，经过小吴门。而四十九标之兵士不明真相，以为内中必有满清大员乘机脱逃，放枪如雨，而车头被受弹伤。试一检查现在该路旧火车之锅炉，其弹痕或尚历历可数也。幸不佞开车最速，未及于难，亦云幸矣。居今日而回忆前事，有不令人感慨系之者乎？

革命要革心，心不革，虽革满清朝代之命，等于未革，所谓换汤不换药者是也。我国自辛亥革命以迄今日，计已二十三年矣。此二十三年中，始则内战频仍，不是南征，即是北伐，将中国整个安宁秩序破坏无余，将中国全国工商事业摧残殆尽。迨其各领袖觉悟内战之非计，发生厌乱之心，不意霹雳一声，而"九一八"之事变忽至，忙得中央政府应付无术。东三省失，继之以"一·二八"之惨战，复继之以热河之失，而华北且入于混乱时期，平津危而有《塘沽协定》之签字。今则华北之危机，较之"九一八"前夕之东北有过之无不及者。想当日革命之原则，在求中国之自由平等。今革命名为成功，其实尚未成功，所赖我全国一般革命党国领袖，本孙总理大无畏之精神，继续努力，以求贯澈。但是今日一般党国要人，口里喊着精诚团结，而肚皮中不知怀了若干鬼蜮，尔以诈来，我以诈往，将中国治国大事置于脑后，东北失地永无收还之期望，尤复不顾事实，大言欺人。欺人乎？欺天乎？

我湖南人民对于革命事业具有悠久历史，牺牲若干性命，以言今日湘民之代价，实属得不偿失。想当日先烈为国前驱，出万死不顾一生之计，何等奋勇堪钦，有非今日一般冒牌革命者所能望及肩背。但是"前人种果后人收"，先烈之后嗣有求一饱而不可得者。至攀龙附凤之徒、冒牌革命之辈，今则拥资百万、日食万金，也曾念及光复时之困苦艰难否？也曾对于一切的一切可以慰先烈于地下否？外仇未复，内乱未除，工业凋零，商贾崩溃，世界虽大，我中华民国人民几无一寸干净土留作避秦之用。不佞今日在纪念光复期中，却有一点不满足之意。我们今日在静默之时，各人要拿出良心来想想，究竟民国二十三年，比宣统三年时一切的建设、政治、经济、教育、农村等，以及人民之担负、洋货之进口、社会之纷乱、人心之浮动、外侮之迭乘，有无进步？如认其无进步也，吾人要迎头赶上去，"作出便见"。若果长此老气横秋，恐时不我许。所以吾人今日来纪念先烈光复湖南切不可作为一种每年照例奉行之故事看待，要继续先烈光复湖南之精神，来复兴湖南并复兴中国。

湖南人不死，中国不亡，此语聊举以自慰自宽而已。

中国各县收音招生之作用

（十月二十三日）

顷有友人自外县来省告我云："……你们住在省城，每晚有京戏看。我们住在县城，可怜那得几回闻。现在政府办了收音机，且装近我之住房，即睡在床上，也可听听京沪间之京剧，实在快活极了。……"言下颇露得意之词色。呜呼！中国之收音机之作用原来如此！因为一般公务工作人员，在县城没有京剧听，所以装一部收音机，使之研究京剧，以符救国不忘娱乐主义。查每县一部收音机，至少约需洋三四百元；派人往南京学习数月，各县亦费三四百元，合计安装等费将近千元，而每月管理人员及添置材料开支尚在外。以言其建设，则为之摩登；以言其作用，则在于听戏。不佞以为收音机之功效未必就如此已耳。

义大利主教达拉柯司太有言："电影为引人堕落最可怕之源泉，剧场为诲淫与导人犯罪的学校。"极端反对此种娱乐之事。查戏出本是一种娱乐之品，时至现代，舍娱乐正轨而趋入淫乱之途，已失原来本意。在戏场林立如京、沪，有钱兼有闲阶级可以及时行乐，尚未普遍全国。自各县收音机装置后，颇有举国从风之概，一洗沉痛悲悼之"九一八"国难。据今年此项机件进口，已达八百余万元。现在政府主持此项新兴事业者，以为外人所有者，吾人不可不有，否则即是中国建设不进步。

但是中国建设之进步与否，在彼而不在此也。不观夫日本政府鉴于一九三六年危机瞬将届临，故处心积虑研究应付方策，并为策励民众、俾资警惕起见，效法吴王故智，于无线电中播送警告语句，如"一九三六年危机将到""对二次世界大战快作准备""各国仇视日本，吾人应奋发图强""帝国人民应为帝国牺牲"等等，使国人闻之，均能激发爱国热忱。其用意何等深远，其作用何等伟大！返观我国所播无线电，除每日有片刻传播各要人不负责任演说外，其余即为萎靡不振、荒谬不堪之卑曲俚歌。同一无线电，同一收音机，人家借广播台以申儆国人，我则借收音机以听京调。"橘逾淮而为枳"，不胜感慨系之矣。

团枪与团款

（十月二十四日）

各县团枪，系人民一种独一无二之自卫武力。其枪支来源，既系人民捐款所购置，而每年养活团兵之饷糈，又系人民忍痛于田赋正供之外的附加，以冀地方一旦有警，可以藉此少数团兵消弭于未形，不至酿成燎原之势。人民既得以安居乐业，政府亦毋须有遣兵调将之劳。如遇大股"匪"来，当然有省防军或国防军开来追剿，也毋劳这几支团枪作为主力军。所以团兵只能作为地方一种武力，不能称为省防军或国防军政府无收编之必要。如果团兵克称其职，地方得以安宁，即是为国宣劳，而省防军与国防军亦可减少多少麻烦，有暇日以受训练。若反转来说，各县不安宁，不但省防军疲于奔命，而地方首先受糜烂之苦，迨其焦头烂额，已属噬脐无及。所以为地方安宁计，为省军休养计，团枪实有发还各县之必要。查此项团兵对于维持秩序则有余，以之出境"剿匪"则不足。平日未受多操练，且在各县因系土著关系，言语既通，地势又熟，谁匪谁良，早已胸有成竹，警报传来，捕剿容易。此辈团兵若一旦离开本地，则活兵变成死兵，有用化为无用，地方秩序既不能维持，围剿土匪又不能生效。人民因团兵出县，自卫全失，一种恐慌情形有非住在省垣者所可拟议。今欲使人民达到"安居乐业"四字，首先请求政府发还各县团枪，即不能尽数发还，也要将编余之团枪发还一部分给各县义勇队，藉作维持地方之工具。须知大刀与梭镖决不能与今日土匪之机枪相抵抗，赤手空拳之民团更无论矣。乃衡阳各公法团呈请保安司令部发还编余枪支，组编义勇队，以资防范。其指令云："呈悉。此次裁编团队编余枪支，缴存本部，无非慎重保管武器。今以上项枪支请求发还地方为组织义勇队枪兵之用，是此裁彼增，人民负担无减轻之望，且与本部不准扩编义勇枪兵队之令又相违反，所请未便照准，仰即知照。此令。"是保安司令部所以不发还枪支以组编义勇队之原则，在减轻人民担负。但是十六师四十八旅参谋处通告东安县府，略云："大江口至大庙口碉堡封锁线不日建筑完成，请指派当地民众义勇队守备，以免破坏而防不虞"等语，是守碉堡又责成当地民众义勇队矣。万一发生"匪患"，或祸生不测，此项无枪支之民众义勇队未必能胜其任。所以欲保全此项建筑物，非有枪支难策万全。自萧克前次经过各县，落后之"匪"不无其人。加以冬防伊迩，又值地方旱灾，人民蠢然思动者亦复可虑。地方宁，则全省宁；地方不宁，省孰与宁？

复次再言团款。查各县团兵在本地时，应领月饷无不按月发给，并未如今日拖欠四个月未发者（见李司令电文）。自团款统一以后，各县鉴于团枪既为政府编，对于每月应解之款不无延缓，或者因为团款此后有政府统筹，视为可以宽缴；或者因为地属旱灾，人民应完田赋不无有拮据之处。而最大原因则在地方失去了自卫武力，对于每月应缴之团款不无观望。当上年政府统一团款之时，某要人曾对我言："从前各县每当发给团饷之时，若值淡月，各县财政局常出重息向地方借用。以全省而论，每年此项息金合计总在一百万左右。今则团款统一，将来如有需用之时，可以用极轻之息向银行抵借，俟各县团款解到时即行归还。我有团款作抵押品，各银行一定可以允许。统一团款，即是为地方减轻担负不少"云云。此种计划是否业已兑现，局外人不得而知。据报载，政府此次裁去团队四团又三特务营，合计约五团之多，每月约可节省六万元之团款。我政府体恤民艰，可谓至矣尽矣。查全省各县团款附加，一律改作每两五元。今团兵裁，团款虽未照减，总可以羡补不足，暂作挹彼注此之用。日昨李代司令通电各县，所有应缴团款限于本月底一律缴清，以便发给六月份团饷。可见保安司令部对于团款尚在无米为炊之时，并在长沙市借款七万元，以维火食，是团款之困难比军队还不如。以此种枵腹从公之团兵，责以杀敌致果之大义，何啻缘木求鱼。古人云："重赏之下，必有勇夫。"今日之团款又是一个绝大问题也。

究竟如何使人民高枕而卧？如何使团兵为国牺牲？如何使团款源源接济？此系政府责任。不佞纵来晓舌，适足以见笑而玷耳，不过因近来各县各团体纷纷呼吁政府发还团枪，政府又电令各县解缴团款，偶有所触，写在上面，以促当道之注意而已。

衡郴飞机场工程预算之错误

（十月二十五日）

　　衡、郴建筑飞机场，奉蒋委员长电令，限令三个月完成。省政府奉令后，积极进行，而经费如何筹措，政府并无具体办法，只要衡阳与郴县如期开工，如期完竣。命令所至，两县人民惶恐万状。于是再三呼吁，始有由各县分摊再附加田赋之一法。于是政府责县长，县长责区长，区长责团甲，闹得闾阎骚然，方之中国之筑长城及开运河，埃及之筑金字塔之痛苦，未遑多让。但是政府为救国、人民为自救起见，此种痛苦实有暂时忍受之必要。无如主持建筑者对于工程与预算事前务须慎重审核，切实规定，不能以轻率出之，事后或临时又来增减，减则固所欢迎，若再增派，则人民不堪其扰，各县长亦无所措手。所以，衡、郴飞机场自六月开工迄今，业已逾限，尚未大功告成者，其原因即在主持建筑者对于工程与预算设计错误所致。此种设计错误厥在政府，如有损失，亦应由政府负责筹措弥补，不可再以此项负担责之人民者也。王法不外乎人情，舍人情而言王法，非王法也，乃霸道也。

　　先言衡阳飞机场，原预算为二十九万余元，系由建设厅核准。自开工起截至十月十二日，共用工程、事务两费达洋三十三万余元；而平切坡度、修理滚压与加场、补填缺角、建筑马路，当需洋六七万元，总计全场共需四十万元左右。依照原估预算，超过甚巨。查衡阳飞机场地质多系花色沙泥，坚硬如石，用羊角铁锄尽力挖掘，最深不过寸许，每日每人工作平均不过切土一公方，少则七八公尺不等。工程经费预算原估洋十五万元，每切土一公方，给洋八分四厘。嗣因工食不敷，每公方改为一角二分，连同运力及硬土加价，平均为二角七分，及修理滚压并事杂费，共预算洋二十九万五千八百四十五元。每人日给工食二角五分，平均每日工人以一万一千人计算，合计日需洋二千七百五十元。自开工迄至本年十月十二日止，计工食洋二十八万八千七百五十元，棚厂器具及其他设备费约洋一万一千元，征工旅费约洋五千元，工人死亡埋葬恤金约洋六千六百元，增添医药及病工火食费约洋四千余元，委员会工程处及各县工人管理处开支约洋一万八千元，总计已用洋三十三万余元之谱。

再查机场预算，原定二十九万余元，何以完成时需洋四十万元？

一因土方价格照原预算超过二万余元。

二因分途征工须给旅费，用洋五千余元，为原预算所无。

三因设备工人棚厂器具等用去洋一万一千余元，超过原预算一万零八百元。

四因各县工人管理处员丁薪饷及一切杂支约用洋七千余元，为原预算所无。

五因全场工人计死亡二百余人，每名给埋葬恤金洋三十元，共六千余元，超过原定预算五千元。

六因向场外挑土填西南及西北两角计十余万公方，每方价洋三角，约洋四万元。

七因全场修理滚压，原列预算一万四千六百元，现由工程估计须二万元，约多用三千余元。

坐以上七大原由，全场工程经济比较原定预算遂有不适合之处。现建设厅派狄技正前往查明再行核办。究竟谁错谁不错，当有个水落石出之日矣。

次言郴县飞机场。原定预算为三十三万元，亦为建设厅所核准。其一切工程设计，又为建设厅备案方令开工。其原测土方为一百五十四万公方，现在已成工程八十二万公方，蒋委员长核减东西角十七万公方，又湘政府拟再减西南角三十六万公方，及未成工程五十九万公方（惟内有斜坡八万公方），统计上数为一百九十四万公方，减去斜坡八万公方，尚有一百八十六万公方。以一百八十六减去原测一百五十四万公方，多三十二万公方，此系原设计之错误也。若将已成之八十二万公方及未成之五十九万公方（指东西角已减而言），共有一百四十一万公方。此系原派工程师所测量，与衡阳机场相比较，则郴县一百四十一万公方，衡阳九十三万公方（指全场而言），实多四十八万公方。而估定之经费，郴县为三十三万元，衡阳为二十九万元，两相比较，郴场经费比衡场经费仅多四万元。是以四万元之款修筑四十八万公方之土，事实已不可能。在郴场未成之工程五十九万公方，原定一公方在三十米达以内者为一角二分，现在各县长为体恤劳工起见，改定每一公方在四百米达以上者递加至四角，以每公方四角来修筑五十九万公方土，应需洋二十三万六千元。再加修理滚压场面，约需洋四万元，共约差二十七八万元。截至现在止，已用去十九万元，大约全场完成需洋四十七万元，尚不敷洋二十七八万元。在郴桂十县负责筹二十三万元，省政府借给十万元，蒋委员长拨五万元，尚差洋约九万元。各县长因无从筹措，来省请示，尚未得到结果。十县长虽有已返县者，尚留有代表县长数人候示进行。日昨蓝山县各公法团以"修建郴县飞机场征工派款困苦情形，仰祈鉴核免筹因设计错误所蒙之损失，以资救济"等情具呈省政府，其中备言种种痛苦。究竟此项错误咎将谁属？当然责在政府所派主持计划之人。则此项因错误所蒙之损失应由政府负责，再不能以此项损失责之于水深火热之人民为之负担矣。

外人所办之储蓄会有取缔之必要

（十月二十六日）

自马寅初君发表《禁止有奖储蓄会之理由》后，全国始知外人所办之储蓄会实有取缔之必要。凡有关心国民生计者，无不表示同情。查万国、中法两储蓄会创立始于北京政府时代，当时人民未尝研究利害，政府亦未尝注意，后虽知之，亦听其自然，无人过问。迄于今日，中华民国之经济权，该会可以操纵一切。据马氏调查万国储蓄会，现有储金总额约计六千五百万元，总计储户不下三四十万人，中法尚不在内。以此巨大之金钱，何一非吾民之膏脂？政府既无监督之权，一任外人之处置，万一发生事故，则国人血汗逐年所积存之款必尽化为乌有。我中央政府现已颁布《储蓄法》矣，而在外人经营下之万国、中法两会，决不能再听其违令开办，此当然之理也。

夫储蓄，美德也。惟借储蓄之美名，以奖金为饵，致一般愚夫愚妇以终岁所得血汗之资诱入彀中，迨其觉悟，则又欲罢不能，完全藉储户之资，以权获无限之利，其掠夺计划未免太毒。然中国人民其所以受外人此种经济掠夺者，实缘中国政府及中国人所组织之银行事业信用不彰，多不为国民所信任，而欲从事储蓄，则又无地可托。外人察知中国人民心理，故得乘机开办有奖储蓄会。国人信仰洋人心理向较信仰本国人为甚，所以一闻外人经营储蓄会，无不踊跃加入。设使我国政府再不早为之所，将外人所办之储蓄会严为监视、盘查储金，则将来纵不为东印度公司之危险，亦难免不如从前东方银行储蓄公司倒骗巨款以去。此取缔储蓄，虽则为人民保障权利计，实则为中国整个经济计划着想，自属题中应有之文章。惟两会业已收得庞大基金，陡然禁止，难免不有铤而走险之事发生。如果囊括以去，试问政府有何法使之完璧归赵？欲破产则无产可破，只有招牌一块；欲拘捕其人，则我国又无治外法权，加以洋人深居租界之内，又拥有通神巨款、飞机与巨舰，且夕即可离开中国境内。引渡照会绝无效力之可言，结果徒损失国民数千万元而已。不佞之意，该会决不可马上禁止，似宜先由国民政府派员监督，禁止吸收新户，以办至原有之储户满期为止，或由中央政府接管，改章续办，总使人民这一批巨大储金不至落空方可。若贸然徒言禁止，而不先想出步骤，未见其可也。

阅报载，广东省政府曾令万国、中法储蓄会缴存必要之保证金方准继续营业。经广州市政府与万国储蓄会谈判后，商妥由该会向市银行购买江滨新建之巨厦一所，计价约七十万元。当局以此种投资可使粤省储蓄之户获有相当之保障，故已出示令民众照常与该会往来。闻万国储蓄会在粤吸收粤人现款约数百万元。至中法储蓄会在粤仅有三万元之储数，已照章呈缴三万元以作保障手续外，当局已准其复业矣。粤政府此举虽则是消极办法，比较积极的而又无切实办法者较为步骤严密。

总之，外人所办之储蓄会诚哉有禁止之必要，而又不可操之过激。粤省之办法各省均可施行，用特录之于上，以备当局之采择焉。

南斯拉夫国王被刺之惨剧

（十月二十七日）

东欧有一小国焉，曰塞尔维亚，欧洲大战而后，与曾受治奥匈之克罗特、斯洛文三处合并，扩大为南斯拉夫国，因此三处之民族均为南斯拉夫种，故名其国为南斯拉夫国。其全国又分为三大族，即塞尔维亚人，约占七百万，克罗特人，约占三百万人，斯洛文人，约占一百五十万人，此外尚有二百五十万之杂色民族，合计约有一千四百万人。查此三族人数，以塞人为多，其人民智识开发亦较优美，所以南国一切政治上之势力，塞人垄断一部，而克、斯两族几乎只有纳税之义务，而权利上则无分焉，于是克、斯民众遂感觉合并之非计，颇有脱离独立之思想。因南王近来对于南国在国际地位日益巩固，分化已难实现，于是乘南王行抵法国马赛，与法外交总长乘坐汽车之时，遂施用卑劣手段，发生狙击惨剧，而法外长亦同遭惨死，举世为之震动焉。

距今日二十年前，奥国太子南巡，被塞国刺客击毙，遂酿成欧洲破天荒之大战。此次由塞国变成南国的国王，又死于克罗特人之手，岂非天地间一种报应之道乎？但是奥太子之死影响全球，而南王之死迄今已半月矣，尚未发生何等不良的事件。据《申报》恒君之批评："唯其性质相似，而亦有其不同者在，塞与奥匈民族迥异，自不甘受治于异族，此其一。塞尔维亚当时之国土虽小，然究为一独立国，奥皇储既死于塞人之手，则奥自有向塞宣战之必要。今克罗特则不然，一则并非独立国，二则人种上与塞尔维亚人同属斯拉夫种，至今犹为南斯拉夫民族中之一族。故今日之悲剧，亦纯为南斯拉夫之内部问题，而其所发生之结果，当与上次之大战有所不同。"现在南王已死，继其位者为一幼主摄政。世界风云变幻莫测，非有外交政治能力决不能存立于今日。况南国毗连意、法、匈、土，捭阖纵横，应付不暇。其能否保持国际地位与夫安定国内秩序，则在幼主是否能绍继前人之力量应付一切。此大问题，尚待解决。目下法国外长继任者为奈伐尔，曾对人言，彼之外交政策将遵巴尔都氏之遗志而不加以更变。而南斯拉夫全体人民亦声明国难当前，更觉精神团结。至于与南国为邻而关系巴尔干全局的土耳其、希腊、罗马尼亚三国，已定南主安葬后共同讨论者，大半因马赛血案发生后所造成之国际局势，其地点决定在南都。据以上情形看来，此次惨案或者平安过去，不至扩大，亦世界不幸中之大幸也。

不佞前在欧洲曾经游历其地，今当南国不幸事件发生，特记数语，以志感焉。

晶湖大同学会同学

（十月二十八日）

今日为湖大同学会在麓山开第三届常会之期，不佞因事不克参与盛会，不无怅怅，但有心感，愿与诸同学共勉之。

人生在世，气节为先，矧在士人，尤宜注意。我国时至今日，一般士大夫极尽卑鄙龌龊之能事，只要谋得一官半爵，甚么事情都可以实现，将古今来"气节"二字，视为毋关人生立身处世之要素打倒无余。有国民如此，何以立国？所以我们今日欲挽回国运，镇定人心，首先要从"气节"二字入手，文艺犹属其次。试检查中外古今历史，凡做大事业者，无不抱有一种伟大及牺牲气节。有了此种气节以后，推之于各种事功，无不可以惊天地而泣鬼神。自近世士大夫多习浮动，以势利为依归，以金钱为目标，天地正气于焉消灭，举世皆浊，众人皆醉，不佞希望各同学戒之者一。

读书之目的在明大理、识大道，如能认识此目的以后，则一切权利之心思可以铲除。吾辈生在今日此种险恶社会之中，要扶正目的使之不偏不倚，并根据此不偏不倚之目的勇往直前。然欲想达到此目的，先要自己有充分能力。所谓能力者，即自己有适当之学问。有了此适当学问之后，既不虚此一生，复有益于社会国家，利己利人，不可自欺以欺世。今人多以读书猎官为目的者，其出发点实属错误，不佞希望各同学戒之者二。

朋友居五伦之一，与父子兄弟等重，今人往往口称同学而心里却藏有利剑，平居则重视同学，稍有蝇头之利则同学变为路人，甚至连路人尚不如，发生极不幸倾轧之事件。所以不佞常主张各人要自造饭碗，不可抢饭碗。自造饭碗者苦而长，抢饭碗者易而短。我能抢人之饭碗，人亦能抢我之饭碗，对于同学不可有此种举动，即对于非同学亦不可有此种举动。凡事总宜以礼让为本，达到天与人归之境地。总理有言，人生以服务为目的，不以抢夺为目的。可见以抢夺见长者，徒见心劳日拙而已，不佞希望各同学戒之者三。

此外湖大之来源，系由工专、商专、法专各校组合而成。在昔毕业出校已久之同学，对于后来者相识甚浅，感情亦薄。但是他们在社会工作，已具有相当之成绩，亦可为后来者作先遣部队，开往继来，不可缺一。所希望先后同学共以国事为前提，各树立伟大之功，使母校之名誉蒸蒸日上。老夫耄矣，毋能为矣，计惟有以同学之事功为事功而已。诸君勉乎哉！

全国对于小学教科书舆论之一般

（十月二十九日）

禽言兽语之小学科书已不适于今日中国国情之用，为多数士人所公认，不佞曾再三著论，大声疾呼，以促当局之觉悟，并盼迅予改弦更张，俾造成全国健全后起之青年，共同挽回国运。教育固可以救国，若教育不得其道，不但不能救国，实足以亡国。而其所以实现教育救国之基本原则，不在他求，即在学校所取用之教材为何如耳。不佞对于小学教科书雅不欲多事批评，兹将各方之舆论汇录一二，以代宣传。

本月十五日，戴院长在纪念周报告我国教育问题，略云："现在我国教育情形，极为全国人士所注意，已成为目前研究最重要之问题。其研究中心不在于现在之教育制度，而在于教育之内容。现在教育问题中之最重大者，即全国人士咸集中于中小学课程方面之国文科目，尤其在小学方面，认为更重要。目前各书局所出版之中小学国文教科书，其内容在小学部分均系采用语体，而所取材则多为假拟。此种教材是否合于儿童心理，极应详加研究。本人现正从事此种工作，且研究各国小学教科书之内容以资参证。在中学部分，其教材除如类似古文选本选用古文外，则有时文及白话文、诗词、翻译文之类，时文则选用康白情、郭沫若、胡适之之流，白话则取材《水浒》《西厢》等书。此种教科书之编订，以商务、中华书局比较慎重，而以世界书局为最杂滥，仅为时人自撰，互相标榜，且足以引小学生于歧途，政府主管机关应予通令禁止。至于读经，实为应研究之问题。经书为我国一切文明之胚胎，其政治哲学较之现在一般新学说均为充实。我国之所以能维持数千年历史于不坠者，实赖此政治哲学尚有一线存在也。希望全国人士注意研究，以发扬光大我国之固有文化"云。

《时代公论》十月五号所载柳诒徵君所著《关于小学国语教材的疑问之检讨书后》，顷读吴研因先生《关于小学国语教材的疑问之检讨》一文，而得数义如下：

一、白话文恶劣，所举的例是事实，不容置辩。"白话文恶劣，据所举的例而言，确实是恶劣不堪。"

二、小学国语究竟是给小学生当作金科玉律念的书，总应当一点也没有不通的毛病，有了两个实例，自然不容你不自承白话文恶劣。

三、希望批评小学国语白话文恶劣的人，真能自动的集合几个人来，把现行的各种小学教科书审查改正一下，以替全国的小学生造下无量的幸福。

四、诚然，有一两种小学国语，禽言兽语的分量太多。

五、违反时代性的词句编入小学国语，正如小学中充满帝王臣仆的本国历史教材。

六、从小研究过不合时代的、历史的人，现在的脑海中是否还有"臣罪当诛""天王圣明"的观念？

七、后羿射日、嫦娥奔月不过传述古人的不经之谈，所谓传说而已。自然，后羿射日、嫦娥奔月、龟用诡计脱身等并非十分良好的教材。

八、儿童多认识两个不普通的生字，也不见得就浪费了儿童许多光阴。

仆对于小学国语教材怀疑之点，一经吴先生之检讨，居然已得若干定论，从此可以确信小学国语教材白话之恶劣，禽言兽语太多，教育部审查教科书不负责任，须由批评白话文恶劣的人自动集合，审查改正，为全国小学生造福。而且小学生读不合时代之书，或认识不普通之字，既无害于脑海，亦不至浪费光阴。此皆吴先生之见解与吾辈主张相同者。仆诚不胜感谢吴先生之与吾辈表示同情也。

复次，吴先生服膺孔子学说，一方面提倡国语，一方面实提倡《论语》，如教儿童纪念国耻，既怀有暴虎冯河、死而无悔之过虑，教儿童对于不很合于科学或所谓道德的材料，又信其有择善而从、择不善而改之能力。普通人近朱则赤，近墨而黑，今之小学儿童却能择朱而赤，近墨不黑，意者小学儿童已在幼稚园熟读《论语》，故于小学教科书之是非得失，不难以孔子之眼光加以判断。纵使小学儿童未能如此，小学教师也能引导他们如此。譬之教师教至县官把惊堂木一拍，叫差役抓人大打一顿之时，教师必能告儿童曰："此不过是一则文学引起汝等兴趣，汝等须知此等事实之不善，确是不很合于道德，切不可仿效其所为。孔子尝云：'三人行，必有我师焉，择其善者而从之，其不善者而改之。'汝等须依孔子之法读教科书，不但异时为县官时不可学此等不善之事实，既异日为文学时亦不可学此等不善之教科书。"小学儿童经教师如此训，虽离然不知孔子为何人，《论语》所言为何义，日读不是好东西的国语，但其判断善与不善之程度自然不亚于孔子。由此观之，现行小学国语教科书，既经若干与孔子程度相等之儿童选择判断，纵属恶劣不善，不合科学，不合道德，乃至文理不通，亦不必再经批评小学国语白话文恶劣的人加以审查改正，编辑者及教育部中人更可不负责任矣。仆因读吴先生之文而得此最新颖之教育常识，谨为引申，以质当世之教育家。

至广东当局提倡学校读经，由省府转令省教育厅办理，教厅奉令后，先组织经训编审委员会，从事编辑中小学经训课本。进行以来，各种课本已次第编竣，由二十三年度开始时采用。其经训实施办法如下。

自二十三年度起，高级小等及中等学校各年级依照下列办法，实施经训。

一、时间。

（甲）根据部定小学课程标准说明第三条"总时间为适中数，得依各地方情形，每周增多或减少九十分钟"之规定，小学每周增多九十分钟为经训时间。

（乙）中等学校各级每周讲读经训两小时。

二、用书。

（甲）高级小学以《孝经》（唐元宗注）及《经训读本》为课本。

（一）《孝经》十八章，分两年读完。高小一年级每学期读四章，高小二年级每学期读五章。

（二）《经训读本》，每年一册。

（乙）中等学校以"四书"（朱熹注）为课本。

（一）《论语》二十篇，分三年读完。初中一年级上学期读三篇，下学期读三篇；二年级上学期读四篇，下学期读三篇；三年级上学期读四篇，下学期读三篇。

（二）《孟子》七篇，高中一年级读三篇，二年级读四篇。

（三）《大学》经一章、传十章，高中三年级上学期读完。

（四）《中庸》三十三章，高中三年级下学期读完。

三、教师。

经训教师由各校校长聘请合于规定中小学教员资格而对于经学有研究者担任之。

四、教法。

（甲）原经文义有与国体及现代潮流不合者，经训教师应本

"因时制宜"之义，对于时代环境政制之关系详为解释，以期适应。

（乙）实施经训在灌输中小学生以基本道德之知识，俾其肄习，见之实行，故宜注意实践，以收身体力行之效。

读六十三师全体官佐捐薪救灾电以后

（十月三十一日）

六十三师陈师长前次请假回籍，目击邵阳地方旱灾之重，此次遄返防次，共商救济办法。又该师官佐深明大义，对于桑梓时凛己饥之怀，一致赞同全师自排长以上捐薪二月，计得洋二万余元。如此急公好义，良用钦佩，其电云：

天不祚湘，旱魃肆虐，吾邑罹灾，尤为特重。执事等饥溺为怀，宏抒荒政。弟在县时，承殷殷以拯救之方就商。昨返莲防，又获诵世元两代电，心仁策善，钦佩莫名，特于昨日召集全部官佐讨论，决议自排长以上各借饷二关。惟因九、十两月薪饷尚无着落，而此两月者则历归四路总部借储，是本部已无款可挪，乃提借二十四年一、二月薪金，可得洋二万元左右。明知杯水车薪于事无济，好在执事等正力事张罗，聊以相助，究应如何购籴救济之处，再请贵会统筹规划也。知注特闻。

不佞认定陈师长此种义举可谓朝阳鸣凤，我湖南身膺师干者，在省内省外不无其人，继陈师长而起者，定大有人在，决不至使陈师长一人专美于前，是此电可称灾民之福音、救灾之宝筏，吾因之有感矣。

在昔丰年时代，吾侪小民每年供给军队饷糈者，向无吝色。民兵合作，在今日为最时髦之口号，只见我们老百姓卖妻鬻子、典屋当田以出军饷，未闻军队对于我们老百姓予以一文钱之缓急，恍若似老百姓应该对于军队有供给之义务，而不可幸免者也。此种主义，在丰收之年已不合时代化，矧属天灾流行之时，尤应加以体谅。现在统领军队者，口里喊着"军民合作"或"军民联合起来"种种口号，也要拿出事实来兑现，方足以表示言行一致。

今年我湖南全省差不多整个的遭此极大旱灾，省府只成立了一个空谈的"旱灾救济委员会"。在此种巨大的旱灾省份，靠省政府设法来救济，本是事实上不可能，因为"官取于民，民取于土"，今年"民取于土"者已无物可取，则"官取于民"者亦大减而特减。靠中央政府乎？惟有仿江浙之前例，发生救灾公债，而中央又要省政府拿出抵押品方准发行。查我湖南常年收入业已抵押殆尽，据不佞调查，尚有人丁一项尚未列入作抵，但是灾后之民鹄形菜色，博不上上海面团团银行资本家等之一顾。三千万灾民只有死路一条可走。且萧克方去，后者又想步尘，"加之以师旅，因之以饥馑"。有一于此，人民已不胜其痛苦，况"二罪俱发"？试问今日劫余灾黎，有何生存之余地？我大慈大悲、救世救人之陈师长，以不忍人之心行不忍人之政，身率全体官佐，节衣缩食，以救乡邦灾民，不但与士卒同甘苦，简直是进一步与灾民同甘苦。全国军官中具救灾恤民之心者，盍兴乎来？

抑又有进者，邵阳被灾比任何县份为重。据家乡人来省云，邵阳灾民逃荒至东安县内者，几有数万人之多。穷乡僻壤亦时常结队乞食，甚至将所带之小儿女沿途抛弃者，日有所闻，并且每洋一元可买一小孩。此种惨象，耳不忍闻。但是邵阳以一县城之大，商务并不发达，所谓商务者，不过有特货经过其地而已，何以竟开设三个戏院，每夜且无虚坐？倘该县地方士绅目睹灾情之惨，移此种消耗之金钱以救济一般难民，一转移耳目之娱乐，即化无用为莫大之用矣。尚望邵阳各大慈善家共体陈师长捐薪二个月之苦衷，将人类同情心发扬而光大之，则造福灾民，其功不在禹下。

救灾如救火，不可靠人，不如大家起来各尽一分责任，挽回厄运，尽其力之所能为者为之。古人云："救人一命，胜造七级浮屠。"此义愿与邵阳全县士绅一共勉之。

救灾与吃灾

（十月二日）

我湖南今年遭值绝大旱灾，为晚近来所未见，虽则是赤地千里，野无青草，若进而论其谷价，比丰年所增加不多。在长沙每斛石仅三元一二角，在湘南大斗每担也不过三元二三角。只要有钱，尚有谷可买，何荒之有？缘各县乡村农民无造币之本事，只知耕种为业，以每年全家能力来耕田，除应付租谷或完粮之外，以其所余，即作为全家全年之食料，数既有定，不可短少。此外谷价之起落，概不过问。今年天灾流行，将各农民全年预算打破，谷价虽未腾贵，惟此每担三元余之钱无从出备。是农民于谷荒、钱荒"二罪俱发"，如之何不饥且饿也？上年我湖南人民感觉经济困难，谷贱伤农，备受"丰荒"之苦。今年全省人民又遭"歉荒"之痛。所以今日谈赈灾者，籴谷固是一端，而救济农村经济尤关重要，农村贷款在今日已为不可缓之事实矣。

湖南政府近年来最关心民瘼，几有剑及屦及之势，遇水灾则有火灾善后委员会，遭旱灾则有旱灾救济委员会。水灾已成为过去历史，他虽拥有四百万元之钱谷，是兴水利的，不得借与被旱灾人民救命的，可以不必与之交涉，你们只管去饿你们的、死你们的，与水灾善后会无涉，实现其水火不相容主义。不佞今日不专谈水灾善后会，就长沙市内之赈灾各慈善机关大概情形检讨一下。

我们办一事，先要认清题目之所在，就题中应有之文章发扬而光大之可也。若从题外多生枝节，反主为宾，已失却创办该事之原则。矧属振灾事业，尤须注意到灾民身上。所以此种赈灾机关之成立，完全为灾民而设，毋论赈款由政府发给或由私人捐助，系与灾民为对相。凡在救灾机关办事者，大家要抱一种牺牲与义务性质，绝对不可视为优差肥缺之衙门，位置私人，消耗灾民救命之钱，此一定之理也。兹查华洋义振会每月开支二千余元，虽此款不由湖南省款开支，究系慈善公款。水灾善后委员会每月会内开支八百余元，此外委派在外催收贷款委员所动支临时费，约计每月总在三千元。合计经常、临时两项，每月已达四千元之巨。省赈会每月开支一千余元，而最近异军突起之旱灾救济委员会每月开支一千五百余元。此外，财政厅、民政厅所派至各县勘灾委员每人每日出差费四元，省赈会所派者每人每日三元，此种层床叠架之勘灾委员，政府若有统一办法，可以节省若干开支。最奇者财政厅派往平江勘灾委员，并兼催收田赋专员，是何异右手捧佛经、左手携炸弹也？统计以上各振灾会每月开支已达八千五百元之多，全年即为数至十万元；而民、财两厅及省振会此次所派出之委员，合计总在一万元以上之临时费，尚未计入。究竟全省灾民得到多少利益呢？若官民比较，恐救灾者未得实救，而吃灾者已大吃特吃矣。是长沙市之振灾会并不是赈灾，乃是吃灾；又不是赈灾民，乃是赈灾官也，借振灾之美名而来吃灾。不佞窃期期以为不可。省政府痌瘝在抱，成立各种振灾会，其意欲分工合作易收实效，而其弊乃至于浪费，是岂当日立法之本意耶？不佞主张此种慈善机关应有整个统一办法，不可遇灾即成立一会，如水灾、旱灾之类，万一发生火灾、瘟疫、匪灾等，岂不又要组织火灾、瘟灾、匪灾等委员会乎？应将全城之救灾会一律取消，归入省赈会内继续运行，不但可以裁撤多少吃灾人员，并可以省去多少糜费，而且事权亦易于统一，效力于焉增大。若以救灾民之故来救灾官，政府筹措忙碌，而灾民又为灾官之工具，则这辈灾民更罪孽深重矣。

不佞主张如上，特与各大慈善家一商榷之。

毕业生职业介绍问题

（十一月五日）

学校毕业生职业问题在今日已成为严重性，自北平民二三毕业生"职业运动大同盟"成立以来，政府对于此项运动认为有意义、有价值之组合，并非瞎闹者可比。于是教育部有全国工作咨询处之成立，以为各毕业的失业生介绍学术工作之地步，并从学术人才调查着手，先就国内开始，次及于国外。其咨询处每月开支经费定为三千元。上月教育部又通令各公私立专科以上各校均应组织介绍机关，凡遇有学术工作咨询处委托事件，应负责办理；同时令知全国学术工作咨询处，务期密切合作，共策进行。在不久以前，赣行营需用专门人才，教部已通令各校造具历年毕业生姓名邮寄南昌，是大学毕业生已有新出路矣，是职业运动已发生效力矣。

有人主张在学生受教之时即应有整个计划，如毕业后将在社会任何职务，政府事前均须有相当准备，同时向海关调查我国需要物品。于是由教育部、实业部及全国经济委员会联合举办各种工厂，未毕业之学生即在厂内实习，已毕业之学生即在厂内服务。此举不佞认为不当，且又限于理工学生，但是今日全国大学学生，文科多于工科，假令工科如此安置，文科学生则又如何？且学生在工厂实习，只有消耗，并不能单独制成物品，我们办理工厂，是否需要消耗者？或是需要制造者？至云"已毕业之学生即在厂内服务"，尤有僧多粥少之恨。学生毕业年有增加，该厂内究有若干位置，逐年能容纳新毕业生？此种主张，我也不能反对，并认为是一种治本方法。此种工厂每年举办之数目，要与全国毕业学生成正比例。如此运行，工科学生既不忧无用武之地，而全国实业亦得逐渐发展。话虽如此说，未知政府有无决心，又未知政府经济力量能否如期施行，是一大问题耳，不佞仍认为是一个画饼充饥笑话。

又有人主张治标方法，则曰扩充销路。现任公务员不合资格者应予以免职；又盐署及邮电各局职员向不举行考试，亦不经铨叙手续，此后须考试后始得任用；又现政府各机关虽有少数实行考绩，但全凭长官之好恶，无确实标准，以后应须举行总考绩，使怀抱真才实学者易觅出路。不错，此种治标办法亦未尝无理。但是，今日我中国各机关用人，往往随长官之进退为进退，使一般公务员不能安于其位，恪供厥职。惟盐务、邮电等机关仿照外国办法，长官之去留与全署员司不发生任何影响，此系全国最良好用人之模范。如果也来举试或铨叙，则此辈寒士何从觉得有势力人之关说或入行，以作维持饭碗之靠背？加之现代之大学毕业生其目的并不在邮电之屑小职员，且邮电或多非平日所素习之科目。我看这也不在乎变更，致引起无事自扰之嫌。只要将现在各机关兼差者先行裁除，以失业之大学毕业生补之，并以后各机关有须新用人员之时，应尽先补用大学毕业生。如此计划，这一般有用之新人才或可有一部分为国家社会服务之机会。

考选委会员委员长王用宾关于大学生职业问题发表谈话，略称："此事原不成问题，向者因《任用法》未尽实行，在任用人又有旁门可进，毕业生有歧路可走，机关用人另有来源，遂致成为问题。目前唯有修正《任用法》，只要中央与地方各机关遵照《任用法》用人，此区区数千大学毕业生出路便不成问题。"不佞亦觉得不成问题，但是《任用法》修正以后，各机关长官能否遵行，此又成为问题也。查学生由小学以至大学毕业，经十二三年之久，个人耗去精神，父兄损失金钱，不可谓不多。原冀各人子弟毕业之后替国家作一分事业，今以有用之青年并无出路之可觅，而无知无识之辈反得居高官而享厚禄。事既不平，便生烦闷，结果为衣食计而走入歧途者有之，或因贫自杀者亦有之，是岂国家每年用许多国帑办大学之本意耶？秀才本不能造反，但是扰乱社会安宁未尝无力。所以为国家事务增加效力起见，固要用专门人才；为社会保持秩序起见，也要用专门人才。希望政府采纳"职业运动大同盟"之主见，为大学生迅谋出路，以解除烦闷，纳诸轨道，则国家幸甚。

读中政会通过《公务员
捐薪助赈办法》之感想

（十一月七日）

　　上月二十四日，中政会决议案通过《公务员提捐薪水助振办法》，自本年十一月起实行，至明年四月止。此种议案确是为灾民造福。所谓解除人民痛苦者，此即系其一端。查今年旱灾流行，几遍长江流域各省。据调查，损失总数在十万万元以上，受影响者几及全国三分之二。受亢旱影响者计十四省三百四十三县，受水灾影响者计十三省十二县，此外有六省六十八县受蝗灾，十二省八十九县受雹霜之灾。今年可谓中国不利之年。中央除对于江浙发行救灾公债以外，其余各省因未筹获基金，尚未觅得相当办法以资救济。但天灾既如此普遍广大，杯水车薪本无济于事。然集腋成裘，众志成城，只要大家来群策群力，发扬人类同情心，则灾民定可得到一部分利益。中政会有鉴于此，通过《捐薪助振案》，在个人损失不多（规定五十元以上者捐一元，二百元以上者捐二元），且时仅半载，谅公忠体国之各公务员定能一致赞助也。

　　查德国政府今年因失业者太多，无法救济，于是国社党鉴于前途危险，发起"节食会"，规定某星期日为"每餐一肴"之全国节食日。国社党员在京中各通衢悬挂旗帜，劝告柏林居民斥资捐助国社党所举办之卫生及社会救济事业，并有该党男女青年沿街设桌上置鲜花、国旗及希特勒总理肖像，劝行人立时解囊相助，尚有其他党员则分往各居民住宅作同样请求。此项运动目的完全在劝人民节省款项，用以救济贫民。其一种复兴精神之奋发，有足多者。今年夏英国伦敦饥民游街示威，其口号有云："我们不需要飞机，我们不需要坦克车，我们需要的是面包。"不佞觉得此种要求亦属合乎生存竞争之道理，而不可厚非者也。夫英国饥民自动要求者在面包，而德国国社党事前先为之"节食会"以救济失业，以预防社会不安宁。德国以党治国者也，我中国亦以党治国，今兹捐薪助振，揆之德国，未遑多让。

夫民者，出粟米、布帛以事其上者也，在平日急公好义，未必无一善之可取。今不幸遭此天灾流行，老弱委于沟壑，壮者散而之四方，不但父母、兄弟、妻子离散，简直过其牛马生活。我生不辰，逢此百难，富于人道心者未有不发生恻隐之心。近日来安化难民逃难来省，聚居河西麓山附近一带，鹄形菜色，露宿风餐，为数已达数千人之多，可见安化灾情之惨重已不可轻视。我湖南已成立旱灾救济委员会，此种目前救济工作非异人任，该会应亟想出一个善后方法保此孑遗，决不可听其长此伏处于省垣郊外，荒弃故乡农事，于公于私均有妨碍。尚望哀此曾出粟米、布帛事上之人，留此残生，以为将来出粟米、布帛之资源。所以中政会通过《公务员捐薪助赈》，意即在此。

我湖南不乏慈善家，除公务员遵照中央捐薪助振外，一般士绅赶快设法救济来省之难民。救灾如救火，而不可再缓者也。据报载，日昨已死去三人，及今不图，恐此辈良善灾民尽作他乡之鬼矣！噫！

劝大家镇静一点

（十一月九日）

日来红军因江西"老穴"被国军节节压迫，已无生存之余地，歼灭之期当亦不远。不意竟"倾巢西窜"，经广东之南雄而入我湘之汝城。这一次人数当较萧克"匪部"为多。据何总指挥报告："前次萧'匪'入湘，因湘军多在江西境内，赶调不及。这次我们部队已经集中，防务巩固，只要民众大家能够镇静，不要自扰。……"此话我也相信，因为目前我们中国人正在劫数之中，无论何地均非乐土。若谓内地不好住，移居租界乎？则绑票、暗杀者日有所闻，租界亦不可住。欲厌世而自杀乎？则迁坟、掘墓者又为政府命令所许可，死亦不得瞑目长眠于地下。当此浩劫临头，即生死阴阳之间亦不足以大解脱，惟有努力求生存者方可以转危为安，化险为夷。

现在红军已大批西窜矣，无论贫富贵贱、老少妇孺，一闻"匪"至，无不谈虎色变，纵使故示镇静，恐非由衷之言。何以故？以"共匪"盘踞江西，时经数载，中央军不知费了若干金钱，牺牲若干头颅，又济之以蒋委员长之亲征，始克将其围剿。今兹窜入湘境，民众既属赤手空拳，决不能以薄弱之肉躯来敌犀利之枪炮。民众之武器既收编无余，而所编余之枪支又未蒙发给各义勇队。寇深矣，可若何？与其慌张自扰，不如大家来各尽其能力，作"剿匪"军队之后援，有钱者出钱，有力者出力。即无钱无力者，也要来打一定心针，安居乐业，勿扰乱后方，以利进行。诚如何总指挥所言：

"民众如不能镇静，则军事上即会受其影响。"但是我们要求于军政长官者，对于"匪"之行踪去向开诚布公，胜者言胜，即败亦毋须讳言。胜败乃兵家之常事，若败以胜报，反足以乱人耳目。须知民众之观察，虽无无线电报，其消息有时或比有无线电报者为灵。民视民听，真是速于置邮而传命。不如将"剿匪"实情公开一下，使民众事前既有所准备，临事即不至于慌张。此即是使民众镇静之基本原则，而不至助长楚人好谣之心理。若是事事忌讳，则万目睽睽，反致以讹传讹，虽日日张贴皇皇告示，恐亦不足以镇静人心也。

抑有进者，民既畏"匪"，未尝不畏兵，其所以不镇静者，皆由畏字之一念而生。希望我们"剿匪"军事长官御下宜严，总使民间一草一木不至惊扰，博得人民箪食壶浆以迎。则"匪部"过后，民众尚可居住，并且随时可以将"匪"之行动贡献国军，实行军民合作之主张。但军队中人数既多，良莠不齐，奸淫掳掠者难免不无其人。怨毒所结，民心携贰。军队如果失却民众，则行军时固然是感着多少困难，恐怕"剿匪"效力亦减少多少成绩。我们"剿匪"军官向来爱民如子，不待不佞来哓舌。欲求镇静，此即是一大关键所在，故附带及之。

中国是仿造专家

（十一月十日）

我国近来作事，专模仿他人之步骤而行，颇有"孔趋亦趋，孔步亦步"之概。本来一种事情为我国所固有，乃久而生厌，群呼打倒；及见他人礼义有加或严行取缔，我国人方发生今是昨非之感，如祭孔是也。日本人对于祭孔极端进行，明春且有扩大举行之事，并有函请我国名流宿儒加入之势。我国政府有鉴于此，非尊崇孔圣不足以维系人心，今年在曲阜亦有派员致祭之举，近且修造孔庙，以示尊圣启后之意。孔子为我国数千年之唯一圣人，历代礼敬极隆。自近年来一般摩登教育家当道，首倡废孔之荒谬言论，闹得人禽无分，而社会人心于是出轨。环顾全国，谁尸其咎？现在主其中枢者已有觉悟，主张尊孔祭孔，亡羊补牢，犹未为晚。政府善于改过，未始非中国前途之福音。

日本近来鉴于学生出入咖啡馆、跳舞场，于经济、学业两有妨碍，东京警视厅保安部以为此等青春享乐行为，认为不合，曾于八月间函达都市各学校，唤起其注意在案。幸获各方面之赞成，乃订于九月十日起实施此项禁令，凡属学生，一律禁止出入特种饮食店。已于四日对于各学校及文部省、府知事、各警察署与夫各特种饮食店之营业者发出上项通牒。所以各咖啡馆及跳舞场等均贴有"恕不招待学生"等类标语，与当局之取缔相期待，学生将完全被其除去。此种举动深合官民合作之精神，值得吾国营经商业者取法。但是警厅严禁学生出入特种饮食店以来，营业者大受损失，故此般同业诸商家不得已陆续向警视厅呈请改变方针者已达六百家。而同时东京市内之年红街巷，从前颇承学生之照顾者，今则"门前冷落鞍马稀"矣。我国教育当局亦欲严禁学生入舞场跳舞，免荒学业，曾于上月二十七日上海各大学联合会议决，有"严禁学生入跳舞场"之提案，议决与市政府合作，共同查禁，犯者予以严惩之办法。案虽如此提出，议虽如此决议，有无丝毫效力，吾人不得而知；能否如日本商人在门外贴"恕不招待学生"之标语，更属问题。但是立竿见影，竿正则影直。今欲禁青年之不入跳舞场，当从先知先觉者以身作则。否则，"夫子教我以正，夫子未出于正也"，则所谓禁令者实属一纸空文而已。现在上海各大学联合会议案已布，中华基督教信徒救国十人团上海区团执行委员孔祥熙、王正廷等又有函请公共租界工部局及各大学当局查禁之议。似此推行，应有美满结果之可言。上海各大学学生团体发言人表示，亦云："自蒋委员长在南昌倡导新生活运动以来，举国上下一致认为唯有实行新生活，中国方有出路，而我上海各大学学生尤能深体斯旨，一致奉行。爰前有各大学学生新生活促进会之组织，并于各校成立分会，身体力行，不敢少懈。至入舞场与舞女跳舞，原为新生活纲领所悬为厉禁，自在切实摒除之列。惟间有不束身自爱之辈，仍有涉足舞场者，是不可谓绝无仅有。以故目下倡议禁止大学生入舞场者，学生等为整饬新生活运动阵线起见，自当具深切之同情。惟念社会风气之沦落尚不仅舞场为限，而纸醉金迷于舞场者亦不仅大学生为限，故欲转移时尚，刷新社会，应须各方面分别负其责任，尤贵乎社会领袖之能身体力行、以身作则，庶几风行草偃，方能收普遍倡导督率之功也"云云。

一般青年学子既悟跳舞为新生活所不许，而挽回颓风，继大学学生之后，又有上海银行界禁职员入舞场之举，此系是一种好现象。现值厉行新生活之时，在下者已觉今是昨非，尤贵社会领袖以身作则。究竟我国社会领袖平日行为能否为后生所取法，这一句话我不敢下断语，请看事实之有无为定耳。

总之，孔子为我国数千年来之大圣，前则倡言打倒者，今见日人尊孔。跳舞场等本为社会交际上一种娱乐，以为学生时期所流连，日人禁学生出入，我国人不先不后，也来禁学生出入，谓之为仿造专家，谁曰不宜？

日本侵略东北后之新兴事业及计划

（十一月十一日）

自"九一八"一刹那间，日本人不折一矢，平安将东北偌大炸弹一口吞下，以海岛国资格今一跃而为大陆国主人翁，《田中奏折》逐一实现。吾人睹此情形，只有号天大哭一场而已。

试看日本自得了东北以后，按照其既定之经济侵略计划，实施各种企业，发展极为迅速。据调查，日人在南满已创办成立之会社，五十万元以上者计有九社，五十万元以下者计有六社。近更在北满创设制粉、洋灰、制糖、酒精等会社，急谋完全操纵东北事业之经营、原料之吸取，以达其进一步经济侵略之目的。以上所列举者系属工业品，近更进而谋夺东北天然宝藏。即如各地蕴藏资源之丰富，素为日人垂涎觊觎，并不自今日始，对于矿山探掘及其他各种企业，曾投巨资办理。迨"九一八"事变后，日人更明目张胆，所有各种重要事业积极进行其掠夺计划。观其去年三月一日所发表之《满洲经济建设纲要》，即可证其野心之一般。近且认为军事侵略阶级已过，完全步入其经济建设时期，故对于各种企业之经营尤为猛进，我东北之宝藏行将为日人攫夺以尽。

查东北广袤一百三十九万五千平方公里中，所蕴藏之资源首推农业。人口约三千万，而农民又占百分之八十五以上；且经营其他工商业者，亦大部分从事于大豆及其他农产物之交易。铁路运输，强半为农产物及其制品。在输出总额四亿五千万元中，有百分之八十五为农产特品。且在东北土地总面积一百二十亿公亩中，有可耕之地三十二亿公亩，尚有十六亿公亩未开垦。此日本谋统制东北经济，乃以改善农业及开垦荒地为重要政策之一端也。

次就各种农作物之现在耕作情形、开发计划及工业观察之。大豆于输出方面在世界居独步之地位，实为东北经济之中枢，每年约产四千万石。大豆之用途，向多以之制油及肥料、饲料，及制造之石碱，并其他工业之原料。东北榨油工业已达四万余处，所产红粮、包米等则为酒精制造之原料。酒精工厂大都集中于北部，而哈尔滨此种工场尤多，计有十四处。近有成立大同酒精公司，规模颇大，因原料丰富而价又廉，所以各种以农产品作工业者日见发达。

至东北森林，向来丰广。日本现视东北森林为产业开发上之重要部门。其计划统制之方策，最近已有日伪合办之大同林业公司。森林统制政策亦大体得有端绪。大同林业公司系合并吉敦沿线各林场，此等林场总面积约有一亿一千公亩，木料蓄积量约为一百三十余万公担，实包括敦化、额穆、桦甸三县全部及宁安县之一部。该伪公司资本金额为五百万元。

此外东北畜产之大概数量，牛一百六十万头，马二百四十万匹，猪七百五十万口。以上系家畜，在牧畜事业上言，为数甚微。日本对我东北之牧产政策，将注其主力于绵羊之繁殖。自来东北各地饲羊，以供用羊肉及羊皮为主要目的。至于羊毛则视为副产物而不加注意，因其品质素劣。日人近拟以十年为期，谋绵羊之改良及增殖，以期其现在取于澳洲之年额一亿元之羊毛需要，转由东北供给。已组织日伪绵羊协会，资本定二百万元。

至于矿产，在东北尤其富厚，如煤，如矿，如石油，各种国防上需要之重要矿，东北无不应有尽有。而缺乏矿产如日本，今则认为已解决一切重大问题。尤其是铁矿，大部产于辽宁，而尤集中于鞍山及弓长岭一带。其铁矿种类多为赤铁矿及磁铁矿与石灰混成之片岩，其品质不甚佳，含铁量多在百分之六十以下。近来日人发明所谓鞍山式磁化还元焙烧法，能以每吨一元上下之费用，将贫矿制成百分之五十五以上之富矿。因此东北之广大铁矿资源益增其重要性质。

夫东北为我国之领土，无端为日本所侵略，一切宝藏尽为外府，藉寇仇而赍盗粮，吾人对于日本在东北之新兴事业及其计划当然具有愤慨之处。但是中国本部得天之厚，亦不亚于东北，如果大家起来经营内地，使地尽其利，则以之应付国难，救济国民，筹备国防，尚觉有余。不意天不助我，天灾、"匪患"迭相惠顾，坐令天然美利无暇发展，经济既形破产，建设亦徒托空言，国计民生均形贫乏，瞻望前途，其何能淑？（此文多取材于《申报》，附志于此。）

我们需要的自救救国教育

（十一月十二日）

今日主持教育者以及办理教育者，是否本诸自救救国教育去进行？我们中国在今日内忧外侮之中，是否需要自救救国教育？但是事实告诉我们，中国今日主持教育者以及办理教育者，不外乎保全禄位与夫巩固饭碗二者而已。所以，公立学校则为位置私人之地盘，私立学校又为植党营业之团体，去自救救国教育还有十万八千里之遥。中国国势日危一日，而中国教育也随着日危一日。国势危并不可怕，所可怕者教育危而根本上就无办法。所以现在无论主持教育的以及办理教育的，责任比从前一天一天的加重。因为"九一八"事变以来，这种奇耻大辱事前竟没有方法去抵抗，事后要想洗雪此种奇耻大辱，并非喊口号、贴标语者所能济事。况且到了现在，连口号也不许喊，标语也不许贴了。已往之教育既失败，目前之教育又复如此，堂堂中国又何所恃而不恐？教育救国固如泡影，教育自救亦复无望。迨到第二次大战爆发，大势所趋，也恐怕不许我们今日这一般主持教育与办理教育者从容坐论也。

我们既感觉已往之教育失败，则改弦更张，事在必行。不观夫今日北平各大学毕业生因所学不能自救，于是组织"职业运动大同盟"，并向政府请愿。又据教育当局发表报告，说学工科者其出路比文科为优，此系关于大学一方面。若各省之职业学校毕业生，更属"升天无路，入地无门"，一种奔走职业运动不谓不勤，因地位关系，又不能如大学生之为人重视，职业学生失业，简直无人理落。据此以观，可知我国教育不但不能使学生发生救国力量，而且自己并无谋得一个噉饭的力量。俗云"人不为己，天诛地灭"，今自己尚不能救，遑言救国。

究竟我们中国今日所需要者何种教育呢？不佞以为凡人能自救，方能谈到救国。若救死不赡，奚暇治礼义哉？所以今日中国之教育以职业教育为主，换言之即是生产教育。近据教育部令行各省市有云："查各省市所产之主要原料及各地方亟应兴办之新实业，对于职业教育之推广关系至为重大。本部为明了该省职业教育应如何发展起见，特制就各省市产业种类暨职业学校已有及拟办科目调查表，令发该厅，仰即逐项查明，详填表内。……"而我湖南教厅决定今后方针，有："一、努力开创新事业，以推广职业学生的出路；二、研究社会上对于职业的需要，而造成与需要相应的人材；三、改良旧式职业，使逐渐可以容纳新方法与新人才；四、对于家庭副业及各种手工业，仍须提倡改良。（五、六、七从略。）"统观教部及教厅近日以及前此四省剿匪行营所颁布办法，有意对于生产教育谋发展，这也值得吾人注意一件事。须知吾人对于学校要造成一般有用之人才，在最低限度之下也要可以解决个人生活，不但学生之本人如此，父兄送读之本意如此，即上推至国家办学校作育青年亦未尝不如此。世界各国断无有每年牺牲若干国帑而制造若干失业青年之理。学生有自救之力量，而后才有救国之力量。人惟能自救方能救人，救人者即救国之谓也。我们中国需要的是自救救国的教育。我们要拿教育作自救救国之良好方法，而不可拿教育作为一种点缀门面之工具。我们要本着自救救国教育为今后教育之唯一出路，务使各个学生具有一种生产职业，有了生产职业以后，将来离开了学校可以自救。若果人人可以自救，合之即是救国。国者是积人而成者也。欲救国必先救自己，己如不能救，国更谈不上矣。所以我们中国需要的自救救国教育，希望主持教育者与夫办理教育者加以注意。

若真谈到自救救国教育，不在形式，要重实际。穿皮鞋、带眼镜、光头、白衣之摩登学生，不配来谈自救，更不配来谈救国。而一般身为督学者，要注意学校的精神，不要注意学生之外观——表册与校章绝对是靠不住的。我中国每年由小学至大学有巨量毕业学生，以今日之教育而言，一人毕了业，即算一生毕了业，"四体不勤，五谷不分"，国家造就此种青年，自救不能，遑言救国。以家庭有用之子弟竟为学校所戕贼，事实业已如此，并非不佞立论苛刻。

现在主持教育者感觉得已往之教育贵族化、文弱化，近来颇有提倡生产教育之意，并遵从总理遗教，造成学生"双手万能"，法良意美，救时急方。是否含有宣传作用？试拭目以俟之可也。

老爷太太革命

（十一月十四日）

日昨报载，内政部通令来省，有云："查革新政治，同进文明，前以腐化相沿，凡大人、老爷等称曾通令禁止在案。……乃近查仍有称大人、老爷者，其父母称老太爷、老太太，妻子及子女称太太、少爷、小姐，此等陋习若不迅图改善，何以正名义而挽颓风？为此重申禁令，嗣后有官职者称其官职，无官职者一律称先生，其余则称老先生、学生，以此类推，不准再用旧日腐化之称谓。……"当此四郊多垒、匪患旱灾之秋，内政部尚顾及称谓，可谓好整以暇者矣。

查唐《通鉴》："高力士承恩久，中外畏之，驸马辈直呼为爷。"盖古人以之呼父，唐以后则沿为尊贵之称。至《元史·董搏霄传》载："搏霄营于南皮，贵兵猝至问搏霄曰：汝为谁？曰：我董老爷也。"此老爷之来历。至于老太爷之称呼，不过如太上皇、太夫人、太君之例，以示分别而已。又查太太之称呼，由来已久。当汉哀帝尊祖母定陶恭王太后傅氏为帝太太后，后又尊为皇太太后。据《玉堂逢宸录》："掌茶宫人韩小姐与亲事孟贵私通。"在宋时已有小姐之称。元人则概称仕女为小姐。至于大人称呼，见于经书，如"利见大人""有大人者"等，更不可枚举矣。以上系见于我国典籍所载者。

即以德文而论，男称 Herr（黑呀），已婚女子称 Fvau（夫号），未娶女子称 Fuaeulein（夫遏于来因），换言之即小"夫号"，亦可称为小姐。男子虽普通称为"黑呀"，但亦有分别，如"Cnaedigen Herr""Gestnenger herr""gcehrte herr"；已婚女子如"ene fpau""geacdigc fpau""fraugcmohlin"。此种称谓何尝腐化？或者我国今日百事维新，从前所有名称、官衔非一律革命不可，则先生称呼亦载在经史。所谓称老先生者亦始于汉，如《汉书·贾谊传》："诸老先生未能言，谊尽为之对。"则先生、老先生亦属我国历史上固有之名称，亦不可用。

通令有云："有官职者称其官职可矣。"但是有官职之妻又如何称法？

"无官职者一律称先生可矣。"若人未满二十岁，而子又未入学校，则父子均称为先生，可乎不可？

我也曾身经京平，见官场社会中无不满口英文称呼，如男性称"米司特"，女性称"米司"或"米色司"，未闻政府有令制止。犹忆前四五年北京刘半农教授主张对于女性一律称小姐，惹起社会上一大笔战，并有一般摩登家赞成称"米司"，废除小姐或姑娘之称。但是"米司"系英文之称，假若有人通德文者，岂不是赞成"夫遏于来因"？通法文者，又岂不是赞成"马得莫色时"乎？如此一来，不但主张之纠纷不能解决，而我中国固有语言文字早已先国而亡矣。

在内政部此次通令，揣其意在使全民平等，非先消灭社会上名称上之阶级不可，其用意亦不可厚非。但是近年来公文中改称钧座、钧院、钧部以及钧处、钧局者，其去大人者几何？我中国不平等之地方甚多，名称犹其小焉者耳。美国火车、轮船无等级，而我国伟人出外，到处头等，并不须给价，何以不平等之若是？俄国全民一律"民享"，并无贫富之分，而我国人居要津者，多以贪污所得民众之膏脂，存储于外国银行者数千百万，而一般贫民甚至刈草掘泥以食，何以不平等之若是？即以我湖南而论，今日旱灾、匪患之重为全国所无，人民与省政府向中央请求颁发赈款者力竭声嘶，未得分文实惠。此皆内政部应行举办之事，未闻"迅图改善"，而独对于老爷、太太之称呼沾沾自求，抑又何也？

　　总之，中国之强弱在实际上做工作，并不在皮毛上之呼谓。若舍本而求末，不但扞格不通，且徒滋纷扰。试看民国以来一切官衔，无不大改特改，究竟是换汤不换药。民犹是也，官犹是也，而东北四省土地已非我有矣。据不佞考察，此次内政部变更社会上名称，仍与前次命令同是此路不通。通不通，实在无多关系也。

共党入蜀前途之推测

（十一月十六日）

自徐"匪"向前在四川活动以来，声势已形浩大，以四川兵力之厚，而不能收剿灭之功，使其坐大。其弊在防区制，彼此不相连络，以致各个击破，而成为今日之局面。四川军事长官不能辞其咎。有徐"匪"在蜀打开局面，复有萧"匪"克由赣经湘、黔而入川，虽经湘、桂军沿途追击，卒至达到目的地，则将来"共匪集团"危害民国，非同小可。但是证以历史上之事实，占据四川者，其结果必不佳，或者"共匪"入蜀，天将消灭"匪患"、复兴中华之绝好机会欤？不观夫：

王莽时，导江卒正公孙述据益州之地，号成家。光武命吴汉、岑彭等溯江而上击灭之。

东汉末，刘璋迎先主于荆州，使击张鲁，先主因取益州之地，并取汉中，遂缵汉绪。魏司马昭使钟会、邓艾自剑阁、阴平而南击灭之。

西晋末，巴氐李特率其宗人流入益州，依刺史赵廞。既而叛廞走死，罗尚击杀特。特子雄收其众，遂据全蜀，国号成，后改号汉。晋桓温溯江而上灭之。

东晋末，益州参军谯纵因桓玄之乱，袭杀刺史毛瑾，自称成都王。刘裕讨斩之。

唐元和初，刘辟乘韦皋之薨，邀取节钺。宪宗使高崇文讨斩之。

唐末，王建自神策军使出为利州刺史，值田令孜、陈敬瑄之乱，蚕食两川，朱梁篡唐，建遂称蜀帝。后唐庄宗灭之。

后唐庄宗以孟知祥为四川节度使，未几唐乱，庄宗遇弑，知祥并取东川，唐封为蜀王，旋称帝。宋太祖灭之，

元末，红巾贼徐寿辉将明玉珍据成都，称陇蜀王。明太祖使廖永忠溯江而西、傅友德自剑阁而南灭之。

明末，李自成由北京窜入四川，旋为满清所灭。

清朝，洪秀全建都南京，石达开因与东王不睦，愤而出走，由湘境而入川，并无发展，即行削平，而达开亦不知下落。

统观以上历史所记载，欲以西蜀而经营中原，鲜有不身败国灭者。所以宋苏洵《权书》有云："诸葛孔明弃荆州而就巴蜀，吾知其无能为也。"但是有一例外者，如汉高祖初封汉王，自蜀汉还定三秦，此据蜀而有天下者也。此皆已往历史所载，证以今日之时势，又不能一概而论。从前中国战争并无国际背景，楚弓楚得，不过经过一时之纷扰即告平息。假若此次全国红军集中四川，以四川财富之丰厚、物产之庶饶，任何封锁均不足以围困。加以川北可由新疆通俄国，西亦可经西藏与俄土铁路勾通，地域既占优势，国际线路又四通八达，中央军开往征剿，交通上极感不便，比较江西困难多矣。

噫！以历史眼光来判断红军占据四川以后之形势似不适用，吾人惟有努力各个剿灭，毋以邻国为壑，为暂时偷安之计。近闻江西红军倾巢而出，已入湘境，如何企图，吾人虽不得而知，但希望莫步追剿萧克之后尘，远送于野，则幸甚。

伪国煤油专卖问题之检讨

（十一月十七日）

　　自伪国与日本倡"经济统制论"以来，所谓"满洲国"已成为日本之"殖民地"，一切经济与建设惟日本之命是听。这次日本政府嗾使伪满政府宣布煤油专卖政策，引起向来操纵世界市场之英、美、荷三国之抗议。根据伪政府成立时之宣言，责以不应违反，即《华盛顿九国条约》所规定之"门户开放"制度亦未履行。各帝国资本家岂忍见日本人独占有东三省利权？向日提出严重交涉亦意中事。无如日人狡猾已极，将此次专卖事件完全推诿于伪国。其覆文中有云："满洲国之统制石油，原为满洲国政府之方针，非日本政府所能干与，且处于未便说明地位。……"而伪满亦发表文告，略云："许依煤油新专卖法，平等待遇进口与出口商及推销商，而不分国籍"云。而英国一方面则云："煤油专卖已成铁性之法律，将来其他实业亦将本此例以行之。众料其次受害者则为烟草业。"因日本此次欢迎英国实业考察团后，宣布煤油专卖，俾示各国，彼等若不承认"满洲国"，则不能于"满洲"丝毫有所得。据闻日政府第二次答覆英、美照会，谓："'满洲'企图统制工业，系内政问题，属于'满'方法权范围，故'满'方统制煤油之建议，不能视作违犯'门户开放'及'机会均等'之原则。"将此次煤油专卖认为"满洲"内政之事，亦复可笑。所谓伪国煤油公司内幕，据日本新联电称："'满洲国政府'为国内消费起见，以输入精制外国煤油为目的，设立半官半民之'满洲'煤油公司。其股份十万股，计五百万元，计'满洲国政府'百万元，满铁二百万元，日石五十万元，三井五十万元，三菱五十万元，小仓五十万元。社长系桥木圭三郎。"是资金一项，日方竟达四百万元，而一切用人行政又由日人把持，名为"满洲国"煤油公司，不啻日本人煤油公司不过借"满洲国"三字为名已耳。

这一般蠢如鹿豕、丧心病狂之亡国汉奸，那里知道煤油统制计划，不过作日本人之傀儡以实行卖国贼之手段。日本现值厉行燃料国策之时，利用此一般亡国汉奸以作对外之护身符。日本明知本国所产之液体燃料不足以供国防之用，又深悉我东三省辽宁省马鞍上、抚顺、本溪湖三处煤油储藏甚富。据我国地质调查所报告，上年度产额共有四十五万五千七百八十七桶之多。日人不以此而自满足，更进一步设立"满洲国"煤油公司以便垄断煤油采炼权。据《申报》英君著论有云："单说抚顺一处，就有五十四亿吨的预想埋藏量，其中用露天采掘法而可取得的，亦在三亿零三百万吨上下，蕴藏的丰富真为世界所少有。本年八月底止，该矿已出原油十五万吨，轻油二万五千吨，重油七万五千吨，并在计划增加资本八百万元。一旦整个的理想完全实现，英、美、荷三国在满洲的煤油纵不至消灭，亦将遇到一个劲敌。而其有助于日本海军的战斗力，更为识者所公认。"所以伦敦方面之意见，说日本新煤油法之主要目的似在存储巨量煤油，鼓励日本炼油实业。凡此皆有益于日政府，而有损于外国油公司者也，统制煤油之广大权力，使日政府得：（一）规定售价；（二）决定每公司每年输入之限额；（三）遇有必要时，强迫油公司扩大其储油所，并在日本设立炼油厂。故诸有关系之外国主要公司须耗费巨款，添筑储油所，及将存油增至现在量三倍之多，而并无任何保障，能使此种浩大费用得取偿于将来，所谓《华府公约》第三条已被日本扯破无余存矣。

今日各国之国防政策，以煤油之多寡为其最后之胜利，所以帝国主义者在世界各国煤油矿之竞争最为激烈。如过去波斯、墨苏尔、墨西哥、苏门答腊等处，何尝非帝国主义者油权竞争史？甚至以公使而兼煤油经纪人。其重视煤油，于此可见一般。

现在各国往往因本国不产煤油而发明代替物者，如法国萨休耳能从碱水中制成人造汽油，荷兰瓦德尼尔发明气压发动机，日本现在研究大豆炼制汽油，我国人梁松年、郭展雄各发明植物制炼汽油，未尝无相当之代替。此外酒精、木炭亦可适用。

日本为帝国主义者后起之秀，现拥有东三省宝藏，煤油又极丰富，所以先行专卖煤油，使英、美各国输入之货不足以攫夺其市场，以便推销辽宁各矿所出之油。无如美国对远东"门户开放"主义仍坚决设法维持，不肯稍懈，倘不取消满洲火油专卖，仍将从新交涉。究竟能否打破此难关，又视各产油国能否努力保持此《九国公约》精神为断耳。

南洋托治各岛问题之严重性

（十一月十八日）

自各国联合战败德国以后，将德国从前在南洋管辖各群岛勒令德国交与国联，由国联委托日本代为统治。因为日本当时系国联会员之一，可以接受委托。但是上年三月日本退出国联后，照章经过三年，即完全脱离国联关系。日本野心勃勃，年来对于委治地视如禁脔，设置军备，有如"刘备借荆州"之故事，赤裸裸的表示无再交还国联之意。目前国联对于委治各岛渐渐明了日本意旨。本月五日，在日内瓦开会讨论日政府代管旧属德国之太平洋诸岛之报告书，又作非公开会议两小时之久。当时曾提出日本拨款八十万元建筑造船坞并飞行场问题，主席齐沃杜里询问外国飞机可否在此降落，日代表伊藤未作切实答覆。又，日本对外国人及船舶往太平洋日本统治之各岛港口者多方留难。日代表谓此种消息别有作用，不可轻信。委员会主席谓太平洋委任日本统治之各岛，世界各报对其内部情形纷纷批评，为日本计，宜设法祛除世人之疑虑，平息谣言之法莫妙于开放各岛，听任外国人自由出入云。至本月十三日，日本海军当局方面，对于国联委任统治委员会已通过决要求日政府说明其在南洋委任统治地修筑港湾及设置飞机场报告书之情报，持如左之见解：

委任统治地区既属日方行政区分，则在行政上作种种设施乃属事所当然。故在作为南洋群岛自体之物产贸易及商轮寄港地，而以统治国资格谋其发展上，今后拟愈益致力于完成其设置，而期使南洋方面得作长足发展。至若飞机场则不过作为着陆场，而非属军事的设备。是以修筑港湾、设置飞机场两事，乃属统治国之日本对于关系诸国所应负之责任，而其受惠于此种设施者，非仅限于日本及南洋群岛，即在取道南洋附近之各国飞机及船舶亦莫不然也。

日政府此种巧辞自饰，各国联委员国能心满意足乎？尤其是美国，能不置辩乎？故美国行将积极有所讨论，如证明日本在此岛内有建设潜水艇及飞行根据地时，美将褫夺日本之委任统治权，给与其他何国。至美国之理由，以此诸岛与菲律宾、檀香山、密道爱岛等相接近，与美之远东贸易航路有连带的重大关系。倘日本在各岛建设防备，即有胁迫美国之野心。所以美国之继续南洋诸岛统治权，美国未便取缄默态度。最近美国对日舆论突然恶化者，乃由于海军会议及"满洲"火油统制两问题而起。美国民受此重大刺激，一遇时机，美将有重要之发言权，可无疑义。同时德国于三月二十四日曾向日本驻德代理大使要求交换旧领地，其后德亦退出国联，并无何等发展。不过该问题之本身，以日本脱离国联会结果，是否丧失委任统治权则为最近联盟委任统治委员会讨论之主题。日本亦深知当年不费一文、不折一矢而得南洋委治各岛何等愉快，所以每年投下三百万元之国库补助金毫不爱惜。今国联令其交还，恐日政府未必甘心，结果非诉诸武力，如当年之退还旅顺故事不可。但是今日之日本已非三十年前之日本可比。当此一盘散沙之国联，孰肯牺牲本国实力来争此无关本身生死之群岛？在各国与该岛既风马牛不相及，运兵转械，不易集事，而在日本所辖珠联式之蜒迤各岛，已成一贯之形，一旦发生战事，胜负未知孰属。或者各国对此作"擒贼先擒王"之举动，先捣其本国三岛，亦未可知。果尔，世界第二次大战又因托治各岛问题而开始矣。

所以日本代管各岛，在今日已成为严重性，而不可轻忽视之。日本人谓为国难时期，诚属不错。

早应兴修之祁永公路

（十一月十九日）

凡事豫则立，不豫则废。祁永公路本为全省干线之一，历年来政府以为永郡平安，所以将此条干路舍而未修，极力扩充支线。今则赣"匪"窜入湘南，而永州又为用兵之重点、输军运械必由之路。政府感觉交通之不便利，临渴掘井，于是有湘桂公路限一月成功之令发出。蒋委员长元电省政府云："衡阳洪桥至桂边公路关系重要，限期完成。"省政府又转令零陵征工三万名，祁阳二万名，东安一万名，务于一星期内征集半数，依照公路局工程师指定地点到路工作，其余半月内征齐。所有民工工具、火食归各县自行备办，剑及屦及，刻不容缓。曾忆上年十二月广西省政府有电至湖南，内云："……惟湘南至全州一段尚未衔接，以至两省文化、商业均受极大影响。……拟请将湘南公路从速完成，俾得衔接通车，四省前途利赖非浅。……"我省政府曾答覆，略云，有"明年底通车"之语。孰意政府忙于他路，对此湘桂公路无暇进行。倘能提早完成，则前次萧"匪"经过两省，堵剿尚易为力。今见大股窜来，始忆及祁永公路已非短期间所能蒇事。即使土工如期而竣，而一切桥梁及开凿石山等亦非易事。在上年湘南丰收之时，政府不计及此，今年灾害迭至，征工筑路殊感困难。此系天理人情之事实，而为国法所公认者也。

祁永路开工，事势既如此迫切，但是路线是否已勘定由祁阳渡河至永州乎？抑由祁阳经黄阳司、高溪司、冷水市过湘水至永州乎？此问题实有研究考虑之必要，而不可冒昧兴工者也。不佞在上年十二月曾著有《湘桂公路路线之商榷》一文，登载《霹雳报》，想阅者尚能记忆。其路线系主张后者，因为黄阳、高溪、冷水三市为零陵三大商埠，人货往来极其繁盛。若由前者，则阳明山麓危险已极，纵后者比前者路线稍远十余里，为便利人货、繁荣商业起见，不能昧于目前建筑费稍多，而忘却将来营业之大利。况在今日沿途碉堡线均建筑在湘水西岸，更不能将公路单独在湘水东岸建筑。所以为发达公路营业计，为繁荣商埠计，为"剿匪"便利计，公路线实有取道湘水西岸之必要。

尤有进者：

其一，工人支配不匀。此次兴修祁永路，并未经过东安地方寸土，今竟派征集工人一万名，未知根据何种理由。如果东安可征派工人，则与祁永线同样较近之县亦何以不在其内？查兴修公路关系甚大，限期又极短迫，不佞意欲东安所支配一万名工人，应改由与零祁毗连之县平均分担，于政府规定之名额既不减少，于事实情理亦昭公允。查东安全县人口二十万名，女性占去一半，老幼各占三分之一，计全县得壮丁三万余名。在此数中，出外谋事，或在家患病，或名列义勇军以守碉堡，证以百分之八十农民比例，实在能执锄锹以作土工者不过二万人以内。此次通令征工，不但东安不能如数征集，即祁阳、零陵亦与东安同一事实，难以如数应命者也。

其二，永郡八属担任公路田赋附加已有十余年之历史。在此十余年之中，计于规定应修之干路得祁阳地方洪桥段之五十里。但是永郡八属所负担于公路者何止数百万？以永郡之路款挪作他路线之用，在当局本有权处置，何敢置喙。因为前此可挪用永郡之路款，焉知今日不挪用他郡之路款以修祁永线乎？不佞所以打破封建思想者，意欲全省民众对于国事平均担任，政府亦不宜有所左右袒，而失其一视同仁之雅谊。查永郡人民在今日一方面缴纳田赋、路股附加，一方面征发工人。所有民工工具、火食归各县自行备办，既收附加，则不应征工；既要征工，则不应收附加。我是赞成赶快修成祁永公路之一分子，却是对于既来征工同时又收附加不敢赞同。蒋委员长曾经颁布"工役命令"，未闻于工役之外又来收附加。现在各县征工，每人至少一月需工食工具洋七元，即以一月成工而论，祁阳需筹洋十四万元，零陵二十一万元，东安七万元。现当谷米集中、市场零落、商贾停滞、交通断绝、富户逃生之际，试问此一笔巨大款项又从那里筹出？

古圣云："尧舜之得天下也，得其民也，得其民者，得其心也；桀纣之失天下也，失其民也，失其民者，失其心也。"不佞希望政府为尧舜之政府，准情度理，一本民心为依归。所以对于今日"剿匪"工作紧张之秋，我省政府应遵照蒋委员长"人民服务工役命令"进行，于人民既不以为苛政，于公路工程亦无妨碍，且于长官命令亦无抵触，希当局有以采纳为幸。

今日之湘南人民

（十一月二十一日）

湘南今年大旱，赤地千里，人民久已易子而食，析骸而爨。其一种悲哀困苦境遇，已是非人生活，方冀地方太平，忍痛耐苦，过此难关。前此萧"匪"经过湘南，颠沛流离，不胜其苦。然痛定思痛，大劫来临，难以苟免。孰意一波未平，一波又起，萧"匪"之去踪未远，而大股之赣"匪"又来。是惊魂未定、喘气未息之时，忽又要扶老携幼、捆被负粮，举家作死里逃生之举。嗟嗟！天乎？人民何不幸生于湘南之地方？现在中央军与省军为救人民起见，大批部队开往湘南作追剿之工作。以今年湘南之旱区，人民之精神与物质均告痛苦，所谓"加之以师旅，因之以饥馑"。善后之策，犹又待于今日政府设法筹划者也。

微闻近来"剿匪"军事长官对于"共匪"有坚壁清野之举，其方法要将各县谷米集中城市，如有不能集中者，勒令烧毁，免赍盗粮，否则以通匪论。此外乡间之炉臼等变米之器具一律破坏，使"共匪"纵得稻谷，亦无从变米。其"匪"至之地方，人民更须迁徙一空，实现"周余黎民，靡有孑遗"之陈语。在今日政府此种主张，似可以断绝"共匪"之生路，但在人民一方面或者未曾兼顾。查湘南人民类多贫苦农民，一千万人口之中，农民约占百分之九十以上。地既贫瘠，又无出产及通商大埠，人民除手胝足胼从事于畎亩之外，别无其他工作。以每年收获之所入，作常年衣食之资，不知不识，毫无背景及他政治臭味。今一旦毁其屋宇，焚其谷米，迁其子女，试问此辈出门不识途径之农民何处寄生？或者政府对于此项难民有指定地点设法收容之策，不肯前来，再加以罪名，亦未尝不可。今不问情由，一律以"通匪"论，未免太苛。是此辈人民走则死，不走亦死，难免不有铤而走险之一途。政府"剿匪"，为救人民也。既救人民，不可作"死人民"工作。前此湘南人民因旱而逃荒，事出不得已。政府尚有令不准县政府发给逃荒护照，有出外者并勒令返籍，是政府对于灾民既无法救济，而逃荒亦在禁止之列。今因"匪"来则征发谷米（如零陵每区三千担），在征余所存者又令烧毁，是贫而无告之民众惟束手待毙而已。天津《大公报·四川的"剿匪"与救民》短评有云："……然而此际还有一个严重问题，就是前有不甚可用之数十万饥军，后有嗷嗷待哺的百多万饥民，若不将救民问题解决一下，恐怕'剿匪'军事想要维持原状且不容易。因为后方既有百多万无告之民，便不啻潜伏着共产党无数的候补同志。"足证"剿匪"工作不可忘却了救民。又如"共匪"现在湘南之宜章、临武，去零陵尚有数百里之遥。以今日中央开来之军队及本省之军队约有十三四万人，械精兵良，以之剿灭老弱疲癃之红军，不难如疾风之扫枯叶，可一鼓而歼灭之。猛虎在深山，百兽惊恐；其在陷阱之中，摇尾而求食。今"共匪"弃巢而出，是虎已离深山、入陷阱矣，半途截击，易如反掌，何得俟至永州再行追剿？如其不然，何以匪尚未至，将所有由零陵至祁阳湘水以东一带河岸民房尽行拆毁？当此天灾匪患、饥寒交迫之湘南人民何以生存？为军事上便利起见，此种举动本不能避免。但"匪"在宜章、临武，先下令拆零陵、祁阳民房以示弱，不佞窃期期以为不可。倘"剿匪军"得胜，能将"共匪"在临武等县中消灭，则永州所拆毁之建筑实在无处报销。现中央与地方政府日日言繁荣农村、救济农民，湘南经此一番破坏之后，虽迟至数十年亦不能恢复元气，可断言矣。

呜呼！不佞救国有心，回天无术，不忍见我湘南沦为"匪区"，也曾对于湘南"匪患"在今春屡著社论大声疾呼，以促当道之注意。无如报纸文章易生讨厌，阅者久已视为捕风捉影之常谈，今则不幸言中。何总司令向抱"有我无匪"之决心，小丑跳梁，指日可灭。我是湘南人，不希望政府将一切的国家"剿匪"重大工作，如修碉堡、飞机场、征工筑路完全责诸一部分人民，以及拆屋、征谷、焚谷、毁臼、迁徙、守碉堡等又完全施诸一部分人民。但事逼处此，莫可奈何，用特将湘南人民之苦衷写在上面，迨日后"剿匪"成功，这一笔损失与这些穷民总要赶快设法救济，方不失今日"剿匪"救民之本意。

呜呼！今日之湘南人民！

自本文发表之后，追剿总司令部有命令与省会警备司令部，内开：

为票传事：

案奉总司令电令惩处霹雳报社立词荒谬、妨害清剿一案到部，合亟票仰该兵前往按照后列人等一并传唤到案候讯，毋得索延干咎，切切此票。

计开：被传人姓名、住址……

此系二十三年十一月二十七日之事，究竟该项社论是否"立词荒谬，妨害清剿"，局外人莫明其妙，兹录军事长官二项新闻于下，以证明事非捏造。

何总司令报告："……南昌行营有命令来，要湘南各地实行坚壁清野，就是在土匪未来的时候，将粮食集中或埋藏；土匪将来的时候，随时要报告消息，并将其用具，就是锅、缸、炉、碓等件，要埋葬，埋葬不及，便要破坏；土匪既来，便要全体迁避等等方法。

我当时就严令湘南各县党政机关务要雷厉风行去办。……"

十六师章师长电令东安县府云："虞代电悉。查集中粮食，为坚壁清野之要图，上令森严，绝不容缓。惟民众昧于利害，首须剀切开导，俾乐于从命。如有负固不散，应予强制执行，遇必要时并得为紧急之处分，予以焚毁。希转饬知照为要。"

黄克强先生逝世纪念

（十月三十一日）

今日为黄克强先生逝世纪念日，各地高级党部召集党员开会纪念，意义至为隆重。

不佞与先生为两湖书院同学有年，每日闻鼓上堂（两湖书院甚大，每日以击鼓为号），挟书上课，课余高谈雄辩，极尽青年之乐境。此情此景历历如在目前。当梁节庵师选派先生往日本学习师范时，先生再三邀我同去，以为时机稍纵即逝，节师许可。无如黄仲弢先生坚谓不佞非师范材，将来送往德国学习陆军，不久即由两湖派送新办之湖北将弁学堂。未及半载，即与武备学堂七人一同奏派出洋，并指定学骑兵。不佞对于陆军素乏兴趣，改习工业。

后日俄战事开端，先生在日本组织义勇军谋起义，事为清廷侦知，电知湖北当道。先生奉电回国，谒梁师。师曰：“尔不专心攻读，组织义勇军何为？”先生答曰：“先生教学生要有义勇欤？抑否欤？”梁师愤甚，即日悬牌开缺。而先生此时义勇填胸，一心革命，广州之役躬与其事，失败后流寓南洋，欲归不得。当是时也，不佞留学德京，接先生来函，备悉真情。因前为中山先生筹措返国川资未久，经济异常困难，谋于江南留德同人，尽力设法，得二千马克汇交先生，始克东返。

辛亥鼎革后，先生任南京陆军部长，奉中山先生命登报觅余担任上海兵工厂长，因久未至，委陈君夫焉。迨余闻讯至南京，改委金陵兵工厂长，其委状系孙大总统与先生署名。

民二，先生见袁世凯野心勃勃，恐有推翻民国之举，以南京留守名义而倡独立，并嘱不佞向德商定购军火。事将成而先生去宁，不佞亦离职。至湖北时，友人刘君国臣告我，始悉袁世凯有密电通缉，不得已返家息影。

至民五，先生以积劳成疾遽告不起。治丧之事，不佞亦参预其中。屈指光阴，已十八周年矣。

回忆与先生同学两湖之时，一般砚友至今已寥如晨星，现在所存焉者，如周君道腴、陈君凤光、辜君兰生、李君紫嘘、宾君古愚等数人而已。除周君供职中委外，其余都是贫病交加，绝少用武之地，固然是我辈思想落伍之人应在淘汰之列，而不善于运用逢迎钻营手段，为其最大原因。

现在清社已墟，革命已毕，所请求者只有国防、内政、建设诸大事。总理遗训昭昭，吾人不难按步循进。无如世界之风云日形变幻，我中国自"九一八"国难以来，虽经当道竭力应付，尚不足杜绝帝国主义者之野心。在今日不能谈革命，只能谈救国。不佞前与总理及先生协同革命工作，不无犬马之劳，今则国势日非，救国工作不能不责诸后死者。若谈及救国之事，凡属国民均有义务。范文正所谓"天下兴亡，匹夫有责"，此种义务，任何人所不能推诿。救国之事多端，有航空救国、读书救国、国货救国种种，而言论救国，亦为一般伟人所采及。老夫耄矣，不能执干戈以卫社稷，惟此五寸之笔，思欲奋发为文，以惊醒全国同胞，共起御侮。此情此理，可以昭告于天地鬼神，无亦为时人所忌。而今而后，惟有闭户读书，坐享太平之幸福，国家事又何劳我等担忧哉？

克强先生九泉之下，谅亦闻而笑曰："敏陔今日其既明且哲乎？"

对何主席购谷万担赈济
醴陵旱灾后之希望

（十一月二十三日）

我湖南今年旱灾几遍全省，人民之困苦颠连无不触目皆是。安化灾民近且逃至长沙市，困倒麓山，因饥寒交迫而死者日有所闻，人民至此已处于十八层地狱以下，无复生人之乐趣。政府不之顾，推之救济院。而救济院因财力不敷，不敢接受。水灾善后委员会又坐拥数百万金钱，不一援手，兴修洞庭水利又遥遥无期，古人云："人死非我也。"不啻为今日慈善家之写照。本年日本亦属大旱，据东京十三日新联电载："日本大藏省在十二日之省议，已决定灾害预算总额一亿七千五百万元，较诸当初一亿大多多矣。"日政府对于救灾且正式列入预算之内。但是我国政府一切预算书内从无此项标题，纵有之亦不过数百元以至数千元而已。我湖南人民今年最困难者，有赤地千里者，有征发民谷与焚烧民谷者，有师旅饥馑荐至者，有征工筑地与筑飞机场者，不之他族，环集于湘南一隅，是前生注定苦命的湘南人民至此已入阿鼻地狱之苦境。倘有发政施仁者，必先对于湘南人民加以援救。前此长沙本有旱灾救济委员会之设立，对于全省灾民极力救济。自近来"赤祸"滔天，先之以萧"匪"小股，继之以朱、彭大股，一先一后，均从湘南经过。统计兵与"匪"数目总和起来，总在四十万人以上。以旱灾后之间阎，那能担任许多外来人之食料？旱灾会纵有救济，焉得人人而济之？况近来旱灾会工作未闻发展，照例通过几种章程，有的是近于高调，有的是不落实际，更有的是空洞渺茫，远水不能救近火，该死的灾民何能俟河之清！现在湘南旱灾、兵灾、"匪灾"一齐降临，纵不饿死，也应吓死。彼日唱人类同情心者、主办慈善机关者，至今日何以不稍发恻隐之心耶？

恭维何主席提统"八德"，胞与为怀，不忍见丰沛之醴陵故乡人民受旱灾之痛苦，自捐鹤俸，购谷万担，运县赈灾。其一种己饥己溺之心有非他人可拟议。不佞钦佩何主席之乐善好施、当仁不让，有非笔墨所能形容者也。我更进而根据何主席此种救灾之决心，一定能为湘南、能为全省受旱灾、受"匪灾"之一般民众馨香祷祝，至少每县可得振谷一万担。因为何主席系湖南全省之主席，非醴陵一县之主席。七十四县人民爱戴何主席不亚于醴陵一县，而何主席又向来大公无私，打破封建思想，不难一视同仁，以待遇醴陵灾民者来待遇其他县灾民也。并相信对于旱灾、"匪灾"之县加倍救赈，断不至有向隅之叹。不过何主席近来出发前方，不暇计此，俟将来"匪"退返府，定有以慰灾民之希望。"剿匪"与救民素为何主席之怀抱，行见兑现之期当亦不远，决不至使醴陵一县灾民独霑雨露之鸿恩，一般嗷嗷静候待哺可也。行善无国界，我湖南人民同隶何主席帡幪之下，更无县界之可言。虽然是博施济众，尧舜犹病，但是我湖南全省三千万人民共戴之主席有例可援，必有以偿灾民之愿，试拭目以俟之。

极可钦佩之"跪求团"

（十一月二十四日）

"九一八"事变以后，我国人对于外货争先购买，以致国计民生均受影响。尤其是对于日货，几布满全国，挟其倾销政策，如水银泻地，无孔不入。而一般贪利之奸商又为虎作伥，极尽贩卖之能事，将我国自产之国货打倒无余。曾记去年天津有"跪哭团"组织，其宗旨在请求全民一致使用国货，不听则继之以跪哭，总求将爱用洋货之心理转移到爱用国货身上。此种团员热心国货，拥护民生，值得吾人五体投地崇拜者也。不意在津举行以后，报纸上久已无消息之登载，不佞以为此种爱国爱民之团体早经解散。近阅上海各报，始知改名"跪求团"，已在上海工作。因为上海为吾国极大之洋场，一切消耗以上海为最。而上海又为全国服用之标准，该团员每日沿街劝告国人勿购洋货，其工作极为努力。此虽是消极抵制，其实是积极提倡国货之根本办法。有一日，据报载，有一班烫发、高跟、革履、盛装艳服、全身洋货之摩登少女姗姗而来。该团员瞥见之余，上前双膝跪下，哭劝勿用洋货。该少女反责以"着洋货，系余自由，干尔底事"？而此辈团员仍是跪求不起。后经旁人解释，该少女始知理屈词穷，羞答答云："余下次不再着洋货"云。此种举动，其爱国热忱真达到沸点以上。夫人谁不自爱其身体，今以劝人服用国货，竟不顾牺牲光阴与面子，向一般用洋货之洋奴屈膝跪求，果何所为而来？范文正公云："天下兴亡，匹夫有责。"其所以实行跪求，意在大家以国货为前提，保此国民经济，并非别有丝毫企图存于中，可断言矣。

今日中国之骄奢淫佚以上海为祸根，一切消耗力胜过生产力几万倍。所以每年入超数目有令人不可思议之处。当此国难临头，又值旱灾、匪患之时，虽节衣缩食尚不足以补救于万一，何忍再以全民之膏脂供外人之吸收？稍有心肝者一定对于洋货加以坚决拒绝，如有为国防上、卫生上、科学上等所万不可免者，犹宜搏节购用。此外一切仅供吾人嗜好者，尽可改用国货。

有某报于沪人所用声色犬马四种，根据国际贸易局九个月数目调查，"声"的进口，如无线电料等，为二百二十九万四千七百五十三元；"色"的进口，如脂粉、香水等，为一百二十五万三千二百四十四元；"犬"的进口，近来虽已禁止，而私人所带者亦复不少；此外如舶来禽羽，亦有二十五万二千九百九十二元；"马"的进口，近年来已复不多，惟马的代替品之汽车进口至为惊人，今年九个月内已达一千二百六十四万零一千六百八十元。统计以上"声""色""犬""马"四项消耗总数，共洋一千七百四十四万二千六百七十七元，诚足令人增无穷之感慨。若再加以衣、食、住三者正当之消耗，其数目之大有不令人黯然魂消者乎？有如此消耗，何能保持经济常态？如果一经崩溃，即全国人民同受影响，所谓"栋折榱崩，侨将压焉"。"跪求团"有见及此，认为"覆巢之下，必无完卵"，故一致动员，向这般爱用洋货之动物加以劝告，热心毅力，谁敢非之？

如长沙市有人组织"跪求团"者，不佞亦愿加入工作，藉尽匹夫之责。

读了《日本学生航空热》以后

（十一月二十五日）

天津《大公报》大炎君著有《日本学生航空热》一文。他说："日本近几年来，尤其是'九一八'以后，鉴于国际情形紧急和未来战争的'空中化'，对于空军扩充积极努力。"他又说："本月三日，日本全国大学生在东京将田飞机场举行'全日本学生航空选手权大会'，参加学校，在关东方面十一校，在关西方面有八校。其竞技项目共分六项，都带着军事意味。同学们都紧紧地包围着本校的选手，热烈的给他们唱采。学校当局也拍着选手们的肩膀，鼓励他们为母校争荣。查日本此次竞技大会并非凭空新创。其酝酿与基础工作已有五年之历史，就是五年前之'日本学生航空联盟'是也，后海军省命联盟内设立海洋部，一切费用出海军省供给。所有联盟经费，虽有递信省航空局补助金，尚不敷用，于昭和六年正式成立了财团法人之'学生航空联盟'，从此经费问题遂趋稳固。同年关东各校曾在东京立川飞机场举行'空中大会'，官民参加者五百余人。后东京政法大学生栗村盛与熊川氏驾'日本青年号'飞机作访欧飞行之举，由朝鲜经柏林、伦敦达罗马，给欧洲青年很大的激动。七年，联盟会派遣早稻田大学与明治大学各二人，为空中使节，各驾一机作访满之飞行，计三日又平安返原地，自豪极矣。"

现值各国均积极扩充航空，除官府努力进行外，而在学生一方面自动的组织航空团体，如英、美、法、德等均已遍全国。环顾我国则何如？我国一切事情只知宣传，不重实际。当此战争空中化之时，并非几张标语、几句口号所能济事。犹忆上年有某德人劝中国少作宣传不踏实际之事，并云："飞机命名值不得如此郑重，各国均秘密之不暇，而中国竟宣传到十二分火候。……"可见我国对于飞机未免铺张扬厉，贻笑外人。在政府之意，不过借此引起人们航空热，使人民明了航空救国之真谛，未尝为过。独惜我国一般财团手紧紧的握着金钱，不肯拔一毛以利航空。纵使人民有志航空，一切购机训练无从筹备，徒兴望洋之叹。而全国一百一十个大学与学院学生，竟无一个航空团体组织，让日本各大学生兴高采烈，扩充与参加这种新兴的航空救国工作，殊属可怪。当此国难临头以及世界第二次大战迫在眉睫，人家处处准备，上下齐心，我国不但没有航空团体组织，连航空的兴味都冷到零度以下，这种落伍的民族何能与人家竞争生存之道。瞻望前途，危险已极！

此外尤有声叙者。我国航空事业既属幼稚，国内学生已寂然无闻。而在外国学习航空者更属凤毛麟角，偶有一二有志航空之士，每因经济关系不能如愿相偿，即刻苦之留学生，多有半途而废之举。如曹君师昂系湖南自费留法军事航空之学生，成绩优异，自经法国东南航空总会聘为会员后，最近又自驾飞机作长途之竞赛，成绩冠全队，备受法国各界欢迎。曹君届毕业之期还有一年半之久，无如家道贫寒，负债甚巨，若欲继续进取，尚须筹汇学费，以竟成功。此种军事学业，本非私人所能胜任。今年湖南教育厅考送公费留欧学生，不佞主张留一名缺补曹君，未获同意。与其考送新生，不如津贴自费生之有成绩者较为收获迅速。闻曹君家长现正四处告贷与呼吁，以冀当道之援助。但官场重势利，只闻锦上添花，未见雪里送炭。当此全国提倡航空救国之时，曹君之学业有关国运前途，并非私人企图之可比，政府那里不用钱？只求省一笔无益之用途，即可为国家造就一个救国之人才。

不佞与曹君素无一面之缘，所以代为声请者，因见日本学生航空热，而我国无声无臭，而且对于自费学习航空之学生不一援手，在政府固然是失计，而在我个人则代鸣不平。用特写在上面，凡有提倡航空救国之责任以及培储航空人才者，请加以注意。

对诺那活佛来湘之观念

（十一月二十八日）

当此"剿匪军"正在湘南努力之秋，诺那活佛不远千里而来，诚如《西厢记》有云："不念《法华经》，不礼《梁皇忏》，颩了僧伽帽，袒下我这偏衫，杀人心逗起英雄胆，两只手将乌龙尾钢椽橛。……恁与我助威风擂几声鼓，仿佛力呐一声喊，绣旗下遥见英雄俺，我教那半万贼兵唬破胆。"诺那活佛果有此能力和勇气，实值得吾人正在需要之时所应该顶礼焚香以欢迎者也，但明中虽不能如此有效，而暗中却减下候补贼者当亦不少。

近来社会一般人叙谈，有的是持反对论调者，有的是持欢迎热忱者，发言盈庭，各有理由。持反对论调者，谓当此科学昌明时代，不应迷信渺茫落空之宗教，来害物质进化之科学。任君鸿隽在本年十月二十八日天津《大公报》著论："我们希望政府及智识界领袖们，对于涉及宗教迷信及一切反科学的行动极端慎重。我们以为处现今的时代，甚么是科学真理，甚么是宗教迷信，已经有了显著的分别，科学与迷信不两立，正如佛学与孔子的学说不能两立一样。……"揣其意，非将宗教迷信打破不足以阐扬科学之真理。持欢迎热忱者，谓："今日之中国人心，天不怕，地不怕，即国法亦不怕。惟有提倡宗教以维系人心，以保持民族固有之道德，亦即古圣人以神道设教之本意。况且信教自由载在《约法》，若果要打倒宗教，应先修改《约法》。"是二者均有充分之理由存在，而不可厚非者也。

不佞一生不佞佛、不信佛，亦不反对佛，而却极端痛恨假信佛为名之一般阴险凶恶、杀人不见血之佛门弟子。大凡一种主义能留存于宇宙至数千年而不消灭者，必其本身具有一种伟大高深之学问，方可永垂不朽。佛教来至中国，已有数千年之悠久历史，经历代一般学者之研究，均认为有至理存焉，所以翻译经书不下数千百种，而信徒且遍全国。虽其立论近空，却是我国中一种哲学。哲学之空性，不独佛学为然也，即欧美各国哲学家所著之书籍亦莫不如是。吾人生在斯世，既然要研究哲学，不可舍本国固有之哲学而求之外国。以佛学作哲学之一种看待可也，不可诽诬本国之佛学而迷信外国之哲学，在外国哲学中亦有所谓神道（美国在长沙设有神道学校）。神道与佛教虽各有不同，其理一也。吾人既信仰或研究佛学，应即知行合一，以平日所得者出而见诸事功，以发扬光大佛学之真谛。无如今日一般佛教弟子挂羊头卖狗肉，口里念着阿弥陀佛，心里做事则男盗女娼，极尽世间寡廉鲜耻、穷凶极恶之本事。试看一般妓女，朔望日多至庙宇叩头焚香，甚且远至南岳朝佛，迨事毕返寓，依然是操皮肉生涯。又有一般杀人放火之徒，每当身体或子孙有病患之时，则跪至神前叩头许愿，迨事过后，又复故态复萌。我不能说今日之信仰佛教者尽皆如是，但此种人亦不能说无。所以我不主张迷信，我却认佛学为我国固有之哲学，公开研究并无伤于天地之大，无所用其反对，更不要说我信佛，我吃素，我就是好人，否则你就是败类。昔人所谓"心即是佛，佛即是心"，吾人认清心与佛实在是一个东西而不可强分者也。

今日中国之社会与人心坏到十二分田地，一切违法犯科之事无奇不有，果有何法以善其后？试看全国大小官员就职之日，无不向总理遗像前宣誓；及其就职以后，一切贪赃枉法等事无不妙想天开，毫无顾忌。若执此辈公务人员令其向神前盟誓，或有所恐怖，所谓"黑心人进得衙门，进不得庙门"之俗语，实有经验之言。在欧美各国并未废神道，而日本对于佛教更提倡不遗余力。自迩年来一般青年倡言打倒佛教，而人心为之浮动，并且连佛学也要打倒，何其不思之甚耶？我国佛学发源于印度，中土虽有研究者，尚不及密迩印度之西藏人士之精进。诺那活佛系生于西康，近且在中央就立法委员之要职，拥护中央，与其他亲英派者有别。此次来湘讲演佛学，虽不能如僧惠明请白马将军及少林寺僧徒打贼兵之故事，却有关社会人心之倾向，非同小可。

总之，诺那活佛来湘，有益于社会而无害于人心，既不反对外人耶稣教堂之讲经，何必反对本国公务员之讲演？须知康藏与中国所以未即脱离者，端赖有诺那诸君皈依佛教、倾向中央之一线希望。此次来湘，不但对于佛学有莫大之宣传，即对于全国领土前途亦有莫大之关系，望毋等闲视之，幸甚。

安利英包销锑矿之研究

（十一月二十八日）

上年江西钨砂，实业部与英商安利英洋行订立专卖赣钨矿合同，予外商以操纵之机，致引起湘、粤、赣三省各矿商之激烈反对，纷纷电呈实业部，取销专卖合同。我湖南钨矿商民当时反对亦甚，并谓："对于安利英专卖钨矿之破坏国防、违背法律、摧残矿业、蹙损民生之合同，万死誓不承认"之语。曾几何时，我湖南专有之纯锑，近且将与安利英有订包销之举。此事若从表面上观之，与在江西专卖钨砂相同。若进而考其内容，则大有分别。专卖钨矿之事往矣，不必重提。兹就湖南包销纯锑一事，据不佞个人之意见，写在下面。

中国产锑占世界百分之八十，而我湖南一省又占全国八十分内之八十，换言之即占世界百分之八十五，得天之厚，似可以操纵全世界之锑权。不意历年来各矿商如一盘散沙，互相排挤，结果反为洋商所利用，以致所售之锑价已到成本水平线以下。至上年而有锑矿贸易处之成立，名为对外统一，限制生产与出口，其实此种贸易处之内容，是征收商人矿税之总机关，又非直接产锑之矿业商人所组织，藉此把持各矿山小资本矿商之死命。自成立以来，只闻每月开支夫马薪金达数千元之谱，征税至五六十万元，何尝对外有直接销卖之能力？纵有之，也不过一二百吨而已。自近月来锑价陡涨，实我湖南对外贸易之一种绝好机会，可惜贸易处空关着大门喜欢，究竟如何把纯锑推运至欧美各国？不但无此财力，并无此人力。心急之余，于是想以销锑之权委托安利英承办。闻该行条件，每售价百元抽四元，包销不包价，即价之涨落如何概不负责。合同暂定六个月，闻双方已得同意，不料有某两国领事反对，亦欲照合同承销，以致事将成而发生波折，现尚在搁浅之中。

湖南当此旱灾、"匪患"之时，全省经济已濒破产，一线生机惟锑矿是望。倘能乘此纯锑涨价之时多运出口，吸收现金，利济民生，岂曰小补？无如贸易处有此计划，无此魄力，借安利英承销之机会，为我湖南"打开码头"，未尝不可。好在期限只半年之久，届时如果认为不利，马上即可取销，作为一种试金术可也。

总之，锑、钨均为国防上必须之矿，我中央实业部应自行计划专卖，包与外人承销固属不可，即由矿商自由贩运亦未见有利。此事利害关系太大，非浅见如不佞者所能判定一二，应须俟各大经济家提出研究一个方案，使吾国可以操纵世界之锑业而不为外人所操纵，幸甚。

破落户子弟与家长

七月二十三日，汪院长在外交部纪念周讲演，题为《破落户与暴发户》，略谓："中国是'破落户'，日本是'暴发户'。中国人都会说自己是大国、是古国。所谓大，乃地方之广、民之众；所谓古，乃有四千年文化。至最近百年经济化落后，乃看见之事实，以往光荣和目前坠落恰成一个'破落户'的心理。……中国如彭玉麟辈，见外国兵舰，以为不如自己之长龙快蟹。曾国藩虽知要做船厂，但不能举一反三。……"查中国至今日，诚哉是一个"破落户"，造成此种"破落户"原因虽远而杂，不能全归咎于子弟，而为家长者当负重要责任。世界各国类于中国情形者莫过于土耳其，自凯木尔专政，即由"破落户"而跻于"暴发户"。此尤他，土耳其有个好家长故耳。在我国今日为家长者，当然是政府各领袖，而汪院长又为家长团中之主席。当汪先生在野之时，试检阅所发表之言论与主张，说得如何痛快淋漓，发人猛省；自任院长以来，行不顾言，前后判若两人。签定《塘沽协定》，东北四省致被丧掉。此次修改《税则》，予日本以便利，较之《马关条约》明订之赔偿战费二万万两，无形中尤为数大。此系家长之责，我们四万万五千万阿斗无权过问，即呼吁与批评犹嫌多事。固然是复兴中国并不是家长一人之事，我们为子弟者无处不唯家长之命是听。家长说"一面交涉"，就由你"一面交涉"；家长说"以建设求统一"，就由你"以建设求统一"；家长说"充实国力"，就由你"充实国力"；即你要"出洋医糖尿病可",说"'摩登'二字出于法文也可",我们都无异议。有此孝顺子弟,宜乎"破落户家长"当有中兴之望矣!何以中国破落如江河之日下?天津《大公报》曾云:"在各界领袖之中,政府尤其居于领袖地位,那么政府领袖的汪先生,便可以说是这个'破落户'的第一位家长,家长努力罢,子弟们在适当领导之下,是一定能跟着前进的。"

曾国藩、彭玉麟二人为我国近百年来文武兼资之先贤,任何人所当公认,所处时代虽不同,而事功却不可泯灭者也。所以蒋委员长对于曾文正公推崇备至,并将其遗著印发军中,以为模规,无有敢訾议文正公之为人者。汪先生反说:"他的学说,衣钵相传,做成'中学为体,西学为用',形而上之学中国为优,形而下之学泰西为优,几十年来让日本飞行绝迹,中国瞠乎其后,这种心理是阻滞进步之一大原因。……"却不可解,难道是必如今日之种种的措施方为合理化吗?方为现代化吗?我祖宗数千年遗下之尺地寸土、圣经法言,到今日又如何?论土地则失去四省,论文化则禽兽教育。子弟欣欣向荣,并不像"破落户"之子弟,惟有为家长者,萎靡昏庸,实表示"破落户家长"之写真。若以今日全国子弟情形看来,中兴之日可坐而待。若果家长不尽职,虽有佳子弟,亦不敢主持家政。古人云:"故人乐有贤父兄。"今日我父兄之贤不贤,自有公论判别,毋须不佞赘言。

总之,中国今日虽为"破落户",但是子弟不承认为"破落户子弟",而家长确是"破落户家长"。不能因家长之不争气,反责子弟之不堪作为。政府如果不甘心作"破落户"已也,否则,事在人为,"破落户"又何尝不可暴发?只在自己挣扎与不挣扎而已。惜汪院长此篇讲演处处责成"破落户子弟",而忘却本身为"破落户家长",故不佞反其道而言之。

改造职业学校

　　我国倡办职业教育，在满清末年，各省已有工艺学堂、农业学堂之设立。入民国，各省亦成立甲、乙两种工业学校，迄于今日，此种高级或初级职业学校遍及全国。从量的一方面看，不能说没有进展，学校数目之增加，学生人数之踊跃，都是一种很好的现象；从质的一方面说，简直可称为退化，学校数目虽增加，都是感于经费之困难，设备也一点不完全。无米之炊，难责巧妇。学生入学虽然踊跃，而学校课程距离职业真谛相差太远，政府以发展职业教育责成学校，而学校当局以至主持全国或全省之教育机关又似以职业教育为应付目前潮流之趋势，有的是敷衍塞责，有的是知识不足，以致职业学校毕业学生不能本诸所学出而问世。所以社会上对于这种职业教育难免不发生诟恶，视为贻误人家子弟之机关。于是政府与社会上人士一谈到职业教育，便觉得有点"伤脑筋"，并非职业学校本身"伤脑筋"，乃是在职业学校所制造之职业学生不知职业，有点"伤脑筋"。政府亦知职业教育要提倡，所以在高等教育方面，曾有限制文科与法科招生，扩充农、工、医各科，并规定职业教育经费占中等教育全额百分之三十五，认定职业教育可以富国、可以救国，坚决的迈步前进，以达到富国和救国的目的。

　　教亦多术矣，中国目前所急需者不是伏案摇头、引经据典之文学家，而在运用"双手万能"之职业人才各尽其能，以挽回每年七万万元之入超，救济全国四万万五千万之民众，使之饱食暖衣，完成己溺己饥之志愿。在提倡新生活运动之前，更要足衣足食，方可以谈到礼义。所以职业教育至今已不可轻视。如果大家还以执锤握斧为贱，以长衣大袍为荣，举国尽属士大夫阶级，羞与工人为伍，则全国学校所造就者难免不为消耗之人。学校而教育一般消耗之人固属不可，若职业教育亦造成消耗之人，将来全国教育普及，又谁是生产者？生产与消耗二者系成反比例，我们中国处此民穷财尽、外侮内忧之下，惟有大家来注重生产方有出路。而所谓生产方法，即从职业教育着手。我们不要积极的唱些高调，也不要消极的长吁短叹。我们要拿职业教育作为救国之根本教育，将全国学生心理上、思想上特别加以转移，使之共认职业教育在今日已趋于严重性，而一致起来提倡。但是提倡职业甚易，在政府不过每年拿出若干款项，开办几个职业学校，聘请若干教员，招取若干学生，这也不算甚么一回难事。

我不怪政府之不提倡职业教育也，我却怪主持教育者不知道职业教育如何办法。在为父兄者，不惜出其辛苦所得血汗之资、节衣缩食之费，积送子弟入校，冀其学得一艺之长，以解决生存之道，为国家成一有用之人才，即为社会上少一失业之流氓。孰意子弟们自进学校以来，学未有成，恶习已染。又加以学校所授各种课程与"职业"二字风马牛不相及，混了三年即称毕业。在此三年之中，所学者如英文、国文、国术、体育、军事训练、音乐、公民等，在办教育者拿这一些功课，以作敷衍三年之时间，以骗取学生数十元之学费。究竟学生能否学得一点职业本事？这就关于学生天赋予之本身问题，而主办教育者不愿分任其咎。所以职业学校毕业学生愈多，而社会上愈不安宁。阅者疑吾言之过甚乎？但是今日职业学生已有铁的事实证明矣。

以言我湖南，高级则有省立农工两校、私立两校，初级则有省立七校、联立者一校、县立者五校、私立者七校，简易职业学校县立者七校、私立者六校，其他私立者三校。至全省职业学校所设科目，高级农业有农、林、蚕丝三科，高级工业有机械、电机、应用化学、染织四科，一职有金工、染织、测绘三科，二职有染织、应用化学二科，三职有金工、染织、应用化学三科，四职有金工、应用化学二科，五职有陶瓷、染织二科，六职有油漆、蚕丝二科，一女职有蚕丝、染织二科。统观以上各校所设之学科，有染织科者占六校，有应用化学科者占四校，有金工科者占三校。其特别成立之学科，如五职之陶瓷科、六职之油漆科，实属别开生面，独树一帜。而最莫明其妙以教育作投机事业者，莫过于一职与二职所设之测绘科（二职虽有测绘科，教厅尚未准立案），而课程表内，居然列有微积分等，岂非千古之奇谈？

今查高校工业四科，不关本身问题之课程几占全数三分之一，授课时间亦占三分之一，即初级职业亦然。如高级工业应化班，无机化学与有机化学同时并授，机械学第三学年每周五小时，而染织班每周只三小时。电机班、机械班，数学、物理、应用力学亦同时并授，而最关重要之电机设计，第三学年下学期每周仅用二小时，似乎太少；而应化班第二学年全年每周二小时，又似乎太多；而机械班又对于纺织机械、制纸机械特别列为专科，反将重要之金工工作法漏列。至于第一职业学校染织班，算术未了，继以代数；代数未了，又继以几何，所学三角，又有何用？力线机及原动机，第三学年开始教授；而图画及图案与夫机械制图，已从第一学期至第六学期止，均列是科。不知所画者何种图，所制者又何种图也。既名染织科，则化学应重于物理，今观该课程表第一学期至三学期，各列每周二小时，是化学之知识又嫌其不足。至于金工班列有材料强弱、应用力学、纺绩概要，实非职业学生所必需之科目。以言测绘班，在第三学年第六学期将毕业之时，授以微积分，却测量学则从第一学期起至第六学期止一贯到底，未知以何种算学以济其用？此外所授之房屋构造、铁筋混凝土、材料强弱、铁路学、道路学、应用力学，未免过于广泛，即大学之土木科也不过如是而已。至第四职业学校应用化学班，以刚才高小毕业之学生，第一学期即授制革法、制纸法，又继之以实习十九小时，真不可解（各职校均犯此弊），并授以水力学。而最荒谬者莫过于第一女子职校，如蚕丝班授以代数、三角、几何；第三职校，授以经济地理、工业史略（染织班、应化班亦然）；第五职校陶瓷班，授以代数、几何。此种不察事实、不切实用之科目，非为塞责计，即是对教员个人的饭碗问题计，不管学生三年求学时间有多少长，学生之脑海有多少大，硬要拿一切与本科无关系之课程，生吞活剥以斲丧有用之青年。若主持教育者不赶快设法纠正，听其各自为政，或仅作"呈悉，准予备案"之指令，则我湖南职业教育决无起色之可能，仅为教育界之点缀品而已。

不佞在《东方杂志》上看见灵影君之文章："……就作者的观察，亦多半是形式的，这便产生了许多不必要的形式主义的错误，由此而引起学校的浪费事小，而使学生们蒙受精神上的、时间上的损失事大，这是教育形式（外观）与教育实质（内容）不相一致的、最显而易见的弊害。至于学校的课业和学生的平常生活尽可以不相联属，甚至于互相冲突。例如许多学校就完全用机械式的注入法，将许多杂乱无章的智识塞进学生的脑袋，完全剥夺了他们从事别的研究与社会活动机会。不管此等智识能否为学生所消纳、所融和，更有许多学校完全不顾及学生的正当需要，而用机械的功课与规定的作业（许多是全不要的），来阻遏学生身心发展。……在课程方面，我们看见此种不相联属、漫无统制的状态，支配了全般课程配列，不用说有好些课程在实际上的效果几等于零，就是几门比较基本的、重要的课程，亦常常是各不相关的。各科教师自然亦是各自为政，这往往使得许多学生完全不加咀嚼地吞食了一大串庞杂的智识，而没有机会消化。……"我们固然想一般职业生多得到一点智识，究竟我们中国目前所需要之各种技术的状况怎么样，我们不能不深切的反省和考察，我们如果不问适用与不适用，将世界上一切专门学问都列职业学校课程之中，造成一个万能学生，在事实上许可或不许可呢？况且职业学校重设备，现代的科学尤其是需要完全设备，如无安全之设备，空谈理论，在大学已不可能，矧在职业学生乎？设备是研究与指示学问的一种工具，拿到这种工具之后，按图索骥，以授学生实际工作，总使一般青年以及知识幼稚之职业生真正得到一点切实有用之学问。彼百货店式之学校，南货馆式之课程，主持教育者不去设法整理，结果难免不有"虽多亦奚以为"之叹。我中国是一个贫穷国家，我们来办职业学校，其目的即在于救贫穷，决不是国家因贫穷拿办职业教育作标语口号，以欺骗世界。我们中国到今日需要者是各种技术人才，而职业学校所造之人才尤为今日最相宜之需要。我们只问职业教育之质如何，而不问职业教育之量多少。质好，则一人可抵数人之用；质不好而量又多，适足以造成失业之大本营。若果是职业而至失业，此又是世界奇闻也。

明日社宣言书有言："同人确信教育必得与生活打成一片，使受教育者最低限度有维持生活的能力。我们相信教育不能生产，教育便是消耗品，是今日国民担当不起的教育。教育不能生产，便是造乱之事业，是今日中国必须停办的教育。"所以今日治穷的方法只有生产教育，而职业教育即为生产教育之一种。以我国今日之穷，固由于农工商业之不发达，地不尽其利，物不能尽其用，而最大原因就是缺乏真正技术人才，以致生产者少而消费者多。现在全国当局深知此中症结所在，为救济中国目前社会危险起见，一致来提倡生产教育。为建设基础，所以将"职业教育"四字高唱入云，有的是拿职业学校作行政之宣传品，有的是拿职业学校作私人之商业品，有的是拿职业学校作自己的地盘，上下交相欺诈，而职业学校竟变为失业流氓之制造所。此岂职业教育之罪也哉？因为办职业教育而不善用职业教育，所以弄到此种结果。又，对于职业学校，夏迁君曾著编有《从职业学校规程看政府所厉行扩充之职业教育》一文，对于职业学校多所批评。不佞甚为附议，今摘录其大要，写在下面。

他说：

因为过去并不是没有职业学校，自前清之实业中学，以至民国成立后之甲、乙种实业学校，每省均有若干校；亦不是不知注重职业教育，民国五、六年间提倡职业教育的高潮远为现在所不及。但是一直到现在，全国找不出一个成功的职业学校，试一调查全国甲、乙工业学校或农业学校毕业生的出路，就知成绩之坏较甚于普通中学。……

尤其是第九章《成绩考查及毕业》和第十二章《教职员》两章的内容，完全深深地陷于现在普通学校所竭力挣扎而不能超脱的覆辙中，性质特殊、科目分别的职业学校，也用得着和现在普通学校一样的成绩考查法和毕业试验，也一律需要什么教导主任、教务主任、训育主任、事务主任等人员，和校务、教务、训育、事务等不多不少的四种会议，专任教员每周教学时数也要定为和初中、高中一样，自二十二至二十六小时，或二十至二十四小时。教职员的资格也须定为各内外大学毕业有若干年职业经验者。

再如毕业年限的规定，虽说除高级一种定为三年外，其另一种即定为五年或六年，初级定为一年至三年，不能不算是有相当的伸缩性。但是想到职业学校的种类之千差万别，总还嫌有些呆板。况且个人的学习能力更是参差不齐，毕业只应以其技术达到某种熟练的程度为标准，而不应以一定的学习时间为标准。……

还有纳费一项的规定，亦似与提倡职业教育之旨不符，虽然第六十七条上半段规定着"职业学校以不收学费为原则"，然而下半段紧接着就说："但遇必要时得呈请主管教育机关核准征收，初级职业学校每学期以四元为度，高级职业学校以八元为度"。第六十八条又规定："职业学校得根据实际情形，酌量征收最低额之实习材料费，初级职业学校每学期不得过四元，高级职业学校每学期不得过八元。"但是在第十九条接着："初级及高级职业学校单科一学级之每年常年经费，应参照当地省立初级及高级中学，各以增加百分之五十为原则。"第二十三条又有："职业学校每年须有实习材料费，其款额视职业性质规定之。……"经费既有特别的规定，似不至再有收费的必要。此项担负易滋流弊，殊不应有，因为迫切地需要职业教育的学生，多半是无力纳费的学生。

还有各省市教育行政机关，是否有充分的准备？教部是否召集过关于职业教育会议？各省市是否举行过地方需要之职业的调查？各省市是否有由专家组织之设计、指导、管理等机关？

夏君此一段议论确实不错，不佞十二分赞成。现在要提倡职业教育，端在减免学费与杂费。因为学习职业，差不多整个的是一般贫寒人家子弟，冀其学得一种生活手艺，以了却一生衣食之资。若果富户人家子弟，不是入大学就是出东西洋，此种"贱族"学校，他们那会看得起？政府前为提倡师范教育起见，学膳费一律豁免。今当高呼着职业教育时代，未尝不可仿师范学校之先例，在政府所损失者小，而社会上所收益者甚大也。

我湖南在今日亦为提倡职业教育最热烈之省份，究竟所办理者如何？一般人只怨职业生无出路，而不知所以无出路者，其病何在？日前教部顾督学兆麟视察各职校归省，来访鄙人，叩以此次视察各职校印象如何。据顾君云："各职校学科太重复，且地点支配不得当，又校长对于社会少联络”云。余曰："诚哉不错。我湖南名义上只有一个湖南大学，实在有十个之多。"顾君骇然。余告曰："湖南高级与初级职业学校，其任教师者多是国内外大学毕业生或前工专毕业生，在教部只知作表册工夫，而对于职业应迫切急需之教科书并无规定。于是任教师者出其平日在大学内所学之最高学理，尽量的拿来教职业学生。可怜这一般高小才毕业学生，那里懂到一点？张开眼睛，注视黑板，只等三年期满赶快毕业。不幸在中途间学校改聘教员，则前任教员将一肚皮教材带去，继任者又来从一至十敷衍一顿，而所指示者又是大学学理，不过削繁为简而已。加之重学理之教员，平日对于职业工作既未亲躬，而工厂经验更谈不到。教师如此，学生可想而知。所以我湖南职业学校可称之为湖南速成大学。且各校所设立学科重复，不就本地出产土产丰富原料着想，往往因校长个人问题而增减或改易学科。例如某校长长习兽医也，则于校内开办兽医科；某某校长长习化学也，则于校内开办化学科；公路局需用土木人才也，则于校内开办测绘科。诸如此类，是学校学科或因校长一人之出处，或作投机事业，任意开办，一切设备既不完全，又不经济。谈到经费一层，更形束缚，教部虽提倡职业不遗余力，并规定中等教育经费之分配标准，有"职业教育占全额之百分之三十五"之明文。我湖南并未遵照此项标准数目支配经费，往往因团体或系派关系，职业教育经费反少于中学，试检阅我湖南二十二年度教育经费之支配可知矣。至湖南全省合公私立之职业学校共有四十校之多，在教育厅应增设一科专司职业教育。此外省督学出外视察，应分科不分区。以上关于行政方面不侫认为不对者也。至于根本解决职业学校以合乎社会之需要，惟有改职业学校为艺徒学校，改高级工业为职业学校，而将高农并入湖南大学成为农学院，请毕其词。

今春南京市社会局长王崇植在中国教育学会演说，有："教育目的是为什么？现在的教育好像只有增加人的欲望，没有增加人的生产技能。现在的学生从学校中毕了业，便以为自己是了不得，不肯再去作家里原有的事业。农夫的儿子毕了业，不肯去作农夫；木匠的儿子毕了业，不肯去作木匠。至于大学毕了业，即是更加了不得到没有办法了。这个毛病，其原因是在过去的教育太照外国样子，把中国自己的历史丢了。我们办教育的人不要忘记一个'我'字，中国有中国的特殊情形，中国人有中国历史的特点，我们固然可以应用外国的新法，但是在应用方面，还是要按照中国情形。"不佞以为中国今日之职业学生，十之八九来自农村之贫寒人家子弟，平日随着父兄吃尽了千辛万苦，一旦离开乡下，跑入都市学校，革其履，白其衣，自以为身价业已十倍，若果是得了一纸毕业文凭，那是更了不得，谁肯再回到乡村作祖宗传统之劳作事业？四处恳求，在谋位置；叩其所学，则仅知皮毛。是学校多一毕业之学生，社会即增一失业之分子，家庭即少一有用之子弟。揆诸职业教育之本旨，实得其反。不佞以为应将全国职业学校改为艺徒学校，一律免收学膳等费，一切外观不模仿贵族化，在校即学生，出校即劳工，学问求其切实，名义不妨降低，不能以外国资本主义之教育来代替三民主义之教育。所以要将高级工业改为职业学校（或恢复甲种工业），初级职业改为艺徒学校，以求适合我国民情之趋向。此而后学生技术增加，欲望减低，来自田间者或可以归到田间。若只务空名，不求实际，未见其可也。顾督学为之首肯再四。

查职业教育并非自我国始，人家办之则有成效，我国行之则归失败，并非"橘逾淮为枳"，实由主持教育者注重门面与宣传，而不根据历史与社会情形之需要，只求学界不起风潮，即是成绩卓著，甲在如此，乙来又如此。若有以职业教育大革命之办法来讲，鲜不咋舌摇头，甚至拿出一部部章来与之辩论，吾末如之何也矣。六月八日，教育厅派夏科长在广播台讲演，有："……中央颁布

《职业学校法》《职业学校规程》已逾一年，本省因各种困难情形过去未能完全遵办，以后各级办学人员应切实遵照执行"云云。据此一段看来，可知道湖南职业教育之情形矣。

总之，中国在今日潮流激荡之中，我们应澈底觉悟从前职业教育之错误，毅然决然从新改造，方能有济。

兹统括以上各议论，另标题目，以醒国人之耳目：

一、职业学校一律改为艺徒学校。

二、职业学校学生一律免收学膳等费。

三、规定职业学校之教科书。

四、职业学校学科不得重复。

五、职业学校所设立之科目，以就本地某种土产丰富者为标准。

六、职业学校之经费应遵照部章，占中等教育全额百分之三十五。

七、职业学校应领之实习费，须在每学期开始之前二月发给。

八、职业学校视学科之难易，定肄业时间之长短，不得呆定三年毕业。

九、职业教育以生产教育为宗旨。

十、教育厅增设或改组一科，专司职业教育行政事宜。

十一、职业教育重质不重量。

十二、删除因教员个人饭碗问题，任意增加与职业教育不相关系之课目。

三　唱和集①

本年贱辰钟麓生学弟以诗来寿，并承各友朋唱和，汇刊集末，以纪泥爪。

麓生仁弟以诗来寿步原韵答之②

怕闻无首失群龙，筑室城南膝可容。

万卷不多医俗眼，三皇虽远蹑高踪。

有怀投笔偏嫌老，乘兴临池岂厌重。

守道安贫希往哲，寄身直上九嶷峰。

仲尼弟子数三千，屈指惊过学易年。

科学于今成废物，人心到处似深渊。

米家画舫多名笔，陆氏荒庄有草毡。

劝君各尽一杯酒，共作文官不爱钱。

---

① 《唱和集》由《艺庐言论集初集》中的《附唱和集》，《艺庐言论集次编》中的《唱和集》《附录》以及得到《艺庐言论集》赠书的复函、赠诗组成。其中，收录宾步程五十五寿诞时唱和诗 18 篇，蒲焕组五十寿唱和诗 2 篇，钟麓生四十岁生日唱和诗 2 篇，赠书复函、赠诗 13 篇，总计 35 篇。

② 自《麓生仁弟以诗来寿步原韵答之》至《寿敏帅用麓生韵》，计 15 篇，为宾步程五十五寿诞时唱和诗，收于《艺庐言论集初集》中的《附唱和诗》。

忆回龙寄艺师兼束诸同学

钟麓生

黄龙未饮饮回龙，师赐书有"分饮黄龙"句。琥珀杯罗酒阵容。谈笑不关兴废事，盈虚都付后王踪。酒后戏外国叶子。贾余直待更三尽，话别犹存意万重。怕听碧空寒雁唳，相思引到妙高峰。

杏坛化雨育三千，道统传来五百年。论世直将飞霹雳，著书欲使会洪渊。开樽岂计家无酒，好客非关座有毡。寄语麓山诸俊彦，相逢共解杖头钱。

麓生随军削匪驻萍寄诗属和即依忆回龙原诗韵答之兼呈敏师

江浩襄

书生仗策气如龙，立马郊原壮阵容。
草檄定应寒鼠胆，倾杯无那感萍踪。
曲闻流水知音在，赋到消魂别思重。
珍重师门求实语，相期直上最高峰。敏师长麓校时，以"实事求是"牓其门，楹联有曰："工善其事必利其器；业精于勤而荒于嬉。"

赣水云屯甲万千，长围困贼又经年。
匡时愧我无良策，处世如君守默渊。
苦为残民思衽席，忍教壮士卧针毡。
中原有日归平定，畅饮回龙那计钱。

柬麓生即次其忆回
龙山呈艺庐先生原韵

张秋尘

粃糠尘垢愧犹龙，寄傲南窗膝尚容。
缚裤急装今日事，金樽檀板昔年踪。
淋漓大笔驰千檄，浩荡离愁莽万重。
料得柳营多逸兴，相思江上对青峰。

虎旅桓桓气万千，合围熏穴又经年。
定知折馘无留种，那许驱鱼更入渊。
幕府雍容挥白羽，江潭寂寞老青毡。
迟君饮玉归来日，买醉何须计俸钱。

寿艺师叠忆回龙韵

钟麓生

昂头天外白沙龙，弟子相从习六容。
曲学不阿当世好，微言堪接古人踪。
五湖泛泛乡情远，三祝殷殷福履重。
仰看长庚银汉过，彩云辉耀祝融峰。

上寿春秋万六千，安期自有养生年。
蓬莱此日欣高会，阆苑今朝奏大渊。
难老共斟三斗酒，长生曾降数重毡。
梅花正向枝头发，相映酡颜值万钱。

次麓生忆回龙呈艺师原韵

丁希陆

佳句吟成欲走龙，偶题壁上护轻容。
放皋驰檄传新草，游夏联班忆旧踪。
帷幄运筹劳五夜，蓬山怅望隔千重。
文章不露先惊世，七二层峦第一峰。

既挟㧐弓又矢千，整军经武复年年。
负嵎有虎齐张弩，入险探骊岂为渊。
莲幕风清横笔阵，渠魁星散走冰毡。
他时痛饮黄龙府，不典春衣作酒钱。

敏陔师五秩晋五寿用麓生原韵

方西耕

老聃道德羡犹龙，纵历冰霜不改容。
雪立程门怀化雨，风清泗水仰高踪。
数逾大衍年双五，寿祝华封领几重。
弟子更欣缘福厚，朝云曾托最高峰。
姬人系先生诗婢。

耆旧春秋祝八千，梅花破腊庆长年。
山林不老同商皓，衣钵堪传学子渊。
寿域尽堪倾绿酒，荒庄犹恐负青毡。
同思振铎悬弧日，未进霞觞愧俸钱。
猛庵师[①]七月生辰以病头风未克上寿。

① 即曹典球（1877—1960），字籽谷，号猛庵，长沙县黄花镇人。

寿敏老衍龄晋五用麓生君韵

黄宗禹

元龙高卧在回龙，大度休休若有容。
上寿百龄双衍庆，经师一代几追踪。
东安桃李馨三楚，南极星辰耀九重。
我愧梅山岩穴士，嵩高晋祝媲衡峰。

陆庄珠履集三千，酒醴笙簧祝大年。
在座诗仙推贺李，及门道艺拟求渊。
筹添海屋开新酿，笏满牙床守旧毡。
霹雳文章堪寿世，只论价值不论钱。

祝艺师五秩晋五寿叠麓生忆回龙原韵

丁希陆

谁识南阳有卧龙，林泉养望自雍容。
数参天地占羲画，学绍尼山仰圣踪。
桃李满门欣济济，岭梅芳讯透重重。
老人星见应联曜，云气祥呈五大峰。

寿域樽开斗十千，台莱诗献庆延年。
霓裳同日群仙咏，薪火相传学者渊。
座上觞称霞散绮，门前人立雪铺毡。
躬逢盛会期颐祝，侍侧朋侪万选钱。

寿宾敏老二首用麓生原韵

易伴白

婆娑老子道犹龙，半是痴容半醉容。
已有文章传枣本，笑将事业付萍踪。
十年海外衣香满，五亩庭前花影重。
何日嶷山欣占领，白云深处认高峰。
自和麓生诗有归隐九嶷之意故云。

河汾门下士盈千，高会群仙又一年。每岁祝嘏者多系公门弟子。频饫郇厨盘藉藉，剩闻萧寺鼓渊渊。居近回龙山寺。横经昔日槐成市，鼓舞今朝雪作毡。生日值大雪。我亦登堂介眉寿，赊来春酒不论钱。

寿敏公五秩晋五用钟君原韵

陈耀南

瑞霭氤氲戏玉龙，葡萄杯泛话从容。
一天琼影方高洁，万里银花洗浊踪。
红烛笙歌欣五福，钗光珠履集千重。
极星炳焕辉衡岳，佳气东南第一峰。

异书万卷架三千，经济文章五百年。
实业声华传籍籍，名山木铎振渊渊。
澧兰沅芷多佳士，白水清风只旧毡。
目击时艰抒谠论，嶙峋人其仰方苞钱澧。

寿敏介先生五十晋五仍用麓生原韵

张秋尘

谁识回龙隐伏龙，儒冠空自负容容。介推岂屑夸前烈，蔡仲犹堪说往踪。先生留学德国时，与留欧同志赞襄总理革命事业，努力甚多，归国后，几三十年，绝口未谈一字，惟蔡子民先生所为先生母夫人八十寿略为述及，去年因某事戟刺，不可堪忍，始著《我之革命史》详记其事，已为中央党部党史编纂会采取。拄腹经纶书万卷，照人肝胆意千重。纷纷余子胡为者，此是天南独秀峰。

记曾介寿视三千，大衍经过又五年。中酒尚能倾大斗，先生豪于饮，一举十觞，意态更恬。无鱼从不羡临渊。忧时白发盈双鬓，年来感国事日非，陈得失策利病殆不下十万言，而先生双鬓已皤矣。乐道青山守一毡。更乞天公锡难老，后堂丝竹有田钱。

寿敏师五秩晋五用麓生学长原韵

皮　钰

退隐南楼媲卧龙，巍巍大道莫能容。
临池深得汉碑髓，论世堪追鲁史踪。
算纪春秋年五五，宴开腊朔席重重。
举杯恭上南山颂，眉寿高于九老峰。

公门桃李数盈千，曾坐春风不计年。
请益进脩惭季路，聆言退省愧颜渊。
宾师国聘虚前席，儒素家风守旧毡。
诗满奚囊无别物，昔官廉洁不贪钱。

敏陔师五秩晋五寿用麓生原韵

唐伯球

人师誉重迈元龙，嘉善尊贤众可容。
胡瑗书斋兼治事，马融雅乐仰高踪。
两家杨柳春光接，一院梅花日影重。
曰艾年过齐献晬，五云瑞霭九嶷峰。

桃源弟子列三千，更喜昌阳引大年。
周礼矿人勤且学，洛书焦氏博尤渊。
群钦湘水开文苑，岂类荒庄坐冷毡。
霹雳一声廉吏劝，仲山饮马早投钱。

读仟白道人寿敏公诗即用麓生君原韵赋祝兼柬道人

曾毅存

云雨池中早化龙，晚年廛市许身容。
文章海内尊前辈，冠盖京华满旧踪。
薄醉不辞春一石，忧时难遣恨千重。
邮侯事业藏书在，看占名山第几峰。

门前桃李烂盈千，占尽春风不计年。
天遣传经绵道脉，我惭无学叹文渊。
寒销白雪欢腾地，舞罢红绫藉作毡。
聊寄新诗当补祝，论文不计杖头钱。

敏陔先生五十寿辰
适余远客江陵未随祝

埂阅《霹雳报》见西耕君所为
上寿诗敬依韵补祝即以代柬

席叔揆

为光何事复为龙，遁世无争德有
容。先生年来淡于名利，专以著述自娱。
方矩圆规知定律，欧风墨雨溯游
踪。梓轮述罢书成卷，桃李阴浓影
自重。先生门弟子数千人，遍于湖湘。九
面衡云劳怅望，最难忘是祝融峰。

称觞珠履说三千，彭祖原来爱永年。
嗟我粗疏同马磨，感公知遇识骊渊。
未浮绿蚁樽中酒，徒染缁尘客里毡。
招隐吟成猿鹤怨，买山何日有余钱。

敏陔老友寿庆次麓生君原韵

蒲焕俎

何妨肥遯作潜龙，酣梦羲皇足自容。
学易已曾征大衍，赋诗原复继高踪。
良材楚国楠千尺，小隐南山雾几重。
赌酒更番豪兴起，振衣直上妙高峰。

沧桑经历万千千，烈士相将感暮年。
握手笑言夸镜鉴，等身奢述耀珠渊。
鹤飞幸此聆新笛，蛰伏知思守旧毡。
我汝商量行乐好，清风明月不须钱。

寿敏师用麓生韵

游卧霞

坐看蜗角斗蛇龙，道大何妨世莫容。
一卷法言留劲气，十年沧海话游踪。
良朋偶辟三三径，寿箓新开五五重。
廊庙江湖共忧乐，归心休问九疑峰。

跻堂遑计履三千，桃李阴浓不计年。
隐隐回龙山欲笑，呦呦鸣鹿酒如渊。
文章时见苍生泪，高洁天开白雪毡。
归到武城应莞尔，入官无术愧官钱。

次韵蒲凡生先生五十自寿诗二首①

每到槃园信手翻，琳琅满目不胜繁。
纵谈世事皆成趣，始信文章贵有源。
未许闲居乐皞皞，还闻深义到元元。
平生不作乞怜语，兴至高歌待月轩。

尔我待增老大伤，功名事业付诸郎。
羡君教子书千卷，溯彼伊人水一方。
廉俸半供清献鹤，旧游今咏召公棠。
权移寿酒兰亭上，赓载台莱与有光。

---

①　《次韵蒲凡生先生五十自寿诗二首》至《附四十生日即事谢师友原韵》，分别为蒲焕俎五十寿诞唱和诗和钟麓生四十寿诞唱和诗，收于《艺庐言论集次编》中的《唱和集》。

附　五十初度二律原韵

蒲焕俎

五十春华锦縠翻，刁搔渐觉鬓霜繁。浮沉记室长挥颖，跌宕词场莫竟源。不分吹竿虚建白，列席省议员。愿从学易起贞元。桂花井畔桃花放，时寓桂花井巷。小宴生辰偶启轩。

孤露低徊早自伤，俎生七岁，兵备公即见背，太夫人之殁于今亦六年矣。黄粱梦堕水曹郎。庚戌应礼部试，初列一等，意得内用，愿分工部，当刊一"诗人例作水曹郎"小印。廷试二等，外放江西。当门弧矢余豪气，作椠箕裘守义方。戎马五年依细柳，巾车三度愧甘棠。独怜割肉饥犹是，举案劳劳老孟光。

次麓生原韵

讲学皋比悔昨非，扶摇今喜见雄飞。
曾知春暖鱼将跃，难得秋高马正肥。
处世有方常守默，察言不怒已先威。
问难当日经频执，始信颜回是不达。

忆昔高工负盛名，毂中子弟尽才英。
及门已造心不动，出校曾夸学有成。
采矿冶金称二美，齐家治国见双清。
独惭老大无成就，毕竟先生逊后生。

无官本是见轻身，只为家贫强沽人。
酝酿场中曾染指，诗书架上已封尘。
功名莫道无基础，学用于今反主宾。
惟有良朋相聚日，一言一笑本天真。

如梭日月卌周年，白发苍颜与盛筵。
节饮不因嘉客破，荒庄幸有故人怜。
消磨岁月诗千首，纪念人情纸半篇。
知命年华容易到，再斟菊酒静园前。

附　四十生日即事谢师友原韵

钟麓生

四十行藏强半非，羞将雄伏妒雌飞。
海天阔处身如寄，心境明时体欲肥。
敢说桂姜饶辣性，却怜松柏压霜威。
浮生梦醒无奢愿，有酒逢人劝莫违。借句。

少小偏教浪得名，飞黄今已逊群英。
无才差免人遭忌，有志何尝事竟成。
霜序苦催双鬓白，琴心许向九秋清。
未须迟暮增伤感，赋鹏仓皇惜贾生。

装成傀儡宰官身，堪笑邯郸学步人。
岂有闲情留酿酤，辛未主榷烟酒印花，因灾无功。
坐看周道骤车尘。己巳始组成省公路局。
篇书尺剑随形影，明月梅花互主宾。癸甲之间随军转徙。
识得宦缘同纸簿，画龙画虎竟谁真。

萧然初度记年年，何故今朝列广筵。
莫漫引为奴婢宠，只缘深得友朋怜。
赠贻争比黄花秀，奖借还余白马篇。
惆怅承恩无力报，长相思在绿樽前。

赵启霖复函[1]

　　敏该道长左右：奉到赐寄《艺庐言论集》，明快如老吏断狱，透辟如高僧讲经，抉摘疵谬如禹鼎之铸神奸，洞见症结如越人之视痼疾。当此八表同昏之日，乃有此刚肠毅骨、不避嫌怨，不顾情面之男子，知无不言，言无不尽，此岂可于今人中求之哉。举世皆浊，众人皆醉，非得此侃侃谔谔之清议，不足以启其觉悟之念，生其忌惮之心。此等纂著，真能裨益国是，较抑扬顿挫之古文，清新俊逸之诗句，其超越不可以道里计。佩服之私，非楮墨所能形容。今年又已数月，惜不得先睹为快，一开茅塞也。

　　敬布谢悃，祗颂说安。

弟赵启霖顿首
小暑后三日

---

　　[1]　自《赵启霖复函和赠联（五月三十日）》至《读〈艺庐初集〉步麓生君原韵七律一首》，计13篇，为赠送《艺庐言论集初集》之复函和赠诗，收于《艺庐言论集次编》中的《附录》。

敏该道长鉴正：

　　　　高论岂为衰俗废；

　　　　豪气一洗儒生酸。

　　　　　　　　　　弟赵启霖

聯　贈　生　先　霖　啟　趙

曹伯闻复函

敏介先生赐鉴：

　　手示及大著均已奉悉。我公言论，早于报端读之，心仪久矣。顷阅篇首自序，亦庄亦谐，尤饶趣味。尝谓文章最忌笼统，惟能就客观事实静心探讨者，乃不能背逻辑耳。从事于钻锤斧凿、烧煤加油之人，多精于科学，故发为文章，辄当事理。此先生言论之可贵也。时代演进，学术日趋艰深，吾辈岂能复效学究腐儒，孜孜以考据炫奇耶！因有所感，特抒怀左右，不知高明以为然否。专此，顺颂

　　撰祺

弟曹伯闻顿

四月二十七日

朱经农复函

敏陔先生撰席：

敬复者：承以尊集见赠，深感盛情，盥诵一过，如见禹鼎铸奸，峤犀照物，快人快物，沁洽心脾。至文笔特健，则又高贤之华采也。钦服！钦服！耑此致谢，敬颂

大祺

弟朱经农顿
四月二十八日

陈光中复函

敏陔先生左右：

　　前在省垣饱饫珍馔，谢谢！承惠大著《艺庐言论集》一册，业经收到。每孤山月上，一灯荧然，披是集而读之，觉其议论纵横慷慨，不挠指陈时政得失，源源本本，具有卓见。或品第当世人伦，意所不可睥睨，讥讽无所避忌。想见先生振笔疾书时，其一往无前之概，虽三光晦五岳震而不可夺矣。敬佩！敬佩！此间僻处边隅，消息迟滞，先生直谅多闻，尚祈时锡箴言，以匡不逮为祷。

　　专此，顺候近绥。

陈光中顿

五月二十六日

陈浴新复函

敏陔先生道席：

辱荷以尊著《艺庐言论集（初集）》见示，发救时之谠论，树建国之良规，盥手拜嘉，无任敬佩。二集续刊，仍乞不遗。

谨申谢悃，祗叩道安。

后学陈浴新顿
六月十二日

叶琪赠复函

敏陔先生惠鉴：

久违道范，时切驰思。近承常存兄迭次惠寄《霹雳日报》，于篇章中时聆伟论，仰念益深。昨蒙远寄《艺庐文集》三册，瑜珥夜光，珠联璧合，盥手捧诵，满目琳琅，如行山阴道上，大有应接不暇之势。其立论之精详，眼光之远到，反复讽读，不禁手舞足蹈，鼓掌而拊髀也。琪僻处边徼，忽忽数年，不闻高人雅教久矣。每诵大文，心胸为之一爽。北风有便，仍祈常锡教言，是所企祷。

耑泐布臆，敬颂道安。

叶琪再拜
六月四日

周启洛复函

艺庐先生台鉴：

日前世兄一艺来校，递到大箸一部，捧读之下，如闻霹雳，令人猛省。昔曾文正《与彭丽老书》所谓："积年养疥，为君一搔。"弟于公书，亦复同此快慰奚似。

兹乘世兄假旋之便，随呈先叔曾大父《壮学公文集》一册、先大父宗伯公墓志一帧，乞公收存，暇时检阅，亦可见先正典型，敢云投桃报李哉？

耑此奉覆，即请撰安。

弟周期启洛手叩

五月十二日

易书竹复函

敏陔先生道席：

承赠大著《艺庐言论集（初集）》三本，大而外患、外交、教育、经济等问题，小而衣食以及肥料、电表等事，靡不随时发为说论，昭示国人。每有所举，于时地与数字务详务确，尤非空谈或高调可比。其精者，直可羽翼先总理学说，于现时蒋委员长所提倡之新生活运动，亦多吻合。捧诵再三，钦佩无任。

专此奉达，敬颂大安。

弟易书竹顿

五月三日

文一智复函

敏老赐鉴：

在省晤教，快慰平生。别后返县，积案重叠，待理孔殷，致稽笺候，抱歉奚如。

昨陈代表典允归，递到惠赠大著暨提案一件，就审康成道重，早为述作之师；老莱家居，仍抱悲忧之愤。故能以摧古扬今之论，发为针时砭俗之文，义正词严，置于政论，至言之间，将并传不朽矣。

展诵余，纫佩曷极，专颂道安。

文一智顿

五月二十一日

端节前二日自武陵还省敏陉
先生见赐《艺庐言论集》赋此奉谢

周大荒

剀切详明论时事，千秋崇尚陆宣公。
犹嫌不重骈俪习，难奏沉疴瞑眩功。
布帛从来胜黼黻，鼓钟那可拟丰隆。
生公说法空哓舌，顽石何曾此意通。

强聒谁怜重茧墨，育英重见彼汾王。
遗经大义追神禹，著籍名贤启大唐。
自有真吾足模范，争知至理即文章。
香山乐府相辉映，太息先生太热肠。

敏陔先生招宴赋此申谢酒间言赈会因并及之兼呈同坐诸公

周大荒

宙雨蛟龙起艺庐，澄清天下属吾徒。
得闲且饮陶潜酒，积感时披郑侠图。
一凤朝鸣今老矣，众狙暮怒岂然乎。
湘南十县民垂尽，粟朽长沙道欲孤。

解囊集腋赈天灾，敲朴穷黎却取回。
别有心肠凭鬼哭，将何面目对人来。
洞庭疏浚空无际，郴桂饥荒实可哀。
坐视瘠肥模范省，厉阶当日果谁开。

读《艺庐初集》
因忆敏陔夫子七律二首

用麓生君贺敏师五五寿诗原韵

成吉皆

宅邻雅合卜回龙，白水安居道可容。敏师居近省会城南白沙井，有古人诗歌"白水浩浩育育召我安居"之慨。感愤说诗谐古调，伤时抚剑隐孤踪。学渊鸡跖应难老，笔伐麟经莫厌重。《艺庐初集》文评时政，笔伐森严。同席少年皆锦玉，景行星拱最高峰。

火传薪尽列三千，不见先生十四年。民九以后，瞻拜参商，未获接见。君子卷怀今伯玉，丈夫气慨古文渊。樽开北阮夸诗杰，师侄希参君，同事桃晃段公路工程处。薇采西山忆道毡。从事路工，登山斩棘事多。我愧程门高弟侣，感公曾选滥青钱。张敬尧督湘时，公荐十实业人才，吉皆忝居其一。

受业成吉皆学涂

附寄刘绅惠堂读《艺庐初集》
步麓生君原韵七律二首

刘惠堂

柱来道德许犹龙，忌俗才宏世莫容。
鲁卫之间留渠范，齐梁何处没芳踪。
几回欲续黄粱梦，只为怀忧黑幕重。
一派清泉流楚甸，羡公衡雁占高峰。

世界三千与大千，牟尼珠履几经年。
浮生岁月驹过隙，国步艰难马跃渊。
株里待时探兔窟，杏林何日脱羊毡。
大人若得占焦易，横扫粃糠却俸钱。

二十三年五月八日，成吉皆录于武冈县属砂子坪